DESENCONTROS

OUTRAS OBRAS DA AUTORA PUBLICADAS PELA RECORD

Acidente
Agora e sempre
A águia solitária
Álbum de família
Amar de novo
Um amor conquistado
Amor sem igual
O anel de noivado
O anjo da guarda
Ânsia de viver
O apelo do amor
Asas
O beijo
O brilho da estrela
O brilho de sua luz
Caleidoscópio
Casa forte
A casa na rua Esperança
O casamento
O chalé
Cinco dias em Paris
Desaparecido
Um desconhecido
Doces momentos
Entrega especial
O fantasma
Final de verão
Forças irresistíveis
Galope de amor
Honra silenciosa
Imagem no espelho
Jogo do namoro
Jóias
A jornada
Klone e eu
Um longo caminho para casa
Maldade
Meio amargo
Mensagem de Saigon
Mergulho no escuro
Momentos de paixão
Um mundo que mudou
Passageiros da ilusão
Pôr-do-sol em Saint Tropez
Porto seguro
Preces atendidas
O preço do amor
O presente
O rancho
Recomeços
Relembrança
O segredo de uma promessa
Segredos de amor
Segredos do passado
Tudo pela vida
Uma só vez na vida
Vale a pena viver
A ventura de amar
Zoya

DANIELLE STEEL

DESENCONTROS

Tradução de
MARIA LUIZA DA SILVA PINTO

6ª EDIÇÃO

EDITORA RECORD
RIO DE JANEIRO • SÃO PAULO
2010

CIP-Brasil. Catalogação-na-fonte
Sindicato Nacional dos Editores de Livros, RJ.

Steel, Danielle
S826d Desencontros / Danielle Steel; tradução de Maria
6ª ed. Luiza da Silva Pinto. – 6ª ed. – Rio de Janeiro: Record,
2010.

Tradução de: Lightning
ISBN 978-85-01-04407-5

1. Ficção norte-americana. I. Pinto, Maria Luiza
da Silva. II. Título.

CDD – 813
96-0392 CDU – 820(73)-3

Título original norte-americano
LIGHTNING

Direitos exclusivos de publicação em língua portuguesa para o Brasil
adquiridos pela
DISTRIBUIDORA RECORD DE SERVIÇOS DE IMPRENSA S.A.
Rua Argentina 171 – Rio de Janeiro, RJ – 20921-380 – Tel.: 2585-2000
que se reserva a propriedade literária desta tradução

Impresso no Brasil

ISBN 978-85-01-04407-5

Ao Popeye,

Minha primeira, segunda
e única chance.
Que a vida possa lhe sorrir e abençoá-lo.

Com todo o meu coração e o meu amor
para sempre,

Olívia

Capítulo 1

As vozes espalhavam-se monotonamente pela sala de conferência enquanto Alexandra Parker esticava as longas pernas sob a imensa mesa de mogno. Ela rabiscou uma anotação no bloco de papel amarelo e relanceou os olhos para um dos sócios no outro lado da mesa. Matthew Billings era uns doze anos mais velho do que Alex, estava na faixa dos cinqüenta e tantos anos e era um dos sócios mais respeitados da firma. Raramente pedia ajuda a alguém, mas costumava convidá-la para participar das audiências em que eram tomados depoimentos. Gostava de instigar sua inteligência, admirava seu estilo, seu olho clínico para enxergar a fraqueza fatal do oponente. E, tão logo a descobria, ela era impiedosa e brilhante. Parecia ter uma noção instintiva do local onde a ponta da faca causaria maior estrago.

Alex lhe sorriu agora e Matt gostou do que viu em seus olhos. Ela acabava de ouvir o que precisavam. Uma resposta diferente da vez anterior. Uma mera inflexão. Estendeu-lhe discretamente uma anotação no bloco amarelo e, com um sério franzir de cenho, ele assentiu com a cabeça.

O caso era extraordinariamente complicado e já corria na justiça há anos. Fora enviado à Corte Suprema de Nova York duas vezes com várias moções e envolvia a disposição descuidada de poluentes químicos altamente tóxicos por uma das mais importantes indústrias do país. Alex já comparecera antes a tais audiências, e sempre ficava feliz que este caso específico não fosse problema seu. A ação fora impetrada coletivamente por umas duzentas famílias em Poughkeepsie e representava milhões de dólares. O caso fora encaminhado a Bartlett and Paskin anos antes, logo depois de Alex tornar-se sócia.

Ela gostava que seus casos fossem mais árduos, curtos e rápidos. A seu ver, duzentos querelantes não eram uma boa pedida, embora mais de uma dúzia de advogados tivesse trabalhado nisso, sob a orientação de Matthew. Alexandra Parker também era uma advogada especializada em contencioso e lidava com uma interessante variedade de casos difíceis. Era a primeira opção da firma quando a batalha era dura e suja e havia necessidade de um advogado que conhecesse bem a jurisprudência e se dispusesse a passar um milhão de horas fazendo uma pesquisa metódica. Ela tinha sócios e parceiros mais jovens para auxiliá-la, obviamente, e possuía uma notável sintonia com a maioria dos seus clientes.

Seu forte era a advocacia trabalhista e criminal — e se encarregava pessoalmente de uma boa parte do litígio em ambas as áreas, embora, certamente, muitos casos fossem resolvidos através de acordo. Mas Alex Parker era uma lutadora, uma advogada de advogado, alguém que entendia do assunto e não tinha medo de dar duro. Na verdade, ela adorava isso.

Interromperam os depoimentos para um recesso e Matthew contornou a mesa para conversar com ela depois que o réu que representava a indústria de produtos químicos saiu da sala com todos os seus advogados.

— Então, o que acha?

Matthew a observava com interesse. Sempre tivera um fraco por Alex. Ela possuía uma ótima cabeça e grande habilidade como advogada. Além do mais, era uma das mulheres mais bonitas que conhecia e ele gostava de tê-la por perto. Era firme, era esperta, conhecia a lei e tinha grande intuição.

— Acho que você obteve o que queria, Matt. Quando ele afirmou que na época ninguém tinha conhecimento dos possíveis efeitos tóxicos daquele material, estava mentindo. Foi a primeira vez que se expuseram e disseram tal coisa. Temos os relatórios do governo preparados seis meses antes disso.

— Eu sei. — Matt deu um largo sorriso. — Ele caiu na armadilha, não é?

— Sem dúvida que sim. Você não precisa de mim aqui. Já o tem em suas mãos.

Guardou o bloco na pasta e olhou de relance para o relógio. Eram 11:30. Suspenderiam a audiência para o almoço dentro de meia hora. Mas, se saísse agora, ainda poderia fazer algum trabalho.

— Obrigado por vir. Sua companhia é sempre agradável. Você parece tão inocente, faz com que baixem a guarda. Enquanto ele fica de olho nas suas pernas, posso jogar a rede e agarrá-lo.

Ele gostava de provocá-la e Alex sabia disso. Matthew Billings era alto e atraente, com uma vasta cabeleira branca e uma linda esposa francesa que fora modelo de passarela em Paris. Matthew Billings gostava de mulheres bonitas, mas também respeitava as inteligentes e talentosas.

— Obrigada. — Ela o fitou com pesar, o cabelo ruivo preso em um coque severo, o rosto com uma maquiagem tão discreta que mal se notava e o costume preto formando um forte contraste com a vívida cor natural do cabelo ruivo e dos olhos verdes. Era uma mulher deslumbrante. — Foi justamente por isto que estudei advocacia... para servir de isca.

— Diacho, se dá certo, aproveite.

Ele riu, tornando a provocá-la, enquanto um dos advogados de defesa voltava para a sala, o que os fez baixar a voz.

— Importa-se se eu for embora agora? — perguntou Alex a Matt com polidez. Afinal de contas, ele era um dos sócios principais. — Tenho uma reunião com um novo cliente às 13:00 e algumas dezenas de casos para examinar.

— Este é o seu problema — retrucou ele, fingindo amarrar a cara. — Não se empenha o suficiente. É o que eu sempre disse a seu respeito. Vive de papo para o ar. Pois trate de voltar ao trabalho. Já fez o que tinha de fazer aqui. — Seus olhos a fitavam com um brilho brincalhão. — Obrigado, Alex.

— Mandarei datilografar as minhas anotações e enviar ao seu

escritório — avisou em tom sério antes de partir. E ele sabia que, como sempre, suas anotações cuidadosas e inteligentes seriam entregues em sua sala quando chegasse lá. Alex Parker era uma excelente advogada. Era eficiente, inteligente, capaz, ardilosa na medida certa e, de quebra, bonita; não que ela parecesse ligar para sua aparência ou notar a atenção que despertava. Mostrava-se completamente alheia a si mesma, algo que a maioria das pessoas apreciava nela.

Alex saiu da sala em silêncio, com um breve aceno a Matt, enquanto os réus retornavam e um dos advogados lançava uma olhadela de admiração para a figura que se retirava. Sem se aperceber deste fato, Alex Parker percorreu rapidamente o vestíbulo e vários corredores que conduziam ao seu escritório.

Sua sala era ampla e bem decorada em sóbrias tonalidades de cinza, com dois belos quadros na parede, algumas fotografias, uma planta grande, alguns móveis confortáveis forrados de couro cinzento e um esplêndido panorama de Park Avenue a descortinar-se do 29º andar, onde situavam-se os escritórios de Bartlett and Paskin. A firma ocupava oito andares e empregava uns duzentos advogados. Era menor do que a outra onde havia trabalhado antes, em Wall Street, tão logo concluíra a faculdade de Direito, mas gostava muito mais desta. Trabalhara lá com uma equipe antitruste e nunca apreciara realmente o serviço. Era tudo árido demais, embora tivesse lhe ensinado a prestar atenção a detalhes e efetuar uma pesquisa minuciosa.

Ao sentar-se, passou os olhos rapidamente pela meia dúzia de recados, dois de clientes e quatro de outros advogados. Tinha três casos prontos para ir a julgamento e outros seis em desenvolvimento. Dois casos importantes acabavam de ser resolvidos através de acordo. Era uma carga de trabalho assustadora, mas isto nada tinha de inusitado. Ela adorava o ritmo, a pressão, o frenesi. Este era o motivo que, por tanto tempo, a impedira de ter filhos. Simplesmente não conseguia se imaginar cuidando de crianças ou dedicando a elas o mesmo amor que sentia pela profissão. Adorava ser advogada e apreciava intensamente uma boa briga no tribunal. Atuava principalmente na defesa, tendo preferência pelos casos difíceis, e para ela era muito importante proteger as pessoas de processos frívolos.

Adorava tudo que fazia, e isso consumira a maior parte da sua vida. Nunca sobrava tempo para mais nada, exceto para Sam, o seu maravilhoso marido. Entretanto, ele trabalhava tanto quanto ela; não como advogado, mas no setor financeiro. Era agente de investimentos, dono de uma das jovens firmas mais famosas de Nova York. Ingressara no ramo logo de início e as oportunidades foram notáveis. Já fizera várias fortunas e também perdera dinheiro. Juntos, acumulavam salários generosos. Acima de tudo, porém, Sam Parker possuía uma poderosa reputação. Entendia profundamente do assunto, assumia riscos fantásticos e já fazia bem uns vinte anos que tudo aquilo em que tocava virava dinheiro. Muito dinheiro. Houve uma época em que as pessoas diziam que ele era o único homem na cidade capaz de obter fortunas para os clientes com *commodities*. Mas agora era bem mais esperto do que isto. Sam nunca temia arriscar-se e raramente perdia fundos para os clientes. Além de estar profundamente envolvido no mundo da Informática nos últimos doze anos, tinha realizado enormes investimentos no Japão, saíra-se bem na Alemanha e garantira importantes participações acionárias para os clientes nas indústrias do Vale do Silício. Todos em Wall Street eram unânimes em afirmar que Sam Parker sabia o que estava fazendo.

E Alex também sabia o que estava fazendo ao casar-se com Sam. Conhecera-o logo após formar-se na faculdade de Direito. Na verdade, encontraram-se pela primeira vez em uma festa oferecida pela sua primeira firma de advocacia. Era Natal e ele tinha chegado com três amigos, parecendo muito alto e atraente em um terno azul-escuro, o cabelo preto salpicado de fios brancos, o rosto corado pelo ar frígido lá de fora. Mostrara-se tão cheio de vida e, quando parou e a fitou, ela sentiu uma fraqueza nos joelhos enquanto o observava. Alex estava com 25 anos e Sam com 32, e era um dos poucos homens solteiros que conhecia.

Ele tentou conversar com ela naquela noite, mas um outro advogado da firma desviara a atenção de Alex e Sam fora afastado dela por alguns amigos que o chamaram para conversar com um conhecido. Seus caminhos só voltaram a se cruzar seis meses depois, quando a firma de Sam consultou a de Alex devido a uma transação que estavam tentando realizar na Califórnia e ela, junto com dois outros associados, foi convocada a ajudar um dos sócios principais. Alex ficara fascinada com ele na ocasião. Sam era tão sagaz, tão inteligente e tão seguro de si. Era difícil imaginá-lo com medo de algo ou de alguém. Ele ria com facilidade e não receava andar na corda bamba quando precisava tomar decisões assustadoras. Parecia não temer assumir riscos, embora tivesse plena consciência dos perigos. E não era apenas o dinheiro dos clientes que estava disposto a arriscar, era a transação inteira. Queria tudo do seu jeito ou então caía fora do negócio de vez. A princípio, Alex o considerou um tolo descarado; porém, à medida que transcorriam as semanas, começou a entender o que ele fazia e gostou disso. Sam possuía integridade, estilo e massa cinzenta. E também a mais rara de todas as qualidades: coragem. Sua primeira impressão dela fora correta; Sam não tinha medo de nada.

Mas Alex também o intrigava. Ele estava fascinado com suas análises inteligentes e ponderadas, sua percepção global de uma situação. Ela examinava todos os aspectos da questão e expressava os riscos e as vantagens com brilhantismo. Juntos, fecharam um pacote muito impressionante para os seus clientes. O negócio foi concluído e a empresa obteve um resultado excepcional, sendo vendida por uma quantia astronômica cinco anos depois. Quando os dois se conheceram, Sam tinha a reputação de ser um jovem gênio. Mas ela também estava ganhando uma poderosa reputação, embora a estivesse construindo de maneira sólida e muito mais lenta do que ele.

O negócio de Sam dava margem a mais luxo e extravagância, algo que o agradava muito. Sentia-se perfeitamente à vontade nas altas rodas e com o enorme poder dos figurões que compunham a sua clientela. De fato, na primeira vez que a convidara para sair, pediu emprestado um dos aviões particulares dos seus clientes e levou-a a Los Angeles para assistir à decisão do campeonato de beisebol. Hospedaram-se no Bel Air, em quartos separados, e jantaram no Chasen's e no L'Orangerie.

— Você faz isso com todo mundo? — perguntou-lhe Alex, surpresa com todas as suas pequenas atenções. Estava mais do que um pouco impressionada com Sam. Havia mantido um relacionamento sério com um rapaz da sua idade em Yale e nada além de uma série de encontros inexpressivos durante os anos de estudo incansável e brutal no curso de advocacia. O relacionamento que teve quando estava em Yale se dissipara logo no seu ano como caloura e já fazia anos que o rapaz se casara. Mas Alex não tinha tempo para relações amorosas. Queria trabalhar com afinco e ser alguém na vida. Queria ser a melhor advogada em sua firma. E o impetuoso exibicionismo de Sam não encaixava muito bem neste perfil. Podia visualizar-se com advogados idênticos aos existentes na firma, que estudaram Direito em Yale, assim como ela, ou Harvard; sujeitos sérios e quietos que passavam a vida inteira como sócios nas firmas de advocacia de Wall Street. A seu modo, Sam Parker era um homem rude, um caubói. Mas era bonitão, muito simpático com ela e uma ótima companhia. Era difícil lembrar a si mesma de que ele realmente não era o que ela queria. Quem não ia querer Sam? Ele era inteligente, lindo de morrer e tinha um incrível senso de humor. Alex seria louca se não o quisesse.

Foram de carro a Malibu, antes de deixarem Los Angeles, e caminharam na beira da praia, falando sobre suas famílias, suas vidas e seu futuro. As experiências de Sam foram interessantes e muito diferentes das dela. De forma quase casual, mas com um ar de tensão no queixo, Sam contou que a mãe morrera quando ele estava com 14 anos e que fora enviado a um colégio interno porque o pai não sabia mais o que fazer com o filho. Detestara o internato, detestara os colegas e sentira falta dos pais. Durante a sua permanência lá, o pai pareceu embriagar-se até a morte e gastar o resto do dinheiro, vindo a falecer quando o filho se encontrava no último ano da faculdade, embora Sam não tenha revelado a Alex a causa da morte. Então seus estudos foram pagos com o dinheiro herdado dos avós. Os pais não lhe deixaram nada. Freqüentara Harvard e se saíra bem e não comentou com Alex sobre a solidão que sentia na universidade. Fez tudo parecer muito divertido, se bem que, ao pensar a respeito, ela percebesse que devia ter sido doloroso para ele ficar sozinho no mundo aos 17 anos. No entanto, este fato não parecia magoá-lo.

Após terminar a pós-graduação em Harvard, Sam conseqüentemente ingressara na faculdade de Comércio de Harvard, apaixonando-se irremediavelmente pelo mercado de capitais. Arranjara emprego no minuto em que se formara, ganhando fortunas para vários dos seus clientes nos oito anos subseqüentes.

— E quanto a você? — ela lhe perguntou calmamente, observando seus olhos enquanto passeavam na praia ao pôr-do-sol. — Há mais coisas na vida além de mercado de capitais e Wall Street.

Queria conhecê-lo melhor. Acabara de desfrutar do fim de semana mais excitante de sua vida e nem mesmo tinham dormido juntos. Queria saber mais sobre Sam Parker antes que se perdessem nas próprias vidas depois de deixarem a Califórnia.

— Há mais coisas na vida além de Wall Street? — Ele riu, passando um braço ao redor de Alex. — Ninguém jamais me contou. O que é, Alex?

Sam parou de caminhar e a encarou. Sentia uma tremenda atração por ela, mas estava um pouco receoso de demonstrá-lo. O longo cabelo ruivo esvoaçava ao sabor da brisa e os olhos verdes mergulhavam nos dele, despertando em Sam uma emoção que ele nunca sentira antes. Sob certos aspectos, isto o assustava.

— E quanto a gente? Relacionamentos?

Alex sabia que ele nunca se casara, mas nada mais. Bastava olhá-lo e observar sua desenvoltura para presumir que centenas de mulheres deviam ter passado pela sua vida.

— Não sobra tempo para esse tipo de coisa. — Sam zombou, enquanto a puxava mais para junto de si e prosseguiam com o passeio. — Sou ocupado demais.

— E importante demais? — indagou ela com mordacidade, temendo que ele fosse vaidoso. Ele certamente tinha toda a razão de ser, mas até agora ela não percebera nada.

— Quem disse isto? Não sou importante, apenas estou me divertindo.

— Todos sabem quem você é — retorquiu Alex com objetividade. — Até mesmo aqui. Los Angeles, Nova York... Vale do Silício, sem dúvida... Tóquio... Onde mais? Paris? Londres? Roma? É uma imagem bastante ampla.

— E não exatamente correta. Dou um duro danado, essa é a verdade. E você também. Não tem nada demais.

Ele encolheu os ombros e sorriu para Alex, mas ambos sabiam que havia muito mais do que Sam admitia.

— Não vôo para a Califórnia no avião dos meus clientes, Sam. Os meus clientes vêm ao meu escritório de táxi. Se têm sorte. Os outros usam o metrô.

Ela deu um sorriso luminoso e ele riu.

— Tudo bem, os meus têm mais sorte. Talvez eu também tenha. Talvez não tenha sorte para sempre. Tal como meu pai.

— Receia que lhe aconteça o mesmo? Perder tudo?

Este era um aspecto intrigante da personalidade dele e, evidentemente, uma característica estimulante.

— Pode ser. Mas ele era um tolo... Um tolo simpático, mas ainda assim um tolo. Acho que a morte da minha mãe o matou. Ele desistiu de tudo. Perdeu a vontade de viver, e já era desse jeito quando ela estava doente. Amava-a tanto que não suportou vê-la partir. Esta perda o matou.

Decidira há muito tempo que jamais deixaria tal coisa acontecer com ele. Nunca amaria alguém a ponto de permitir que o arrastasse em sua queda.

— Deve ter sido terrível para você — comentou Alex, solidária. — Você era tão jovem.

— A gente cresce depressa quando não tem mais ninguém nesse mundo — declarou ele, muito sério, e depois sorriu com tristeza. — Ou talvez nunca cresça. Meus amigos dizem que ainda sou um garotão. Acho que até gosto de ser. Isso me impede de ficar sério demais. Não há sentido em ser assim na vida. Não é nada divertido quando se age desse jeito.

Mas Alex era; era muito séria com relação à vida e ao trabalho. Na época, também já tinha perdido os pais, embora de maneira bem menos dramática do que Sam. Porém, no seu caso, este fato a fizera ter a cabeça no lugar, sentir-se mais responsável. Tinha de ser mais adulta, mais alerta com relação à sua carreira, mais intensa quanto ao trabalho. Era como se Alex se sentisse obrigada a corresponder às expectativas dos pais, apesar de não estarem mais vivos agora. O pai também fora advogado e se mostrara muito contente quando a filha decidiu estudar Direito. E ela queria ser a melhor advogada que pudesse, por ele — ainda que ele não estivesse mais lá para ver.

Ambos eram jovens, ambos tinham carreiras importantes, ambos possuíam muitos amigos que, de certa maneira, para os dois, substituíam a família, embora Alex passasse muito tempo com os amigos dos pais e a família dos colegas de faculdade. Os amigos de Sam eram quase todos solteirões, pessoas com quem trabalhava, clientes ou mulheres com quem saía.

Ele a beijou pela primeira vez durante aquela caminhada na praia de Malibu e dormiu na maior parte do trajeto de volta a Nova York, com a cabeça apoiada no ombro dela. Alex o contemplou pensativamente, pensando que Sam mais parecia um menino comprido e magricela, ali escarrapachado ao seu lado, mas também pensando no quanto gostava dele. Talvez até demais. Imaginava se algum dia Sam tornaria a procurá-la, se isto era um começo ou um interlúdio para ele. Com Sam era difícil saber ao certo, e ele admitira que andava saindo com uma jovem atriz do circuito alternativo da Broadway.

— Por que você não a levou a Los Angeles? — perguntou Alex com franqueza, tímida mas nunca receosa de fazer perguntas importantes. Era, por natureza, corajosa demais para ter medo de fazê-las.

— Estava ocupada demais — respondeu ele com honestidade —, e achei que seria mais interessante conhecer você. — Hesitou e depois virou-se para Alex com um sorriso que lhe derreteu o coração, apesar dos seus melhores esforços para não permiti-lo. — Para falar a verdade, não convidei. Sabia que ela tinha ensaio a semana inteira e que detesta beisebol. E eu queria mesmo é estar com você.

— Por quê?

Alex não tinha idéia do quanto estava bonita ao perguntar.

— Você é a mulher mais inteligente que conheci... gosto de conversar com você. É brilhante e excitante, e não é exatamente desagradável de se olhar.

Sam tornou a beijá-la quando a deixou no seu apartamento, mas não havia compromisso no beijo nem promessa. Foi tudo rápido e casual e, no minuto seguinte, o táxi partia, largando Alex ali sozinha com uma estranha sensação de abandono ao entrar no apartamento com a valise. Apesar dos momentos maravilhosos, presumiu que ele devia estar com pressa para voltar para a namorada atriz. Aqueles foram dias deliciosos, mas sabia que não significavam nada. Era só mais um fim de semana divertido na vida de Sam Parker. Achava que não havia espaço na vida dele para Alex Andrews.

Até que ele enviou uma dúzia de rosas vermelhas ao seu escritório no dia seguinte e lhe telefonou naquela tarde convidando-a para jantar. O romance dos dois começou para valer a partir daí e, a despeito dos casos trabalhosos que tinha de preparar, Alex mal conseguiu concentrar-se no serviço durante os quatro meses de namoro com Sam.

Ele a pediu em casamento no Dia dos Namorados, quase quatro meses depois daquela primeira vez em que a levara para jantar. Alex estava com 26 anos na ocasião e Sam com 33. Casaram-se em junho, em uma igrejinha em Southampton, com duas dúzias de amigos mais íntimos como convidados. Nenhum deles tinha família, mas os amigos forneceram o calor humano e a celebração que tornaram este dia extraordinário. Foram à Europa na lua-de-mel e hospedaram-se em hotéis que Alex só conhecia por ter lido a respeito. Foram a Paris e Mônaco e passaram um romântico fim de semana em Saint-Tropez. Sam tinha um cliente que saía com uma atriz pouco conhecida, então divertiram-se a valer. Compareceram a uma festa em um iate e viajaram de barco para a Itália, voltando na manhã seguinte.

Foram a San Remo e, em seguida, à Toscânia, Veneza, Florença e Roma; depois voaram para Atenas, onde se hospedaram na casa de um cliente, e então para Londres, nos últimos dias da lua-de-mel, indo ao Annabel's e a todos os restaurantes e casas noturnas favoritas de Sam. Examinaram as antiguidades e as jóias na Garrard's, e ele lhe comprou todos os tipos de roupas engraçadas em Chelsea, embora Alex lhe dissesse que não tinha idéia de onde poderia usá-las — certamente não no escritório. Foi uma lua-de-mel perfeita e nunca se sentiram tão felizes quanto ao regressarem a

Nova York, quando ela se mudou para o apartamento do marido. De qualquer modo, já estava mesmo morando lá, mas conservava o seu até depois do casamento.

Alex aprendeu a cozinhar para o marido e Sam lhe comprou roupas caras e um lindo e delicado colar de diamantes no seu trigésimo aniversário. Ele podia se dar o luxo de dar a ela muitas coisas, mas havia bem pouco que Alex quisesse. Ela adorava sua vida com Sam, o amor, o romance e a amizade que compartilhavam, o respeito mútuo e a paixão que ambos nutriam pelo trabalho. Certa vez, quando ele lhe sugeriu que desistisse da carreira, ou que ao menos desse uma parada para ficar em casa e ter filhos, Alex o fitou como se o marido estivesse maluco.

— E quanto a não se afastar do trabalho e ter filhos? — indagou Sam, modificando a proposta anterior. A essa altura, já estavam casados há seis anos e ele tinha 39 anos. Então, de vez em quando, cogitava em ter filhos. Na maior parte do tempo, isso teria tolhido seu estilo de vida, mas, ainda assim, achava que seria péssimo se nunca tivessem nenhum. Entretanto, Alex afirmou que não estava pronta.

— Não posso me imaginar tendo alguém que dependa tanto assim de mim, isto é, o tempo inteiro. Eu me sentiria culpada por trabalhar tanto quanto trabalho agora. Nunca veria as crianças, e não é assim que se deve criar os filhos.

— Pode se ver reduzindo o ritmo com o correr do tempo, trabalhando menos? — perguntou ele. No entanto, Sam não conseguia vê-la fazendo isto e Alex também não.

— Honestamente? Não. Não creio que se possa ser advogada em regime de meio expediente.

Ela vira outras mulheres tentarem e acabarem quase loucas. Em geral, ou retomavam o trabalho em tempo integral e se consumiam de culpa por causa dos filhos, ou se afastavam de vez. E ela não queria fazer nenhuma das duas coisas.

— Está dizendo que não quer ter filhos nunca?

Esta era a primeira vez que ela pensava realmente nesta questão, assim a sério, e ainda não se considerava pronta para fazer tal afirmação. A conclusão dos dois foi "agora não, talvez mais tarde".

Retomaram o assunto quando Alex estava com 35 anos e, nesta época, parecia que todos os seus conhecidos já tinham filhos. Estavam casados há nove anos e gostavam de sua vida do jeito que era. Ela já estava em Bartlett and Paskin, onde se tornara sócia, e Sam era uma espécie de lenda. Voavam para a França nos feriados sempre que tinham chance e, em um ou outro fim de semana, davam uma fugida até a Califórnia. Sam tinha muitos negócios em Tóquio e muitos mais nos países árabes e Alex achava fascinante a vida do marido, mas a sua própria carreira também nada tinha de insignificante. Simplesmente não parecia haver lugar em suas vidas para um bebê.

— Não sei, sinto-me tão culpada por isso às vezes... como se não fosse normal da minha parte... Não sei como explicar às pessoas, mas simplesmente não combina comigo... quer dizer, pelo menos por enquanto — concluiu ela, e ambos puseram a idéia de lado por mais três anos, até Alex chegar aos 38 e Sam aos 45. Um alarme havia disparado em seu relógio biológico, se bem que brevemente, e desta vez foi ela que tocou no assunto, depois que uma outra sócia da firma teve um bebê. Agora admitia que seria simplesmente adorável. Afinal de contas, a amiga parecia estar administrando muito bem a carreira e a maternidade. Tal fato fez Alex pensar seriamente, pela primeira vez, em ter filhos.

Entretanto, desta vez era Sam que não conseguia mais imaginar-se no papel de pai. A vida dos dois era por demais cheia de compromissos, toda cronometrada e cômoda demais sem filhos Após doze anos de casamento, achava que era tarde demais e que aquilo não melhoraria em nada o relacionamento dos dois. Queria Alex só para ele agora. Gostava das coisas como estavam e ela surpreendeu-se com a facilidade com que tornava a desistir da idéia. Obviamente, não era para ser mesmo. Como tinha pela frente um longo julgamento, esqueceu-se por completo da questão até quatro meses depois.

Eles regressavam de uma viagem à Índia, onde Alex nunca estivera antes, quando ela sentiu-se muito mal e, temendo haver contraído alguma doença grave, procurou o médico. Era a primeira vez em anos que sentia-se realmente doente e isso a assustou.

Todavia, o diagnóstico do médico lhe causou um susto ainda maior. Naquela noite, olhou para o marido e, com um desespero desolador, deu a notícia a ele. Estava grávida. Tinha realmente tirado a idéia da cabeça, agora em caráter permanente, depois da última vez em que levantaram a hipótese — e ele também. Quando ela contou a Sam, ambos se olharam como duas vítimas da queda da Bolsa em 1929.

— Tem certeza?

— Absoluta — afirmou Alex, infeliz. Era a primeira vez na vida que engravidava. E agora sabia aquilo a respeito do qual nunca estivera segura antes. Não queria filhos.

— Será que não é cólera, malária ou algo desse tipo?

Uma doença quase fatal teria sido mais bem-vinda para eles do que um bebê.

— Ele disse que estou com seis semanas. — Sua menstruação atrasara durante a viagem, mas ela tinha pensado que fosse por causa do calor excessivo, das pílulas contra a malária, ou simplesmente dos rigores da viagem. Nunca na vida parecera tão angustiada quanto agora, ao encarar o marido com um olhar de infelicidade. — Estou velha demais para ser mãe, Sam. Não quero passar por isso. Simplesmente não posso.

Embora tais palavras o surpreendessem, ele ficou aliviado ao ouvi-las. Ele também não queria o bebê.

— Quer fazer algo a respeito? — indagou, espantado com a ferrenha aversão da esposa à situação. Sempre suspeitara que Alex pudesse querer filhos algum dia e, ultimamente, começara a temer tal possibilidade.

— Acho que não devíamos. Parece ser o tipo da coisa estúpida e insensata a fazer. Não é que não tenhamos condições financeiras para ter um bebê... Simplesmente não acho que tenho tempo ou... Não se trata de energia — ponderou com cautela —, mas de interesse. Na última vez em que falamos a respeito, supus que era coisa decidida. A conversa estava encerrada. Estamos felizes desse jeito... e então, *pimba*... ficamos grávidos.

Ele lhe deu um sorriso pesaroso.

— Que ironia. Quando finalmente resolvemos não ter filhos,

você engravida. Sem dúvida alguma, a vida é cheia de gols inesperados. — Esta era uma das suas expressões favoritas, mas era verdade. Caía como uma luva. — Então, o que faremos?

— Não sei.

Ela chorou ao pensar no problema. Não queria um aborto, nem tampouco um bebê. E após duas semanas de uma agoniante indecisão, resolveram seguir em frente e ter a criança. Alex julgava que não tinham opção, moralmente falando, e Sam concordava. Então tentaram encarar a coisa toda com uma atitude filosófica, mas não estavam nada entusiasmados. Alex ficava deprimida sempre que pensava no caso e Sam parecia ter se esquecido da questão por completo. Quando discutiam o assunto, o que raramente era possível, falavam como se estivessem se referindo a uma doença terminal. Sem sombra de dúvida, não era algo que aguardassem com ansiedade. Era algo que precisavam enfrentar, mas sobre o qual estavam claramente receosos.

Exatamente quatro meses depois, Alex chegou do escritório no início da tarde vomitando de maneira incontrolável e com dores tão agudas no abdômen que a faziam literalmente dobrar-se ao meio. O porteiro ajudou-a a descer do táxi e carregou sua pasta até o interior do edifício. Perguntou-lhe se estava bem e Alex insistiu que sim, embora seu rosto estivesse branco como uma folha de papel. Ela pegou o elevador e entrou no apartamento. Felizmente a faxineira estava lá, pois Alex estava tendo uma hemorragia, espalhando sangue pelo banheiro inteiro, quase inconsciente. A mulher levou-a ao hospital pessoalmente e ligou para o escritório de Sam. Quando ele chegou no Lenox Hill, a esposa já se encontrava na sala de operação. Haviam perdido o bebê.

Ambos esperavam experimentar um enorme alívio. A fonte de toda a angústia não existia mais. Entretanto, a partir do instante em que Alex acordou em um quarto particular, chorando de tristeza, souberam que não era assim tão fácil. Ambos se consumiam de culpa e dor, e todos os sentimentos que ela jamais se permitira nutrir pelo filho perdido, nutria agora; todo o amor, medo, vergonha, arrependimento e ânsia que nunca sentira antes. Esta era a pior experiência de sua vida e lhe ensinou algo sobre si mesma que ela até então não sabia nem suspeitava. Talvez nunca estivesse lá antes, mas estava agora. Tudo que queria, para preencher o doloroso vazio que o aborto criara, era preenchê-lo com outro bebê. E Sam se sentia do mesmo jeito. Ambos choraram pelo filho perdido e, quando Alex retornou ao trabalho na semana seguinte, ainda estava muito abalada.

Viajaram por alguns dias, durante um longo fim de semana, e, após discutirem o assunto, concordaram. Não tinham certeza se era real ou uma mera reação, mas sabiam que algo importante havia mudado. De repente, acima de tudo, queriam um bebê.

Sensatamente, resolveram esperar mais alguns meses, para ver se seus sentimentos mudavam. Contudo, até mesmo isto foi impossível fazer. Dois meses após o traumático aborto, Alex, toda cheia de acanhamento, deu a notícia ao marido com mal disfarçado júbilo. Estava grávida.

E, desta vez, foi uma festa. Cautelosa, sim, porque sempre havia a possibilidade de perder também este bebê, ou de não conseguir levar a gravidez até o fim. Afinal de contas, ela estava com 38 anos e nunca tivera um filho antes. Entretanto, sua saúde era excelente e o médico assegurou-lhes que não havia nenhum motivo para antecipar outro problema.

— Sabe de uma coisa? Somos birutas — declarou Alex certa noite, deitada na cama enquanto comia biscoitos e espalhava os farelos por todos os lados, alegando que esta era a única coisa capaz de aquietar-lhe o estômago. — Somos inteiramente malucos. Há quatro meses atrás, só faltamos nos suicidar porque íamos ter um bebê; agora estamos aqui escolhendo nomes e não paro de ler artigos de revista no consultório médico sobre que tipo de móbiles devemos comprar para pendurar no berço. Será que fiquei de miolo mole ou o quê?

— Talvez. — Sam sorriu com ternura para a esposa. — Definitivamente, está mais difícil dividir a cama com você. Ignorava que farelos de biscoitos fossem parte do negócio. Acha que terá esta fixação o tempo inteiro ou é apenas um vício dos três primeiros meses?

Ela deu uma risadinha e os dois se enroscaram na cama. Agora faziam amor com mais freqüência do que em anos. Conversavam sobre o bebê como se este fosse real e já fizesse parte de suas vidas. Alex submeteu-se a uma ultra-sonografia e, tão logo souberam que era menina, decidiram chamá-la de Annabelle, o nome do restaurante favorito deles em Londres, nome que Alex sempre adorara e que lhes trazia boas lembranças. Esta gravidez foi totalmente diferente da outra. Era como se houvessem aprendido uma lição importante na primeira vez e tivessem a impressão de terem sido punidos por sua indiferença e hostilidade com relação àquele bebê. Desta vez, não existia dúvida alguma, só uma incontida excitação.

Os sócios de Alex lhe prepararam um chá-de-bebê logo após o Ano-Novo, e foi com relutância que ela deixou o escritório naquela semana, só dois dias antes da data marcada. Queria trabalhar até ir para o hospital, mas não fazia sentido continuar trabalhando em casos que não poderia terminar. Então saiu no prazo determinado e foi para casa esperar pelo pequeno milagre dos dois, conforme a chamavam. Alex tinha receio de que ficasse entendiada, mas descobriu que gostava de ajeitar o quarto do bebê e se surpreendeu com o tempo que gastava dobrando as camisinhas e arrumando as fraldas na cômoda. Para uma mulher que enchia de medo o coração da maioria dos advogados quando entrava em um tribunal, ela parecia ter sofrido uma súbita transformação. Às vezes chegava até a se preocupar com a possibilidade de que a maternidade lhe embotasse as habilidades quando retornasse. Talvez não fosse mais tão impiedosa nem tão obstinada. No entanto, apesar das suas preocupações, tudo em que conseguia pensar agora era na filha. Podia visualizar-se segurando-a no colo, amamentando-a; imaginava se teria cabelos ruivos como os seus ou muito escuros como os de Sam, olhos azuis ou verdes. Tal como uma amiga há muito tempo aguardada, mal podia esperar para vê-la.

Providenciaram para que o bebê nascesse em uma sala de parto especial no New York Hospital, pois Alex queria que tudo fosse natural. Planejava saborear cada momento da experiência. Aos 39 anos, não conseguia imaginar-se passando por tudo isso de novo, por isso queria aproveitar ao máximo. Apesar da sua aversão a hospitais, Sam freqüentou as aulas do método Lamaze com a esposa e planejava assistir ao parto.

Os dois estavam jantando no Elaine's, três dias depois do prazo marcado para o nascimento da criança, quando a bolsa d'água rompeu. Dirigiram-se rapidamente ao hospital e então foram mandados para casa até o trabalho de parto começar de fato. Seguiram todas as orientações dos instrutores. Ela tentou dormir um pouco, depois caminhou e Sam lhe esfregou as costas. Tudo parecia muito agradável e muito tranqüilo. Não havia nenhuma dificuldade, nada com que não conseguissem lidar ou que Alex não pudesse fazer. Ficaram deitados na cama e conversaram sobre o quanto era incrível estarem passando por tal experiência após treze anos de casamento. Então Sam olhou no relógio e tentou adivinhar quantas horas ainda faltavam para terem a filha. Ambos acabaram adormecendo e, quando as contrações despertaram Alex, ela tomou uma chuveirada quente, conforme tinham lhe instruído, para ver se o trabalho de parto iria interromper ou recrudescer. Ficou no chuveiro por meia hora, contando o intervalo das dores, e então, de repente, sem nenhum aviso, as contrações começaram para valer. Ela mal conseguia ficar de pé ao sair do chuveiro e, quando foi acordar o marido, Sam estava morto para o mundo, o que a fez chorar de pânico enquanto o sacudia. Finalmente ele acordou, e levou um susto ao ver a expressão no rosto dela.

— Agora? — indagou, pulando da cama, com o coração a martelar no peito enquanto saía freneticamente à cata da calça. Ele a largara na cadeira, mas, de repente, no escuro, não conseguia encontrá-la. Nesse ínterim, Alex dobrava-se ao meio de tanta dor, aos prantos, agarrando o braço do marido.

— É tarde demais... estou tendo a criança agora... — disse Alex, entrando em pânico e esquecendo tudo que haviam lhe dito. Estava velha demais para esse tipo de coisa. Aquilo doía muito e ela não queria mais saber de parto natural.

— Aqui? Vai ter *aqui*?

Ele a fitava com uma cara apavorada, incapaz de acreditar naquilo.

— Não sei... eu... é... oh, Deus, Sam... é horrível... não posso fazer isso.

— Sim, pode... vão lhe dar medicamentos no hospital... Não se preocupe com nada... vá pôr uma roupa.

Sam acabou tendo de ajudá-la a se vestir e a calçar os sapatos. Nunca a vira assim tão vulnerável ou tão cheia de dores. O porteiro arranjou um táxi no mesmo instante. Eram quatro horas da madrugada e ela mal conseguia andar quando chegaram ao hospital. O médico já estava à espera do casal e as enfermeiras ficaram muito contentes com o progresso de Alex. Por sua vez, Alex estava bem menos satisfeita com o processo ao qual todos se referiam alegremente como "transição". Gritando para que lhe aplicassem algum medicamento, e ficando mais e mais histérica a cada contração, parecia quase uma estranha a Sam. Entretanto, à medida que o trabalho de parto avançava, Alex finalmente se acalmou e, duas horas após entrar no hospital, fazia força para expelir o bebê. Afinal lhe aplicaram uma anestesia peridural e ela se acalmou ainda mais, enquanto Sam segurava os seus ombros e todos na sala a estimulavam a continuar. Tudo pareceu durar uma eternidade, mas só transcorreu meia hora até surgir o rostinho de Annabelle. A menina tinha um vívido cabelo ruivo e soltou um berro ao nascer. Então, como se tivesse surpreendido a si mesma, ergueu os olhos para Sam, enquanto as lágrimas deslizavam pelo rosto dos pais. Annabelle simplesmente olhava para Sam com um ar de espanto, como se finalmente o tivesse encontrado após uma longa procura. Em seguida, foi apresentada à mãe, que a pegou no colo, dominada por emoções com as quais nunca sonhara antes. Alex sentia-se completa, tal como ouvira as pessoas falarem, embora não acreditasse no que diziam. Neste momento, não conseguia sequer imaginar como teria sido a sua vida se perdesse esta experiência. Uma hora mais tarde, segurava Annabelle como se fosse especialista no assunto, amamentando-a alegremente. Sam tirou mil fotografias das duas, enquanto ele e Alex choravam, incapazes de acreditar na bênção que lhes fora concedida, no milagre que quase deixaram escapar e que, felizmente, tinham evitado que escapasse. Sentiam terem sido poupados da própria estupidez por um Poder mais sábio que os cumulara de venturas.

Sam passou a primeira noite com as duas no hospital e ele e Alex ficaram quase o tempo inteiro contemplando Annabelle, revezando-se para segurá-la no colo, tirando e colocando a manta, trocando a fralda e a camisola. Embevecido, Sam observava Alex amamentá-la. Na sua opinião, a filha era a coisa mais linda que já vira e, ao olharem para ela, ambos concordaram que agora era um outro bebê o que mais queriam no mundo. Não podiam acreditar que, por pouco, tinham se privado disto. Sam achava igualmente inacreditável que Alex estivesse disposta a pelo menos cogitar esta idéia tão pouco tempo depois dos sofrimentos do parto, mas foi o que ela lhe garantiu enquanto beijavam Annabelle, que dormia um sono profundo, acomodada entre os pais.

— Quero fazer tudo de novo.

— Não está falando sério.

Ele parecia atônito, mas satisfeito. Andara pensando exatamente na mesma coisa. Adoraria ter um filho, mas outra menininha também seria ótimo. Annabelle era tão perfeita e tão linda. Sam não parava de tocar nos dedinhos dos seus pés e Alex vivia beijando os das mãos. Estavam completamente apaixonados pela filha.

Annabelle continuou sendo a paixão dos dois tão logo voltaram para casa e floresceu com a incontida adoração que lhe dedicavam. Sam chegava mais cedo do trabalho com a maior freqüência possível, e foi com pesar que Alex retornou ao escritório quando a menina estava com três meses. Embora tentasse continuar a amamentá-la a partir daí, foi impossível fazê-lo com a pressão que a sua atribulada agenda de compromissos criava. A solução alternativa que encontrou foi vir almoçar em casa o maior número possível de vezes. Também prometeu a si própria sair às cinco em ponto, sempre que não houvesse julgamento, e estar em casa à noite depois que Annabelle fosse dormir. Nas sextas-feiras saía à uma hora, mesmo que chovesse canivete. Este era um sistema que funcionava para os três e ela era rigorosa no que se referia a chegar pontualmente em casa sempre que possível. Em troca de tanto esforço e amor, do incessante apreço que ambos tinham por ela, Annabelle adorava a mamãe e o papai. Ela era a luz de suas existências e os dois eram as pessoas mais importantes de sua vida. Carmen cuidava dela durante o dia, mas Sam e Alex encarregavam-se de tudo pessoalmente no momento em que chegavam do trabalho. Annabelle vivia à espera deste momento. Dava gritinhos de excitação e prazer ao vê-los.

Carmen gostava de trabalhar para os Parker. Era louca por Annabelle e achava que os patrões eram boas pessoas. Gabava-se muito de Alex e Sam, do quanto eram importantes, do duro que davam no trabalho e de quão bem-sucedidos eram. Sam era muito citado nas colunas financeiras. Causara furor logo no início da carreira e continuava ganhando manchetes nos jornais ao fechar para clientes negócios importantes que batiam todos os recordes. Alex aparecera na televisão mais de uma vez, com casos excepcionalmente famosos ou mesmo históricos. Carmen adorava isso.

Na mente de Alex e Sam não havia dúvida de que Annabelle era não só linda, mas também absolutamente brilhante. Ela andou exatamente aos dez meses e meio e começou a falar com clareza logo depois — e com sentenças completas muito tempo antes do previsto.

— Vai ser advogada — sentenciou Alex. Ela sempre provocava Sam, mas nenhum dos dois podia negar a incrível semelhança da menina com a mãe. Era igualzinha a Alex, e até mesmo nos maneirismos era uma versão em miniatura da mãe.

De fato, o único desapontamento deles era que os esforços dispendidos para obter uma outra gravidez foram surpreendentemente infrutíferos. Começaram quando Annabelle tinha seis meses e continuaram por mais um ano. Na época, Alex estava com quarenta anos, e decidiu ir a um especialista para ver se havia algo errado. Ela e Sam fizeram todos os exames e verificaram que não havia qualquer problema com os dois. A explicação do médico foi que, na idade de Alex, a concepção costumava demorar mais. Quando ela completou 41, iniciaram um tratamento com Serophene, um tipo de progesterona, para "melhorar" a ovulação. No último ano e meio em que vinha tomando este medicamento, isto pareceu acirrar a tensão já existente em sua vida. Estavam fazendo amor no dia certo, usando um *kit* para saber com exatidão quando o LH era despejado na corrente sangüínea e qual a melhor hora para a concepção. Alex tinha de acrescentar sua urina a uma série de reagentes e, quando eles ficavam azuis, era hora de Sam ir correndo do escritório para casa. Rindo, apelidaram isto de "dia azul", mas não havia dúvida de que a pressão provocada por tal situação não tornava as coisas mais fáceis em vidas já cheias da tensão e do estresse provenientes dos clientes do casal e, no caso de Alex, dos seus oponentes.

Não foi uma época fácil para nenhum dos dois, mas a gravidez era algo que queriam demais. Parecia-lhes engraçado que, após tantos anos recusando-se enfaticamente a ter filhos, agora se mostrassem dispostos a fazer todo e qualquer esforço para tê-los. Chegaram mesmo a aventar a possibilidade de Alex tomar injeções de Pergonal, uma solução mais extrema do que as pílulas de Serophene, com outros efeitos colaterais. Também pensaram na fertilização *in vitro*. Não excluíram nenhum dos tratamentos mais elaborados. No entanto, aos 42 anos, ela ainda sentia que tinha uma chance de conceber sem medidas tão heróicas, principalmente com os hormônios que andava tomando no presente momento. Só isto já era um grande compromisso, porque tomá-los não era nada fácil para ela. Alex era uma daquelas pessoas que reagiam seriamente à medicação. Contudo, acreditava que valia a pena, porque ela e Sam sonhavam em ter outro bebê. Annabelle lhes ensinara muitas coisas, em especial quão prazerosa podia ser a vida com uma criança a uni-los e o quanto tinham perdido ao permanecerem tantos anos sem filhos. Ambos podiam exibir carreiras impressionantes, mas agora sentiam ter perdido algo muito mais importante.

Agora Annabelle estava com três anos e meio e os corações dos pais se derretiam sempre que a viam. Seu cabelo era uma auréola de cachos acobreados, os olhos eram imensos e verdes, iguais aos da mãe, e o rosto era salpicado com uma levíssima camada do que Alex chamava de "pó das fadas", que eram as sardas.

Sentada à mesa de trabalho, Alex contemplou por um instante, com um breve sorriso, uma enorme fotografia dela segurando uma pá de brinquedo na praia em Quogue, tirada no verão anterior. Tornou a dar uma olhada no relógio. O depoimento que ouvira tinha consumido a maior parte da sua manhã e restava-lhe menos de uma hora para examinar alguns papéis, antes de encontrar-se com o novo cliente.

Ergueu rapidamente os olhos quando Brock Stevens entrou. Ele era um dos jovens associados da firma e trabalhava exclusivamente para ela e um outro advogado, fazendo pesquisa e serviço de rua, preparando os casos que Alex defenderia no tribunal. Só estava em

Bartlett and Paskin há dois anos, mas Alex estava impressionada com ele e o modo como lidava com os seus casos.

— Oi, Alex... tem um segundo? Sei que teve uma manhã ocupada.

— Tudo bem. Entre.

Sorriu para o rapaz. Aos 32 anos, Brock lhe parecia um garotão, com a sua beleza loura e aquele jeito de ser o irmão caçula de todo mundo. Havia estudado Direito em uma universidade estadual e Alex sabia que ele vinha de uma família modesta com poucas posses. No entanto, trabalhara para pagar os estudos e ardia de paixão pela advocacia. Este era um sentimento idêntico ao que sempre governara a sua vida e ela o admirava muito por isso.

Brock atravessou a sala e sentou-se diante da mesa, de cara séria, em mangas de camisa e com a gravata torta, o que lhe conferia uma aparência ainda mais jovem.

— Como foi o depoimento?

— Muito bom. Acho que Matt teve sorte. Seu principal acusado cometeu um deslize e creio que Matt conseguiu exatamente o que queria. De qualquer maneira, está minando a resistência deles pouco a pouco, mas ainda vai levar séculos. Este caso me deixaria louca.

— A mim também, mas é interessante fazer história com essa questão. Estão criando muitos precedentes. Gosto disto.

Ele era tão jovem e cheio de vida, tão cheio de sonhos, que às vezes Alex julgava-o ingênuo, pessoalmente falando. Entretanto, era um advogado excepcional.

— E você, o que conseguiu? Alguma novidade no caso Schultz?

— Uau. — Ele lançou um sorriso alegre para Alex. — Acertamos na mosca. O querelante anda sonegando os impostos há dois anos. Não causará boa impressão ao júri. É por esta razão que não queriam nos entregar os registros do sujeito.

— Bom. Muito bom. — Ela sorriu para ele. — Como descobriu?

Fora preciso apresentar uma moção separada para obterem os registros financeiros, que finalmente chegaram nesta manhã.

— É muito fácil calcular o que ele fez. Vou lhe mostrar depois. Acho que este caso pode acabar em acordo, se você conseguir dissuadir Schultz.

— Duvido que eu possa — retrucou ela, pensativa. Jack Schultz possuía uma pequena empresa que fora processada duas vezes, injustamente, por ex-empregados. O jogo mais recente era arrancar polpudos acordos de patrões que não queriam se aporrinhar. Entretanto, tais acordos criaram precedentes para o empresário, que agora estava sendo processado por outro ex-empregado, que andara desviando dinheiro da companhia e recebendo propina nas concorrências, mas estava tentando processar Jack Schultz por discriminação. E, desta vez, Schultz não queria acordo nenhum. Queria criar uma reputação de luta e vitória.

— De qualquer forma, creio que conseguimos o que precisamos. Com o testemunho daquele sujeito em Nova Jersey sobre as propinas, acho que podemos arrasar com o querelante.

— Estou contando com isso.

Alex sorriu para Brock. O julgamento estava marcado para a quarta-feira seguinte.

— Tenho o pressentimento de que o advogado do querelante vai lhe telefonar para propor um acordo durante esta semana, agora que conseguimos os registros financeiros. O que vai lhes dizer?

— Mandarei todos para o inferno. O pobre Jack merece ganhar esse aqui. E tem razão, sabe? Não se pode recorrer sempre a um acordo. Gostaria que mais patrões tivessem peito de agir como Jack está agindo.

— O acordo sai mais barato. Quase todos preferem evitar aborrecimento.

No entanto, ambos sabiam que, definitivamente, existia uma tendência crescente neste setor de lutar e vencer, em vez de livrar-se dos oponentes com acordos que recompensavam os queixosos por impetrarem ações judiciais injustas. Alex ganhara vários casos no ano anterior e possuía uma boa reputação como advogada de defesa em processos semelhantes.

— Está pronta para o julgamento? — indagou ele, mas já sabendo que, no caso de Alex, esta era uma pergunta tola. Ela sempre estava extraordinariamente bem preparada. Além de conhecer a lei a fundo, fazia todo o dever de casa e muito mais. Ele sempre tentava apoiá-la de todos os modos possíveis, para que não topasse com nenhuma surpresa no tribunal. Gostava de trabalhar para ela. Alex era durona mas justa e nunca esperava que os outros trabalhassem mais do que ela. Brock não se incomodava com as centenas de horas que passava trabalhando, preparando os casos, pois sempre aprendia muito com sua estratégia. Alex nunca se arriscava a encarar uma briga se não estivesse absolutamente segura de que não prejudicaria o cliente ao fazê-lo. Além disso, sempre os prevenia de todos os riscos que estavam correndo.

Brock queria ser sócio como ela algum dia e sabia que tal coisa não demoraria a acontecer. Também sabia que, devido ao excelente relacionamento profissional dos dois, Alex estaria mais do que disposta a recomendá-lo. Embora ocasionalmente ela reclamasse que, tão logo ele se tornasse sócio, o que esperava não ser para breve, não teria ninguém decente para fazer o serviço pesado, Brock sabia igualmente, através do outro sócio para quem trabalhava na firma, que Alex já intercedera a seu favor junto a Matthew Billings, ainda que ela nunca admitisse o fato.

— Quem é o novo cliente que você verá hoje?

Ele estava sempre interessado em tudo que Alex fazia. E, o que era mais importante, gostava dela.

— Não sei ao certo. Na verdade, foi outra firma que o enviou. Acho que ele quer processar um advogado de uma firma de advocacia.

Ela sempre ficava de pé atrás em casos desse tipo, a não ser que achasse serem realmente justificados. Freqüentemente, ser um advogado de contencioso tinha um aspecto negativo. Acabava tendo, do lado oposto da mesa, gente disposta a descontar a raiva sentida contra o mundo em quem não o merecia. Os infelizes, os amargurados e os gananciosos freqüentemente acreditavam que podiam melhorar sua sorte na vida com um processo judicial, e Alex nunca aceitava tais casos, a não ser que considerasse justas as alegações, o que geralmente não acontecia.

— Seja lá como for, faça o possível para resolver o caso. Que tal nos reunirmos amanhã para examinarmos tudo? Amanhã é sexta-feira, saio à uma hora, mas isso nos dará tempo suficiente para preparar detalhadamente o sumário. Também pretendo repassar os autos do processo neste fim de semana. Quero ler de novo todos os depoimentos e me certificar de que nada me escapou.

Franziu o cenho enquanto marcava na agenda o encontro com Brock às 8:30 da manhã seguinte. Não tinha nada programado para o dia inteiro, já que reservava as sextas-feiras para o serviço doméstico.

— Andei estudando os depoimentos durante a semana inteira justamente por esta razão. Fiz algumas anotações que lhe mostrarei amanhã. Existem algumas coisas muito boas lá, que você vai querer usar. Também fiz umas indicações com relação aos vídeos.

Haviam gravado em vídeo alguns dos depoimentos. Tais gravações eram recursos que ela às vezes achava útil e que, quanto mais não fosse, irritava os oponentes.

— Obrigada, Brock.

Para Alex, ele era uma dádiva de Deus. Do jeito que vivia ocupada, teria ficado perdida em um mar de casos se não contasse com um bom associado para ajudá-la. Tinha também um ótimo assistente: um estagiário de Direito que passava tanto tempo com Brock quanto este passava com Alex. Formavam uma boa equipe e todos sabiam disso.

— A gente se vê amanhã às 8:30. Obrigada por preparar tudo com tanto cuidado.

No caso de Brock, entretanto, isso não era novidade; simplesmente era o seu estilo, exatamente como o de Alex. Ele era inteligente e meticuloso, além de ser um bom sujeito. O fato de ser solteiro também ajudava, pois permitia que tivesse muito tempo livre para dedicar ao trabalho, até tarde da noite, inclusive em feriados e fins de semana. Estava disposto a fazer o que fosse preciso para construir uma carreira marcante. Às vezes ele a fazia lembrar-se de si mesma e de Sam no início de suas carreiras. Trabalhavam agora tanto quanto antes mas de modo diferente, sem aquele furor cego que costuma manter as pessoas no escritório até a meia-noite, tal como acontecera com os dois há anos. Agora tinham Annabelle e um ao outro, e queriam mais da vida além de uma carreira. Felizmente para ela, Brock Stevens ainda não chegara até esse ponto. Alex sabia que ele saíra com outra associada da firma durante algum tempo, uma garota atraente que estudara em Stanford, mas também sabia que Brock valorizava muito a carreira para arriscar um envolvimento com alguém da firma. Havia regras contra isso, e qualquer relacionamento amoroso com alguma outra associada ou com uma sócia poderia impedi-lo de tornar-se sócio. Alex sabia que ele e a outra associada eram ambiciosos demais, sensatos demais para deixarem tal coisa acontecer.

O encontro com o novo cliente ocorreu logo a seguir e o que Alex ouviu dele não a deixou nada entusiasmada. Era um caso feio e ela não estava nem um pouco convencida de que o querelante não estivesse mentindo. Geralmente, preferia atuar na defesa. Então lhe disse que pensaria no assunto e o discutiria com os sócios, mas que, na sua opinião, o fato de estar com a agenda lotada no momento e ter vários julgamentos pendentes poderia impedi-la de lhe dar o tipo de atenção que, a seu ver, ele merecia e, certamente, queria receber. Procurou tratá-lo com muita diplomacia, mas também com firmeza, e prometeu telefonar-lhe dentro de alguns dias, após reunir-se com os seus sócios. Não tinha nenhuma intenção de reunir-se com ninguém. Simplesmente precisava de algum tempo para refletir um pouco. Mesmo assim, tinha sérias dúvidas de que fosse aceitar.

Às cinco em ponto, olhou no relógio, chamou a secretária pelo interfone, Liz Hascomb, que estava na mesa lá fora, e avisou que estava de saída. Alex costumava largar o serviço às cinco todo dia, sempre que podia e quando os seus compromissos permitiam. Assinou algumas cartas que Liz lhe entregara, rabiscou umas anotações e tornou a chamar a secretária para lhe dar instruções. Minutos depois, quando Elizabeth Hascomb entrou para pegar as anotações, as duas trocaram um sorriso. Elizabeth era uma viúva perto da aposentadoria e mãe de quatro filhos. Admirava o fato de Alex preocupar-se tanto com a filhinha a ponto de chegar mais cedo em casa toda noite para estar com ela. Isto provava a Elizabeth que ela era não só uma boa advogada, mas também uma boa mulher e uma boa mãe. E gostava disso. Tinha seis netos e adorava ouvir histórias sobre Annabelle ou ver as fotografias dela quando Alex as levava ao escritório.

— Dê um beijo em Annabelle por mim. Como ela está se saindo na escola?

— Ela adora ir à escola. — Alex sorriu, guardando o resto dos papéis na pasta. — Não se esqueça de mandar a Mattew Billings as minhas anotações desta manhã, por favor. Quero que todos os autos do processo Schultz estejam na minha mesa quando eu chegar amanhã. Tenho uma reunião com Brock para examinar o caso às 8:30.

Havia mil coisas em que teria de pensar. O julgamento Schultz estava marcado para começar na quarta-feira seguinte, e provavelmente se ausentaria do escritório por uma semana ou mais, o que significava que teria de adiantar o serviço ao máximo antes disso. Segunda e terça-feira seriam um bocado exaustivos.

— A gente se vê de manhã.

Alex sorriu calorosamente para Liz, que também sabia que, se surgisse uma emergência após a saída de Alex, podia ligar para sua casa ou enviar-lhe os documentos por um mensageiro, em caso de necessidade. Por mais devotada que Alex fosse a Annabelle, nunca ficava inteiramente fora de contato. E, quando estava no tribunal, sempre usava um bip.

— Boa noite, Alex.

Liz Hascomb sorriu para sua chefe quando Alex se retirou e, cinco minutos depois, lá estava ela na Park Avenue, mergulhando no trânsito das cinco da tarde. A hora do *rush* apenas começava e era necessário ter muita disposição e agilidade para conseguir um táxi antes que outra pessoa o pegasse. Arranjou um que ia para o norte e notou com surpresa que lindo dia fazia. Era um daqueles esplêndidos dias de outubro com sol luminoso e um vestígio de ar cálido, mas também com uma brisa fresca que trazia uma leve sugestão do outono.

Era o tipo de tempo que lhe dava vontade de ir para casa a pé, só que não queria perder um minuto para ir ter com a filha. Ao invés disso, recostou-se calmamente no banco do táxi, pensando em Annabelle e no seu rostinho travesso salpicado de sardas. Era difícil não pensar em engravidar de novo. Já fazia três anos que tentavam e era desencorajador que ainda não tivesse acontecido. Mas, por outro lado, ainda não se encontrava pronta para medidas mais drásticas. Com todos os seus afazeres, imaginava como conseguiria fazer a fertilização *in vitro* ou o tratamento com Pergonal. Parecia tudo tão complicado, com todos os inúmeros compromissos que tinha. Seria tão mais fácil se simplesmente acontecesse. A sua taxa de progesterona estava bastante alta e a de FSH, ou hormônio folículo-estimulante, estava baixa... mas nem assim conseguia conceber. E este simples pensamento lembrou-a de que precisava fazer um teste com o "*kit* azul", tão logo chegasse em casa, só para certificar-se de que não deixara passar o momento ideal. Segundo seus cálculos, a ovulação deveria ocorrer a qualquer momento, durante o próximo fim de semana. Ao menos não estaria trabalhando, ou em um julgamento, graças a Deus, refletiu consigo mesma, enquanto o táxi dava uma guinada e disparava em meio ao tráfego.

Ficaram presos em um congestionamento na Madison com a rua 74 e ela resolveu percorrer a pé os últimos três quarteirões até em casa. Era gostoso sentir o vento batendo no rosto, depois de passar o dia inteiro presa entre quatro paredes. Havia uma autêntica energia e vivacidade em seu andar rápido e elástico enquanto caminhava balançando a pasta ao lado do corpo e pensando em voltar logo para Annabelle. Talvez até Sam estivesse em casa. Seu sorriso ampliou-se ao pensar nele. Após mais de dezessete anos de casamento, ainda era louca pelo marido. Tinha tudo na vida. Uma carreira fabulosa, uma filhinha encantadora, um marido a quem amava profundamente. Era a mulher mais afortunada do mundo e sabia disto. Esta era a melhor parte. Dava um enorme valor a tudo que tinha. Era grata por cada uma das bênçãos da sua vida, por cada dia. Mesmo que nunca mais engravidasse, não seria o fim do mundo. Talvez adotassem uma criança. Ou talvez ficassem apenas com Annabelle. Ela e Sam eram filhos únicos e isso nunca lhes causara problema algum. Muito pelo contrário. As pessoas diziam até que filhos únicos eram mais inteligentes e sagazes.

O que quer que acontecesse, Alex sabia que tinham tentado. Esta simples idéia fez com que ela desse um largo sorriso ao alcançar o prédio, sorrindo para o porteiro enquanto entrava confiantemente no saguão.

Capítulo 2

Quando Alex abriu a porta do apartamento, tudo parecia estranhamente silencioso. Não havia nenhum ruído em parte alguma e ela pensou que Carmen se demorara no parque com Annabelle mais tempo do que de costume. Na maioria dos dias, estavam em casa às cinco e tomavam um banho antes da janta. Mas quando Alex entrou no banheiro, encontrou a filha sentada na banheira como uma princesinha, em meio a uma montanha de bolhas de sabão que quase a escondia por completo. Sentada na borda da banheira, Carmen vigiava-a enquanto Annabelle fingia ser uma sereia. Não dizia uma palavra, apenas "nadava" de um lado para o outro, quase oculta pelo mar de bolhas. Fora um prazer adicional para ela usar a funda banheira de mármore da mãe e era por este motivo que Alex não a ouvira ao entrar no apartamento. A suíte principal situava-se no fim de um longo corredor.

— O que está fazendo aqui?

Alex lançou um amplo sorriso a ambas, feliz ao ver a sua menininha. Ela era a coisinha mais fofa que já vira e seu vívido cabelo ruivo brilhava como um farol na banheira.

— Psiu... — disse Annabelle, muito séria, levando o dedo aos lábios. — Sereias não falam.

— Você é uma sereia?

— Claro que sou. Carmen me deu permissão para usar a

banheira e os seus sais de banho se eu a deixasse lavar o meu cabelo hoje à noite.

Carmen sorriu para a patroa e Alex riu. Annabelle adorava acordos e conseguia fazer o que bem entendia não só com Carmen, mas também com os pais. Apesar disso, nunca tirava injusta vantagem do fato, muito embora soubesse que era a queridinha de todo mundo.

— Que tal eu tomar banho com você e nós duas lavarmos o cabelo? — sugeriu a mãe. Queria mesmo tomar banho antes de Sam chegar em casa.

— Tá bem.

Annabelle pensou no assunto por um minuto. Detestava lavar a cabeça com xampu, mas começava a suspeitar que desta vez não havia jeito de escapar.

Alex tirou o costume preto e os sapatos altos e Carmen foi dar uma espiada na janta, enquanto Annabelle continuava a brincar de sereia. Momentos depois, estavam ambas na grande banheira, conversando sobre os seus respectivos dias. Annabelle gostava do fato de sua mãe ser advogada e do pai ser um agente de "invenção", conforme o chamava. Sempre explicava que ele era uma espécie de banqueiro e que se desfazia do dinheiro das pessoas, definição esta que não correspondia exatamente ao modo como o pai descrevia o que fazia, mas isto satisfazia Annabelle. Sabia que a mãe ia ao tribunal e discutia com o juiz, mas que não mandava gente para a cadeia, o que era mais simples.

— Como foi o seu dia? — indagou Alex, luxuriando-se com a água quente, as bolhas e sentindo-se igualmente uma sereia após um dia inteiro no escritório.

— Muito bom.

Annabelle olhava para a mãe com óbvio prazer. Alex saudara-a com um beijo ao entrar na banheira e a menina estava sentada ao seu lado, toda contente.

— Aconteceu algo de especial na escola?

— Não, nada. Só que a gente comeu sapo.

— Comeram sapo? — Alex parecia intrigada, mas estava

familiarizada com o estilo taquigráfico da filha e sabia que havia mais coisa na história. — Que tipo de sapo?

Certamente, não era de verdade.

— Sapos verdes. Com olhos pretos e cabelo de coco em cima.

Alex percebeu que "cabelo de coco" era a dica, enquanto imaginava como conseguiria algum dia viver sem ela.

— Você se refere a comer bolinhos?

— É isso aí. Foi Bobby Bronstein que levou. Era o seu aniversário.

— Parece ótimo.

— A mãe dele também trouxe aranhas e minhocas grudentas. Eram horríveis.

Estava encantada com o relato assustador que intrigara tanto a mãe.

— Parece uma gostosura.

Alex sorriu para Annabelle enquanto esta encolhia os ombros, nada impressionada com as delícias culinárias com que tinha se deparado.

— Foi legal. Mas gosto mais dos seus bolinhos. Principalmente os de chocolate.

— Talvez eu faça alguns neste fim de semana...

Depois que papai e eu fizermos amor e tentarmos encomendar um irmãozinho ou irmãzinha... Tornou a lembrar-se do *kit* azul.

— Qual é o nosso programa deste fim de semana? — indagou uma voz familiar, fazendo ambas erguerem os olhos para o papai de Annabelle, que as observava da porta com um ar obviamente divertido. Aquela era uma cena encantadora e seu olhos colaram-se aos da esposa com todo o amor que sentia pelas duas. Quando se abaixou para beijá-las, Alex o segurou pela gravata e o manteve junto a si para conseguir outro beijo, o que ele fez sem objeção.

— Estávamos falando em preparar bolinhos, entre outras coisas — respondeu com um jeito sedutor, enquanto ele erguia uma sobrancelha e então afastava-se da banheira, tirando a gravata e abrindo o colarinho.

— Algum outro plano para este fim de semana? — perguntou Sam casualmente, pois também se lembrara do *kit* azul.

— Creio que sim — confirmou ela e sorriu para o marido, que lhe retribuiu o olhar com prazer. Com quase 50 anos, Sam ainda era um homem incrivelmente bonito e aparentava dez anos a menos, assim como Alex. Ambos formavam um belo par e era evidente que a vinda de Annabelle não diminuíra em nada a paixão existente entre ambos.

— O que estão fazendo na banheira no meio de toda essa espuma? — indagou ele a Annabelle, que o encarou com uma expressão direta e objetiva.

— Somos sereias, papai.

— Que tal uma grande baleia juntar-se a vocês?

— Vai entrar também, papai? — perguntou ela, dando uma risadinha excitada. O pai tirou o paletó e começou a desabotoar a camisa enquanto os três riam. Momentos mais tarde, após trancar a porta para Carmen não entrar, ele se acomodava junto com as suas duas sereias. Sam esparramou água por todos os lados e os três brincaram até que Alex conseguiu lavar o cabelo da filha. Em seguida, saiu da banheira, enxugou Annabelle e embrulhou-a em uma grande toalha cor-de-rosa, enquanto Sam tomava uma ducha para retirar todo o sabão. Ele saiu do chuveiro e pegou uma grande toalha branca, que enrolou na cintura enquanto examinava suas duas damas com prazer.

— Vocês parecem gêmeas.

Ele tornou a sorrir ao olhar para o vívido cabelo ruivo. Ultimamente, Alex andava reclamando que tinha encontrado alguns fios brancos, mas ainda assim a cor do seu cabelo continuava tão intensa quanto o da filha.

— O que vamos fazer no Dia das Bruxas? — Annabelle perguntou, enquanto a mãe secava seu cabelo e Sam abria a porta do banheiro e entrava no quarto para vestir uma calça *jeans* e um suéter e calçar um par de mocassins. Adorava encontrá-las em casa quando voltava, adorava também brincar com Annabelle e passar a noite com Alex. Nem sequer se incomodava quando ela precisava trabalhar até tarde. Simplesmente gostava de sua companhia, tal como já vinha acontecendo nos últimos dezessete anos. Muito pouco mudara entre ambos, exceto o fato de que parecia amá-la mais a cada ano, e Annabelle apenas reforçara o elo que os unia. Só lamentava não terem percebido mais cedo como era ótimo ter filhos.

— O que você quer fazer? — perguntou Alex à filha, enquanto afofava os luzidios cachos ruivos com dedos delicados.

— Quero ser um canário — respondeu Annabelle com firmeza.

— Um canário? Por que um canário?

Alex sorria para a filha.

— São umas gracinhas. Hilary tem um. Ou talvez eu seja a Fada Sininho... ou a Pequena Sereia.

— Semana que vem vou à F.A.O. Schwarz na hora do almoço e verei o que posso achar. Certo?

Então recordou-se do julgamento. Teria de fazê-lo antes da quarta-feira ou esperar até o julgamento terminar. Ou talvez Liz Hascomb pudesse ligar para lá e perguntar o que tinham no tamanho de Annabelle. Alex sempre precisava ser engenhosa quando se tratava de usar o seu tempo da maneira mais vantajosa possível.

— Quais os nossos preparativos para o Dia das Bruxas?

Sam tornara a entrar no banheiro, agora de calça *jeans* e suéter verde-escuro.

— Pensei que podíamos fantasiar Annabelle e percorrer os apartamentos aqui do prédio para recolher doces com a brincadeira das travessuras ou gostosuras, que nem no ano passado — sugeriu Alex e Sam concordou com a cabeça. Vestida com um felpudo roupão cor-de-rosa e com uma toalha enrolada na cabeça, colocou uma camisola em Annabelle e entregou-a ao pai para que pudesse ir à cozinha dar uma olhada na janta.

Havia galinha no forno, batatas cozidas no microondas e feijões verdes fritando na manteiga em uma frigideira. Já estava na hora de Carmen ir embora. Sempre ficava até tarde quando os patrões saíam, mas, se estavam no apartamento, costumava adiantar o jantar e ir para casa. Ou então Alex e Sam preparavam pessoalmente a comida quando chegavam do trabalho.

— Obrigada por tudo. — Alex sorriu para Carmen e esta

retribuiu o sorriso. — Vou precisar muito da sua ajuda na próxima semana, Carmen. O julgamento começará na quarta-feira.

— Certo. Conte comigo. Posso ficar até tarde. Não tem problema.

Sabia dos esforços do casal para ter outro bebê e estava desapontada por ainda não haver acontecido. Adorava bebês e criancinhas. Aos 57 anos, tivera seis filhos e dois maridos e, pela última contagem, já tinha dezessete netos. Levava uma vida plena no Queens, mas adorava trabalhar para os Parker em Manhattan.

— A gente se vê amanhã — falou Alex quando Carmen partiu. A mesa estava posta e a comida cheirava que era uma beleza. Alex vestiu a calça *jeans* e uma blusa. Cinco minutos depois, chamava Annabelle e Sam para jantar. Comeram em uma antiga mesa rústica na cozinha, com um lindo e impecável serviço americano e as velas acesas. Às vezes comiam na sala de jantar, porém, na maioria das ocasiões, eles comiam na cozinha, e quase sempre com Annabelle, exceto quando chegavam tarde em casa ou jantavam fora. Contudo, ambos gostavam de fazer as refeições com a filha. Ela era ótima companhia e eles davam muita importância ao tempo que compartilhavam.

A menina tagarelou durante todo o jantar e depois Sam ajudou Alex a lavar a louça, enquanto Annabelle brincava. Em seguida, ele assistiu ao noticiário na televisão enquanto a esposa lia uma história para Annabelle depois de pô-la na cama. Às oito horas, a filha já estava adormecida e a noite pertencia só aos dois. Quando Alex ia sentar-se ao lado de Sam no sofá de couro do estúdio lembrou outra vez do *kit* azul para detecção da ovulação e foi fazer o teste. Ainda não ocorrera a ejeção hormonal que precedia a ovulação e não havia como prever quando isto aconteceria. Exceto pelo fato de saber que, com os hormônios que tomava, isto provavelmente deveria ser bastante regular a acontecer, como ela previra, no sábado ou domingo, ou seja, dentro de dois ou três dias. Haviam recebido instruções para não se absterem de sexo por mais de cinco dias antes da ovulação, mas para não fazê-lo imediatamente antes, pois baixaria a contagem de esperma de Sam. Isso tirava a espontaneidade da vida sexual, mas gostavam um do outro de qualquer modo e Sam encarara com uma tremenda esportividade todos estes esforços para terem um bebê. Também fora aconselhado a não beber em excesso logo antes da ovulação, nem tomar banho quente na banheira ou ir à sauna. O calor matava o esperma e às vezes, para provocá-la, ele dizia que poderia usar compressas de gelo na cueca, um recurso que casais com problemas de fertilidade ocasionalmente aplicavam. No entanto, os dois não tinham um "problema", não havia nada de errado com eles. Alex estava com 42 anos e levava tempo para engravidar.

— E então, os meus serviços serão necessários hoje à noite? — perguntou Sam, bem-humorado, quando ela sentou ao seu lado no sofá de couro do estúdio.

— Não por enquanto — replicou Alex, sentindo-se tola. Era difícil não sentir-se assim com toda essa história de fazer testes, calcular, discutir, esperar. Entretanto, apesar de tudo, parecia valer a pena para ambos e, portanto, até agora não tinham jogado a toalha. Longe disso. — Ainda acho que será neste fim de semana.

— Posso pensar em coisas piores pra fazer em uma tarde de sábado — comentou ele alegremente enquanto passava um braço por seus ombros. Carmen trabalhava só metade do dia nos sábados para os patrões poderem dormir até mais tarde ao menos uma vez por semana, mas também não se importava de ficar mais tempo. Era realmente a pessoa ideal para os Parker e eles adoravam o fato de que ela tivesse tanto carinho pela menina e que Annabelle retribuísse este sentimento. Ambos confiavam por completo nela.

Alex conversou com Sam sobre o julgamento da próxima semana e o depoimento ao qual assistira hoje, sem revelar nada de confidencial. Ele lhe falou sobre um novo e fantástico cliente em Bahrain e um novo sócio em perspectiva que outros dois sócios haviam lhe apresentado. O sujeito era inglês e, no mundo financeiro, possuía uma tremenda reputação de fechar negócios olímpicos, mas Sam o vira diversas vezes e ainda não simpatizava muito com ele, não tinha certeza se deviam aceitá-lo na sociedade. Considerava-o exibicionista demais.

— Que vantagens ele tem a oferecer? — indagou Alex, pois os negócios do marido sempre a intrigavam. Por sua vez, Sam lhe apresentava muitas das suas idéias para saber o que ela pensava a respeito. Respeitava suas opiniões e seu faro aguçado para detectar alguns dos riscos inerentes ao seu negócio.

— Ele tem um bocado de dinheiro e altos contatos internacionais. Não sei... só acho que há uma possibilidade muito concreta de virar um pé-no-saco. É tão cheio de si. Foi casado com uma *Lady* Qualquer Coisa, filha de um lorde da alta aristocracia britânica, mas é tanta besteira e presepada. Não sei. Larry e Tom acreditam que é uma mina de ouro ambulante.

— Os antecedentes dele conferem? Você investigou?

— Sim. E tudo confere com a precisão de um relógio suíço. Ele fez sua primeira fortuna no Irã e era muito chegado ao Xá antes de sua queda, obviamente. E foi casado com a segunda mulher dele. Acho que, desde então, anda ganhando dinheiro. Muito dinheiro. Realizou algumas transações muito exóticas em Bahrain e ainda tem ligações bastante fortes no Oriente Médio. Além disso, mais ou menos insinua que poderia aproximar-se mais do Sultão de Brunei. Francamente, não acredito nisso. Mas Tom e Larry, sim. Isto é o máximo a que alguém pode chegar na estratosfera antes de explodir em mil pedaços com todo o dinheiro e o poder.

— Talvez deva aceitá-lo em caráter provisório. Tente trabalhar com ele durante seis meses e então veja o que pensa a seu respeito.

— Foi o que sugeri a Larry e Tom, mas acham que esta proposta é insultante para alguém da sua envergadura. Simon não é exatamente alguém que se possa colocar em um período de experiência, suponho. Acontece que não sei se estou pronto para assumir um compromisso pleno com ele.

— Então siga os seus instintos. Até agora, eles nunca o enganaram. Eu acredito firmemente na sua intuição.

— E eu acredito firmemente em você — retrucou Sam com toda a suavidade enquanto inclinava-se para beijá-la. Era louco pela esposa há tanto tempo e estava sempre dividido entre a admiração que tinha pela sua mente e a paixão que sentia pelo seu corpo. Esta era uma combinação imbatível. — O que acha de nos deitarmos mais cedo hoje e praticarmos um pouco para o fim de semana?

— Esta é uma idéia muito atraente — concordou ela, beijando-o no pescoço. Ambos sabiam que ainda podiam se dar o luxo de fazer amor agora. Ainda restavam dois ou três dias antes da ovulação. Fazer amor no dia seguinte seria perto demais e talvez diminuísse as chances de uma nova gravidez. Na melhor das hipóteses, era o tipo de coisa complicada, mas Alex estava determinada a superar este empecilho. Além do mais, suas tentativas de engravidar não durariam para sempre. Eventualmente, acabariam tendo um bebê, ou então desistiriam e voltariam a se amar sempre que tivessem vontade.

Sam apagou as luzes do estúdio e da sala de estar e Alex o seguiu até o quarto. Lá, ela tirou a calça devagar, tentando não lembrar da pasta que deixara a um canto e que agora parecia fuzilá-la com os olhos. Captando seus pensamentos, Sam também a viu e imaginou se ela devia estar trabalhando. Foi o que lhe perguntou gentilmente enquanto abria o fecho ecler da calça e despia o suéter. Alex encolheu os ombros. Ele era muito mais importante para ela no momento.

Deitaram-se entre os lençóis Pratesi que Alex comprara na Madison Avenue, sentindo sua fresca maciez em contato com a pele. Quando Sam a tomou em seus braços poderosos, ela esqueceu-se de tudo que não fosse ele enquanto se amavam. Até mesmo a ânsia por um bebê foi de repente esquecida. Tudo que conseguia pensar era em Sam, enquanto este a enlaçava e afundava lentamente nela. Pairaram no espaço por um tempo indeterminado, dominados por um intenso prazer, e depois retornaram devagar à terra, mergulhando de novo na realidade enquanto ele ressonava em seus braços e caía no sono, saciado, com a esposa a abraçá-lo.

— Amo você — sussurrou ela junto ao cabelo do marido, enquanto ele roncava baixinho ao seu lado. Alex continuou a abraçá-lo por um longo tempo e depois, com extremo cuidado e delicadeza, empurrou-o para o outro lado da cama, acomodando-o confortavelmente, antes de levantar-se para pegar a pasta. Sabia que ainda tinha serviço a fazer e não podia simplesmente ficar deitada e não terminá-lo. Sentou-se em silêncio na grande e cômoda poltrona do quarto, examinando os documentos e fazendo anotações durante as duas horas seguintes. Sam nem sequer se mexeu. Já

Annabelle acordou uma vez e Alex lhe serviu um copo de água. Permaneceu ao lado da filha por algum tempo e a estreitou contra si até que a menina tornou a adormecer. Então retornou ao próprio quarto e continuou a trabalhar.

Foi o que fez até uma hora da madrugada, quando então espreguiçou-se e bocejou, guardando os papéis na pasta. Estava acostumada a fazer isso. Executava uma boa parte do serviço à noite, quando não atrapalhava ninguém e podia concentrar-se em meio ao silêncio do apartamento.

Sam apenas mexeu-se por um instante quando ela se deitou ao seu lado. Nem percebeu que Alex havia se levantado. Após apagar a luz, ela acomodou-se junto ao marido, pensando nele e em Annabelle, no julgamento da semana seguinte, no novo cliente que tinha visto naquele dia, que decidira recusar, e no sócio inglês em perspectiva sobre o qual o marido lhe falara. Havia tanto em que pensar, tanto a fazer que às vezes quase achava uma vergonha precisarem desperdiçar tempo dormindo. Precisava de todas as horas possíveis para atender a todas as suas obrigações. Não podia dar-se o luxo de perder um minuto. Entretanto, finalmente, apesar de tudo que tinha na cabeça, adormeceu ao lado de Sam, e ainda estava ferrada no sono quando o despertador disparou na manhã seguinte.

Capítulo 3

Como de costume, seu dia iniciou com Sam a despertando gentilmente com uma palmadinha e um beijo. O rádio estava ligado e, tal como acontecia todas as manhãs, Alex sentia-se exausta. Cada dia parecia fundir-se no dia seguinte e ela geralmente sentia um grande cansaço devido aos seus infindáveis compromissos e à implacável tensão no escritório.

Saiu da cama devagar e foi acordar Annabelle, que às vezes despertava antes dos pais, mas hoje tal coisa não ocorreu. Sonolenta, ela espreguiçou-se quando Alex a acordou com um beijo. Então Alex deitou-se junto da filha e as duas riram e conversaram até Annabelle se dispor a levantar. Em seguida, a mãe conduziu-a até o banheiro, lavou seu rosto e penteou seu cabelo, escovou seus dentes e depois voltou ao quarto da menina para pegar a roupa que ela vestiria para ir à escola maternal. A opção desta manhã foi um conjunto que Sam trouxera de sua última viagem a Paris. Era uma calça de brim com arremates de riscadinho cor-de-rosa, um blusão com o mesmo riscadinho e uma jaqueta combinando. Estava encantadora com o tênis cor-de-rosa de cano longo.

— Nossa, você está uma graça hoje, princesa — declarou o pai com admiração, quando Alex a levou à cozinha para tomar o café da manhã. Sam já se encontrava lá sentado, de barba feita e banho tomado, vestido com um terno cinza-escuro, camisa branca e gravata Hermès azul-marinho, lendo o *Wall Street Journal,* a sua Bíblia.

— Obrigada, papai.

Ele serviu à filha sucrilhos com leite e preparou-lhe uma torrada, enquanto Alex ia tomar uma ducha e se vestir. Eles mantinham uma rotina muito bem organizada e bastante flexível. Quando Alex tinha alguma reunião de manhã cedo, Sam cuidava de tudo e vice-versa. Nesta manhã, ambos tinham tempo e Alex já se oferecera para levar Annabelle à escola. Ficava a poucos quarteirões dali e ela queria compensá-la pelo frenesi da próxima semana, quando sabia que não poderia fazê-lo.

Alex juntou-se aos dois na cozinha 45 minutos depois, bem a tempo de tomar uma xícara de café e comer a torrada restante. A essa altura, Sam explicava a Annabelle os princípios da eletricidade e por que era perigoso espetar um garfo molhado na torradeira.

— Certo, mamãe?

Sam olhou para a esposa em busca de apoio e Alex confirmou com a cabeça enquanto passava os olhos rapidamente pelo *New York Times* e via que o Congresso dera uma lição no presidente, e que um dos juízes do tribunal superior com quem menos simpatizava acabara de aposentar-se.

— Ao menos não precisarei me preocupar com ele na semana que vem — comentou enigmaticamente com a torrada na boca, provocando uma risada em Sam. Ela nunca se mostrava muito coerente pela manhã, embora fizesse um enorme esforço pelo bem da filha.

— O que você tem na agenda para hoje? — indagou Sam casualmente. Ele tinha umas duas reuniões importantes com clientes e almoço no "21" com o inglês, que poderia lançar alguma luz na situação.

— Nada demais. Sexta-feira é o meu dia mais curto — lembrou ao marido, mas Sam já sabia. — Vou me encontrar com um dos associados a fim de concluirmos os preparativos para o julgamento da próxima semana. Depois tenho um exame de rotina no consultório de Anderson e, em seguida, irei apanhar Annabelle e levá-la à escola da Srta. Tilly.

O dia da semana que Annabelle preferia era aquele em que ia à aula de balé da Srta. Tilly. Era delicioso e Alex amava levá-la, e este era um dos motivos pelos quais saía mais cedo do escritório às sextas — para estar com ela.

— Por que Anderson? Está acontecendo algo que eu não saiba?

Ele parecia preocupado, mas não Alex. Anderson era o seu ginecologista e a estava orientando nas suas tentativas de ter outro bebê.

— Nada demais. Só um exame de Papanicolaou. E eu queria discutir com ele o tratamento com Serophene. É um pouco difícil, para mim, preservar a sanidade e a carreira e ainda assim tomar as doses que o médico recomenda. Eu fiquei imaginando se devia tomar menos ou mais ou o quê, ou dar uma parada por algum tempo. Não sei. Depois lhe conto o que ele disser.

— Conte mesmo. — Sam sorriu para Alex, comovido com o fato de que ela estivesse disposta a tanto esforço para ter o filho dele. — E boa sorte nos preparativos para o julgamento.

— Boa sorte com Simon. Espero que ou ele dê uma mancada ou então você fique mais seguro a seu respeito.

— Eu também — retrucou Sam com um suspiro. — Sem dúvida alguma isto simplificaria as coisas. Realmente não sei o que pensar dele ou se devo confiar na minha intuição, no *pedigree* do sujeito ou nos instintos dos meus sócios. Talvez eu a esteja perdendo e apenas ficando paranóico com a velhice.

Ele estava chegando na faixa dos cinqüenta este ano e se achava muito impressionado com este fato. Entretanto, Alex não o considerava paranóico de modo algum. Os instintos do marido sempre foram infalíveis.

— Eu já lhe disse. Confie na sua intuição porque, até agora, ela nunca o deixou na mão.

— Obrigado pelo voto de confiança.

Ambos pegaram os casacos e Alex ajudou Annabelle a vestir o seu. Em seguida, apagaram as luzes, trancaram a porta e aguardaram o elevador que os conduziria ao encontro de mais um dia muito atarefado. Sam beijou-as na rua e depois chamou um táxi. Alex levou Annabelle a pé até a escola na Lexington, com a filha tagarelando sem parar e as duas rindo e brincando durante todo o trajeto. Depois que a menina alegremente entrou correndo na escola, Alex fez sinal a um táxi e rumou para o centro da cidade.

Brock já se achava à espera na sala de Alex, com todos os autos pertinentes ao processo espalhados sobre a mesa. Havia também cinco recados para ela, todos não relacionados com o caso Schultz. Dois eram do cliente em perspectiva do dia anterior e Alex rabiscou uma anotação para lembrar a si mesma de telefonar-lhe antes de sair do escritório.

Como de costume, Brock era extremamente organizado e suas anotações sobre o caso foram de grande utilidade. Ela agradeceu-lhe, elogiando-o por todo o seu empenho ao concluírem o serviço por volta das onze e meia. Ainda restava uma dúzia de coisas que precisava resolver antes de ir embora, mas a consulta com o médico era ao meio-dia, no norte da cidade, e só sobrava tempo para dar alguns telefonemas.

— Posso ajudar em mais alguma coisa? — perguntou ele no seu costumeiro estilo casual e Alex deu uma olhadela nas anotações que estavam em sua mesa, dominada por uma frenética agitação. É lógico que podia regressar ao escritório à tarde e pedir a Carmen que levasse Annabelle ao balé, mas sabia que a filha ficaria desapontada. No entanto, sempre parecia estar atrasada ou com pressa, ou tentando fazer coisas demais. Sua vida sempre se assemelhava a uma corrida de revezamento, sem ninguém a quem passar o bastão. Certamente, não podia passá-lo a Sam; ele tinha sua própria vida a conduzir e seus problemas profissionais a solucionar. Com este pensamento, entregou-lhe dois dos recados e pediu que telefonasse em seu nome.

— Isto realmente ajudaria.

Lançou ao rapaz um sorriso de gratidão.

— Fico feliz em colaborar. Algo mais?

Ele a fitou com uma expressão calorosa. Gostava de trabalhar com Alex, sempre havia gostado, pois os estilos de ambos eram incrivelmente semelhantes. Era como dançar com a parceira ideal.

— Podia ir ao médico por mim para fazer o exame.

— Seria um prazer — retrucou Brock com um sorriso e ela riu, exasperada.

— Bem que eu gostaria que você pudesse.

Parecia quase uma perda de tempo agora. Ela estava bem e sabia disso. Nunca se sentira melhor. E podia conversar com o ginecologista pelo telefone sobre o tratamento com Serophene. Quando esta idéia lhe veio à mente, Alex relanceou os olhos para o relógio e tomou uma rápida decisão. Discou o número de memória com a intenção de adiar a consulta, mas a linha estava ocupada e Alex não queria cometer a descortesia de simplesmente não aparecer. Ele era um excelente especialista e sempre a tratara com toda a consideração. Anderson trouxera Annabelle ao mundo e, desde então, vinha colaborando nestes três anos de tentativa para conseguir outra gravidez. Não parecia correto lhe dar o bolo. Tentou de novo, mas a linha continuava ocupada. Então levantou-se e pegou o casaco, a despeito da irritação.

— Acho melhor eu ir. Provavelmente, ele tirou o fone do gancho — brincou Alex. — Assim não perde nenhum paciente em potencial. Ligue-me se lembrar de algum detalhe que tenha nos escapado do caso Schultz. Ficarei em casa durante todo o fim de semana.

— Não se preocupe com nada. Ligarei, se for preciso. Procure esquecer o assunto. Está tudo pronto, realmente. E podemos revisar o processo na segunda-feira. Aproveite o fim de semana.

— Você fala igual ao meu marido. E o que pretende fazer? — indagou ela enquanto vestia o casaco e apanhava a pasta.

— Trabalhar aqui durante o fim de semana inteiro, é lógico. O que acha? — Brock riu.

— Ótimo. Então não me pregue um sermão. Trate *você* de aproveitar o *seu* fim de semana. — Sacudiu um dedo para o rapaz, mas estava contente por Brock ser tão consciencioso, e ele sabia disso. — Obrigada por tudo. Realmente, eu lhe sou muito grata.

— Esqueça. Vai correr tudo muito bem na quarta-feira.

— Obrigada, Brock.

Então saiu correndo porta afora com um aceno para Liz e, cinco minutos depois, estava em um táxi a caminho da Park Avenue com a rua 72. Sentia-se um pouco tola indo ao médico sem ter nada de novo a comunicar, já que ele estava bem a par das suas reclamações sobre os efeitos colaterais do Serophene. Entretanto, precisava mesmo fazer um exame de Papanicolaou e sempre ficava mais calma ao discutir os problemas reprodutivos com ele. John Anderson era um velho amigo e ouvia suas preocupações com profundo interesse. Além do mais, mostrava-se muito solidário com relação ao seu receio de não engravidar mais. Ele lembrou-lhe que não existia nada de errado com os dois, porém não havia como negar que Alex tentava em vão ter outro bebê há três anos. Não existia qualquer razão específica para este fato, se bem que, sem sombra de dúvida, seu trabalho já fosse motivo de muita tensão e ela agora tivesse mais idade. Tornaram a conversar sobre as injeções de Pergonal, os riscos, as vantagens e a possibilidade de uma fertilização *in vitro,* embora, aos 42 anos, não fosse considerada uma excelente candidata a tal tratamento. Discutiram também ZIFT e GIFT e tecnologias mais recentes como a doação de óvulos, algo que não lhe agradava de modo algum. Finalmente, decidiram prosseguir com o Serophene. O médico também sugeriu tentarem uma inseminação artificial com o esperma de Sam no próximo mês, caso ele concordasse, para proporcionar ao óvulo e ao esperma uma melhor chance de "se encontrarem", conforme ele definiu. Fez tudo parecer muito simples e bem menos perturbador do que podia ser.

Então efetuou o exame de rotina, tirou a amostra para o Papanicolaou e, após olhar na ficha, perguntou quando fora a sua última mamografia, porque não vira os resultados do ano anterior. Então Alex admitiu que não tirara nenhuma.

— Não tiro há dois anos.

Entretanto, nunca aparecera qualquer caroço em seus seios nem ninguém em sua família havia enfrentado problema semelhante. Esta era uma daquelas coisas com que simplesmente não se preocupava, embora fosse muito rigorosa no que se referia a submeter-se ao exame anual de Papanicolaou. De qualquer forma, existiam diversas teorias quanto a fazer mamografia na sua idade, se devia ser anual ou a cada dois anos.

— Você realmente devia fazer todo ano — respondeu ele. — Após os quarenta, é muito importante.

Anderson pertencia à corrente favorável do "todo ano". Apalpou-lhe os seios e não descobriu nada. Alex possuía seios pequenos e tinha amamentado Annabelle, o que, supostamente, devia servir de proteção contra o câncer mamário. Inclusive já tinham lhe contado que os hormônios que estava tomando não aumentavam o risco de contrair câncer, o que ela achara tranqüilizador.

— Quando vai ovular de novo? — perguntou ele de repente, olhando de relance para a ficha.

— Amanhã ou no dia seguinte — respondeu ela sem hesitação.

— Então creio que devia fazer logo uma mamografia. Se engravidar amanhã, talvez demore dois anos até a próxima. Não vai tirar uma durante a gravidez, e tais radiografias não são exatas durante a época da amamentação. Quero realmente tirar uma hoje e resolver de vez o problema. Aí não teremos de pensar no caso por mais um ano. O que acha?

Alex deu uma olhada no relógio, sentindo-se ligeiramente exasperada. Queria buscar Annabelle na escola, almoçar com ela em casa e depois levá-la à aula de balé da Srta. Tilly.

— Não posso mesmo. Tenho muito que fazer.

— Isto é importante, Alex. Creio que devia arranjar tempo para o exame.

O médico demonstrava uma firmeza incomum, o que a preocupou. Então ela o encarou com uma súbita pergunta.

— Acha que há algum motivo sério que justifique esta mamografia?

Ele lhe apalpara os seios com muito cuidado, mas sempre o fazia. E respondeu com um negativo balançar da cabeça.

— Não, nada. Só não quero que tenha problemas mais tarde. Você também não quer ser negligente com relação às mamografias, Alex. São importantes demais. Por favor. Acho que realmente devia fazer.

Foi tão insistente que Alex não teve coragem de ignorá-lo. Além do mais, ele estava com a razão. Se engravidasse neste fim de semana, por mais improvável que pudesse parecer, só poderia tirar uma mamografia daqui a um ou dois anos. Então, provavelmente, esta era uma boa idéia.

— E onde eu tenho que ir?

Ele escreveu um endereço que situava-se apenas a cinco quarteirões de distância. Podia tranqüilamente ir a pé.

— A coisa toda vai levar cinco minutos.

— E darão o resultado na hora?

— Provavelmente não. Tiram as radiografias para que o médico as examine depois. É possível que ele não esteja lá na hora. Então o radiologista me ligará na semana que vem para me comunicar o resultado. É lógico que vou lhe telefonar, se houver algum problema, mas tenho certeza de que não há. É só uma medida preventiva, Alex. É a atitude mais sábia.

— Eu sei, John.

Ela apreciava o quanto Anderson era cuidadoso. Só que era uma chateação ter de arranjar tempo para isso, mesmo sabendo que valia a pena.

Ligou para Carmen na mesa da secretária e lhe pediu que apanhasse Annabelle na escola. Avisou que iria almoçar em casa e que a levaria ao balé. Tinha um compromisso a caminho de casa. Carmen garantiu que não havia problema.

Alex saiu do consultório do Dr. Anderson e percorreu rapidamente a Park Avenue em direção à rua 68, entre a Lexington e a Park Avenue, chegando ao que se assemelhava a uma clínica muito solicitada. Umas doze mulheres estavam sentadas na sala de espera e diversos técnicos surgiam com freqüência na porta para chamar os nomes e conduzi-las à sala de exame. Alex deu seu nome à recepcionista, alimentando a esperança de que não demorasse muito a ser atendida, enquanto mais duas mulheres chegavam. Aquele parecia ser um negócio muito próspero e ela notou que, com exceção de uma moça bastante jovem, a maioria das mulheres era da sua idade ou mais velha.

Folheou uma revista sem prestar muita atenção, deu várias espiadas no relógio e, dez minutos após a sua chegada, uma mulher com um guarda-pó branco apareceu na porta da sala de espera e chamou seu nome. Existia algo de muito sonoro e impessoal no modo como o pronunciou, mas Alex seguiu-a sem dizer uma palavra. Havia algo estranhamente intrusivo em deixar as pessoas a examinarem em busca de uma doença, como se carregasse uma arma escondida, e o mero fato de estar aqui já implicava culpa. Enquanto desabotoava a blusa, Alex percebeu que estava simultaneamente zangada e assustada. Era apavorante. E se tivesse mesmo alguma coisa lá? E se descobrissem algo grave? No entanto, quando sua mente começava a pregar-lhe peças e a convencê-la de que estava com os dias contados, forçava-se a pensar que tudo não passava de pura rotina. Não era mais agourento do que o exame de Papanicolaou. A única diferença era que a mamografia estava sendo tirada por desconhecidos e não por gente que conhecia. Contudo, fora este detalhe, era tudo igual.

Enquanto Alex se despia, a mulher de guarda-pó ficou parada ao lado dela. Ofereceu-lhe um avental, pedindo que o mantivesse aberto na frente, mas, fora isso, não houve qualquer conversa. Apontou para uma pia e algumas toalhas e pediu para retirar todo o perfume ou desodorante. Em seguida, indicou uma máquina de pé a um canto, que se assemelhava a um grande aparelho de raios X, com uma bandeja de plástico e algumas placas mais ou menos no meio. Depois de lavar-se, enquanto a outra mulher observava, Alex encaminhou-se à máquina, ansiosa para acabar logo com aquilo. Então a técnica apoiou o seio de Alex na bandeja de plástico e começou a baixar devagar a parte superior da máquina sobre ele, comprimindo-o. A técnica apertou a máquina ao máximo, esticou o braço de Alex para trás sem muito jeito, mandou prender o fôlego e então tirou duas radiografias. Repetiu o mesmo processo no outro seio e avisou que estava tudo terminado. Foi realmente muito simples e mais desconfortável do que verdadeiramente doloroso. Teria sido ótimo conhecer o resultado na hora, mas Alex estava convicta de que ele seria favorável quando ligassem para o seu médico na segunda-feira.

Saiu da clínica tão depressa quanto viera, pegou um táxi para casa e chegou lá a tempo de ver Annabelle acabar de almoçar e de vesti-la para a aula de balé. Por alguma estranha razão, era maravilhoso estar ali. Era impossível ignorar por completo as estatísticas que forçavam as mulheres a fazer mamografia todo ano. Uma em oito ou uma em nove mulheres contraía câncer no seio, dependendo da fonte das estatísticas. A simples idéia de que esteve perto delas, de que tirou tais radiografias para verificar se tinha a doença a fazia estremecer e sentir-se grata pelas singelas bênçãos da vida, como, por exemplo, levar a filha à aula de balé. Alex não pôde deixar de pensar no quanto era afortunada quando se abaixou para beijar os cachos ruivos de Annabelle ao saírem para a escola de balé.

— Por que não me buscou na escola? — indagou Annabelle, queixosa. As idas de Alex à escola da filha nas sextas-feiras eram um ritual que a menina adorava e com o qual se acostumara. Portanto, ressentia-se de qualquer desvio da rotina.

— Precisei ir ao médico para fazer uns exames e ele demorou mais do que eu esperava, fofinha. Lamento.

— Você está doente?

De repente a menina pareceu preocupada e assumiu uma atitude protetora em relação à mãe.

— Lógico que não. — Alex sorriu. — Mas todo mundo tem de fazer isso, até mesmo as mamães e os papais.

— E tomou injeção?

Ela estava intrigada e Alex riu enquanto balançava a cabeça.

— Não. — Mas espremeram o meu peito que nem uma panqueca... — Não foi preciso.

— Ótimo.

Annabelle mostrou-se aliviada enquanto saltitava ao lado da mãe.

A partir daí, seguiram para a escola de balé da Srta. Tilly sem contratempos. Após a aula, tomaram sorvete e então voltaram devagar para casa, conversando sobre o que estavam programando para o fim de semana. Annabelle não se entusiasmou muito com a sugestão de ir ao zoológico. Queria ir nadar na praia e Alex tentava lhe explicar que estava frio demais para fazê-lo.

Quando chegara em casa, Alex colocou um vídeo para a filha assistir e as duas deitaram na cama da mãe e relaxaram. Aquele parecera um longo dia, com tantos preparativos para o julgamento, e a mamografia a deixara com uma sensação de absoluto esgotamento. Agora sentia-se feliz por estar em casa e poder descansar junto com a filha.

Carmen ia mais cedo para casa nas tardes de sábado e Alex já estava com a comida pronta quando Sam chegou, mais tarde do que de costume, às sete horas. A essa altura, já havia servido a janta a Annabelle e ele preferiu esperar para comer após a menina ir para a cama, o que também pareceu ótimo a Alex. Às oito e meia, estavam sentados na cozinha, comendo peixe com salada e batatas cozidas, enquanto Sam lhe contava sobre o almoço com o inglês, que o impressionara muito mais desta vez.

— Sabe, agora estou muito confiante a respeito dele. Creio que estava me preocupando sem motivo. Larry e Tom estão certos. O sujeito é um gênio e pode nos arranjar alguns negócios fantásticos no Oriente Médio. Não se pode ignorar isso, ainda que ele seja um pouco exibicionista.

— E se não arranjar negócios no Oriente Médio? — perguntou ela, cautelosa.

— Mas vai. Você devia ver a sua lista de clientes só da Arábia Saudita.

— E todos o acompanharão? — Alex bancava a advogada do diabo, mas Sam não se incomodou. Sentia-se seguro agora sobre o homem e já apoiara a decisão de aceitá-lo como quarto sócio. — Tem certeza, Sam? Você estava tão preocupado com ele, ontem. Talvez deva confiar nisso.

— Creio que eu estava sendo histérico. Honestamente, Alex, conversei com o sujeito durante três horas hoje... ele não é um farsante. Sei que não. Vamos ganhar bilhões — assegurou Sam em tom confiante.

— Não seja ganancioso — repreendeu ela com um sorriso. — Isto significa que podemos comprar um castelo no sul da França?

— Não, mas possivelmente uma casa aqui em Nova York e uma propriedade em Long Island.

— Não precisamos de nenhuma destas coisas — retrucou Alex calmamente e o marido sorriu. Também não precisava, mas lhe agradava ser o mago das finanças. Significava muito para ele sê-lo. Gostava da notoriedade que a sua genialidade referente ao mercado de capitais lhe conferia. Seu sucesso e reputação representavam muito para Sam, bem como os seus lucros, motivo pelo qual julgava ser aconselhável agir com muita cautela a respeito do novo sócio. No entanto, Alex confiava no julgamento dele. E se o inglês o convencera, estava preparada para aceitar o fato.

— Como foi a reunião desta manhã? — perguntou. — Tudo pronto para o julgamento da próxima semana?

Sam também se interessava muito pelo trabalho dela. Até a chegada de Annabelle, era isto que injetava novas energias na vida conjugal dos dois.

— Tanto quanto poderei estar. Creio que correrá tudo bem. Meu cliente realmente merece ganhar esse processo.

— E vai, com você o defendendo — garantiu Sam, cheio de confiança, e Alex se inclinou para beijá-lo. Ele estava muito atraente com a calça *jeans* e um suéter vermelho. Na verdade, sempre parecia muito bem a Alex e, ultimamente, estava ainda melhor.

— A propósito, o que Anderson disse?

— Não muito. Tornamos a analisar todas as possibilidades. As injeções de Pergonal ainda me assustam. O Serophene continua me deixando uma pilha de nervos e ninguém quer fazer fertilização *in vitro* com uma mulher de 42 anos, embora ele tinha dito que alguns costumam fazê-lo. Conversamos sobre a doação de óvulos, que não me agrada nem um pouco. Anderson também sugeriu que tentássemos inseminação artificial com o seu esperma no mês que vem. Diz que às vezes isto faz grande diferença. Eu não sabia qual seria a sua opinião — acrescentou ela quase com timidez e Sam sorriu.

— Eu agüento, se for preciso. Posso imaginar modos melhores de me divertir do que brincar comigo mesmo e ler revistas pornográficas. Mas, se funciona, então a gente tenta.

— Você é incrível. E eu te amo demais.

Alex beijou o marido, que retribuiu o beijo com ardor. Como o resultado do teste desta tarde ainda não fora azul, não podiam ir mais longe.

— E quanto ao fim de semana?

— Anderson disse para tentarmos sempre que ficar azul. Ainda não ficou, mas tenho certeza que ficará amanhã. Hoje estava quase. E ele também me convenceu a fazer uma mamografia, só para prevenir no caso de eu estar grávida. Isto porque, se estiver, não poderei tirar outra por um ou dois anos. Foi uma chateação e tive de pedir a Carmen que buscasse Annabelle na escola, mas não foi nada demais. Só que parece tão esquisito. De repente a gente se dá conta de que as pessoas realmente recebem resultados desfavoráveis, e esta idéia me apavorou um bocado.

— Mas foram bons, certo?

De repente, Sam pareceu inquieto e ela deu um sorriso reconfortante.

— Tenho certeza que foram. Telefonarão para o médico na próxima semana. O resultado só sai na hora se o radiologista estiver na clínica e ele não estava. Mas Anderson já tinha apalpado os seios e não achou nenhum nódulo. Foi só rotina. Alta manutenção, como eles dizem.

— Doeu?

Ele se mostrava curioso e um tanto horrorizado.

— Não, realmente. Apertam o seio o máximo possível em uma máquina e tiram radiografias. Existe algo de vagamente degradante no processo todo, mas não sei ao certo o motivo. A gente se sente um pouco estúpida e vulnerável. Eu mal podia esperar para sair de lá. Nunca antes fiquei tão feliz em ver Annabelle. Acho que serviu para lembrar que as coisas realmente podem dar errado, que este tipo de coisa acontece mesmo com as pessoas e que temos uma tremenda sorte quando não somos nós os atingidos. Lembretes dessa espécie são um bocado assustadores.

— Esqueça tudo. Nada semelhante vai lhe acontecer — afirmou ele, resoluto, ajudando a tirar a mesa. Depois tomaram um pouco de vinho, viram um filme na televisão e foram para a cama mais cedo do que de costume. Eles haviam tido uma semana fatigante e queriam descansar um pouco antes de Alex ficar fértil no fim de semana. E, tal como havia imaginado, ela descobriu que a urina se tornara azul no dia seguinte. Soube antes do meio-dia e cochichou a notícia ao marido durante o café da manhã tardio. Carmen levou Annabelle ao parque e os dois voltaram para a cama e fizeram amor. Depois Alex continuou deitada por mais uma hora, com as nádegas apoiadas em travesseiros. Em algum lugar ela havia lido que isto poderia ajudar e estava disposta a tentar quase qualquer coisa. Mas ainda apresentava um ar sonolento e satisfeito quando Sam voltou a enroscar-se na cama ao seu lado pouco antes do almoço.

— Vai continuar na cama o dia inteiro? — brincou ele com a esposa, mordiscando-lhe o pescoço com os lábios e provocando nela outro arrepio de excitação.

— Com este tipo de incentivo, eu seria bem capaz disso.

— Quando vamos brincar de novo?

Sam estava tão ansioso por aquilo quanto Alex.

— Amanhã, a qualquer hora.

— Podemos tentar de novo hoje à tarde? — perguntou ele com uma rouquidão sensual e ela riu quando Sam a beijou. — Acho que precisamos de mais prática. — Entretanto, ambos sabiam que não "deveriam" fazê-lo outra vez até o dia seguinte. — Seja lá como for, apenas concentre-se em conceber um bebê — murmurou Sam antes de levantar-se para tomar uma ducha e vestir-se enquanto ela cochilava por alguns minutos.

Dez minutos mais tarde, Alex juntou-se a Sam no chuveiro. Ele sobressaltou-se ao vê-la, ficando excitado com a presença da esposa logo atrás de si. Era uma agonia para ambos se verem forçados a não fazer amor novamente. A tentação era grande. Afinal de contas, os dois sempre sentiram prazer com os corpos um do outro. Era duro agora ter de se reprimir algumas vezes só para manter a "contagem de esperma".

— Talvez devamos esquecer toda essa história e voltarmos a ser apenas sexomaníacos — sussurrou ele ao seu ouvido, estreitando-a contra si no chuveiro, sentindo a água deslizar pelos corpos, enquanto riachinhos esgueiravam-se dentro das bocas ao beijá-la. — Amo você demais...

— Eu também — replicou Alex com volúpia, enquanto o sentia pulsar contra o estômago. — Sam... quero você...

— Não... não... não. — Sam recusou com voz rouca, provocando-a, enquanto abria no máximo a torneira de água fria. Então ela gritou de susto quando a água a atingiu em cheio, e depois riu ao saírem correndo do chuveiro.

Quando Carmen e Annabelle chegaram, estavam ambos sentados calmamente na cozinha, vestidos com calças *jeans,* tomando café e lendo o jornal. Carmen preparou o almoço. À tarde, Sam e Alex levaram a filha ao parque e depois foram todos jantar no J.G. Melon. Às vezes era divertido fazer programas como este no fim de semana. No domingo, andaram de bicicleta no parque e Sam colocou Annabelle na garupa enquanto se dirigiam ao reservatório. Estava um dia lindo e cálido e, na noite de domingo, todos concordaram que fora um fim de semana perfeito.

Tão logo puseram Annabelle na cama e souberam que estava dormindo, Sam trancou a porta do quarto e lentamente despiu Alex até deixá-la nua diante de si, tal qual uma flor longa e elegante, um lírio perfeito e delicado. Possuiu-a outra vez, tal como fizera antes, com toda a força da necessidade, da luxúria, da paixão. Alex era uma mulher que despertara muitas coisas nele, todas as coisas que só o faziam amá-la e querê-la cada vez mais. Às vezes tinha a impressão de que seria impossível amá-la ainda mais, porém sempre surgia uma grande onda, um momento, comportas que se abriam em alguma parte, inundando-os com os seus sentimentos.

— Poxa... se eu não engravidar dessa vez, desisto... — murmurou Alex debilmente mais tarde, com a cabeça descansando no peito do marido, enquanto este acariciava um dos seus seios com dedos sedutores.

— Amo você, Alex... — falou ele suavemente, virando-se para fitá-la. Ela era linda. Tão perfeita. Sempre fora.

— Também te amo, Sam. Amo você muito mais... — Alex provocou e Sam sorriu, balançando a cabeça.

— Você não poderia.

Tornaram a beijar-se e permaneceram entrelaçados na cama, não mais convictos de que realmente importava terem outro bebê.

Capítulo 4

Na manhã de segunda-feira, Alex levantou-se antes de Annabelle ou Sam e já estava vestida quando os acordou. O desjejum também já se encontrava na mesa e no forno. Ajudou a filha a se vestir, como sempre, mas Sam prometera levá-la à escola. Alex queria chegar cedo ao escritório. Tinha uma montanha de coisas a fazer e detalhes finais a ultimar para o julgamento de quarta-feira. Também marcara uma reunião com Matthew Billings para discutir vários casos. Brock Stevens trabalharia com ela o dia inteiro, junto com dois dos paralegais que a auxiliavam.

— É bem provável que eu chegue tarde — avisou a Sam. Ele compreendeu, mas Annabelle demonstrou tristeza quando a mãe lhe contou.

— Por quê? — indagou a menina, com os grandes olhos verdes erguidos para a mãe. Ela odiava quando Alex chegava tarde e Alex também parecia não gostar.

— Não pode simplesmente conversar com o médico pelo telefone?

Annabelle parecia muito infeliz e Alex lhe sorriu, beijando-a abraçando-a e prometendo voltar para casa o mais cedo possível.

— Ligo para você depois que vier da escola. Tenha um bom dia, querida. E divirta-se, está bem?

Segurou o queixo da filha e ergueu o meigo rostinho. Então

Annabelle assentiu com a cabeça, os olhos imensos mirando os da mãe.

— E a minha fantasia do Dia das Bruxas?

— Cuido disso hoje, prometo.

Às vezes sentia-se tão agoniada, tão dividida entre a carreira e a vida familiar. Isto a fazia imaginar como conseguiria criar dois filhos, em vez de um. Entretanto, outras pessoas pareciam consegui-lo.

Colocou o casaco e saiu em silêncio do apartamento, pois eram só 7:30. A corrida de táxi pela Park Avenue foi rápida naquela hora da manhã. Às 7:45 já estava no escritório e, ao pensar em Annabelle e Sam fazendo o desjejum sem ela, sentiu um aperto no coração. Entretanto, às oito horas já se enfronhara no serviço e Brock Stevens acabava de lhe trazer café. Às 10:30, já tinha certeza absoluta de que estavam muito bem preparados para defender Jack Schultz na quarta-feira.

— E quanto ao resto? — perguntou a Brock, distraída, enquanto examinava uma lista de outros projetos nos quais precisava que ele trabalhasse. Ele já se encarregara de quase todos, mas várias idéias novas tinham ocorrido a Alex. E apenas começava a apresentá-las ao rapaz quando Elizabeth Hascomb abriu a porta, hesitante, e espiou dentro da sala. No momento em que Alex a viu, balançou a cabeça e ergueu a mão para detê-la. Não queria quaisquer interrupções. Seu telefone estava desligado e já dera instruções a Liz para não entrar nem interrompê-la.

Liz hesitou na porta, a despeito do olhar severo de Alex, e Brock virou-se para ver o que estava desviando a atenção de Alex.

— Algo errado?

Talvez fosse uma emergência, mas Alex parecia muito aborrecida com a interrupção.

— Liz, eu lhe pedi para não nos interromper.

Seu tom de voz era mais áspero do que de costume, porém a pressão em cima dela era enorme.

— Eu sei... eu... sinto muito, mas...

Ela falou com Alex da porta, desculpando-se.

— Aconteceu algo com Annabelle ou Sam? — Por um momento, Alex ficou apavorada, mas Liz apressou-se a balançar a cabeça e tranqüilizá-la. — Então não quero ouvir.

Tornou a concentrar-se na lista, pronta para ignorá-la.

— O Dr. Anderson ligou. Duas vezes. Pediu que a chamasse.

— Anderson? Pelo amor de Deus... — Agora Alex estava realmente irritada. Ele prometera ligar para informá-la sobre a mamografia e, provavelmente, queria comunicar que estava tudo bem. Mas pedir para interrompê-la era uma verdadeira imposição. — Ele pode esperar. Telefono quando pararmos para o almoço, se é que vamos parar. Caso contrário, ligo mais tarde.

— Ele disse que queria conversar com você agora de manhã. Antes do meio-dia.

Já eram 11:30 e Liz estava sendo chata. Só que o Dr. Anderson garantira que era suficientemente importante para aborrecê-la. Então Liz confiou na palavra do médico e insistiu em transmitir o recado. No entanto, Alex parecia tudo, menos satisfeita. Estava convencida de que o telefonema era pura rotina e que não valia a pena causar tanta agitação por uma bobagem. Por um instante, ao olhar para Liz, imaginou se podia ser alguma má notícia, mas esta simples idéia era tão inconcebível que voltou a ficar irritada, em vez de aflita.

— Ligo quando puder. Obrigado, Liz — concluiu em tom categórico e voltou os olhos para a lista que estava explicando a Brock, mas agora era ele quem parecia distraído.

— Por que não telefona para o médico, Alex? Deve ser importante, se pediu a Liz para interrompê-la...

— Não seja tolo. Temos trabalho a fazer.

— De qualquer maneira, estou mesmo a fim de tomar outra xícara de café. Vou pegar uma para você também, enquanto telefona. Tenho certeza de que só vai demorar uns dois minutos.

Embora Alex estivesse preparada para resistir, agora estava claro que Liz tinha irritado tanto todo mundo que ninguém voltaria a trabalhar até que ela conversasse com o médico.

— Oh, pelo amor de Deus. Isso é ridículo. Tudo bem... me traga outra xícara. A gente se vê daqui a cinco minutos.

Eram 11:35, então, e 11:40 quando Brock e os paralegais saíram da sala. Estavam perdendo minutos preciosos. Tinham trabalho a fazer. Alex viu quando eles se retiraram, fechando a porta atrás de si, e apressou-se a telefonar para o médico, ansiosa para encerrar logo a conversa.

A recepcionista atendeu a ligação e prometeu chamar Anderson imediatamente. A espera pareceu interminável, não só por ter outras coisas a fazer, como também porque de repente tinha ficado nervosa. E se *fosse* uma má notícia? Sentia-se tola por sequer pensar nesta hipótese, mas era uma possibilidade. Certamente outras pessoas antes dela já haviam sofrido um golpe assim.

— Alex?

O Dr. Anderson estava na linha e parecia tão ocupado quanto ela.

— Oi, John. O que há de tão importante?

— Gostaria que desse uma passada aqui na hora do almoço, se puder.

Sua voz não revelava nada.

— É impossível. Tenho um julgamento daqui a dois dias e um monte de coisas a fazer. Estou aqui no escritório desde as 7:45 e, provavelmente, não sairei antes das dez da noite. Podemos discutir tudo pelo telefone?

— Prefiro não falar agora. Realmente, acho que devia vir me ver.

Merda. O que significava tudo aquilo? Descobriu que, de repente, a mão ficara trêmula.

– Alguma coisa errada? — Não conseguia pronunciar a palavra, mas finalmente soube que precisava. — É a mamografia?

Se ela não tinha nenhum caroço nos seios, como podia ser? Entretanto, o médico hesitou por um longo tempo antes de responder.

— Gostaria de discutir o assunto com você.

Era óbvio que não queria contar nada pelo telefone e, de repente, Alex sentiu medo de forçá-lo.

— De quanto tempo precisa?

Estava dando uma olhada no relógio e tentando calcular quanto tempo podia gastar. Na hora do almoço, até mesmo o trânsito podia estar contra ela.

— Que tal meia hora? Gostaria de conversar um pouco com você. Poderia vir agora mesmo? Acabo de atender o último paciente da manhã. Tenho uma mulher no hospital e uma paciente no início do trabalho de parto. Provavelmente, esta é uma hora tão boa quanto qualquer outra.

— Estarei aí dentro de cinco ou dez minutos — prometeu ela concisamente, levantando-se enquanto se preparava para desligar. O coração subitamente disparou. Não podia ser nada de bom. Mas agora queria saber, fosse lá o que fosse. Talvez tivessem trocado o resultado com o de outra pessoa.

— Obrigado, Alex. Serei o mais breve possível.

— Daqui a pouco estarei aí.

Alex passou voando por Liz, com a bolsa e o casaco nas mãos. Brock e os outros ainda não tinham regressado.

— Diga-lhes para irem almoçar. Volto dentro de 45 minutos.

A esta altura, já se encontrava a meio caminho do elevador e Liz gritou quando Alex atravessava o corredor.

— Você está bem?

— Estou ótima. Peça para mim um sanduíche de peru.

E enquanto Liz a via sumir no vestíbulo, imaginou se ela estava grávida. Sabia o quanto os dois queriam mais filhos e John Anderson era seu obstetra.

No entanto, enquanto ia de táxi para o norte, agoniada com o motivo pelo qual ele a chamara, Alex sabia muito bem que não era este o caso. Tinha de ser a mamografia. Foi quando, repentinamente, outro pensamento lhe ocorreu. Não era a mamografia, era o teste de Papanicolaou. Merda. Estava com câncer no colo do útero. Como engravidaria agora? Entretanto, várias amigas suas se submeteram a tratamentos que utilizavam técnicas de congelamento ou raio *laser* em estados pré-cancerosos e ainda assim conseguiram engravidar. Talvez não fosse tão ruim quanto temia. Tudo que queria saber era que sua vida não corria perigo e que ainda podia engravidar.

O táxi chegou ao consultório em tempo recorde e ela entrou às pressas na sala de espera vazia. Como já a esperavam, acenaram-lhe para que fosse para a sala de consulta. O doutor estava de terno, e não com o guarda-pó branco, e ficou inesperadamente sério ao vê-la.

— Oi, John, como vai?

Estava um pouco ofegante com toda aquela correria e a expectativa deste encontro, e sentou-se em uma cadeira sem tirar o casaco.

— Obrigado por vir. Mas realmente achei que devia. Queria conversar com você pessoalmente.

— É o teste de Papanicolaou? — perguntou ela, sentindo o coração acelerar mais uma vez. As palmas das mãos estavam úmidas ao segurarem a bolsa com força. Ele balançou a cabeça.

— Não, não é. É a mamografia. — Mas não podia ser. Ela não tinha nenhum nódulo, nenhum caroço, nenhum problema. Então o médico pegou uma radiografia e a prendeu no *écran* atrás de si. Apontou para uma imagem frontal e depois mostrou outra de perfil. Para Alex, tudo parecia muito misterioso, como um mapa meteorológico de Atlanta. Em seguida, ele a encarou, com uma expressão de dolorosa fraqueza. — Existe uma massa aqui — anunciou, apontando para o local. Foi só então que Alex conseguiu vê-la. — É muito grande e bastante profunda. Poderia ser várias coisas, mas o radiologista e eu estamos muito preocupados.

— O que quer dizer com essa história de que poderia ser várias coisas?

De repente sentiu-se totalmente confusa com o que ele dizia. Era como se, subitamente, não conseguisse mais ouvi-lo. Por que havia uma massa profunda no seio? O que era aquilo e como foi parar ali?

— Existem diversas possibilidades. Entretanto, massas deste tamanho, com esta profundidade, nesta área específica, nunca são coisa boa, Alex. Achamos que você tem um tumor.

— Oh, Jesus. — Não era de espantar que Anderson não quisesse falar pelo telefone e insistisse para que Liz a interrompesse. — O que isso significa? O que acontece agora?

A voz estava fraca e o rosto pálido e, no momento, parecia que ia desmaiar, mas procurou se controlar.

— Você precisa de uma biópsia o mais depressa possível. Na próxima semana seria o ideal.

— Tenho um julgamento começando daqui a dois dias. Só poderei fazer isso depois que o julgamento terminar.

Era como se esperasse que até então aquilo já tivesse desaparecido, mas ambos sabiam que não seria assim.

— Você não pode esperar tanto tempo.

— Não posso desapontar o meu cliente. Está me dizendo que uns poucos dias farão assim tanta diferença?

Estava horrorizada. O que significava tudo aquilo? Que ia morrer? Esta idéia e o terror que despertava em seu íntimo a deixaram trêmula.

— Uns poucos dias não farão necessariamente tanta diferença — admitiu o médico cautelosamente —, mas não pode protelar isso. Precisa escolher um cirurgião e fazer a biópsia o mais depressa possível. Depois veremos o que ele recomenda, com base no parecer do patologista.

Oh, Deus. Era tudo tão complicado e assustador. E tão feio.

— Você mesmo não pode se encarregar da biópsia?

De repente parecia desesperada e com muito medo. Sentia-se tão vulnerável quanto temera ficar quando foi à clínica radiológica e teve um princípio de pânico. E agora o pior havia acontecido — ou quase. Estava acontecendo. Tudo se desenrolava bem diante dos seus olhos como um filme apavorante.

— Não faço biópsias. Você precisa de um cirurgião. — Pegou um pedaço de papel na mesa. Só então Alex notou que já estava lá há meia hora. Só que, repentinamente, sua vida inteira mudara e ainda não se sentia pronta para deixá-la. — Anotei o nome de alguns muitos bons, uma mulher e dois homens. Converse com os três e verifique qual lhe agrada mais. São todos excelentes cirurgiões.

Cirurgiões!

— Não tenho tempo para isso. — Começou a chorar, a despeito de si mesma. Era tudo tão horrível. Sentia um desalento incomum, uma incrível sensação de desamparo. Estava dividida entre a raiva e o terror. — Não tenho tempo para sair por aí caçando um doutor. Tenho um julgamento, não posso cair fora sem mais nem menos. Tenho responsabilidades. — Sua voz soava histérica até aos próprios ouvidos, mas não conseguia evitar. E então ergueu os olhos para ele com genuíno terror. — Acha que é maligno?

— Possivelmente. — Queria ser honesto com ela. Na radiografia, não parecia nada bom. — Pode muito bem ser, mas também pode estar nos levando a pensar que é. Só saberemos depois da biópsia. No entanto, é importante agir depressa, para que você possa escolher um plano de ação.

— O que quer dizer?

— Quero dizer que, se a biópsia for positiva, terá de tomar algumas decisões quanto ao tipo de tratamento. O seu cirurgião irá aconselhá-la, é lógico, mas algumas das decisões caberão a você.

— Refere-se à possibilidade de tirar ou não o seio?

Seu rosto mostrava uma expressão estarrecida e a voz estava esganiçada.

— Não vamos adiantar as coisas. Por enquanto, não sabemos de nada, certo?

Embora Anderson estivesse tentando ser gentil, só estava piorando tudo. Alex queria enfrentar a situação agora, queria que ele lhe jurasse que não seria maligno. Mas ele não podia fazê-lo.

— Sabemos que tenho uma massa profunda no seio e estamos preocupados com isso. Este tumor pode significar que eu vá perder um seio, não é?

Ela o colocara no banco das testemunhas e estava sendo implacável.

— Sim, pode — confirmou o obstetra calmamente. Lamentava por Alex. Sempre gostara dela e este era um golpe terrível para qualquer mulher.

— E daí? Só isto? Tirar o seio e nada mais?

— Talvez, mas não necessariamente. Não é tão simples assim. Gostaria que fosse, mas não é. Vai depender do tipo de tumor, do grau de malignidade, caso haja alguma, e da natureza do envolvimento. Vai depender também da possibilidade dos nódulos linfáticos estarem comprometidos, e quantos estão, e de o tumor ter se espalhado ou não para outras partes do corpo. Não há respostas simples, Alex. Talvez você precise se submeter a uma extensa cirurgia ou a uma nodulectomia, pode necessitar de quimioterapia ou radiação. Simplesmente não sei. Não posso lhe dizer nada antes da biópsia. E não me interessa o quanto esteja ocupada: arranje tempo para conversar com esses cirurgiões. Você *precisa*. E *já*.

— Já quando?

— Conclua o seu julgamento, se for necessário. Só vai demorar mesmo uma ou duas semanas. Mas planeje fazer a biópsia dentro de quinze dias, aconteça o que acontecer. Depois deixe tudo por nossa conta.

— Qual destes três é o seu preferido?

Alex lhe entregou a lista e ele a examinou por um momento antes de devolvê-la.

— São todos excelentes, mas gosto de Peter Herman. É um homem agradável e uma ótima pessoa. Ele se preocupa com outras coisas além de biópsias e cirurgias. É um ser humano, para um cirurgião.

— Muito bem — replicou ela com um movimento afirmativo da cabeça, ainda aparentando aturdimento. — Ligarei para o Dr. Herman amanhã.

— Por que não hoje à tarde?

O médico a estava pressionando, mas queria muito que Alex tomasse uma providência. Não queria que ela usasse o trabalho como desculpa ou ficasse negando a realidade.

— Telefono mais tarde. — Súbito, um pensamento estarrecedor lhe ocorreu e ela tornou a encará-lo. Tinha a sensação de que carregava uma tonelada nos ombros. — E se eu engravidei no último fim de semana? E se estiver grávida e tiver um tumor maligno?

— Cruzaremos esta ponte quando chegarmos lá. Saberemos se você está grávida mais ou menos na mesma época em que se submeter à biópsia.

— Mas e se eu tiver câncer e estiver esperando bebê?

Sua voz nervosa e estridente. E se houvesse engravidado e precisasse sacrificar o bebê?

— Teremos de estabelecer prioridades; você é mais importante.

— Oh, Deus. — Escondeu o rosto entre as mãos e logo tornou a erguer os olhos para fitá-lo. — Acha que os hormônios que estou tomando têm algo a ver com o problema?

Esta idéia a horrorizava ainda mais. E se tivesse se matado ao tentar engravidar?

— Honestamente, creio que não. Ligue para Peter Herman. Vá vê-lo o mais rápido possível, converse com ele e faça a biópsia o mais depressa que puder, dentro de um período de tempo razoável.

Parecia ser uma linha de ação sensata. Agora tinha de ir para casa e contar a Sam que a mamografia revelara um tumor no seio. Ainda não conseguia acreditar. Mas estava lá. Ela podia vê-lo na radiografia e na expressão dos olhos de John Anderson, que parecia arrasado quando Alex levantou-se e o encarou. Estava no consultório há quase uma hora.

— Lamento tanto, Alex. Se houver algo que eu possa fazer agora, não hesite em telefonar. Quero que me informe qual cirurgião escolheu e deixe o resto comigo.

— Começarei com Peter Herman.

Ele lhe entregou as radiografias para que Alex pudesse mostrá-las ao cirurgião. A mera palavra "cirurgião" parecia sinistra. Lá fora no ar de outubro, sentia como se tivesse recebido um soco no estômago. Não conseguia acreditar no que ouvira ou no que havia ocorrido.

Ergueu o braço e chamou um táxi, tentando não lembrar de tudo que ouvira até então sobre mastectomias e nodulectomias, sobre mulheres que não podiam mais levantar os braços e outras que morreram de câncer. Tudo que Anderson tinha lhe dito de repente embaralhava-se em sua cabeça e, durante o percurso de volta ao escritório, não conseguia sequer chorar. Limitou-se a ficar sentada, olhando direto para a frente, incapaz de acreditar no que ele lhe contara.

Quando chegou na firma, a equipe inteira se encontrava lá sentada: Liz e Brock, o estagiário de Direito e os dois paralegais. Estavam à sua espera e Liz já encomendara um sanduíche de peru com pão preto, mas ela não conseguiu comê-lo. Ficou ali parada olhando para todas as pessoas presentes, e Brock notou o quanto o seu rosto estava mortalmente pálido, mas não comentou nada. Trataram logo de pôr mãos à obra e trabalharam direto até as seis horas. Foi só quando discutiam os últimos detalhes, após todos se retirarem, que Brock ousou perguntar.

— Você está bem? — indagou com cautela. Alex lhe parecera péssima o dia inteiro e seu rosto estava lívido desde que retornara do médico. Mais de uma vez, havia notado que as mãos dela tremiam sempre que lhe passava os papéis.

— Estou bem. Por quê?

Ela tentou ostentar indiferença, mas fracassou redondamente. Brock era inteligente demais para se deixar enganar, mas não queria pressioná-la.

— Parece cansada. Talvez esteja desgastando demais as suas energias, Sra. Parker. O que o médico disse?

— Oh, nada. Foi uma perda de tempo. Só queria me dar o resultado de alguns exames, que eles nunca dão pelo telefone. Foi ridículo, realmente. Podia ter mandado pelo correio e me poupado todo esse tempo.

Ele não acreditava em uma só palavra, mas parecia importante para ela falar aquilo. Apenas esperava que não fosse nada de sério. Se fosse, o julgamento a iniciar-se dentro de dois dias certamente não a ajudaria em nada. Faria tudo que fosse possível por Alex, mas ainda assim era ela a advogada da causa e tinha de agüentar toda a pressão e expectativa e encarregar-se de toda a argumentação e de quase toda a preparação. Não ousava perguntar-lhe se estava em condições de enfrentar o julgamento, pois sabia que ela encararia a pergunta como um insulto.

— Vai para casa?

Brock esperava que sim, pelo bem dela. Ainda tinha serviço a fazer para Alex, com relação ao julgamento, mas também podia ver uma pilha de processos em cima da mesa, o que não era um bom presságio para um início de noite.

— Ainda tenho de resolver algumas coisas para outros clientes.

Ela conseguira responder a todos os telefonemas no final da tarde, mas não sobrara tempo para se comunicar com Peter Herman.

Ou foi isto o que alegou a si própria ao pensar no assunto. Planejava ligar na manhã seguinte.

— Posso ajudar em alguma coisa? Você devia ir para casa e descansar um pouco — insistiu ele, mas Alex estava determinada a ficar e concluir tudo.

Em seguida, Brock voltou à sua sala e ela telefonou para Annabelle, que estava aborrecida por sua mãe não ter ligado na hora do almoço.

— Você prometeu — queixou-se a menina, provocando em Alex um instantâneo sentimento de culpa. Ela se esquecera por completo da promessa após aquela inesperada ida ao obstetra.

— Eu sei, fofinha. Bem que eu queria, mas fiquei ocupada em uma reunião com um monte de gente e aí não deu para telefonar.

— Tudo bem, mamãe.

Então passou a relatar tudo que fizera com Carmen durante a tarde. Ao ouvi-la contar suas histórias com tanta empolgação, Alex quase sentiu ciúmes. Odiava ainda mais ter de lhe dizer que iria trabalhar até tarde. De repente o fato de não estar com a filha parecia ainda mais doloroso.

— Posso esperar por você acordada? — indagou Annabelle, esperançosa, enquanto Alex suspirava, rezando para que as sombras no seio não fossem câncer.

— Chegarei muito tarde, mas lhe darei um beijinho. Prometo. E vou acordar você amanhã de manhã. Vai ser assim só nesta semana e na próxima. Depois voltaremos a almoçar e a jantar juntas.

— Vai me levar ao balé na sexta?

Annabelle realmente piorava as coisas para ela e Alex ficou imaginando onde estaria Sam.

— Não posso. Lembra-se? Já conversamos a esse respeito. Vou falar com o juiz nesta semana e na próxima. Não posso ir ao balé.

— Não pode pedir ao juiz para deixar você ir?

— Não, querida. Eu queria tanto poder ir... Onde está o papai? Ainda não está em casa?

— Está dormindo.

— A essa hora?

Eram sete horas da noite. Como podia estar dormindo?

— Ele estava vendo televisão e pegou no sono. Carmen disse que vai esperar por você.

— Deixe-me falar com ela. E Annabelle... — Os olhos de repente encheram-se de lágrimas ao pensar nela, naquele rostinho lindo e brejeiro com os grandes olhos verdes, as sardas e o cabelo ruivo. E se ela morresse? E se Annabelle perdesse a mãe? Este pensamento embargou-lhe a garganta a ponto de não conseguir falar por um momento. Mal conseguiu murmurar as palavras. — Amo você, Annabelle...

— Também te amo, mamãe. A gente se vê mais tarde.

— Durma bem.

Quando Carmen veio ao telefone, Alex lhe disse que podia ir embora depois de pôr Annabelle na cama. Só precisava acordar Sam e avisá-lo de que estava de saída.

— Eu me sinto mal em ter de acordá-lo, Sra. Parker. Fico até a senhora chegar.

— Mas ainda vou demorar horas, Carmen. Sério mesmo: apenas avise Sam quando quiser ir. Ele vai acordar.

— Está certo, está certo. Quando virá para casa?

— Provavelmente, não antes das dez. Tenho muito serviço aqui.

Todavia, quando desligou, ficou olhando fixamente para o telefone, pensando em todos eles, dominada pela sensação de que já os perdera. Era como se hoje uma sombra se interpusesse entre Alex e a família. Sam e Annabelle estavam vivos, enquanto ela estava morrendo. Não era impossível. Era incrível. Ainda acreditava que devia haver um engano. Ela não estava doente, não tinha nódulo algum. Tudo que tinha era uma sombra cinzenta em uma radiografia. Só que uma sombra cinzenta que John Anderson havia admitido que podia matá-la, se fosse maligna. Era inacreditável. Ontem mesmo estava tentando engravidar e hoje sua vida se achava em perigo. E os hormônios tornavam ainda mais difícil manter a compostura. Faziam tudo parecer mais perturbador e mais alarmante. Alex tentava argumentar consigo mesma que todo o terror que sentia não era real, era só devido aos hormônios.

Brock voltou a conferenciar com ela às nove horas e notou que o sanduíche de peru permanecia intacto sobre a mesa desde a hora do almoço. Ela não parara de tomar café o dia inteiro e agora bebia um grande copo de água.

— Vai acabar doente se não comer — ele a repreendeu com um ar preocupado. Alex parecia ainda pior do que antes. Agora estava quase acinzentada.

— Eu não tinha fome... Na verdade, apenas esqueci de comer. Estive ocupada demais.

— Esta é uma desculpa esfarrapada. Não poderá ajudar Jack Schultz em nada, se adoecer antes ou durante o julgamento.

— Sim, esta é uma possibilidade — concordou Alex vagamente. Depois ergueu os olhos para o rapaz, preocupada. — Creio que você poderia me substituir, Brock, em caso de necessidade.

— Eu nem pensaria nisso. Você é a advogada que querem. É a você que pagam.

Este era exatamente o argumento que ela apresentara ao médico à tarde quando disse que não podia fazer a biópsia antes do fim do julgamento. Havia pessoas dependendo dela... Então pensou em Annabelle e Sam e precisou conter as lágrimas mais uma vez. Seu motor começava a falhar e repentinamente ficou acabrunhada com tudo que acontecera. As radiografias da mamografia estavam em um envelope sobre a mesa, mas o que Alex tinha visto se achava gravado em sua mente para sempre.

— Por que não vai para casa? — perguntou ele gentilmente. — Deixe que eu cuido do resto. Você já tem tudo sob controle muito mais do que imagina. Confie em mim.

Brock foi delicado e bondoso e, meia hora depois, Alex decidiu ir para casa. Estava cansada demais para raciocinar agora ou executar qualquer serviço que exigisse inteligência. Sentia como se uma jamanta a tivesse atropelado. E, pela primeira vez em anos, nem sequer levou a pasta consigo. Brock se deu conta deste detalhe, mas não chamou a atenção dela para o fato. E enquanto a via sair, lamentou muito por Alex. Era óbvio que havia algo errado. Ela nunca estivera com tão péssima aparência. Contudo, ele não tinha suficiente intimidade com Alex para lhe perguntar ou oferecer ajuda.

Ela recostou a cabeça no banco do táxi, como se ela fosse uma bola de boliche. Estava tão pesada que ela quase não conseguia sustentá-la. Simplesmente não era capaz de fazê-lo. Quando chegou em casa, pegou o táxi e entrou no edifício, sentindo-se como uma velha de mil anos de idade. Subiu no elevador, imaginando o que diria a Sam. Seria uma terrível notícia para o marido, para todos. Uma mamografia desfavorável não era algo para se tratar com displicência. Além do mais, estatísticas sobre câncer mamário não paravam de brotar em sua mente e nenhuma delas era boa. Não conseguia sequer imaginar como lhe contaria.

Sam estava assistindo à televisão na sala de estar quando Alex entrou. Ao vê-la, ergueu os olhos para a esposa e sorriu. Vestia calça *jeans* e a camisa branca com que fora trabalhar. A gravata continuava em cima da mesa.

— Oi, como foi o seu dia? — perguntou ele alegremente, estendendo os braços para Alex, que desmoronou no sofá ao lado do marido. De repente ela precisou sufocar as lágrimas de novo, pois bastou vê-lo para que todo o terror ressurgisse. Simplesmente não conseguia suportar. — Nossa... pelo que vejo, foi um dia duro... — Aí lembrou dos hormônios que ela vinha tomando. — Coitadinha... Aquelas malditas pílulas a estão deixando emotiva de novo? Talvez deva parar de tomá-las.

Às voltas com as pílulas e o julgamento, ela tinha muito com que se ocupar. Sam a enlaçou e Alex agarrou-se ao marido, como se estivesse se afogando.

— Você parece esgotada — comentou ele, solidário, quando ela ergueu os olhos para ele e os enxugou. Sam estava com a razão. As pílulas tornavam a situação ainda mais difícil do que devia ser. Ou já era? — Deve estar quase biruta antes do julgamento.

— E estou. Foi um dia infernal — admitiu Alex, enquanto permanecia recostada no sofá ao lado dele, exausta.

— Odeio dizê-lo, mas você está dando essa impressão. Comeu alguma coisa?

Ela balançou a cabeça.

— Não estava com fome.

— Ótimo. Como acha que vai engravidar se morrer de fome? Vamos lá. — Sam forçou-a a ficar de pé ou, ao menos, tentou. — Vou lhe preparar uma omelete.

— Eu não agüentaria comer. Sério. Estou no bagaço. Por que apenas não vamos para a cama?

Isto era tudo que ela queria. Desejava ver Annabelle e deitar ao lado de Sam por quanto tempo fosse possível. Para sempre.

— Algo errado?

De repente ele ficou imaginando por que Alex se encontrava naquele estado. Ela estava pior do que de costume, antes mesmo de um julgamento, e nem sequer lhe respondeu ao entrar pé ante pé no quarto da filha. Por um bom tempo ficou ali, imóvel, contemplando-a, e então ajoelhou-se ao lado da cama antes de beijá-la. Em seguida, foi para o próprio quarto. Sam a observava, preocupado, enquanto Alex começava a despir-se e largava as roupas na cadeira para depois vestir a camisola. Não tinha sequer energia para tomar uma ducha ou pentear o cabelo. Escovou os dentes e deitou na cama, onde ficou de olhos fechados, cônscia de que precisava contar-lhe.

— Querida — Sam tentou de novo ao deitar-se ao seu lado —, qual é o problema? Aconteceu algo no escritório?

Alex encarava o trabalho com muita seriedade e, se tivesse feito algo que prejudicasse um cliente, iria se atormentar do jeito que parecia estar fazendo agora. No entanto, ela apressou-se a negar com a cabeça.

— Anderson tornou a me ligar hoje — contou em voz baixa enquanto ele a observava.

— E então?

— Fui vê-lo na hora do almoço.

— Por quê? Não é possível que você já tenha percebido que está grávida.

Só haviam decorrido dois dias e Sam sorriu para Alex diante dessa idéia. Alex estava tão ansiosa para ter um bebê.

Ela hesitou por um longo tempo, torturando ambos, mas detestava pronunciar aquelas palavras, contar-lhe tudo e tornar aquilo real. Detestava fazer aquele tipo de coisa com todos eles. Mas sabia que era preciso.

— Havia uma sombra na mamografia.

A declaração soou como um dobre de finados, mas Sam mostrou-se bem menos impressionado do que ela.

— E daí?

— Poderia significar que tenho um tumor.

— "Poderia." Significa também que ninguém tem certeza de nada. Os marcianos poderiam aterrissar em Park Avenue à meia-noite. Mas vão? Pouco provável. Como é pouco provável que a sua "sombra" seja um tumor. — Alex gostava do modo como ele encarava o assunto. Isso restaurava a sua fé no próprio corpo que, nas últimas doze horas, parecia tê-la traído. Mas talvez não fosse este o caso. Talvez Sam estivesse com a razão. Talvez estivesse só reagindo de maneira exagerada. — Os médicos não sabem coisa alguma. Provavelmente, é só o que parece ser e nada mais. Uma sombra.

— Anderson quer que eu veja um cirurgião e faça uma biópsia. Deu-me três nomes, mas não tenho tempo para cuidar disso antes do julgamento. Pensei em ligar para um amanhã e ver se pode me receber na hora do almoço. Caso contrário, terei de esperar até depois do julgamento — explicou Alex, com um ar preocupado.

— Ele acha que fará grande diferença?

— Não, de fato — admitiu ela, sentindo uma animação que não experimentara o dia inteiro. — Só disse que precisava ser o mais depressa possível.

— É óbvio que não há necessidade de pânico. Na maior parte das vezes, estes caras estão é se protegendo, não querem ser processados. Então dão o pior diagnóstico possível, só por precaução, para ninguém jamais reclamar que não foi avisado. Então, se não for nada de ruim, todos ficam felizes. Nunca levam em conta o mal que causam ao deixarem as pessoas mortas de medo. Pelo amor de Deus, Alex, você é advogada, devia saber disto. Não permita que esses palhaços a assustem!

Ela olhou para o marido com um sorriso, sentindo-se ao mesmo tempo aliviada e tola. Sam sorria. Não estava em pânico. Não achava que ela fosse morrer. Não estava se agarrando nela nem sendo melodramático. Colocara a questão por completo em perspectiva. Alex de repente percebeu que ele estava certo. Até mesmo John Anderson não ia querer se expor a um processo judicial.

— O que acha que devo fazer?

— Termine o julgamento, faça a biópsia quando for mais conveniente, mas mantenha a calma e não deixe esses panacas a apavorarem. Aposto o lucro da minha próxima transação que a sua sombra não passa disso... e nada mais. Você é a mulher mais saudável que conheço. Ou pelo menos seria, se comesse de vez em quando e dormisse um pouco.

Entretanto, Alex agora já se sentia melhor — e aliviada — por simplesmente lhe contar tudo. Sam era inteligente, conservava a cabeça fria e era bem possível que estivesse coberto de razão. Era muito provável que fosse só um susto, e não um tumor.

Sentia-se muitíssimo melhor ao apagar as luzes nesta noite; só voltou a ficar ligeiramente preocupada quando acordou na manhã seguinte. Por um instante, lembrou-se de que algo terrível acontecera no dia anterior e teve aquele mau pressentimento que costuma aparecer quando se está no meio de um desastre. Tão logo acordou, entretanto, recordou-se de tudo que Sam dissera e tornou a sentir-se melhor. Fez questão de acordar Annabelle e levá-la consigo à cozinha enquanto preparava o café da manhã. Tinha inclusive uma lista de possíveis fantasias para lhe mostrar. Liz havia pesquisado na véspera: uma abóbora-moranga, uma princesa, uma bailarina e uma enfermeira, todas no tamanho de Annabelle, que optou instantaneamente pela princesa. Era exatamente aquilo com que sonhara.

— Oh, mamãe, amo você! — exclamou, lançando os braços ao redor da cintura da mãe.

— Eu também amo você — replicou Alex, estreitando-a contra si com um dos braços e com um sorriso no rosto, enquanto virava agilmente as panquecas para a filha. De repente sentia vontade de celebrar. Era como se tivessem tirado um terrível fardo dos seus ombros. Annabelle estava feliz e Sam a convencera de que a sombra vista pelos médicos era, sem a menor dúvida, um falso alarme. Queria com todo o seu ser acreditar nele. Desta vez, quando saiu para trabalhar, fez o sinal-da-cruz sobre o coração e jurou que ligaria para Annabelle na hora do almoço.

Deixou-a com Sam, a quem beijou ardentemente antes de ir embora, agradecendo-lhe pelas palavras tranqüilizadoras de ontem à noite.

— Você devia ter telefonado para o meu escritório. Eu teria lhe dito então.

— Sei. Acho que a minha reação foi exagerada. Fui estúpida. Todavia, todos teriam agido do mesmo jeito.

Despediu-se dos dois com um beijo e saiu às pressas para o serviço. Mais uma vez, Brock já a aguardava junto com o resto da equipe. Teve uma reunião com Matthew Billings, e já eram 11:15 quando lembrou de telefonar para o cirurgião recomendado pelo Dr. Anderson.

Uma enfermeira lhe perguntou por que queria falar com ele e Alex explicou que era a respeito de uma biópsia. Neste momento, Brock voltou à sua sala para buscar um processo e ela rezou para que ele o pegasse depressa. Foi o que ele fez, retirando-se em seguida, enquanto Alex esperava que ele tivesse fechado a porta. Mas se Sam estivesse com a razão, isto realmente não importava.

Então, o Dr. Peter Herman atendeu e lhe falou com um tom de voz muito sério e nem um pouco amigável. Alex falou sobre a sombra na radiografia, disse que o Dr. Anderson estava preocupado e achava que ela devia vê-lo.

— Já conversei com ele — informou Peter Herman. — O Dr. Anderson me ligou hoje de manhã. Vai precisar de uma biópsia, Sra. Parker. O mais rápido possível. Creio que já lhe explicou tudo.

— Sim, já. — Tentou manter a calma que Sam lhe incutira na noite anterior, mas era mais difícil com um estranho. Sentia-se ameaçada por ele e por tudo que representava. — Mas sou advogada criminal e começo um julgamento amanhã. Realmente, não posso assumir outros compromissos durante uma semana ou dez dias. Esperava vê-lo só depois disso.

— Esta seria uma decisão muito tola — objetou Herman bruscamente, negando tudo o que Sam lhe dissera ou talvez confirmando. Talvez só estivesse se protegendo de qualquer processo por imperícia médica, argumentou a si mesma. Desta forma, já a teria prevenido. — Por que não vem ao meu consultório hoje? Depois veremos em que pé estamos. E, se houver necessidade, podemos marcar a biópsia para uma semana depois da próxima segunda-feira. Está bem assim para a senhora?

— Eu... sim... está... mas... estou muito ocupada hoje. O julgamento começa amanhã.

Já lhe dissera isto, mas estava ficando desesperada e com muito medo.

— Duas hora da tarde? — Herman era implacável e Alex se descobriu incapaz de argumentar com ele. A princípio, assentiu em silêncio com a cabeça, e depois concordou em ir ao seu consultório às duas horas. Felizmente, não era muito longe da firma. — Gostaria de trazer uma amiga?

A pergunta a surpreendeu.

— Por que eu o faria?

Será que ele planejava machucá-la ou torná-la, de algum modo, incapaz de cuidar de si própria? Por que levaria um amiga a um médico?

— Acho que as mulheres freqüentemente ficam confusas quando enfrentam situações difíceis e um grande volume de informações.

— Está falando a sério? — Se não fosse tão chocante, teria dado uma gargalhada. — Sou advogada criminal. Lido com situações difíceis todos os dias e, provavelmente, com mais informações do que o senhor receberia em um ano.

Não achava graça nenhuma no comentário dele.

— As informações com que lida normalmente não são sobre a sua saúde. Até mesmo os médicos se descobrem abalados quando têm de enfrentar tumores malignos que impõem suas próprias dificuldades.

— Ainda não sabemos se tenho um, não é?

— Tem razão, não sabemos. Então nos veremos às duas horas?

Ela queria dizer não, mas sabia que não devia.

— A gente se vê depois — concluiu e desligou, furiosa com ele. Por um lado sua reação se devia aos hormônios; por outro, ao fato de que Herman era um portador em potencial de más notícias, a quem ela temia profundamente.

Tão logo desligou, chamou uma das paralegais, dando-lhe uma incumbência comum. Entregou-lhe os três nomes indicados pelo Dr. Anderson e pediu que investigasse tudo sobre a reputação deles.

— Quero saber tudo sobre eles: qualquer sujeira, qualquer coisa positiva, a opinião dos outros médicos. Não sei ao certo a quem deve telefonar, mas ligue para todo mundo; Sloan-Kettering, Columbia Presbyterian, as faculdades de Medicina onde lecionam. Converse com todas as pessoas que precisar. E, por favor, não conte a ninguém que sou eu quem quer saber. Está claro?

— Sim, Sra. Parker — concordou a paralegal humildemente. Ela era a funcionária mais laboriosa que lhe havia sido destinada. Alex sabia que a garota obteria as informações.

Duas horas depois, já desencavara tudo sobre Peter Herman. Alex estava prestes a sair quando a moça entrou às pressas e lhe contou que ele possuía a reputação de ser frio com os pacientes, mas era o melhor cirurgião existente e, neste aspecto, havia algo a ser dito. Um dos hospitais para onde telefonara — e também o mais ilustre — revelou que embora ele fosse extremamente conservador era um dos melhores cirurgiões de seios do país. Já os relatórios iniciais sobre os outros dois afirmavam que eram bons, mas não tanto, e até mais desagradáveis com os pacientes do que Peter Herman. Ambos eram considerados prima-donas. Quanto a Herman, comentava-se que gostava de lidar com médicos e não com pacientes, o que, provavelmente, era a razão pela qual John Anderson gostava dele.

— Ao menos ele sabe o que está fazendo, mesmo não sendo nenhum Príncipe Encantado — observou Alex, enquanto agradecia à paralegal e lhe pedia para prosseguir na investigação sobre os outros dois. Ao seguir de táxi para o consultório, imaginou o que o médico lhe diria a respeito da massa cinzenta na mamografia. Obtivera opiniões variadas, o ponto de vista otimista de Sam e o bem mais sinistro de John Anderson, que Sam considerava uma tremenda conversa fiada. Ela preferia o do marido.

Infelizmente, porém, Peter Herman não compartilhou a avaliação de Sam acerca da situação. Segundo ele, a área sombreada era sem dúvida um tumor profundo no seio cuja localização e formato quase sempre indicavam malignidade. Naturalmente, só teriam certeza após a biópsia, mas sua experiência lhe assegurava que encontrariam um tumor — e bem feio, por sinal. A partir daí, tudo dependeria do estágio em que se encontrasse, da extensão da infiltração, se era receptor hormonal positivo ou negativo e se havia metástase. Foi frio e objetivo, e descreveu um quadro pouco tranqüilizador.

— O que tudo isso significa?

— Não saberei até chegarmos lá. Na melhor das hipóteses, uma nodulectomia. Caso contrário, talvez opte por uma medida mais extrema, o que representaria uma mastectomia radical modificada. Este é o modo mais seguro de eliminar a doença, dependendo do estágio do tumor, é lógico, e da extensão do envolvimento.

Mostrou-lhe uma tabela que não significou absolutamente nada a Alex; tinha letras e números e cobria uma diversidade de contingências, todas formando uma completa confusão.

— Uma mastectomia é o único meio de acabar com a doença? — indagou ela com voz estrangulada, percebendo que o médico acertara em cheio. Sentia-se totalmente confusa e estúpida. Não era mais a advogada criminal e sim apenas uma mulher.

— Não necessariamente — respondeu ele. — Talvez tenhamos que recorrer à radiação ou quimioterapia. Mais uma vez, isto dependerá de outros fatores e da extensão do envolvimento.

Radiação ou quimioterapia? *E* uma mastectomia radical modificada? Por que simplesmente não a matavam? Não que estivesse apaixonada pelos próprios seios, mas a idéia de ficar toda desfigurada e extremamente doente devido à quimioterapia ou radiação lhe dava ânsia de vômito. Onde estava Sam agora com seu alegre prognóstico e os alertas sobre cirurgiões temerosos de serem processados por imperícia médica? Não conseguia sequer lembrar disso agora. O que Herman disse era tão mais real e tão absolutamente aterrorizante que mal conseguia refletir com clareza.

— Qual seria exatamente o procedimento?

— Vamos marcar a biópsia. Preferia que fosse com anestesia geral, já que a massa é tão profunda. E depois a senhora terá de se decidir.

— *Eu?*

— É bem possível. Terá de fazer algumas escolhas com todas as informações pertinentes. Existem várias opções nesta área da medicina. Terá de tomar algumas resoluções. Nem todas cabem a mim nesta fase dos acontecimentos.

— Por que não? Você é o médico.

— Porque há escolhas a fazer, envolvendo mais ou menos risco e mais ou menos desconforto. É o seu corpo e a sua vida, em última análise, e precisa tomar as decisões cabíveis. No entanto, quando se detecta o tumor logo de início, como é o seu caso, quase sempre sugiro uma mastectomia. É muito mais sábio e seguro. Se desejar, sempre se pode fazer uma cirurgia reconstrutiva alguns meses depois para restaurar a aparência do seio.

Do jeito que ele falava, era como se fosse recolocar um pára-lama em um automóvel e não um seio no corpo. E havia algo que Alex não sabia: sua preferência por mastectomias como a cura mais segura era o que lhe valera a reputação conservadora.

— Você faria a biópsia e a mastectomia no mesmo dia?

— Normalmente não. Mas, se preferir assim, podemos providenciar. A senhora parece ser uma mulher muito ocupada, e isto lhe pouparia tempo, se estiver preparada para me confiar esta decisão. Podemos combinar tudo antecipadamente, caso seja maligno. Precisaremos planejar tudo com cuidado.

É claro, ela pensou em Sam — para evitar um processo judicial. E então lembrou-se de outra coisa.

— E se nas próximas semanas eu descobrir que estou grávida?

— É possível?

Herman demonstrou surpresa, e Alex sentiu-se um tanto insultada. Será que ele a considerava velha demais para ter bebês — só poderia ter abortos?

— Ando tomando Serophene para tentar engravidar.

— Então, creio que, neste caso, vai querer abortar e prosseguir com o tratamento. Não pode se dar o luxo de protelar isso por oito ou nove meses. Seu marido e sua família precisam da senhora mais do que de outro bebê. — Era tudo tão frio e tão simples como a lâmina afiada de um bisturi. Ainda não acreditava no que ouvia. — Sugiro que marquemos a biópsia para uma semana após a próxima segunda-feira. Venha me ver antes disso para discutirmos as opções.

— Parece não haver muitas... ou algo está me escapando?

— Receio que não. Não neste ponto, de qualquer forma. Primeiro temos de ver o que existe no seio. E então poderemos decidir que providências tomar. Mas deve saber que nos casos de câncer em fase inicial a minha preferência é quase sempre a mastectomia. Quero salvar a sua vida, Sra. Parker, mais do que o seu seio. É uma questão de prioridade. E, se tem um tumor maligno desta profundidade no seio, talvez agora fique muito melhor e muito mais segura sem o seio. Depois pode ser tarde demais. É uma posição conservadora, mas é a que provou ser confiável ao longo dos anos. Algumas das posturas mais recentes e mais arriscadas podem ser desastrosas. Pode ser muito mais seguro fazer uma mastectomia logo no princípio. E, se for indicado após a cirurgia, gostaria de iniciar uma agressiva série de aplicações quimioterápicas quatro semanas após a operação. Isto pode lhe parecer assustador agora, mas daqui a seis ou sete meses estará livre da doença. E para sempre, esperamos. Obviamente, não posso lhe recomendar este tratamento agora. Temos de ver qual será o resultado da biópsia.

— Ainda poderei... — Não conseguiu se obrigar a pronunciar a palavra, mas sabia que precisava. Queria saber, já que ele demonstrara tão pouca reserva ao sugerir um aborto, caso estivesse esperando um filho. — Ainda poderei conceber depois?

Herman hesitou, mas não por muito tempo. Já ouvira esta mesma pergunta antes, embora geralmente viesse de mulheres mais jovens. Aos 42 anos, a maioria das mulheres estava mais interessada em salvar as próprias vidas do que em ter bebês.

— É possível. Existe um índice de 50% de esterilidade após a quimioterapia. Mas este é um risco que teríamos de correr, é lógico. Poderia ser muito mais danoso para a sua saúde não realizar o tratamento. — Danoso para a saúde? O que ele queria dizer? Que seria morte certa não se submeter à quimioterapia? Era tudo um pesadelo. — Terá tempo para refletir bem sobre todos os aspectos da situação durante o julgamento. Gostaria que marcasse outra consulta tão logo fosse possível. Tentarei ao máximo me acomodar aos seus horários. Pelo que John Anderson me informou, a senhora é uma advogada muito ocupada.

Ele esboçou um sorriso, mas não chegou a tanto, e Alex imaginou se este era o lado "humano" ao qual John Anderson se referira. Se assim fosse, era insignificante em comparação à frieza do técnico e cientista que ele era no resto do tempo, quando não estava sendo "humano".

Herman a assustou um bocado com sua fria explanação dos fatos, mas ela também conhecia a sua excelente reputação. O que ela precisava era de um excelente cirurgião, caso o tumor fosse maligno. Podia contar com Sam para levantar o seu astral.

— Há algo mais que eu deva lhe explicar? — indagou o médico, surpreendendo-a com a pergunta. Mas tudo o que ela conseguiu foi balançar a cabeça. Era pior do que todas as coisas ouvidas na véspera. O Dr. Herman a lançara em uma completa agonia íntima. Já podia imaginar-se sem o seio esquerdo e submetendo-se à quimioterapia. Será que também perderia o cabelo com o tratamento? Não tinha coragem de perguntar. No entanto, conhecia mulheres que passaram pela mesma situação e usavam peruca ou tinham o cabelo quase tosado. Sabia o que era de conhecimento geral, que a quimioterapia provocava a queda do cabelo. Era só mais uma afronta a acrescentar a uma crescente lista de terrores.

Saiu do consultório totalmente aturdida e, quando voltou à firma, nem sequer recordava com clareza da aparência do cirurgião. Sabia que a consulta havia durado uma hora, mas de repente o rosto dele se apagara da sua mente junto com quase tudo o que dissera, com exceção das palavras "tumor", "mastectomia" e "quimioterapia". O resto era uma confusa mistura de sons.

— Você está bem? — Brock veio ao escritório de Alex pouco depois da chegada dela, e ficou chocado, e também muito preocupado, ao ver a aparência dela. — Não está ficando doente, está?

De acordo com os médicos, era provável que ela já estivesse doente. Parecia incrível. Sentia-se ótima, nada doía, não estava passando mal, e ainda assim lhe diziam que provavelmente tinha câncer. Câncer. Ainda não conseguia acreditar naquilo. Nem Sam.

Ao chegar em casa à noite, contou-lhe o que o Dr. Herman

dissera, e Sam limitou-se a fazer pouco caso de tudo com a mesma insistência calma e despreocupada.

— Alex, estou lhe avisando. Esses caras querem se proteger contra um processo por imperícia médica.

— Mas e se não for este o caso? E se estiverem certos? Esse sujeito é o melhor especialista em cirurgia mamária do país. Por que me pregaria uma mentira só para tirar o seu da reta?

— Talvez tenha hipotecado a casa, talvez precise tirar um determinado número de seios todo ano para pagá-la. Sei lá. Você foi a um cirurgião. Ele não vai receitar uma aspirina e mandá-la para casa. Lógico que não, droga. Vai é garantir que você precisa extirpar o seio. E quanto mais não seja, vai deixá-la apavorada só para se prevenir, caso haja mesmo alguma coisa lá, o que não acredito nem por um minuto.

— Está me dizendo que ele está mentindo para mim? Que faria uma mastectomia mesmo que não fosse câncer? — Câncer. Eles falavam isso agora com a mesma facilidade com que diriam "Kleenex", "forno de microondas" ou "hemorragia nasal". Era uma palavra muito temida que havia se incorporado ao seu vocabulário diário, e ela odiava ouvir aquilo, especialmente quando era ela a pronunciá-la. — Acha que Herman é um completo charlatão?

Não sabia o que pensar agora e a atitude de Sam a estava deixando biruta.

— Provavelmente, não. É bem possível que seja, essencialmente, um sujeito responsável ou então Anderson não o recomendaria, mas não se deve confiar em ninguém. Não em médicos, de qualquer maneira.

— É o que dizem dos advogados — retrucou ela em um tom lúgubre.

— Querida, pare de se preocupar. É bem provável que não seja nada. Ele só irá dar um cortezinho no seio e descobrir que existe creme de leite aí dentro. Então vai costurar e mandar esquecer tudo. Não fique se atormentando antes do tempo.

Sam se mostrava deliberadamente despreocupado com relação ao assunto, de um modo que a tornava ainda mais nervosa.

— Mas e se Herman estiver com a razão? Ele disse que tumores profundos iguais a este quase sempre são malignos. E se for?

Alex não parava de tentar fazê-lo enxergar o que estava acontecendo, mas ele não enxergava.

— Não será maligno — teimou Sam. — Confie em mim.

Ele recusava-se terminantemente a ouvir o que Alex dizia. Parecia estar se esquivando da realidade com otimismo e bom humor. Sua insistência de que nada lhe aconteceria fez com que ela subitamente se sentisse solitária e um tanto em dúvida se devia acreditar nele, muito embora desejasse com desespero crer em suas palavras. Tudo que Sam havia conseguido era abalar sua fé não só no Dr. Anderson, como também no Dr. Herman. Tanto que, no segundo dia do julgamento, Alex aproveitou um breve recesso e ligou para a médica recomendada por Anderson.

Ela era mais jovem e tinha publicado menos artigos, mas era igualmente respeitada e tinha a reputação de ser tão conservadora quanto Herman. Seu nome era Frederica Wallerstrom e aceitou recebê-la às 7:30, antes do julgamento. Quando Alex foi encontrar-se com ela, esperava que a Dra. Wallerstrom fosse a solução para os seus problemas. Queria que fosse maternal e cheia de calor humano, que lhe dissesse que seus receios eram infundados, que o mais certo era o tumor ser benigno e que nenhum dos horrores que ouvira se aplicava ao seu caso. Entretanto, Wallerstrom se mostrou extremamente severa e não disse nada antes de examinar Alex e depois as radiografias para só então dar o seu diagnóstico com um olhar frio e um rosto impassível.

— Eu diria que o Dr. Herman foi bastante exato em sua avaliação. Nessa fase, é lógico que nunca se sabe ao certo. Mas a minha opinião é que deve ser maligno. — A doutora não usou de rodeios e não demonstrou a menor preocupação com a reação de Alex. Enquanto ouvia a mulher de cabelo grisalho cortado bem curto e mãos poderosas como as de um homem, Alex sentia úmidas as palmas das próprias mãos e as pernas trêmulas. — Obviamente, podemos estar enganados, mas a gente desenvolve uma intuição acerca dessas coisas — arrematou a médica com frieza.

— E o que a senhora recomendaria no caso de ele ser maligno,

Dra. Wallerstrom? — indagou Alex, tentando lembrar a si mesma que era a consumidora aqui, que estava submetendo esta mulher a um teste e que ainda tinha opções. Contudo, sentia-se como uma criança, indefesa e sem conhecimento ou controle, enquanto a outra a encarava com indiferença.

— É claro que existem os partidários das nodulectomias em quase todas as circunstâncias, mas, na minha opinião pessoal, os riscos que assumem geralmente mostram que estão enganados e que uma decisão como esta pode ser desastrosa mais tarde. Uma mastectomia é o meio mais seguro de assegurar a eliminação da doença, e, na maioria dos casos, ela é conjugada com a quimioterapia. Minha posição é conservadora — declarou com firmeza, descartando qualquer outra escola sem a menor hesitação, por mais respeitadas ou válidas que fossem as suas teorias. — Sou favorável às mastectomias. É possível fazer outras coisas. É possível optar por uma nodulectomia ou radiação, mas a senhora é uma mulher ocupada. Até que ponto esta seria uma atitude realista? Além de não ter tempo sobrando, pode se arrepender depois. Talvez mais tarde fique comprovado que ter poupado o seio foi um enorme erro. Pode correr o risco, lógico. A escolha é sua. Todavia, no que me diz respeito, endosso completamente a opinião do Dr. Herman.

Ela não só concordava com ele, como também parecia não ter nada a acrescentar, nenhum calor humano, nenhuma bondade, nenhuma compaixão por Alex como mulher. Na melhor das hipóteses, era até mais fria do que o Dr. Herman. E embora Alex tivesse desejado muito gostar dela pelo fato de ser mulher, a verdade era que simpatizava ainda menos com a Dra. Wallerstrom e mal podia esperar para sair correndo do consultório e respirar ar puro. Tinha a sensação de estar sufocando com tudo que a Dra. Wallerstrom dissera.

Alex chegou no tribunal às 8:15 e ficou chocada ao perceber quão reduzido fora o tempo que a doutora gastara com ela em uma questão de tamanha seriedade. Ou talvez só fosse séria para Alex. Para todas as outras pessoas, parecia ser uma ocorrência muito comum. Uma escolha fácil. Livre-se do seio e do problema. Era tudo tão simples — contanto que fossem os médicos e não os pacientes. Para eles, era tudo uma questão de teorias e estatísticas.

Para Alex, era a sua vida, o seu seio e o seu futuro. E nenhuma das opções era fácil.

Estava desapontada ao se dar conta de que, após obter uma segunda opinião, não estava mais segura quanto ao que lhe aconteceria nem mais tranqüila em relação às conseqüências e às opções. De certa forma, alimentara a esperança de que a Dra. Wallerstrom aplacasse os seus medos e lhe dissesse que estava sendo tola e que se afligia à toa. Em vez disso, a única coisa que conseguiu foi intensificar os temores de Alex e fazê-la sentir-se mais sozinha e assustada. A biópsia ainda precisava ser realizada, a situação e o tumor ainda teriam de ser analisados e a decisão continuava cabendo a ela e ao cirurgião. Era evidente que havia a hipótese de ser um tumor benigno, mas, depois de tudo que lhe disseram nos últimos dias, isto parecia cada vez menos provável.

Até mesmo a jovial recusa do marido — que se negava a acreditar no pior — parecia agora um flagrante absurdo. Devido à sua recusa categórica, insistindo em não discutir com ela as possibilidade, as pressões decorrentes do julgamento e a medicação para a fertilidade — que ela tinha consciência de ainda estar provocando efeitos colaterais —, Alex passou a semana inteira com a impressão de que mal conseguia preservar a sanidade. Era como se estivesse andando debaixo d'água.

A única coisa que a impediu de perder o juízo por completo foi o tremendo apoio que recebeu de Brock ao longo de todo o julgamento. Quando o júri absolveu Jack Schultz de todas as acusações, foi como um milagre. Negaram tudo ao queixoso e Jack Schultz deve ter lhe agradecido umas mil vezes. O julgamento acabou durando só seis dias e teminou às 16:00 de quarta-feira. A vitória foi a única coisa boa que lhe aconteceu.

Sentada na sala do tribunal, sentindo-se nas últimas, se bem que demonstrasse satisfação, Alex agradeceu a Brock por toda a colaboração. Aqueles foram os dez dias mais difíceis da sua vida, mais difíceis do que qualquer um podia imaginar, e haviam realizado um extraordinário trabalho de equipe.

— Eu não teria conseguido sem você — declarou graciosamente, e estava sendo muito sincera. Os últimos dias a esgotaram mais do que ele suspeitava.

— Foi você que conseguiu. — Brock a fitava com admiração. — É um prazer vê-la atuando no tribunal. É como um grande balé, uma cirurgia perfeita. Não perde um ponto, um passo, uma incisão, uma sutura.

— Obrigada — Alex tornou a agradecer, enquanto empilhava os autos do processo com a ajuda do rapaz. As palavras dele a fizeram lembrar de que precisava ligar para Peter Herman. Tinha medo de tornar a vê-lo. Afinal de contas, só faltavam cinco dias para a biópsia. Não sabia agora mais do que antes, exceto que a consulta com a Dra. Wallerstrom confirmara a avaliação de Peter Herman. E Sam literalmente se recusara a tocar no assunto com ela. Alegava que era bobagem fazer tamanho escarcéu por algo que nunca aconteceria. Alex esperava que o marido estivesse com a razão, mas, por enquanto, ele parecia ser o único a pensar assim.

Ela tentou sentir-se vitoriosa com relação ao julgamento. Chegou inclusive a ganhar uma gigantesca garrafa de champanha de Jack Schultz, um presente que ela levou para casa. Entretanto, não estava com disposição para celebrar. Sentia-se nervosa e deprimida. E muito apavorada com a cirurgia da próxima segunda-feira.

Na véspera do final do julgamento, foi ver Peter Herman e, desta vez, ele não dourou a pílula. Deixou muito claro que, se um tumor grande e profundo como aquele fosse maligno, seria indispensável fazer uma mastectomia radical modificada e uma extensa série de aplicações quimioterápicas, e que era melhor encarar logo a realidade. Explicou que ela tinha duas alternativas. Podia fazer a biópsia, com anestesia geral, lógico, e depois rediscutir as opções com ele. Ou podia assinar previamente um documento que lhe daria permissão para, após a biópsia, efetuar tudo que julgasse ser necessário. Isto significava receber anestesia geral uma vez, em vez de duas, e confiar nele por completo. Explicou que não era comum realizar todo o processo em uma só etapa, mas corretamente pressupunha que Alex queria resolver todo o problema de vez em uma única operação. A única complicação seria se estivesse grávida. E acrescentou que, quer ela estivesse ou não, entenderia perfeitamente se preferisse fazer tudo em duas etapas.

Entretanto, quanto à nodulectomia *versus* a mastectomia, era a Alex que cabia a decisão. Tinha de escolher se queria fazer apenas a biópsia ou complementá-la com a outra operação. Para Alex, enquanto discutia o assunto com Herman, pareceu-lhe mais simples enfrentar aquilo tudo de uma só vez, ao invés de prolongar a agonia e retornar ao hospital para a mastectomia, se o tumor fosse maligno. Acreditava que o Dr. Herman tomaria a decisão certa quando tivesse o resultado da biópsia. E ela já fizera a mais difícil de todas as opções desde a consulta com a Dra. Wallerstrom. Embora a perspectiva de escolher a nodulectomia fosse muito tentadora, até mesmo a mais remota possibilidade de obter uma maior segurança com a extirpação do seio inteiro acabou por convencê-la. Os dois pontos de vista eram alvo de debates acalorados por parte de cirurgiões igualmente respeitados e, contudo, Alex sabia muito bem qual deles Peter Herman preferia. E então, por mais dolorosa que fosse esta perspectiva, resolveu seguir o seu parecer. Já concordara com a mastectomia radical modificada que ele lhe descrevera, no caso de haver um tumor maligno. E também com a quimioterapia, se ele julgasse necessário. Mas decidiriam depois.

Entretanto, a verdadeira agonia para Alex era com relação a decisão que deveria tomar se estivesse grávida. Sabia que tinha obrigações para com Sam e Annabelle, mas também sabia o quanto seria difícil, senão impossível, desistir de um bebê em gestação. O Dr. Herman explicou com muita clareza, enquanto Alex o fitava com um ar ausente, que no primeiro trimestre da gravidez sempre se optava pela mastectomia e não pela nodulectomia, já que esta exigia automaticamente o tratamento de radiação, o que seria desaconselhável. Já no caso da mastectomia, se a quimioterapia fosse aconselhada, era quase certo que causasse um aborto espontâneo. Aconteceria a mesma coisa no segundo trimestre. Portanto, se a quimioterapia fosse necessária, era mais do que provável que matasse o feto. Só no terceiro trimestre eles julgavam poder se dar o luxo de esperar e tratar o câncer após o nascimento do bebê.

Ele declarou com toda a honestidade que, a seu ver, quase não havia chance de que a massa fosse benigna. Já vira tumores deste tipo com demasiada freqüência. O que ele esperava era que não houvesse infiltração nem metástase, mas tão-somente um envolvimento nodular mínimo. Logicamente, também tinha esperança de que fosse apenas um tumor no estágio I. Mais uma vez, ela se sentiu desligar do ambiente ao redor, forçando-se a prestar atenção e a entender o que ele dizia. Desejou que Sam estivesse ali presente, mas como o marido andava ocupado demais, negando até mesmo a possível existência de um problema, nem sequer cogitara em pedir que a acompanhasse.

— E quanto à gravidez? — perguntou o Dr. Herman, antes que ela fosse embora. — Até que ponto esta é uma possibilidade real?

Isto afetaria algumas das suas decisões.

— Não sei — replicou Alex com tristeza. — Pelo menos por enquanto, não sei.

Só teria certeza no próximo fim de semana.

— Gostaria de receber algum tipo de orientação antes da biópsia? — indagou Herman, tornando a manifestar o seu lado "humano", que era muito pequeno e raramente visto, mas pelo menos ele estava tentando. — Ainda mais se preferir o procedimento com uma só etapa, no caso de um tumor maligno. Aí talvez queira conversar com um terapeuta ou com outra mulher que já tenha passado pela mesma situação. Normalmente, recomendamos grupos de pares, mas em geral isso só vem mais tarde. São extraordinariamente úteis.

Ela olhou para o médico com um ar pesaroso e balançou a cabeça.

— Não tenho tempo. Principalmente se precisar me ausentar do escritório por várias semanas.

Era necessário cobrir todas as possibilidades. Já tinha pedido a Matt Billings que a substituísse e transferido para Brock uma boa parte do serviço. Sabia que o rapaz cuidaria bem de tudo. Todavia, não revelara a ninguém para onde iria. Só insinuara que teria de resolver um problema médico que talvez levasse de dois dias a duas semanas. No entanto, todos aceitaram prontamente o fato e prometeram fornecer-lhe toda a ajuda possível. Brock fez votos para que não fosse nada de sério e Matthew nem sequer cogitou acerca desta possibilidade, imaginando que ela faria uma plástica no nariz ou nos olhos. Sua esposa fizera uma no ano passado. Muito embora achasse que Alex não precisava de nada semelhante, também acreditava que todas as mulheres eram um pouco loucas pela própria aparência. Alex parecia tão saudável que nunca lhe ocorreu que ela talvez estivesse com um problema sério.

— Quando acha que poderei voltar ao trabalho? — perguntou ela francamente ao médico.

— Talvez daqui a duas ou três semanas, dependendo de como você se recupere. Depois, naturalmente, tudo dependerá da sua reação à quimioterapia. Iniciaremos as aplicações mais ou menos quatro semanas após a cirurgia. Algumas mulheres se dão muito bem, outras têm mais problemas.

Para Herman, esta era uma conclusão inevitável. Ela tinha câncer, o seio seria retirado e teria de submeter-se à quimioterapia. Talvez Sam estivesse certo e aquilo fosse mesmo uma fábrica que arrancava seios para pagar o aluguel, mas era difícil acreditar nesta hipótese. Pelo que Peter Herman falou, era muito mais fácil acreditar que havia um problema sério.

Ele queria que Alex fosse ao hospital naquele fim de semana para fazer exames de sangue e tirar radiografias do tórax e discutiram a impossibilidade de ela doar o próprio sangue assim tão em cima da hora. Herman, entretanto, já tinha lhe dito que até mesmo mastectomias radicais raramente exigiam transfusões e, se fosse preciso após a cirurgia, telefonaria à sua firma para convocar doadores. Fora isto, não havia nada mais a discutir até segunda-feira. Pediu-lhe que ligasse no fim de semana, caso descobrisse que estava grávida. Alex saiu do seu consultório com uma sensação de entorpecimento.

Passou o resto da tarde no escritório e, à noite, jantou com Sam e Annabelle. Só Carmen notou o quanto estava quieta e retraída. Bem mais tarde, Alex mencionou ao marido a visita ao cirurgião, só que ele já estava quase dormindo e nem sequer respondeu quando ela explicou o que o doutor lhe dissera. Quanto tornou a dar uma olhada em Sam, ele roncava baixinho.

Arrumou a mesa do seu escritório antes do meio-dia de sexta-feira e Brock apareceu para buscar alguns processos, desejando-lhe sorte na semana seguinte.

— Espero que tudo corra bem, do jeito que você quer.

Ele suspeitava do que poderia ser, pois já escutara a palavra "biópsia" em uma de suas conversas. Esta era uma palavra que enchia de medo o seu coração, mas ele esperava que não fosse nada de sério e que ela voltasse ao trabalho bem depressa. Após trocarem uma rápida despedida, Alex deu as últimas instruções a Liz. Prometeu ligar para saber se havia algum recado e informou que podiam mandar serviço para sua casa dentro de alguns dias, caso ainda não tivesse retornado.

— Cuide-se — falou Liz calmamente e depois abraçou Alex, que reprimia as lágrimas e se virava de costas para que Liz não percebesse.

— Você também, Liz. A gente se vê logo — replicou, irradiando uma confiança que não sentia. E chorou sem parar durante todo o trajeto de táxi para o norte, onde apanharia Annabelle na escola. Era sexta-feira, dia da aula de balé.

Levou a filha para almoçar no Serendipity e depois foram direto para a escola da Srta. Tilly. Annabelle se mostrava mais feliz do que nunca. Estava contente por ter de novo a mãe por perto e por Alex não estar mais "ocupada com o juiz". Enquanto comia um *sundae* com calda de chocolate quente, declarou com todas as letras que realmente não gostava nada daquilo.

— Tentarei fazer isso o mínimo possível.

Alex não lhe contara nada sobre a ida ao hospital na segunda-feira e, no sábado, tentou combinar com Sam o que diriam à menina. Na sua opinião, uma viagem de negócios era a melhor idéia, alegando que seria por demais ameaçador explicar que iria para o hospital.

— Nem pense nisso — objetou Sam, olhando para a esposa com um ar de aborrecimento. — Você estará em casa à tarde, pelo amor de Deus.

Quando disse isto, havia irritação no rosto e raiva na voz.

— Talvez não esteja — contrapôs ela baixinho, magoada por Sam continuar se recusando a enfrentar o problema. Ele estava se refugiando na negação da realidade. — Pode ser que eu fique lá por uma semana, se fizerem a mastectomia — acrescentou, tentando forçar a si mesma e também ao marido a aceitar o fato. Contudo, Sam se recusava a ouvir a verdade.

— Quer parar com essa história? Está me deixando maluco. Que negócio é esse? Quer solidariedade ou o quê?

Ela nunca o vira assim tão fora de si. Era como se tivesse tocado em um nervo. De repente ela imaginou se toda aquela ansiedade estava relacionada com suas lembranças da mãe. Entretanto, fossem quais fossem os seus motivos para evitá-la, estava deixando Alex ainda mais nervosa.

— De fato — retorquiu, afinal resolvendo enfrentá-lo pela primeira vez desde que tudo acontecera. — Quero um pouco do seu apoio. Essa insistência louca em se recusar a acreditar em tudo que está acontecendo não facilita as coisas para mim. Já lhe ocorreu que preciso da sua ajuda? Não é nada fácil para mim. Posso perder um seio daqui a dois dias e você insiste que nada vai acontecer.

Lágrimas inundaram-lhe os olhos ao declarar todas estas coisas.

— Nada vai acontecer — afirmou ele de mau humor e depois lhe deu as costas para ocultar as próprias lágrimas. No entanto não tocou mais no assunto com Alex. Não conseguia. Isso o assustava demais, tudo aquilo o fazia recordar-se demais da mãe. Contudo, fosse qual fosse a razão, não restava a Alex nenhum apoio. Tinha muitos conhecidos e alguns amigos que conhecia bem, mas que raramente via, exceto aqueles com quem trabalhava. Nunca sobrava tempo para rever os amigos, já que vivia trabalhando. Sam era o seu melhor amigo e, neste exato momento, simplesmente não era capaz de enfrentar a ameaça que lhe rondava ou oferecer-lhe ajuda. E ela sentia constrangimento em ligar para outras pessoas. "Oi... aqui é Alex Parker e vou fazer uma biópsia na mama amanhã. Que tal vir me ver?... Na verdade, talvez eu até faça uma mastectomia, se o tumor for maligno, mas Sam acha que vamos mesmo tirar o seio para que o médico compre uma Mercedes... tudo por uma boa causa." Era difícil demais para ela telefonar a quem quer que fosse e mais difícil ainda admitir que Sam a estava desiludindo. Mas estava. Terrivelmente. E, nesta noite, explicou a Annabelle que, de manhã, teria de partir por alguns dias em uma viagem de negócios. Embora ficasse desapontada, Annabelle respondeu que entendia e Alex prometeu ligar, avisando-lhe que o papai cuidaria dela. Alex teve de lutar para não cair em prantos. Annabelle a abraçou com força e lhe disse o quanto sentiria sua falta, o que tornou tudo ainda mais penoso para Alex.

— Você vai me levar ao balé na sexta? — perguntou a menina com imensos olhos verdes, enquanto Alex se esforçava para manter a compostura.

— Vou tentar, fofinha, prometo que vou — replicou com toda a honestidade, agarrando-se à garotinha e rezando para que nada de terrível ocorresse. Talvez o Dr. Herman estivesse enganado e ela tivesse sorte. E o fato de estar ali com Annabelle a fazia sentir-se tão vulnerável e tão assustada. — Vai ser uma boa menina e obedecer ao papai e a Carmen? Vou sentir mesmo muitas saudades de você.

Mais do que Annabelle podia sequer imaginar, refletiu Alex, com as lágrimas formando um nó na garganta. Contudo, era para salvar a própria vida que estava fazendo tudo aquilo — a biópsia e o que viesse depois. Queria ficar ao lado de Annabelle por um longo tempo. Para sempre.

— Por que você vai, mamãe? — indagou Annabelle com tristeza. Era como se pressentisse que Alex lhe escondia algo.

— Por que preciso. Para o meu trabalho.

Mas até aos próprios ouvidos suas palavras não soaram convincentes.

— Você trabalha demais — reclamou Annabelle com um jeitinho manso. — Vou cuidar de você quando crescer, mamãe. Prometo.

Annabelle era tão meiga. Alex não queria afastar-se dela, não suportava a idéia de deixá-la na manhã seguinte. Então ficou abraçada à menina por um longo tempo antes de finalmente apagar a luz e ir preparar o jantar para ela e para Sam.

Contudo, seu nervosismo era tanto que chegara a estar com náuseas. Tudo em que conseguia pensar era no que estava prestes a lhe acontecer. E Sam evitou o assunto durante todo o jantar. Depois da refeição, ele resolveu ler alguns relatórios e Alex foi dar uma olhada em Annabelle. Deitou-se ao lado da criança adormecida por algum tempo. Queria apenas sentir aqueles cachinhos em contato com o rosto e sua respiração suave antes de deixá-la. E então parou na entrada do quarto, contemplando-a. Ela se assemelhava a um anjinho, adormecida ali na cama. Depois foi para o próprio quarto, rezando por um milagre no hospital no dia seguinte de manhã. Tudo que queria era a sua vida, ainda que sua sobrevivência lhe custasse um seio.

Sam estava ferrado no sono diante da televisão quando Alex foi para a cama silenciosamente. Ele também tivera uma semana dura, com a visita de um grande grupo de árabes oriundos da Arábia Saudita. Contudo, mal havia trocado uma palavra — certamente não uma palavra bondosa ou encorajadora — com Alex de manhã. Era impossível não se enfurecer com ele. Ficou deitada ao lado do marido por uma hora, querendo conversar com ele, mas quando Sam se mexeu, limitou-se a tirar a calça *jeans* e a camiseta antes de enfiar-se na cama, sem realmente despertar.

— Sam...? — chamou baixinho, com vontade de acordá-lo, de conversar com ele, de estar perto dele, até mesmo de fazerem amor, mas o marido se encontrava a um milhão de quilômetros dali, e alheio ao seu problema.

— Hummm...?

— Está dormindo?

Era óbvio que estava, mas ela não queria que estivesse. No entanto, seu sono era profundo demais.

— Amo você — falou, enquanto o fitava. Mas ele nem a escutou. Não escutava nada. Estava muito longe dali, no seu próprio mundo. Longe demais para ajudá-la ou aceitar o que lhe acontecia. Estava amedrontado demais para administrar a situação e Alex sabia disto. Contudo, nunca sentira tamanha solidão em sua vida. A seu modo, ele a desertara por completo.

Antes de dormir, quando foi ao banheiro, descobriu o que rezara para que não acontecesse. Apesar de todas as tentativas efetuadas pelos dois há quinze dias e de todos os hormônios que tomara, estava menstruada. Haveria só uma biópsia e talvez uma cirurgia. Não haveria nenhum bebê.

Capítulo 5

No dia seguinte, Alex acordou às seis horas e perambulou um pouco pela casa, desejando que esta fosse uma manhã diferente. Preparou um bule de café para Sam, colocou a mesa e foi dar uma espiada em Annabelle que dormia a sono solto. Sam também não acordara. Era tão estranho olhar para os dois, sabendo que logo partiria por algumas horas ou alguns dias, para ganhar ou perder uma batalha que podia afastá-la dos dois para sempre. Era inacreditável, refletiu enquanto permanecia parada no quarto de Annabelle, olhando ao redor. Como podia deixar a sua menininha? O que iria acontecer-lhes? Nem mesmo conseguia entender o que estava prestes a lhe acontecer agora de manhã.

Tomou cuidado para não comer nem beber coisa alguma, embora ansiasse por uma xícara de café. Ao escovar os dentes, descobriu-se tendo que sufocar o pranto. Sentia um avassalador impulso de fugir dali, de esconder-se de tudo aquilo, mas não havia como ocultar-se agora da traição do próprio corpo. Ao invés disto, ficou imóvel, olhando para si própria, com as lágrimas deslizando pelas faces, a escova de dentes na mão, enquanto mirava o próprio reflexo no espelho. Pousou a escova e baixou as alças da camisola. O tecido sedoso escorregou fluida e silenciosamente para o chão e ela examinou a própria imagem, os seios pequenos e firmes aos quais nunca dera muito valor. O esquerdo era um tantinho maior do que o direito e, com um sorriso, Alex lembrou de repente que

Annabelle, ao ser amamentada, sempre preferira o primeiro. Não pôde deixar de apreciar a simetria de seus seios e o contorno do corpo gracioso e longilíneo. Suas pernas eram longas e a cintura estreita. Sempre possuíra uma bela plástica e jamais pensara muito no assunto. E o que aconteceria agora? Quem ela seria, se perdesse um seio hoje? Seria outra pessoa? Ficaria tão horrivelmente deformada a ponto de Sam não mais querê-la? Desejara tanto conversar a este respeito com o marido, ouvi-lo garantir que não se importaria nem um pouco que ela tivesse apenas um seio ou dois. Precisava ouvir as palavras, mas ele não fora capaz de enfrentar sequer a idéia da operação, e havia passado a semana inteira repetindo que não existia problema algum com ela e que Alex estava sendo mórbida.

Agora, olhando para si mesma, chorava ao perceber o que poderia lhe acontecer. Não conseguia sequer imaginar uma coisa daquelas. Um seio era um pequeno preço a pagar por uma vida, se a situação chegasse a este ponto, mas também não queria perdê-lo. Não queria ficar deformada ou com a aparência igual a de um homem, e nem ter de fazer uma cirurgia reconstrutiva. Não queria nenhuma dessas coisas. E, acima de tudo, não queria perder o seio ou ter câncer.

— Oi — saudou-a Sam, ainda sonolento, ao passar pela esposa a caminho do chuveiro. Alex não o vira entrar e Sam não pareceu notar que ela estava chorando. Alex deu as costas para o marido, embaraçada, como se já houvesse em si mesma algo de feio, e cobriu-se com uma toalha. — Você levantou cedo.

Que surpresa. Imagine só! O jeito como ele disse aquilo lhe deu vontade de socá-lo. Toda a compreensão que Sam já manifestara com ela parecia ter evaporado em menos de duas semanas de absoluta negação da realidade.

— Vou me operar hoje — Alex lembrou-lhe com uma voz contida, enquanto ele abria o chuveiro.

— Irá só fazer uma biópsia. Não seja dramática.

— Quando você vai acordar? — retrucou ela com aspereza. — Quando vai enfrentar esse negócio? Depois que eu perder o seio ou nem mesmo então? Será que é assim tão ameaçador que não consegue demonstrar um pouco de solidariedade comigo nem por um segundo? — Sam precisava ouvir isto dela, precisava saber o quanto a estava desapontando, mas nem isso ele era capaz de enfrentar. Entrou no chuveiro sem encará-la e disse algo que Alex, que olhava para o marido com espanto renovado, não conseguiu escutar. Deu duas largas passadas em direção ao chuveiro e abriu a cortina com um brusco puxão, deixando ambos completamente molhados, enquanto ela o encarava com uma expressão de pura fúria. — O que você acabou de me dizer?

— Eu disse que está sendo melodramática.

Sam aparentava, ao mesmo tempo, embaraço e aborrecimento com a atitude de Alex, que permanecia ali parada, muito molhada e muito linda. O corpo dele reconheceu o dela com uma ereção. Entretanto, não faziam amor desde os resultados da mamografia. Não se tocavam desde o "dia azul". Primeiro por causa do julgamento, depois porque agora ela andava às voltas com o trauma do possível câncer. Ele tampouco fizera algum gesto de aproximação. Estava tentando evitá-la.

— Acho que você está sendo um filho da puta, Sam Parker. Não ligo a mínima se está tendo problema em lidar com a situação, eu também estou. Podia ao menos me oferecer o seu apoio, Sr. Agente de Investimentos, Sr. Cagão, um medroso que não consegue enfrentar o que está acontecendo.

Estava tão furiosa que tinha vontade de lhe dar um soco, mas ele limitou-se a fechar a cortina, virando-se em seguida para prosseguir com o banho.

— Por que não procura tornar as coisas mais fáceis para nós dois, Al? Vai estar tudo terminado hoje de tarde e você se sentirá muito melhor.

Ambos sabiam que o Serophene que ela tomara quatro semanas antes não ajudava a melhorar a sua capacidade de lidar com problemas ou a sua disposição de espírito, mas esta reação não se devia apenas aos hormônios. Isso aqui era a vida real e uma ameaça à sua própria sobrevivência e existência. Era uma ameaça a tudo que ela era; sua saúde, sua vida, sua aparência, sua feminilidade, até mesmo a capacidade de procriação. E o que sobrava? Muitas coisas, talvez. Mas ainda não conseguira vê-las. Sam também não. Ele tinha enfiado a cabeça na areia e não enxergava nada.

Carmen chegou exatamente quando Annabelle estava acordando e Alex foi conversar com as duas enquanto a menina se vestia. Foi então que Carmen notou que a patroa estava extremamente nervosa. Alex apenas lhe contara o mesmo que dissera a Annabelle: teria de realizar uma viagem de negócios por uns poucos dias e precisava que Carmen ficasse no apartamento.

— Está tudo bem, Sra. Parker? — perguntou Carmen, desconfiada, pois nunca antes a vira daquele jeito. Por um minuto, Alex ficou tentada a revelar-lhe tudo. Tais confidências, entretanto, tornariam aquilo real demais. Era mais fácil apenas fingir que viajaria a trabalho.

— Está, Carmen. Obrigada.

Entretanto, quando Alex reapareceu com uma calça *jeans* e um suéter branco, as suspeitas de Carmen retornaram. Ela nunca punha este tipo de roupa quando viajava. Agora não estava sequer usando meias de seda, só simples mocassins, e muito menos maquiagem. Carmen franziu a testa ao vê-la e depois lançou uma olhadela a Sam, que estava bebendo café, comendo ovos e lendo o jornal matinal. Ele trajava um terno, tal como de costume, e quando pousou o jornal para conversar com elas exibiu uma jovialidade inesperada. Não disse nada à esposa, mas foi especialmente brincalhão com Annabelle e Carmen. Embora esta ignorasse o que estava acontecendo, algo em seu íntimo fez com que ela percebesse que não gostava nada daquilo. Annabelle porém não estava a par de coisa alguma.

Às 7:15, Alex lembrou ao marido que tinham de ir agora. Ele pegou sua pasta e a sacola de Alex, prometendo à filha que jantaria em casa. Beijou-a, desalinhou os seus cabelos e foi chamar o elevador, enquanto Alex abraçava a sua menininha.

— Sentirei muito a sua falta — disse Alex com voz rouca, sentindo-se tremer enquanto a enlaçava. Não queria deixar transparecer nada, entretanto desejava mais do que tudo tê-la nos braços pelo maior tempo possível. No entanto, o elevador já tinha chegado e Sam a estava chamando. — Amo você, querida, a gente vai se ver logo. Te amo... — gritou por cima do ombro, enquanto lágrimas escorriam de seus olhos. Alex correu para o elevador enquanto Carmen a observava. A esta altura, Annabelle já se encantara com um desenho animado na televisão, mas Carmen continuava inquieta com a expressão no rosto da patroa, enquanto colocava os pratos na pia. Então lembrou que Alex não comera nada, nem mesmo tomara um suco ou uma xícara de café. Havia algo de muito errado. Simplesmente sabia que sim.

A esta altura, Alex e Sam se achavam em um táxi, a caminho do hospital, e ele conversava sobre amenidades, enquanto ela desejava que o marido se calasse. Era quase pior do que falar sobre o que acontecia. Tudo o que conseguia pensar era no terno rostinho de Annabelle ou na sensação gostosa que sentira ao tê-la nos braços e dar-lhe um beijo de despedida.

— Vamos nos encontrar com outro grupo de árabes hoje e algumas pessoas dos Países Baixos. Uma coisa tenho de admitir, Simon conhece gente extraordinária. Realmente, eu me enganei a seu respeito.

Sam tagarelava sem parar enquanto rumavam para o New York Hospital no leste da cidade, onde se encontrariam com o Dr. Peter Herman.

— Fico feliz em saber — retrucou Alex com rispidez, indiferente às virtudes de Simon ou aos clientes em potencial dos dois. — Vai esperar no hospital ou pretende ir para o escritório?

Nada a teria surpreendido, mas Sam sabia que Alex queria que ele permanecesse lá.

— Eu lhe disse que ficaria e vou ficar. Mandei Janet ligar para o médico e ele explicou que, com a anestesia, o processo todo vai demorar uma meia hora ou 45 minutos, se não houver atraso. Você descerá logo depois e poderá dormir até de tarde. Pensei em aguardar até 10:30 ou onze horas. Você estará acordada então, ou vai acordar e dormir de novo no quarto. À tarde eu volto para buscá-la.

Houve um longo silêncio enquanto ela assentia com a cabeça e olhava fixamente pela janela.

— Gostaria de compartilhar o seu otimismo.

Alex já lhe contara que tinha optado por resolver tudo de uma tacada só. Assinaria uma autorização para o doutor fazer o que precisasse quando chegasse a hora. De modo que, se a biópsia revelasse um tumor maligno, ele realizaria toda a cirurgia necessária no mesmo dia. Não queria voltar lá após uma espera agoniante, sabendo que perderia o seio de qualquer maneira. O que tinha de acontecer, fosse o que fosse, iria acontecer hoje; a biópsia, a mastectomia ou a nodulectomia, caso o problema não fosse bastante grave para exigir algo mais do que a retirada do nódulo. Entretanto, já conhecia as opiniões do Dr. Herman sobre o assunto. Só depois de acordar saberia o que o médico fizera com ela. Mas ao menos teria de enfrentar o terror uma só vez. Sam continuava achando que ela era louca.

— Você realmente confia nesse sujeito tanto assim? — ele tornou a perguntar, quando cruzavam a York Avenue e o hospital surgia à sua frente como um dinossauro pronto a devorá-la.

— Sua reputação é excelente. Fiz uma investigação cuidadosa. E consultei uma outra cirurgiã. — Ela nunca lhe contara nada disso. — A doutora concordou inteiramente com Herman, Sam. Está tudo muito claro, mas não é nada agradável.

— Mesmo assim, eu não lhe daria toda esta corda. Faça uma coisa de cada vez.

Mas Alex não era da mesma opinião. Quando telefonou a John Anderson para discutir o assunto, ele afirmara que ela estava agindo da maneira certa. Pediu que tivesse total confiança em Peter Herman.

O táxi estacionou diante do hospital. Sam pagou a corrida e pegou a sacola de Alex. Ela trouxera pouca coisa, na esperança de que o marido estivesse certo e sua permanência ali fosse curta. Além do mais, Sam podia buscar tudo o que precisasse, caso tivesse de ficar internada por mais tempo. Em casa, ao arrumar a sacola, lembrara de sua ida ao hospital para ter Annabelle. Aquela fora uma ocasião mais feliz e parecia ter ocorrido há poucos momentos atrás, embora já tivessem se passado quatro anos.

Seguiram as setas que indicavam o setor de internação, mas Alex já tinha providenciado tudo, quando fizera os exames de sangue e tirara a radiografia do tórax. Entregaram-lhe uma guia, informaram-lhe o número de um quarto no 6º andar e lhe deram um tubinho de plástico, contendo uma escova de dentes, um copinho, um sabonete e uma pasta de dentes. O simples fato de segurar aquilo a deprimiu. De repente, sentiu-se como uma interna em uma prisão.

Subiram sem trocar uma só palavra, em meio à agitação do hospital. Sam estava pálido e pouco à vontade e Alex parecia apavorada ao saírem do elevador e cruzarem com duas pessoas ligadas a equipamentos intravenosos que dormiam em macas. Depois de perguntarem no centro de enfermagem para onde deviam ir, dirigiram-se a um quarto pequeno e feio, pintado de azul-claro, com um cartaz na parede e uma cama de hospital que parecia ocupar o aposento inteiro. Não havia nada de agradável ali, mas ao menos ela estaria sozinha e não teria de conversar com ninguém, exceto Sam, que tagarelava a respeito da vista que tinham do quarto, de como os hospitais estavam ficando incrivelmente caros e de como a medicina social não estava funcionando nem no Canadá nem no Reino Unido. Alex tinha vontade de gritar com ele, mas sabia que Sam fazia um frenético esforço para lidar com a situação, ainda que não estivesse sendo de nenhuma ajuda. Ele próprio estava tão nervoso pelo fato de estar aqui agora que não podia sequer tentar ajudá-la.

Uma enfermeira apressada veio confirmar se Alex ingerira algo por via oral desde a meia-noite de ontem, e uma atendente entrou com um equipamento intravenoso, colocando um avental em cima da cama e avisando que voltaria dentro de um minuto. Então, de repente, parada no meio do quarto, Alex começou a chorar desconsoladamente. Era tudo tão horrível. Sam tomou-a nos braços, querendo lhe dizer o quanto lamentava.

— Tudo vai acabar logo. Tente esquecer essa história toda. Pense em Annabelle, em ir à praia no próximo verão... ou no Dia das Bruxas... De repente, antes mesmo que perceba, tudo estará terminado.

Ela riu, mas a simples idéia de passar o Dia das Bruxas com Annabelle não bastou para bloquear o terror que sentia.

— Estou tão assustada — murmurou enquanto ele a abraçava.

— Eu sei... mas você ficará boa... eu prometo.

Entretanto, eis uma promessa que ele não podia cumprir. Ninguém podia. Estava tudo nas mãos de Deus. E não tinha certeza do que Ele planejara para ela. No momento, entretanto, estava morta de medo — e transparecia isto.

— É tão esquisito... somos tão poderosos em nosso estilo de vida. Somos pessoas fortes, com ótimos empregos; manipulamos muita gente, tomamos muitas decisões que mexem com dinheiro, com pessoas e empresas... Então esse tipo de coisa nos atinge e ficamos impotentes diante da adversidade. Subitamente, estamos à mercê de todos, de pessoas que nem mesmo conhecemos, do destino e do nosso próprio corpo.

Sentia-se como uma criança, totalmente incapaz de interromper o pedadelo que estava vivendo.

A enfermeira reapareceu na porta, pediu que se despisse e pusesse o avental, acrescentando que alguém viria colocá-la na infusão intravenosa dentro de um minuto. Não havia tempo a perder, nem interesse ou solidariedade.

— Será que isso é um bom sinal? — brincou Sam. — Quem sabe não voltarão com um lauto café da manhã?

— Não há nada de bom nisso — retrucou Alex, tornando a enxugar os olhos e desejando não estar ali ou, quem sabe, desejando ter decidido ignorar a sombra na mamografia. Contudo, sabia que não podia. Talvez Sam estivesse certo. Talvez tudo aquilo fosse uma tremenda tapeação para garantir serviço aos médicos. Era o que ela esperava que fosse.

A enfermeira retornou ao quarto, enquanto Alex trocava de roupa, e mandou que se deitasse para instalar o equipamento intravenoso. Alex só receberia soro fisiológico para não ficar desidratada.

— Temos uma conexão aqui, caso precisemos lhe dar mais algum medicamento. Você será submetida à anestesia geral hoje — explicou, feito uma aeromoça anunciando que iriam sobrevoar a cidade de St. Louis.

— Eu sei — confirmou Alex, tentando dar a impressão de que estava tudo sob controle outra vez, que ela era parte daquilo e que tinha tomado a decisão, mas esta mulher não ligava a mínima. Não era problema seu quem decidira o que ou por quê. Esta era uma fábrica de corpos, um armazém para corpos com defeito e tinha de colocá-los em funcionamento o mais rápido possível a fim de abrir espaço para os próximos.

O soro ardeu ao penetrar na veia, mas a enfermeira disse que a dor passaria dentro de poucos minutos. Tirou a pressão sangüínea, ouviu os batimentos cardíacos, fez uma anotação em uma ficha e apertou um interruptor que acendeu uma luz no corredor.

— Vou ligar lá para cima e avisar que você está pronta. Devem levá-la para a sala de operação daqui a alguns minutos.

Já eram 8:30 e a biópsia estava marcada para as nove. Alex se encontrava no hospital desde as 7:30.

— Quer que eu dê algum telefonema enquanto estiver à sua espera aqui? — perguntou Sam em tom casual à esposa, que estava deitada na cama, vendo televisão com um ar de profunda infelicidade. Neste instante, a enfermeira entrou com uma prancheta.

— Não, obrigada. Acho que deixei tudo muito bem encaminhado no escritório — recusou ela enquanto dava uma olhada no papel que a enfermeira lhe entregou para examinar e assinar. Alex passara toda a última semana se preparando para ausentar-se durante as duas próximas semanas, só para prevenir, e agora não restava mais nada a fazer. O papel trazido pela enfermeira era a autorização que ela já discutira com o Dr. Herman. Só leu algumas linhas, que descreviam tudo o que poderia ser realizado, inclusive uma mastectomia radical, embora ele já tivesse lhe explicado que raramente fazia algo mais do que mastectomias radicais modificadas. Isto significava a extirpação, junto com o seio, do tecido braço acima, dos músculos peitorais menores e não dos maiores. A retirada destes últimos impossibilitaria a cirurgia reconstrutiva. Sem os peitorais menores, era possível reconstituir o seio e acrescentar implantes sem que a paciente corresse grandes riscos por deixarem intactos os maiores. Não suportou continuar lendo o documento. Assinou e ergueu os olhos cheios de lágrimas para Sam, tentando não pensar no que iria lhe acontecer, enquanto devolvia a prancheta à enfermeira.

— Não se esqueça de ligar para Annabelle na hora do almoço, se eu ainda estiver dormindo...

...Ou ainda estiver na sala de operação. Por favor, Deus, não... suplicou, secando as lágrimas das faces com dedos trêmulos, enquanto ele apertava a sua outra mão.

— Vou ligar, sim. Irei almoçar no La Grenouille com os árabes e a assistente de Simon que veio de Londres. Ele mandou buscar uma mulher diplomada em Economia pela Universidade de Oxford. Diz que o nosso pessoal da faculdade de Comércio de Harvard não chega aos pés dos que vêm de Oxford.

Ele sorriu diante de tal esnobismo, tentando distraí-la, no exato momento em que dois atendentes surgiram na porta, como anjos negros a ladearem uma maca. Usavam pijamas verdes e capotes cirúrgicos azuis, com toucas de banho na cabeça e algo semelhante às toucas nos sapatos. Era óbvio que tinham vindo buscar Alex.

— Alexandra Parker?

Alex quis dizer que não, mas como sabia que não adiantaria nada, assentiu com a cabeça, sentindo a garganta embargada demais para falar. Tão logo a puseram na maca, recomeçou a chorar e ergueu os olhos para Sam. Por que isso acontecera?

— Agüente firme, garota. Vou estar bem aqui. E, hoje à noite, faremos alguma coisa para celebrar. Fique calma.

Sam abaixou-se para beijá-la e Alex falou em um murmúrio estrangulado pelo pranto.

— Só quero estar em casa com você e Annabelle e ver televisão.

— Combinado. Agora trate de acabar logo com isso para que a gente possa esquecer essa história toda.

Deu um puxão no peito, e Alex riu. Ela queria com desespero que tudo terminasse. E talvez Sam estivesse certo ao não se deixar abalar pelo problema. Para ela, no entanto, era impossível não ficar muito perturbada. Procurou não lembrar que o marido jamais dissera que continuaria a amá-la mesmo se ela perdesse o seio.

Conduziram-na inexoravelmente pelo corredor e entraram em um grande elevador, onde as pessoas se afastaram para os lados e a observaram com curiosidade, imaginando qual era o problema dela e por que estava aqui, embora fingissem não olhar. O vívido cabelo ruivo estava espalhado pelo travesseiro e dois homens lançaram uma olhadela para Alex, achando-a uma mulher muito bonita.

Ao chegarem no andar onde se localizava o centro cirúrgico, foram saudados por um avassalador cheiro de anti-sépticos e pelo abrir e fechar de portas elétricas, e Alex de repente se descobriu em uma pequena sala repleta de objetos cromados, máquinas e luzes brilhantes, onde reconheceu Peter Herman.

— Bom dia, Sra. Parker.

Ele não lhe perguntou como estava, pois sabia muito bem disto quando tocou sua mão e tentou tranqüilizá-la.

— Faremos com que durma muito pouco, Sra. Parker — explicou com delicadeza, surpreendendo-a. Peter Herman dava a impressão de estar no seu elemento natural e agora tratava-a com uma bondade jamais manifestada antes. Ou só estaria agindo assim por ter vencido e estar fazendo o que queria? Sam estaria com a razão? Será que ela estava enganada? Será que morreria? Onde estava Sam?... E Annabelle? Sua cabeça mergulhara em um turbilhão quando introduziram uma agulha em seu outro braço e Alex julgou sentir um cheiro de alho, e depois de amendoim, enquanto alguém lhe pedia para iniciar uma contagem regressiva a partir de cem. Só chegou ao 99 antes que tudo escurecesse ao seu redor.

Capítulo 6

Sam andou de um lado para o outro do pequeno e claustrofóbico quarto azul durante quase uma hora, até as 9:30. Então telefonou para a secretária, respondeu a algumas ligações e confirmou o almoço com Simon. Tinha também reuniões com seus advogados à tarde. Simon estava entrando na sociedade, trazendo consigo todos os seus contatos importantes e muito pouco dinheiro. Seria uma participação limitada e ele teria uma percentagem menor do que a de Sam, Tom ou Larry. Entretanto, por enquanto ele parecia satisfeito. Argumentava que sempre podia aumentar a sua participação mais tarde, tão logo firmasse o seu valor e os negócios se expandissem como resultado de seus contatos.

Em seguida, desceu o corredor, comprou um copo de um café horrível em uma máquina, e tomou apenas dois goles. Sentia-se mal pelo simples fato de estar aqui, com todos aqueles cheiros, com gente claudicando nos corredores, em macas ou cadeiras de rodas. Ainda tinha pavor de hospitais, embora a última vez em que havia estado em um lugar como esse tenha sido durante o nascimento de Annabelle. Acontece que Alex precisava dele naquela ocasião. Desta vez, sentia-se ao mesmo tempo inútil e impotente. Alex estava ali em alguma parte, inconsciente, sem saber quem estava ou não em sua companhia. Ele bem podia ter ido a qualquer outro lugar. Às 10:30 desejou ter feito exatamente isto. Já era para ela ter retornado ao quarto, ou alguém ter ligado para avisar quando ela iria descer. Não queria ir embora sem vê-la ou, pelo menos, sem conversar com o médico. Contudo, queria estar no escritório às onze. Sentia-se como o homem esquecido no minúsculo quarto azul.

Tornou a telefonar para o escritório e depois dirigiu-se em passadas largas e decididas ao centro de enfermagem.

— Tem alguma notícia da Sra. Alexandra Parker? — perguntou rispidamente. — Ela ia fazer uma biópsia às nove. Disseram que a operação terminaria antes da dez. São quase onze horas agora. Poderiam dar um telefonema para verificar se houve algum atraso? Não posso esperar aqui para sempre.

A enfermeira encarou-o com um erguer de sobrancelha, mas não falou nada. Ele parecia importante e bem vestido e era bem bonitão. Além do mais, possuía uma aura de autoridade que a impressionou, embora ignorasse quem ele era ou por que não podia esperar como qualquer outra pessoa no mundo. Mesmo assim, telefonou lá para cima e foi informada que tudo estava atrasado. Afinal de contas, era segunda-feira, quando todas as cirurgias não realizadas no fim de semana iriam ser providenciadas. Braços, pernas e quadris esperavam ser encanados desde a noite anterior, além das apendicectomias que não foram consideradas tão urgentes a ponto de poder esperar pelo final de semana.

Isso fez com que ele se lembrasse de uma espera interminável no aeroporto, de idas e vindas constantes para conferir o horário dos vôos. Isso tinha acontecido com eles certa vez, durante a fase do namoro, quando Alex prometera se encontrar com ele em Washington para irem a uma festa. Houve uma tempestade em Nova York e Sam aguardou-a no aeroporto por seis horas. Isto aqui começava a assemelhar-se muito àquela outra ocasião. Às 11:30, já estava verdadeiramente exasperado.

— É ridículo. Ela está lá em cima há tempo suficiente para uma cirurgia de coração aberto. Já se passaram três horas. Podiam ao menos informar quanto tempo mais isso vai demorar.

— Lamento, senhor. Talvez tenha ocorrido uma emergência que tinha exigido um pronto atendimento antes da operação de sua esposa. Não podemos evitar este tipo de coisa.

— Pode ao menos descobrir onde ela se encontra e o que está acontecendo?

— É provável que já esteja na sala de recuperação, a não ser que tudo tenha saído errado e tenham dado um sumiço nela. Por que não toma um café e espera no quarto? Irei lá assim que tiver alguma notícia.

— Muito obrigado.

Sam sorriu para a enfermeira. Apesar de julgá-lo difícil, ela achou que ele merecia ser atendido. Então tornou a telefonar para o setor cirúrgico e recebeu muito poucas informações, exceto que Alexandra Parker continuava na sala de operação. A enfermeira que atendeu a ligação explicou que haviam começado tarde e que não sabia quando iriam terminar.

A enfermeira foi ao quarto de Alex, onde encontrou Sam e transmitiu-lhe a informação. Então ele tornou a se comunicar com o escritório, desculpando-se pela sua ausência na reunião das onze horas com os outros sócios. Avisou que se juntaria aos demais quando possível, talvez só à uma hora, no La Grenouille. Simplesmente não achava correto sair de lá sem saber o que acontecera.

Eram 12:30 quando finalmente foi informado que Alex se encontrava na sala de recuperação, quatro horas após terem-na conduzido ao setor cirúrgico. Esses atrasos eram ridículos, Sam reclamou. A enfermeira limitou-se a avisá-lo de que o Dr. Herman desceria para conversar com ele por alguns minutos.

Eram 12:50 quando o médico chegou. Sam andava pelo quarto como um leão enjaulado, enquanto aguardava. Estava lá há tanto tempo que não suportava mais a decoração lúgubre, o cheiro de anti-sépticos e as esperas intermináveis destinadas a pessoas que não tinham nada mais a fazer na vida. Ele tinha um negócio a administrar e não podia ficar ali plantado o dia inteiro, à toa, só para conversar com aquele maldito médico.

— Sr. Parker?

O Dr. Herman entrou no quarto ainda com a roupa cirúrgica, a máscara pendurada no pescoço e algo semelhante a meias nos pés. Trocou um aperto de mão com Sam, revelando muito pouca coisa no olhar, enquanto Sam o observava.

— Como está minha esposa?

Não perdeu nenhum tempo, presumindo que tudo correra bem e que ele estava um pouco atrasado para o almoço com Simon, sua assistente e os novos clientes, depois de aguardar durante uma manhã inteira.

— Ela está tão bem quanto podemos esperar no presente momento. Perdeu muito pouco sangue e não foi preciso receber transfusões.

Hoje em dia, este era um detalhe importante para todo mundo, e pressupôs que também seria para Sam que, no entanto, não se mostrou impressionado ao ouvir aquilo, só um pouco confuso.

— Transfusões para uma biópsia? — Houve um longo momento de silêncio. — Não é um tanto incomum?

— Sr. Parker, conforme eu suspeitava, sua esposa tinha um tumor profundo no seio, envolvendo principalmente os ductos, mas que infiltrou-se no tecido circundante, embora as margens do tumor fossem claras. Teremos de esperar por mais dois ou três dias para sabermos se os nódulos linfáticos foram atingidos, mas não há dúvida de que era maligno e acredito que se trate de um câncer no estágio II.

Ao ouvir o cirurgião, Sam quase entrou em parafuso. Não era diferente do que Alex pressentira tão logo soube da existência de uma sombra na mamografia. Todas as informações subseqüentes transformaram-se em uma confusa miscelânea de sons.

— Esperamos ter retirado tudo — prosseguiu Herman. — Eu já havia conversado com sua esposa sobre o risco de uma recorrência. Na maioria dos casos, recorrências de câncer mamário são fatais. O importante para se conseguir tratar com êxito esta espécie de tumor é extirpá-lo por inteiro, enquanto ainda está encapsulado, antes que se espalhe para outras partes do organismo. Com esta finalidade, tentamos adotar medidas extremamente agressivas. Com sorte, se os nódulos linfáticos não estiverem excessivamente atingidos, creio que conseguiremos.

— O que isto significa, exatamente? — indagou Sam, sentindo-se mal pelo simples fato de fazer esta pergunta. — Vocês tiraram o tumor do seio?

— É óbvio. Tiramos também o seio. É o único meio de garantir que não haverá uma recorrência local. Não pode haver recorrência em um seio que não existe mais. Pode ressurgir na parede torácica, propagar-se para outras parte do corpo, lógico, ou disseminar-se por metástase, mas tudo dependerá do grau de avanço do tumor e da quantidade de nódulos linfáticos atingidos. No entanto, a eliminação do tumor resolve muitos problemas.

Alex havia entendido isto.

— Por que simplesmente não a mataram? Também não resolveria o problema? Que tipo de bárbara imbecilidade é essa que arranca um seio para a doença não se alastrar? Que espécie de medicina vocês praticam?

Sam estava lívido e aos berros.

— Medicina preventiva, Sr. Parker. A nossa estratégia é atacar o câncer de maneira agressiva. Não queremos perder os nossos pacientes. E, só para que compreenda, também fizemos uma dissecação axilar, o que significa a remoção dos nódulos existentes debaixo do braço, mas esperamos que não haja muito envolvimento nodular. A patologia irá confirmar este ponto daqui a alguns dias, e receberemos os resultados dos exames de receptor hormonal em umas duas semanas. Então teremos uma idéia mais clara de como tratá-la.

— Como *tratá-la*? O que mais pretendem fazer?

Sam continuava gritando com o médico. De um único estúpido golpe, tinham cortado um pedaço da pobre Alex.

— Dependendo do quanto os nódulos linfáticos estejam atingidos, é bem provável que precisemos aplicar quimioterapia de forma bastante agressiva, só para nos certificarmos de que não haverá recorrência. Existe também a possibilidade de ministrarmos uma terapia hormonal, mas ainda não sabemos por enquanto. Na idade dela, é duvidoso. Como tiramos a mama, a radiação não será necessária. Só começaremos a quimioterapia dentro de algumas semanas. Ela precisará de tempo para se recuperar da cirurgia e nós também, para avaliarmos a situação. Assim que chegarem todos os relatórios da patologia, a nossa junta médica se reunirá para discutir o caso. Posso lhe assegurar que estudaremos com muita seriedade o tratamento mais indicado para a sua esposa.

— A mesma seriedade que demonstraram com relação ao seio?

Como puderam fazer aquilo com Alex? Ainda não conseguia acreditar.

— Sr. Parker, eu lhe dou a minha palavra de que não havia opção — afirmou Peter Herman calmamente. Já lidara antes com maridos cheios de medo e indignação, e com aqueles que simplesmente não eram capazes de enfrentar a realidade, tal como este aqui. Os maridos não diferiam muito dos pacientes. Entretanto, tinha a impressão de que Alex Parker entendera todos os riscos melhor do que ele. — Fizemos uma mastectomia radical modificada, o que significa a total retirada do seio, do tecido da mama, inclusive o que se estende até o externo, a clavícula e as costelas, e dos músculos peitorais menores. Assim será possível submetê-la a uma cirurgia reconstrutiva daqui a alguns meses, se este for o desejo dela e se estiver em boas condições físicas durante a quimioterapia. Caso contrário, poderá esperar e usar uma prótese.

Ele fazia tudo parecer tão simples. No entanto, até mesmo Sam sabia que não era. O Dr. Peter Herman tinha mudado tudo com um só golpe de bisturi. As palavras que ouvia dele agora bastavam para fazê-la assemelhar-se a uma mutante.

— Não consigo entender como pôde fazer isto.

Sam o encarava com uma perplexidade horrorizada e Peter Herman percebeu que ainda era cedo demais para Sam assimilar tudo aquilo.

— Sua esposa tem câncer, Sr. Parker. Queremos curá-la.

Isto dizia tudo e Sam tinha os olhos marejados de lágrimas ao assentir com a cabeça.

— Quais são as chances de sobrevivência?

Esta era uma pergunta que o Dr. Herman odiava responder. Não era Deus. Era um homem. Não sabia. Desejava poder lhe dar todas as garantias de uma vida longa, mas não podia.

— É difícil saber agora. O tumor era grande e profundo, mas o principal propósito das cirurgias radicais e dos subseqüentes tratamentos agressivos é eliminar o câncer *inteiro.* Se deixarmos sequer 0,1%, isso eventualmente poderá causar-lhe um sério prejuízo. É por esta razão que não podemos nos dar o luxo de manter o seio tão logo a doença se manifeste na extensão com que atingiu o da Sra. Parker. Às vezes a diferença entre o sucesso e a derrota é detectar o tumor logo de início e atacá-lo com medidas radicais. A nossa esperança é que tenhamos retirado tudo e contido o câncer, que não haja infiltração e que os nódulos não estejam excessiva mente atingidos. Esperamos também que a cirurgia radical tenha sido a resposta para o caso da sua esposa e que a quimioterapia seja a garantia adicional de que necessita. Mas só o tempo dirá se obtivemos êxito. O senhor terá de ser muito forte e muito paciente.

Então Alex ia morrer, Sam concluiu enquanto o ouvia. Iriam esquartejá-la pedaço por pedaço. Primeiro lhe cortariam um seio, depois o outro; arrancariam suas entranhas e a torrariam por dentro com os venenos da quimioterapia, e depois ela morreria de qualquer jeito. Iria perdê-la. Não conseguia suportar esta idéia. E não estava com a menor disposição para ficar por perto e vê-la morrer, tal como fizera com a mãe.

— Suponho que eu não deva me dar ao trabalho de perguntar qual o seu índice de sucesso nesses tipos de câncer.

— Às vezes excelente. Só precisamos ser o mais agressivos que sua esposa possa tolerar. Mas ela goza de ótima saúde, o que já é um ponto a seu favor. É uma mulher forte.

No entanto, nada afortunada. Aos 42 anos, Alex teria de lutar pela própria vida. E havia uma boa chance de que não ganhasse a batalha. Era tudo tão inacreditável. Era como um daqueles filmes baratos em que a heroína morre e o marido fica sozinho com as crianças. Foi o que aconteceu com seu pai e isto acabou por matá-lo. Não podia permitir que Alex fizesse o mesmo com ele. Seus olhos encheram-se de lágrimas enquanto se forçava a não pensar no corpo da esposa do jeito que era e do jeito que devia estar agora. Aquelas palavras eram todas tão feias... cirurgia reconstrutiva... prótese. Nem sequer queria ver aquilo.

— Creio que a Sra. Parker ficará na sala de operação durante o resto da tarde. Deve voltar para cá mais ou menos às seis ou sete horas. Talvez precise de enfermeiras particulares nos primeiros dias. Gostaria que eu providenciasse?

— Seria bom. — Sam olhou para Herman com frieza. O homem destruíra a sua vida em um único momento. Era impossível para Sam aceitar o fato de que não fora o doutor a lhe dar o câncer, que apenas tentara curá-la. — Por quanto tempo mais terá de ficar aqui?

— Até sexta-feira, eu diria. Talvez mais cedo, se tudo correr bem. Muita coisa dependerá da sua atitude e da sua recuperação. Na verdade, é uma operação bastante simples e a dor é menor do que se espera, principalmente em casos como o dela, onde os ductos são a principal parte atingida. Isso representa mais o sistema de "encanamento" da mama, e ali não existem muitos nervos.

Sam sentia-se mal ao ouvi-lo falar. Já escutara muito mais do que queria.

— Arranje enfermeiras em tempo integral, por favor. Quando poderei vê-la?

— Não até que saia da sala de recuperação no início da noite.

— Então voltarei mais tarde. — Ficou olhando para o médico por um longo momento, incapaz de agradecer-lhe pelo que fizera. Herman poderia muito bem tê-la matado. — Tornará a falar com Alex hoje?

— Sim, hoje à noite, quando estiver um pouco mais consciente. Se acontecer algum problema antes, telefono para o senhor. Mas não prevejo quaisquer complicações. A operação correu incrivelmente bem.

O estômago de Sam revirou quando ouviu tais palavras. Para ele, a única coisa incrível é que tinham retalhado Alex.

Em seguida, o doutor saiu do quarto, bem a par da hostilidade de Sam, que deixou o número do telefone de seu escritório e do La Grenouille no centro de enfermagem, antes de sair às pressas do hospital, sentindo-se angustiado. Precisava de ar puro, precisava de espaço, precisava ver gente que não tivesse perdido tudo, que não estivesse doente nem morrendo de câncer. Não suportava permanecer ali nem mais um segundo. Quando conseguiu um táxi, sentiu-se um pouco mais humano.

Deu ao motorista o endereço do La Grenouille e tentou não pensar em nenhuma das coisas ditas por Peter Herman sobre Alex, sobre o quanto ainda sabiam pouco e o quanto esperavam sobre nódulos e tumores, exames e biópsias, metástases e quimioterapia. Não queria ouvir mais uma só palavra a respeito. Nunca mais.

Uma multidão de gente superlotava o La Grenouille. Ele tinha a sensação de que acabava de voltar de outro planeta.

— Sam, meu velho, por *onde* andou? Enchemos a cara que nem gambás enquanto esperávamos por você. Só pedimos o almoço, para não despencarmos da cadeira.

Em geral, os clientes árabes não bebiam, mas existiam alguns muçulmanos menos religiosos, mais sofisticados, que o faziam quando não se encontravam nos países árabes. Os homens que Simon trouxera hoje eram todos atraentes e com um ar dramático, haviam morado em Paris e Londres durante oito anos e possuíam enormes fortunas adquiridas com o petróleo investido nos mercados mundiais. O próprio Simon tinha mais ou menos a mesma idade de Sam, embora fosse mais corpulento, com cabelo louro ondulado, olhos azuis e um princípio de calvície que se podia perceber quando se era bastante alto. No entanto, exibia um ar britânico muito aristocrático e apreciava roupas de *tweed,* sapatos feitos à mão, camisas impecavelmente engomadas e clientes extremamente importantes. Sam finalmente decidira simpatizar com ele. Simon possuía um grande senso de humor e estava ansioso para fazer amizade. Tinha uma esposa que deixara "em casa" e de quem estava separado, embora com freqüência saíssem juntos de férias e parecessem manter um relacionamento curiosamente aberto. Tinha três filhos, todos rapazes, que estudavam em Eton.

Sentada ao seu lado, encontrava-se a moça que ele mencionara a Sam. Aquela com diploma de Economia pela Universidade de Oxford. Seu nome era Daphne. Era uma jovem deslumbrante com uns vinte e tantos anos. Tinha cabelo liso, escuro e luzidio, a cor era praticamente igual à de Sam e batia quase na cintura. Era alta e esguia, com a pele alva das inglesas, e olhos escuros que fitavam Sam com uma expressão buliçosa. Sempre parecia pronta a contar uma piada ou dizer algo extremamente engraçado. Após algum tempo, quando ela se levantou para ir ao banheiro, Sam notou que não só era muito alta, mas tinha também um belo corpo, e que a saia mal lhe cobria as nádegas. Trazia uma bolsa Hermès Kelly pendurada a tiracolo e usava um curto vestido de lã preta, meias de seda da mesma cor e um colar de pérolas. Emanava sexo, classe e juventude e era óbvio que todos os homens no La Grenouille a consideravam uma verdadeira beldade.

— Garota bonita, hã?

Simon sorriu ao notar o olhar de admiração com que Sam observou a mulher enquanto ela atravessava o salão.

— Uma coisa eu digo: não há dúvida de que você sabe contratar as suas assistentes — brincou Sam, imaginando por um segundo se os dois dormiam juntos.

— E inteligente também — acrescentou Simon baixinho quando ela retornava à mesa. — Devia vê-la em traje de banho. E é dinamite puro em uma pista de dança.

Sam viu Daphne e Simon trocarem um rápido olhar, e não soube ao certo o que aquilo representava — camaradagem, coabitação ou talvez apenas desejo da parte de Simon. Daphne parecia muito segura de si na companhia de uma meia dúzia de homens e ele a ouvira manter uma conversa muito inteligente sobre preços do petróleo com um dos árabes.

Para Sam, foi uma tarde abençoada. Sentia um imenso alívio por estar cercado de gente ocupada, saudável e cheia de vida após uma manhã infernal no New York Hospital. Porém, sabia que ainda assim precisava voltar lá e enfrentar Alex. Por conta disso, excedeu-se um pouco no vinho e nas tentativas de aproximar-se dos árabes, mas estes não pareceram se incomodar. Estavam muito empolgados com a firma de Sam, com as excelentes informações que amigos e associados deram a seu respeito e mostravam-se muito satisfeitos por Simon estar ingressando na sociedade.

Foi só depois de retornar ao escritório e reunir-se com os advogados que Sam começou a ficar realmente sóbrio, refletindo no que o futuro reservava a ele e a Alex. Olhava para o espaço, pensando no assunto e no choque que sentira ao saber que ela tinha câncer.

— Algum problema?

Sam não vira ninguém entrar na sala e sobressaltou-se ao ouvir aquela voz quase ao seu lado. Era Daphne.

— Não, nada. Estava distraído. Em que posso ajudá-la?

— Você parecia um pouco abatido quando chegou ao restaurante — comentou ela, encarando-o com franqueza enquanto as pernas longas e bem torneadas pareciam atrair a sua atenção como um ímã. Daphne contudo sabia encarar este tipo de coisa numa boa. Junto com o cérebro que tinha, ambos formavam uma combinação interessante. Era difícil não ficar seduzido por ela, muito embora Sam estivesse cônscio de que Daphne podia ser a namorada de alguém. Ele nunca enganara Alex, mas esta mulher era, certamente, jovem e apetitosa. — Dia ruim? — perguntou, sentando-se em uma cadeira, sem deixar de observá-lo.

Esta seria uma ótima definição.

— Não de fato. Só complicado. Certos dias são assim. Um negócio em que eu andava trabalhando ficou um pouco confuso. Mas as coisas estão sob controle — explicou ele, não querendo contar nem a Daphne nem a ninguém sobre Alex. Não sabia ao certo o motivo. No entanto, parecia haver algo de errado nisto, como se tivessem cometido alguma coisa terrível, como se agora tivessem algo a esconder. Um segredo feio chamado câncer.

— Alguns negócios são assim mesmo — endossou ela, avaliando-o. Cruzou e descruzou as pernas enquanto Sam tentava não olhar. — Queria lhe agradecer por permitir que eu me junte a vocês. Sei que Simon é novo aqui e, às vezes, é um tantinho afoito no que se refere a apresentar o seu pessoal. Eu não queria que você se sentisse na obrigação de me aturar por causa de Simon.

— Há quanto tempo vocês se conhecem?

Ela parecia incrivelmente jovem para estar envolvida com alguém há muito tempo, mas Simon lhe contara que Daphne tinha 29 anos. Sua resposta, entretanto, foi uma risada.

— Muitos anos. Para ser mais exata, 29 anos. Ele é meu primo.

— Simon? — Sam pareceu achar graça, pois havia presumido um relacionamento muito mais picante do que este. Ainda assim, sabia que tudo era possível, embora parecesse um pouco mais improvável. — Que sorte a dele.

— Não tenho certeza disso. Na verdade, ele é bastante chegado ao meu irmão. Sempre me considerou uma terrível pirralha. Só ficou impressionado comigo depois que fui para Oxford. Meu irmão é quinze anos mais velho do que eu e os dois adoram caçar. Receio, no entanto, que este não seja o meu passatempo favorito.

Sorriu para Sam. Quando tornou a descruzar as pernas, ele tentou fingir que não percebia o quanto ela era bonita. Havia algo nela de muito inquietante e ele ficou imaginando se seria uma boa idéia tê-la por perto no escritório. A vontade de Simon era que Daphne trabalhasse com ele por um ano e depois regressasse à Inglaterra para estudar Direito. De uma estranha maneira, Sam a achava um pouquinho parecida com Alex. Possuía o mesmo fogo, inteligência e vivacidade que ela demonstrara quando se conheceram.

— Gosta daqui? De Nova York, quero dizer. Suponho que não seja muito diferente de Londres.

Grandes metrópoles eram divertidas, agitadas e cheias de vida. Tal como Daphne.

— Gosto muito, embora eu não conheça ninguém além de Simon. Ele me levou a alguns clubes e tem sido um amor comigo por me arrastar com ele aonde quer que vá. Suponho que tenho sido um grande aborrecimento, mas Simon é muito paciente.

— Estou certo de que não é; ele deve adorar a sua companhia.

— Bem, ele é muito gentil. E você também. Muito obrigado por me permitir estar aqui.

— Tenho certeza de que você será uma excelente aquisição para a firma — declarou Sam em um tom formal. Depois de trocarem um sorriso, ele acompanhou a sua saída da sala com um olhar de admiração.

As cinco horas da tarde chegaram rápido demais e logo vieram as seis. Sam não conseguia decidir se devia ir em casa para ver Annabelle ou voltar ao hospital para visitar Alex. Não queria ligar e acordá-la. Além disso, o médico dissera que, provavelmente, ela só estaria no quarto depois das sete. Sendo assim, resolveu passar primeiro em casa. Jantou com a filha, assistiu à televisão e, depois de colocá-la na cama, leu uma história para ela. Carmen pediu notícias da Sra. Parker e Annabelle reclamou que a mãe não tinha telefonado. Sam explicou que provavelmente ela estivera em reunião o dia inteiro, e por isso não pôde ligar, mas parecia estranhamente sombrio ao dizê-lo. Carmen o observava com suspeita. Sabia que havia algo de errado. Também notara a pequena sacola e a ausência de uma valise.

Às oito horas, ele colocou uma calça *jeans* e pareceu hesitar antes de retornar ao hospital. Sabia que precisava ir, mas repentinamente não queria ver Alex. Ela estaria grogue, indisposta e, muito possivelmente, sentindo dor, a despeito de Herman ter afirmado que os tumores "ductais" eram menos dolorosos. Afinal de contas, haviam lhe arrancado o seio. O que podia haver de bom nisso? A idéia de enfrentá-la fez com que ele se sentisse mal de novo. Quem lhe daria a notícia? Ou Alex simplesmente saberia? Será que podia sentir aquilo?

Estava de cara amarrada ao entrar no hospital e subir para o feio quartinho azul. Para mortificação sua, ela se encontrava bem desperta ao vê-lo. Estava deitada na cama, com o equipamento intravenoso ao lado e uma enfermeira idosa lendo uma revista à luz da única lâmpada acesa no aposento. Alex chorava em silêncio e olhava para o teto. Todavia, Sam não tinha certeza se ela estava com dor ou se sabia sobre o seio, e não teve coragem de perguntar.

A enfermeira ergueu os olhos quando ele entrou e Alex lhe disse que era o seu marido. Então a mulher assentiu com a cabeça e retirou-se com a maior discrição possível, levando consigo a revista. Avisou que estaria no corredor.

Sam lentamente aproximou-se da cabeceira da cama e ficou olhando para a esposa. Ela estava bonita como sempre, mas pálida e muito cansada, mais ou menos como na ocasião do nascimento de Annabelle. Só que agora ela não se mostrava nem um pouco feliz. Segurou sua mão e viu que todo o seu lado esquerdo e a parte superior do corpo estavam envoltos em ataduras.

— Oi, garota, como está?

Ele parecia pouco à vontade e Alex não tentou esconder as lágrimas. Havia reprovação em seus olhos ao enfrentar os dele.

— Por que não estava aqui quando voltei para o quarto?

Não podia ter sido há muito tempo. Disseram que seria mais ou menos às sete.

— Falaram que só a trariam para cá à noite. E eu queria estar um pouco com Annabelle. Pensei que fosse o que você queria.

Em parte, era verdade, mas o fato era que Sam não desejava retornar ao hospital. E ela sabia disto.

— Vim para cá às quatro. Por onde andou?

Alex estava sendo implacável em sua angústia.

— No escritório. Depois fui para casa ver Annabelle. Coloquei-a na cama e então vim visitar você.

Ele fazia tudo parecer tão natural e tão inocente, como se não pudesse ter chegado um minuto mais cedo.

— Por que não me ligou?

— Achei que estava dormindo — explicou Sam, demonstrando nervosismo.

Neste momento, quando Alex ergueu os olhos para o marido, as comportas se abriram. Chorou como se nunca mais fosse parar. Peter Herman viera vê-la quando saiu da sala de recuperação e lhe contara tudo sobre o tumor, a mastectomia, os riscos, os perigos, os nódulos retirados, o fato de julgar — e esperar — que o tumor tivesse margens bem definidas e não as houvesse ultrapassado, o que, na sua opinião, era uma possibilidade muito concreta, e também de muito provavelmente poderem iniciar a quimioterapia dentro de quatro semanas. Do ponto de vista de Alex, sua vida estava arruinada. Perdera um seio e ainda podia perder a vida. Agora estava desfigurada e, durante os próximos dois meses, estaria extremamente doente por causa da quimioterapia. Era quase certo que o seu cabelo caísse e igualmente possível que o tratamento causasse esterilidade. No presente momento, parecia não lhe restar nada, nem sequer o casamento. Quando acordou, Sam não estava ao seu lado. Também não estava presente quando o doutor lhe deu a notícia devastadora. Herman não quis esperar para lhe contar. Não queria que ela se preocupasse ou ficasse conjecturando, e muito menos que descobrisse sozinha a extirpação do seio ou soubesse através das enfermeiras. Acreditava firmemente que se devia contar tudo aos pacientes e assim o fez. Alex sentia-se como se ele a tivesse matado. E Sam não levantara um dedo sequer para impedir ou ajudá-la.

— Perdi o seio — não parava de repetir vezes e mais vezes enquanto chorava. — Tenho câncer...

Sam ouvia sem dizer uma palavra, limitando-se a abraçá-la e a chorar junto com ela. Era muito mais do que conseguia suportar.

— Lamento tanto... tudo vai dar certo. O médico acha que tiraram tudo.

— Mas não sabe — contrapôs Alex, soluçando incontrolavelmente. — E é provável que eu precise de quimioterapia. Não quero isso. Não quero morrer.

— Não, não vai — sentenciou ele com aspereza. — Nunca mais diga uma coisa dessas.

— Por que não? Como você vai se sentir quando olhar para o meu corpo?

— Triste — admitiu Sam com toda a honestidade, o que só a fez chorar ainda mais. — Estou muito triste por você.

Falou como se o problema fosse dela e não seu. Embora lamentasse muito por Alex, não queria ter nada a ver com aquilo. Não queria que essa história toda o matasse, do jeito que tinha acontecido com o pai quando a mãe teve câncer. Em sua mente, as duas mortes estavam ligadas, e agora ele lutava pela própria sobrevivência.

— Você nunca mais vai querer fazer amor comigo de novo — soluçou ela, mais preocupada do que Sam com questões secundárias.

— Não seja boba. E quanto ao dia azul?

Tentava fazê-la sorrir, mas só conseguiu que Alex se sentisse ainda pior e erguesse para ele os olhos transbordantes de angústia.

— Não haverá mais dias azuis. Existe 50% de chance de que eu fique estéril após a quimioterapia. Não devo engravidar durante cinco anos, pois poderia provocar uma recorrência. E, daqui a cinco anos, estarei velha demais para ter um bebê.

— Pare de pensar sempre o pior. Por que não relaxa e tenta enxergar o lado positivo das coisas? — censurou Sam, procurando ostentar um otimismo que não sentia. Mas Alex não estava acreditando.

— Que lado *positivo*? Está louco?

— Herman diz que a perda do seio pode significar a sua sobrevivência. Isto é importante — afirmou Sam com segurança.

— Você gostaria de perder um dos testículos? Como seria?

— Seria horrível, tal como é no seu caso. Eu não ia querer que acontecesse, nem você quis. Mas temos de tirar o melhor partido possível da situação.

Estava se esforçando, mas Alex não queria escutar.

— Não existe essa história de "tirar o melhor partido da situação". Só existe eu aqui neste hospital, doente demais para poder me mexer durante os próximos seis ou sete meses, desfigurada pelo resto da vida e incapaz de ter mais filhos. E, ainda assim, pode haver uma recorrência mais tarde.

— Será que não há mais alguma coisa em que possa pensar para se deprimir? Que tal hemorróidas ou prostração? Pelo amor de Deus, Alex! Sei que é terrível, mas não torne tudo ainda pior.

— Não pode piorar mais do que já está. E não me diga como encarar o problema. Você vai sair daqui e ir para casa agora à noite. Estará com Annabelle e eu não. Irá sentir-se bem o ano inteiro e, quando se olhar no espelho amanhã, nada será diferente. Tudo na minha vida mudou. Então não me diga como enfrentar coisíssima nenhuma. Você não entende nada.

Ela gritava com Sam. Ele nunca a vira assim tão infeliz ou tão zangada.

— Eu sei. Mas você ainda tem a mim e a Annabelle, e ainda é uma mulher bonita. Ainda tem a sua carreira e tudo aquilo que realmente conta. Está certo, perdeu um seio. Podia muito bem ter sofrido um acidente, ficado aleijada. Não permita que isto destrua a sua vida. Não pode fazer uma coisa dessas.

— Faço o que bem entender. Não me pregue sermão.

— Então, o que quer de mim? — perguntou ele, afinal exasperado. Não sabia o que lhe dizer. Este não era o seu forte e nem esta era a situação ou o local onde queria estar.

— Quero um pouco de realidade, um pouco de compreensão. Você não foi sequer capaz de me ouvir nas últimas duas semanas, quando lhe contei o que poderia acontecer. Não queria saber como me sentia e agora tampouco quer saber o quanto estou assustada com tudo o que vai acontecer comigo. Só quer desfiar um monte de banalidades e me entupir de besteiras. Poxa vida, nem estava aqui quando me deram a notícia. Estava no seu escritório, fechando grandes negócios, e em casa, vendo a droga da televisão com a nossa filha. Por isto, não venha me dizer como me sinto. Não sabe merda nenhuma sobre os meus sentimentos.

— Suponho que não — concordou Sam calmamente, chocado com o veneno da esposa. Ela estava furiosa com tudo e com todos, inclusive com ele, porque nada mudaria a situação. — Não sei o que lhe dizer, Al. Gostaria de poder mudar as coisas, mas é impossível. E lamento não ter estado aqui naquele momento.

— Eu também — retrucou Alex e recomeçou a chorar. Sentia-se tão sozinha, tão assustada, tão vulnerável e tão indefesa. — O que vou fazer? — Fitava-o com um olhar patético. — Como vou trabalhar, ser uma esposa para você, cuidar de Annabelle?

— Só precisa fazer o que for possível e esquecer o resto por enquanto. Quer que eu telefone para o seu escritório?

— Não. — Fuzilou o marido com os olhos cheios de infelicidade. — Eu mesma vou ligar daqui a alguns dias. O Dr. Herman acredita que talvez possa trabalhar durante a quimioterapia. Tudo vai depender da minha reação ao tratamento. Algumas pessoas conseguem, mas não creio que sejam advogados criminais. Talvez consiga fazer algum serviço em casa.

Simplesmente não era capaz de imaginar como iria se arranjar. Para Alex, seis meses de quimioterapia pareciam uma eternidade.

— Ainda é cedo demais para pensar no assunto. Você acaba de se submeter à cirurgia. Por que não dá um tempo?

— E fazer o quê? Procurar um grupo de apoio?

O doutor também lhe dera esta sugestão, e Alex se recusara até mesmo a levá-la em consideração. Não tinha nenhuma vontade de jogar conversa fora com um bando de outras desajustadas.

— Por que simplesmente não relaxa? — insistiu Sam enquanto Alex se encrespava toda. Então de repente a enfermeira entrou e lhe deu uma injeção para a dor e um remédio para dormir. O médico deixara instruções a este respeito e Sam disse à esposa que ela deveria tomar.

— Por quê? — Alex lançou-lhe um olhar dardejante. — Para que eu pare de gritar com você?

Na opinião de Sam, ela agia como uma criança. Abaixou-se e beijou-a na testa.

— Sim. Para calar a boca e dormir um pouco antes que fique biruta.

Todos os temores de Alex acabaram se concretizando em uma única manhã. E agora precisava aprender a conviver com isto.

Tinha um árduo caminho pela frente e sabia disto. Compreendia perfeitamente o que lhe estava reservado. Ao contrário de Sam, que ainda queria negar o fato.

— Amo você, Alex — disse ele com meiguice após a enfermeira aplicar a injeção, mas Alex não respondeu. Apesar de ainda não estar com sono, estava deprimida demais para dizer que também o amava. Alguns minutos depois, o sono veio chegando. Não tornou a falar com o marido, apenas adormeceu segurando a sua mão. Sam ficou ali parado, e chorou enquanto a contemplava. Alex parecia tão cansada e tão triste, tão alquebrada, toda coberta de ataduras, o lindo cabelo ruivo semelhante a uma chama e o corpo terrivelmente machucado.

Tão logo Alex adormeceu, saiu pé ante pé do quarto e fez um sinal à enfermeira para avisar que ia embora. Enquanto percorria o corredor, pensou no que ela tinha lhe dito. Ele podia sair do hospital e ir para casa. Não estava acontecendo com ele e sim com ela. Enquanto seguia lentamente a pé para casa, refletiu que não podia negar a realidade do fato. Seu corpo ainda estava inteiro e sua vida não corria perigo. Não tinha nada a temer, exceto perdê-la, o que era tão profundamente assustador que ele sequer conseguia enfrentar esta possibilidade. A caminho de casa, mirou o próprio reflexo na vitrine de uma loja e viu o mesmo homem que sempre fora. Nada havia mudado, com exceção do fato de saber que à tarde perdera parte de si próprio — a parte que estava irremediavelmente ligada a Alex. Ela o estava abandonando pouco a pouco, do mesmo modo como seus pais o abandonaram, e ele não permitiria que o arrastasse em sua queda. Alex não tinha nenhum direito de fazer este tipo de coisa com ele, nem esperar que morresse junto com ela. Enquanto pensava no assunto, voltou para casa o mais rápido possível, como se houvesse assaltantes em seu encalço. Ou demônios.

Capítulo 7

Quando Alex acordou de manhã, havia uma mulher sentada na cadeira, à sua espera, e a enfermeira trocava o frasco intravenoso. A dor era relativamente pouca, conforme o Dr. Herman tinha garantido, mas sentia um peso em seu coração do tamanho da Represa Hoover toda vez que se lembrava do que sucedera.

A mulher sorriu para Alex. Usava um vestido florido e tinha cabelo grisalho. Alex observou-a, imaginando quem poderia ser.

— Oi, sou Alice Ayres. Pensei em vir aqui para ver como está passando.

Possuía um sorriso caloroso e vivazes olhos azuis, e aparentava ter idade bastante para ser mãe de Alex. Alex tentou sentar-se, mas era difícil fazê-lo. Em vez disso, a enfermeira ergueu a cabeceira da cama, de forma que ela pudesse conversar com a desconhecida.

— Você é enfermeira?

— Não. Só uma amiga. Sou uma voluntária. Sei exatamente o que está passando, Sra. Parker. Ou posso chamá-la de Alexandra?

— Alex.

Olhou para a mulher com espanto, incapaz de entender qual era o propósito da visita. Neste instante, o café da manhã chegou, mas ela avisou à enfermeira que não queria nada. Era a dieta branda geralmente servida após uma cirurgia, mas tudo que desejava agora era uma xícara de café.

— Se eu estivesse no seu lugar, não recusaria, Sra. Parker —

aconselhou a Sra. Ayres quando Alex fez um gesto para que levassem a bandeja embora. — Precisa das suas forças e de muita nutrição. — Ela era um pouco parecida com a Fada Madrinha da "Cinderela". — Que tal comer um pouco do mingau de aveia?

— Detesto cereal quente — retrucou Alex em um tom de voz beligerante, olhando para a mulher de cara enfezada. — Quem é você e por que está aqui?

Era tudo tão surrealista.

— Estou aqui porque fiz a mesma operação que você. Sei como é e como se sente, provavelmente melhor do que a maioria das pessoas, talvez até mesmo melhor que o seu marido. Sei como está assustada, furiosa e chocada e como se sente sobre a sua aparência. Fiz cirurgia reconstrutiva — explicou, entregando a Alex a xícara de café. — Terei prazer de lhe mostrar, se quiser. Ficou muito bom, de fato, muito bom mesmo. Creio que a maioria das pessoas nem percebe que me falta um seio. Gostaria de ver?

Alex achou a idéia repugnante.

— Prefiro não ver, obrigada. — O Dr. Herman já tinha lhe explicado que poderiam colocar um implante e "dividir" o bico do seio restante com o reconstruído, ou tatuar um artificial no implante. O processo todo parecia tão terrível que não valeria a pena o sacrifício. Estava acabada, de qualquer maneira. Por que não deixar as coisas como estavam? — Por que veio me ver? Quem lhe pediu que viesse?

— Seu cirurgião a incluiu na lista de visitas do nosso grupo de apoio. Eventualmente, talvez queria ingressar em um dos nossos grupos ou conversar com uma das mulheres sobre as experiências delas. Pode ser muito útil.

— Creio que não. — Alex olhava-a de cara feia, desejando que partisse, mas sem querer lhe dizer isto. — Prefiro não discutir o assunto com estranhos.

— Entendo. — Alice Ayres levantou-se, sorrindo gentilmente. — Trata-se de um momento muito doloroso. E tenho certeza de que está preocupada com a quimioterapia. Podemos responder algumas das suas perguntas, mas o seu médico também pode. Temos também grupos masculinos, caso o seu marido esteja interessado.

Colocou um livrinho ao lado da cama de Alex, que preferiu ignorá-lo.

— Acho que o meu marido também não está interessado. — Sam, freqüentar um grupo de maridos de mulheres que perderam os seios por causa de um câncer? Muito improvável. — Obrigada.

— Cuide-se, Alex. Estarei pensando em você — despediu-se com delicadeza, tocando em um dos pés sob as cobertas, e depois se retirou. Comunicou às enfermeiras que esta fora a clássica primeira visita. Alexandre Parker estava zangada e deprimida, o que já era de se esperar. Planejavam iniciar visitas regulares e Alice Ayres anotou um recado para o grupo de apoio mandar alguém mais jovem. Achava que uma mulher da mesma idade de Alex teria mais condições de ajudá-la. A mais jovem integrante do grupo tinha 25 anos e visitava quase todas as mulheres mais moças. Entretanto, havia muitas com a idade de Alex a quem recorrer.

— Que negócio foi esse? — vociferou para a enfermeira que acabava de iniciar o plantão diurno para atendê-la.

— Acho que é rotina. São boas pessoas e ajudam muitas mulheres — explicou a enfermeira enquanto Alex, muito previsivelmente, atirava o livrinho na cesta de lixo. — Agora que tal um banho de esponja?

Alex respondeu com um olhar dardejante, mas não lhe restava outra opção senão adaptar-se à rotina hospitalar. Depois que a "banharam", ela escovou os dentes. Em seguida, deitada na cama, ficou olhando pela janela, sem prestar qualquer atenção ao que via, até trazerem o almoço. Mais comida leve e insossa. Não tocou em nada e logo depois o cirurgião chegou para examinar o curativo e o dreno. Alex ainda não tinha coragem de ver e, portanto, desviou os olhos para o teto, querendo gritar enquanto ele trocava o curativo. Assim que o médico saiu, Sam ligou. Estava no escritório e planejava passar lá no final da tarde, pois achara que lhe faria bem descansar e dormir um pouco. Contou que Annabelle estava ótima e que ele mal podia esperar para vê-la, o que Alex não acreditou nem um pouco. Se Sam estava assim tão ansioso para vê-la, por que não viera de manhã ou na hora do almoço? Ele explicou que iria ao Four Seasons com um dos clientes mais antigos. Também queria apresentar Simon e sua assistente a alguns dos clientes. Mas daria uma passada no hospital, prometeu.

Embora Alex tivesse vontade de bater o telefone na cara do marido, não o fez. Em vez disso, ligou para Annabelle e tiveram uma conversa muito agradável sobre a escola e a sua "viagem". Antes de desligar, Alex prometeu que estaria em casa no fim de semana. Em seguida, deram-lhe uma injeção para a dor, mas ela tinha de admitir que quase não havia nenhuma. Entretanto, era mais fácil dividir o seu dia entre o sono e os remédios do que contemplar o futuro e a ausência do marido. Quando acordou, telefonou para o escritório. Matt Billings tinha saído e Brock também, mas Elizabeth Hascomb afirmou que estava tudo sob controle. Não ocorrera nenhuma emergência durante a sua ausência e todos sentiam sua falta.

— Você está bem? — indagou a secretária, parecendo preocupada, mas a voz de Alex estava mais forte e agora dava a impressão de estar muito melhor do que de manhã.

— Estou bem. Voltarei assim que for possível.

— Estaremos esperando.

Nesta tarde, o Dr. Herman avisou-lhe que podia fazer refeições regulares agora e partir bem cedo no dia seguinte, ou então esperar até sentir-se mais forte. A incisão estava cicatrizando muito bem.

— Prefiro ficar — respondeu ela muito seriamente, surpreendendo-o. O médico imaginara que Alex fosse o tipo de pessoa que iria querer sair correndo do hospital em dois dias. No seu caso, teria sido possível, embora ele sempre recomendasse aos pacientes que ficassem mais um pouco.

— Pensei que estivesse ansiosa para nos deixar.

Sorriu, bem a par do trauma que ela sofrera.

— Tenho uma filha de três anos em casa. Prefiro estar mais recuperada quando voltar para Annabelle. Assim não terei muito que explicar.

— Eu diria que estará em ótima forma no fim de semana. A esta altura, o dreno já poderá ser retirado, restando apenas o curativo. Sua cirurgia foi muito séria, provavelmente estará cansada, mas não creio que vai sentir dor. Podemos eliminá-la com um medicamento, se houver problema. A partir de agora, sua única preocupação deve ser recompor suas forças. E então dentro de três ou quatro semanas, dependendo do resto dos exames, iniciaremos o tratamento.

"Tratamento." Uma palavra tão benigna para a quimioterapia. Sentia dor no coração só de pensar no caso.

— E quanto ao trabalho?

— Só daqui a mais uma semana, eu creio. Até retirarmos os curativos e você se sentir mais forte. Assim que começar a quimioterapia, terá de ver até que ponto vai estar em condições de trabalhar, mas se ajustarmos corretamente as doses, poderá agüentar uma carga de trabalho moderada.

Quando foi a última vez em que a sua carga de trabalho fora moderada? Talvez no dia em que teve Annabelle e nunca antes ou depois. Contudo, pelo menos ele não estava dizendo que não podia trabalhar e sim que teria de tentar. Já era alguma coisa.

Então o doutor se retirou e Alex ficou sentada em uma cadeira, olhando pela janela, silenciosa e absorta. Tinha dado uma volta no corredor e descoberto que sentia-se fraca, tonta e com uma estranha sensação de desequilíbrio. O curativo lhe tolhia os movimentos e não conseguia mover o braço esquerdo, mas ao menos não era canhota.

Estava a sós no quarto quando Sam chegou às cinco horas, trazendo um grande buquê de rosas vermelhas. Hesitou na porta ao vê-la. Havia tamanho desespero estampado no rosto de Alex que ele nem mesmo sabia o que lhe dizer. Ela estava ali sentada, imóvel, contemplando seu destino e seu futuro. Só por um instante, Sam lembrou-se de uma apavorante imagem da mãe moribunda e quis fugir correndo daquele quarto, aos berros.

— Oi, como está se sentindo? — perguntou, tentando imprimir à voz um tom casual, enquanto pousava as flores. Alex limitou-se a encolher os ombros, sem dar nenhuma resposta. Como Sam se sentiria? Mas ela não notou que ele tremia.

— Bem. — Sua voz não soou nada convincente. O peito latejava um pouquinho e o dreno a incomodava, mas isso já era de se esperar. — Obrigada pelas flores. — Tentou em vão falar com entusiasmo. — O Dr. Herman acha que posso voltar a trabalhar depois da próxima semana.

De qualquer maneira, já era um consolo e, ao ouvir a notícia, Sam sorriu, sentindo-se melhor.

— Bem, isto deve animá-la. Quando virá para casa?

— Talvez sexta-feira. — Alex não parecia nem um pouco contente. Sua grande preocupação era como cuidar de Annabelle e qual explicação lhe daria sobre o curativo. — Pode pedir a Carmen para ficar no fim de semana? Sei que ela precisa tirar um dia de folga, mas não sei como vou me virar sem sua ajuda.

— Certo. E eu posso tomar conta de Annabelle. Ela é uma criança fácil de lidar.

Alex assentiu com a cabeça, sentindo uma terrível saudade da filha, e então ergueu os olhos para o marido, imaginando como seria agora a vida dos dois. Gastaram tanto tempo e tanta energia tentando ter outro bebê e fazendo amor na hora certa, como seria a vida agora sem isto? Como seria sem um dos seios? De que jeito ele a olharia? Que aparência aquilo teria? O Dr. Herman lhe mostrara fotografias para que estivesse preparada e os retratos a horrorizaram. Era apenas um pedaço de carne lisa e chata, sem mamilo e com uma cicatriz diagonal onde antes existia a mama. Não conseguia imaginar como Sam reagiria quando tirassem de vez o curativo. Segundo o médico, poderia tomar banho de chuveiro tão logo retirassem o dreno. As suturas demorariam mais a se dissolver e, a partir daí, restaria o mesmo peito plano e cortado por uma cicatriz que vira nas fotos.

— Por que não fazemos algum programa neste fim de semana? — sugeriu Sam casualmente e Alex olhou-o com espanto. Ele agia como se nada tivesse acontecido. — Por que não chamamos alguns amigos para jantar ou vamos a um cinema, se Carmen puder ficar?

Ela olhava para Sam com incredulidade. Como ele podia?

— Não quero ver ninguém. O que eu iria dizer? "Poxa, acabo de tirar um seio, então pensamos em jantar fora para celebrar, antes que eu comece a quimioterapia?" Pelo amor de Deus, Sam, tenha um pouco de sensibilidade. Isso aqui não é fácil.

— Tenho certeza que não é, mas agora não precisa ficar o tempo inteiro sentindo pena de si mesma. Existe vida após os seios, sabe? De qualquer modo, o seu não era assim tão grande. Então, pelo amor de Deus, qual é o problema?

Sam tentava brincar com Alex. Para ela, entretanto, aquele era um grande problema. Perdera parte da auto-imagem e da autoconfiança e sua vida agora estava em jogo. Para a pessoa envolvida, aquele era o maior problema que poderia haver, por menor que fosse o seio. Não fora vontade sua perdê-lo.

— Como você vai se sentir a meu respeito agora? — ela lhe perguntou com honestidade, encarando-o do lado oposto do pequeno quarto. Queria ouvir sua resposta, já que o marido nunca a tranqüilizara sobre este assunto antes da operação. Contudo, Sam achava que o simples fato de estar ali agora dizia tudo. Para Alex, não dizia nada. Ele passava no hospital uma vez ao dia por uma hora, entre o escritório e o apartamento, em um breve intervalo dos seus inúmeros compromissos. Era um pouco fácil demais.

— O que quer dizer?

Ele parecia aborrecido com a pergunta.

— Estou lhe perguntando se vai se borrar todo quando me vir do jeito que estou.

Nem a própria Alex vira a cicatriz, então não sabia ao certo do que estava falando, mas estava desesperada para que Sam aplacasse os seus receios.

— Como posso saber como me sentirei? Não consigo imaginar que faça muita diferença. Por que não tentamos resolver o problema quando chegar a hora?

— E quando será? Semana que vem? Amanhã? Agora? — Seus olhos tornaram a se encher de lágrimas. Ele não estava lhe dizendo o que precisava ou o que ela queria ouvir. E demonstrava um certo pânico com a pergunta. — Quer que eu lhe mostre agora ou prefere ver primeiro uma fotografia para preparar o espírito? O Dr. Herman tem umas ótimas, muito nítidas, muito expressivas. Parece um pedaço de carne chata sem mamilo.

Alex o viu empalidecer e amarrar a cara.

— Por que está agindo assim? Quer me assustar ou apenas me dar um chute antes mesmo de começarmos? O que está acontecendo, Al? Está aborrecida comigo ou apenas revoltada com a vida? Talvez seja melhor reconstruir a sua atitude antes de começar a tentar conseguir o seio de volta.

— Quem disse que eu estava tentando conseguir o seio de volta?

Parecia surpresa com o que ele acabava de lhe dizer.

— O Dr. Herman disse que você poderá fazer uma cirurgia reconstrutiva dentro de alguns meses, se estiver em boas condições físicas. Na minha opinião, esta é uma excelente idéia.

— Prefere que eu me esconda até lá? — indagou ela em tom maldoso, e Sam ergueu as mãos em um gesto de óbvia irritação.

— Você está sendo verdadeiramente insuportável a este respeito. Lamento pela perda do seu seio. Lamento por estar "desfigurada". Não sei como vou me sentir quando vir. Está certo? Depois eu lhe digo. Tudo bem?

— Pois diga mesmo.

Mas Sam não dissera nenhuma das coisas certas para Alex. Não houve uma afirmação reconfortante de que nada daquilo importava para ele, que ela era bonita de qualquer jeito. Só queria continuar vivendo como sempre viveram e fingir que nada acontecera. Um jantar e um cinema com amigos parecia uma ótima idéia para Sam. Ele se recusava a perceber quão perturbada ela estava com o que ocorrera. Alex não se esforçava nem um pouco para sair da depressão e Sam, sem dúvida alguma, não estava ajudando em nada.

— Por que não se concentra apenas em recuperar as forças e voltar para casa? Vai sentir-se muito melhor quando estiver em casa com Annabelle e retomar o trabalho, quando sua vida voltar ao normal.

— Quão normal acha que será durante a quimioterapia, Sam? — perguntou ela rudemente.

— Tão normal quanto você deixar que seja — rebateu Sam com brutalidade, mas sem compreender, de fato, o que estava reservado à esposa. — Não precisa transformar tudo em uma enorme tragédia, não precisa nos punir também. Será muito difícil para Annabelle se você ficar zangada desse modo. Terá de aceitar o que aconteceu. — Contudo, só havia transcorrido um dia. — Nem tenho mais certeza se sei como ajudá-la.

— Ao que parece, não sabe mesmo — retorquiu Alex com imensa tristeza. — Pelo que pude perceber, você dá toda a impressão de estar ocupado demais com a própria vida para ficar transtornado com tudo isso. No momento, parece estar extremamente ocupado com Simon e seus novos clientes.

— Tenho uma vida profissional muito intensa e você também. Se tivesse acontecido comigo, você não deixaria de trabalhar nem cancelaria os julgamentos ou as reuniões com os clientes para ficar em casa comigo. Tente ser realista. O mundo inteiro não parou por causa da sua mastectomia.

— Isto é reconfortante.

— Desculpe — replicou Sam em um tom de infelicidade. — Parece que tudo aquilo que digo só consegue deixá-la ainda mais irada.

— Podia tentar dizer que não tem a menor importância para você, que me ama de qualquer maneira, com um seio ou dois, se este for o caso. E, se não for, então suponho que está dizendo o que é verdade para você. Talvez isto seja tudo o que conta.

— Como posso saber como vou me sentir? Como você pode? Talvez nunca mais queira fazer sexo comigo. Como vou saber, droga?

Sam estava sendo dolorosamente honesto com Alex, que não estava pronta para tamanha sinceridade. Seu médico poderia tê-lo prevenido, ou qualquer terapeuta, ou até mesmo a própria Alex, mas ele não teria prestado atenção. Estava lhe dizendo a verdade, conforme a conhecia. E ela não queria escutá-la.

— Sei que eu o amaria, a despeito do que lhe acontecesse, por mais desfigurado que estivesse, ainda que perdesse o rosto, os testículos, o cabelo, ou tivesse de passar o resto da vida em uma cadeira de rodas.

— É muito nobre da sua parte — rebateu Sam com firmeza. — Só que também é uma tremenda conversa fiada. Como sabe o que sentiria se algo semelhante ocorresse comigo? Não saberia droga nenhuma até chegar a hora. É muito fácil fingir, acreditar que o problema não a afetaria, mas talvez afetasse. Talvez a fizesse sair correndo, ainda que não fosse esta a atitude politicamente correta a tomar.

— Está me dizendo que vai me deixar?

— Estou dizendo que não sei, e estou sendo sincero com você.

Não posso lhe afirmar que tudo isto não irá me apavorar ou me deixar um pouco nervoso a princípio. Droga, trata-se de uma mudança e tanto. Mas ao menos podemos nos esforçar para não nos deixarmos abalar até a medula. Isso não precisa ser a catástrofe que você quer que seja. Além do mais, existem mais coisas na vida além de seios, sexo e corpos. Somos amigos também, não apenas amantes.

— Mas não quero que sejamos apenas amigos — protestou Alex em tom queixoso, recomeçando a chorar, enquanto Sam tentava esconder a exasperação.

— Nem eu, então vamos dar um tempo, Al. Apenas deixe como está por enquanto. Vamos nos acostumar com a situação e ver o que acontece. — Por que ele não podia mentir? Por que não podia lhe dizer que a amaria de qualquer maneira? Porque Sam não era esse tipo de homem. Alex sempre amara a sua franqueza e integridade, mesmo quando a magoava. E a estava magoando agora. Terrivelmente. — O que não entendo é como toda a sua identidade pode se concentrar em um seio. E um seio nem tão grande assim. Pelo amor de Deus, Al, o que eu quero dizer é que você não era nenhuma rainha do *topless* ou uma dançarina de discoteca. Qual é o problema? Você é uma advogada. Não precisa de peitos. É uma mulher inteligente. Perdeu um seio, não o cérebro. Então, para que tanto drama?

O drama aqui era perder a vida e uma parte da sua identidade, possivelmente a vida sexual também. Ela não se sentia mais a mesma.

— Só perdi um seio, que nem sequer era tão grande. Ainda assim sou bastante vaidosa para não querer ficar deformada pelo resto da vida... Posso perder o cabelo... a capacidade de ter filhos... Tudo mudou e você está me dizendo que não sabe como vai se sentir a meu respeito em termos de relacionamento físico. Como eu poderia não ficar baratinada com essa coisa toda, Sam? Teria de estar morta para não me deixar atingir.

— Talvez eu simplesmente não entenda. Se descobrisse que era estéril na semana que vem, sentiria muito, mas ficaria feliz por termos Annabelle e trataria de me conformar. Pare de fazer drama por tudo. A sua identidade é o seu cérebro, a sua vida, a sua carreira e tudo que é, faz e representa, não um seio ou dois. Quem se importa?

— Talvez você se importe — argumentou ela com sinceridade.

— É, talvez. E daí? Então me esculhambe. Aprenda *você* a conviver com o problema. Então talvez eu me sinta melhor a respeito. Mas me recuso a ficar torcendo as mãos junto com você. Acabaria louco se o fizesse.

— Então, o que está me dizendo?

— Estou lhe dizendo para parar com toda essa autopiedade e esquecer tudo. — Existia algo de positivo no que Sam dizia. Entretanto, uma parte dele demonstrava uma profunda insensibilidade quanto aos sentimentos da esposa. — Não quero passar o tempo inteiro pensando que você tem câncer. Não posso fazer isso.

Esta declaração era mais honesta do que ela imaginava.

— O que quer dizer com "o tempo inteiro"? — Ela o encarava com uma expressão chocada. — A operação foi ontem e só o vi duas vezes em dois dias, durante menos de uma hora de cada vez. Eu não diria que gastamos muito tempo com isso.

— Não creio que "nós dois" tenhamos de fazê-lo. É *você* que precisa enfrentar o problema e encontrar uma solução.

— Obrigada pela ajuda.

— Não posso ajudá-la, Alex. Você é que tem de ajudar a si mesma.

— Vou me lembrar do conselho.

— Lamento que esteja tão zangada — retrucou Sam com muita calma, o que só a deixou ainda mais furiosa.

— Eu também.

Permaneceram em silêncio por mais alguns minutos. Depois, Sam levantou-se e olhou para Alex com um ar de visível constrangimento.

— Acho que está na hora de ir para casa. Está ficando tarde e prometi a Annabelle que jantaríamos juntos.

Alex sentia que o marido lhe escapava por entre os dedos, e isto lhe causava um profundo pânico. Não dissera a Sam nenhuma das coisas certas para atrair a sua simpatia e ele também não. Tinha raiva dele por não estar presente sempre que necessitava do seu apoio. Sam não estava lá quando acordou da cirurgia, ou quando lhe contaram que havia perdido o seio e tinha câncer, e também esteve ausente o dia inteiro. Tinha saído com Simon e seus clientes, ido a restaurantes da moda para fazer grandes negócios e bancar o importante. Não parecia entender nada do que ela sentia. Não compreendia o quanto estava abalada ou assustada, o quanto se sentia subitamente insegura a respeito de si mesma e com relação ao amor que ele lhe dedicava. Era fácil demais para Sam apenas dizer que um seio ou dois não tinha importância. Para ela tinha. Ela se preocupava com a opinião do marido sobre a sua aparência, e precisava desesperadamente certificar-se do seu amor. No entanto, Sam não dizia nada que pudesse convencê-la de que a amaria apesar de tudo. Na verdade, evitava se manifestar até verificar como aquilo tudo o afetaria. Quando Sam partiu, Alex continuava furiosa, e então ela se deu conta de que ele tornara a beijá-la na testa e não nos lábios, como se de repente receasse tocá-la.

Sentada no quarto, voltou a chorar nesta noite. Nem se deu ao trabalho de fazer uma caminhada no corredor ou de ligar para Annabelle. Tampouco telefonou para Sam. Só queria ficar sozinha. Estava de costas para a porta quando ouviu alguém entrar. Presumiu que fosse a enfermeira e não se virou para ver. Permaneceu sentada na cadeira, sem parar de chorar.

Foi então que sentiu alguém pousar a mão no seu ombro e, por um louco instante, julgou que fosse Sam. Entretanto, ao erguer os olhos, sobressaltou-se ao ver Elizabeth Hascomb.

— Veio me visitar? — perguntou Alex, surpresa ao vê-la.

— Sim, eu vim — disse a secretária. — Mas só soube que era você hoje à noite — acrescentou, de repente sentindo que poderia estar sendo intrometida. Porém, era exatamente isto que precisava fazer e estava bem consciente desse fato. — Trabalho duas vezes por semana para o grupo de apoio às pacientes submetidas à cirurgia mamária e você estava na lista de visitas de hoje à noite quando cheguei aqui. A ficha dizia A. Parker... Não consegui acreditar. Pedi que me deixassem vir aqui para verificar se era você. Espero que não se incomode, Alex — falou gentilmente e depois abraçou-a em um gesto maternal, provocando lágrimas nos olhos de sua chefe. — Oh, Alex... lamento tanto... — Durante um tempo, Alex nem sequer conseguiu falar; limitou-se a ficar nos braços de Liz e soluçar. Não conseguia mais conter o pranto. Havia tantos medos, terrores e decepções com que lidar. — Eu sei... eu sei... chore à vontade... vai se sentir melhor.

— Nunca mais vou me sentir melhor de novo — retorquiu Alex, arrasada, olhando-a através das lágrimas. Liz sorriu.

— Vai, sim. É difícil acreditar agora, mas vai. Todas nós passamos pela mesma situação.

— Você também?

Alex se surpreendeu, pois não sabia que Liz também tinha tido câncer.

— Tiraram os meus dois seios — explicou ela. — Há anos atrás. Uso uma prótese. Mas agora realizam maravilhosas cirurgias reconstrutivas. Na sua idade, devia pensar a respeito — sugeriu com delicadeza. Ela parecia tão sábia e amorosa. Alex sentia-se muito aliviada por Liz ter vindo vê-la.

— Vou precisar de quimioterapia.

Recomeçou a chorar ainda mais copiosamente e Liz continuou segurando sua mão, grata por tê-la encontrado. Jamais suspeitara do sofrimento que Alex enfrentava, ainda que agora pudesse perceber o quanto deve ter sido angustiante.

— Também fiz quimioterapia. E terapia hormonal. Fiz todos os tratamentos, mas foi há dezessete anos e agora estou muito bem. Você também vai ficar, se seguir todos os conselhos dos médicos. O Dr. Herman é maravilhoso. — Então olhou para ela com um olhar mais incisivo. Alex estava muito deprimida e Liz podia ver isto claramente. — Como Sam está reagindo?

— A princípio, nem admitia o que estava acontecendo, vivia repetindo que não encontrariam nada. Agora se aborrece porque estou perturbada. Acha que estou dramatizando as coisas, que a perda do seio não é "nenhum problema". Ao mesmo tempo reconhece que isso poderia incomodá-lo e que simplesmente não sabe como vai se sentir a respeito, que me avisará depois de ver.

— Ele está assustado, Alex. É apavorante demais para ele. Sei que não é um grande consolo, mas alguns homens não são capazes de enfrentar a ameaça de ter uma esposa com câncer.

— A mãe dele morreu de câncer quando Sam era menino.

Talvez a minha doença esteja levando-o a recordar tudo o que houve. Se não for esta a razão, então está apenas sendo um canalha.

— Talvez um pouco das duas coisas. O que você precisa agora é concentrar-se em *si mesma*. Não se importe com seu marido. Sam sabe se cuidar, principalmente se não está cuidando de você. Agora o que tem de fazer é se fortalecer o mais possível e permanecer assim. Terá de lutar contra a doença. Pode se preocupar com o resto depois.

— Mas e se ele tiver nojo de mim, se o meu corpo o assustar?

Olhando calmamente para Alex, Liz percebeu que esta hipótese a estava apavorando. Toda a sua simpatia era para Alex, não para Sam. Ela sabia. Passara pela mesma experiência e também não tinha sido nada fácil. Seu marido custara a aceitar no início. No entanto, com o decorrer do tempo, caiu em si e lhe deu o maior apoio. Mesmo assim sabia, melhor do que ninguém, que Alex teria de sobreviver — com ou sem Sam.

— Ele terá de crescer, não acha? É um menino grande, perfeitamente capaz de entender a situação. Sabe o que você necessita agora, mas se não pode lhe dar nenhuma ajuda, então tem de contar com os amigos, a família ou um grupo de apoio. O nosso objetivo é ajudá-la. E estarei aqui sempre que precisar.

Ensinou Alex a fazer alguns exercícios e sugeriu-lhe algumas coisas em que pensar, não deixando nenhum livro de instruções. Conhecia Alex bem demais para fazê-lo. Ela não tinha paciência com esse tipo de literatura ou com informações superficiais. Ia direto ao centro da questão. E, para ela, o centro da questão agora era a sobrevivência.

— Quando irá para casa?

— Provavelmente, sexta-feira.

— Ótimo. Procure se fortalecer, dormir muito e tomar os medicamentos, caso sinta dor. Alimente-se com regularidade, fique o mais saudável possível antes da quimioterapia. Precisará de toda a sua energia para o tratamento — foi o sábio conselho de Liz.

— Voltarei ao escritório depois da próxima semana.

Esta resposta saiu hesitante, como se pedisse a opinião de Liz. Era muito reconfortante poder conversar com alguém que sofrera o mesmo problema. E Liz tinha sobrevivido.

— Muitas mulheres recomeçam a trabalhar até mesmo durante a quimioterapia. Você só terá de descobrir o que funciona melhor no seu caso, quando descansar, quando ficar em casa, quando tirar o melhor proveito possível da sua energia. É mais ou menos como travar uma guerra. Tudo que a gente quer é vencer. Nunca se esqueça disso. E, por pior que seja, a quimioterapia a ajudará a ganhá-la.

— Bem que eu queria acreditar nisto.

— Não dê importância às histórias horrorosas que contam por aí e concentre toda a atenção na sua meta. Vencer, vencer, vencer. Não permita nem mesmo que Sam a desvie do objetivo. Se o seu marido não pode apoiá-la agora, esqueça-se dele por hora.

Alex riu da veemência de Liz.

— Você faz com que eu me sinta melhor.

Então olhou timidamente para a secretária, surpresa com esta sua outra vida sobre a qual nada sabia. Era incrível como havia coisas a respeito dos outros que ignorávamos por completo e que eram tão importantes. Quando ausentou-se do escritório, ninguém soube que ela faria uma biópsia e talvez até mesmo uma cirurgia.

— Acho que, hoje de manhã, fui muito rude com uma mulher do seu grupo. Alice qualquer coisa — desculpou-se Alex. Liz sorriu.

— Ayres. Ela está acostumada com esse tipo de comportamento. Talvez algum dia você faça o mesmo por outra mulher. Significa muito para um bocado de gente.

— Obrigada, Liz — agradeceu Alex e estava sendo absolutamente sincera.

— Posso voltar amanhã? Talvez na hora do almoço?

— Eu adoraria. Só não comente nada no escritório. Não quero que saibam. Ainda que talvez eu tenha de contar a Matthew, assim que começar a quimioterapia.

— Isso é com você. Não direi nada.

Tornaram a abraçar-se antes de Liz ir embora. À noite, quando foi se deitar, Alex sentia-se bem melhor pela primeira vez em muitos dias e, surpreendentemente, menos zangada. Ficou deitada na cama pensando em tudo e decidiu ligar para Sam e lhe dizer que o amava.

O telefone tocou por muito tempo até que afinal Carmen atendeu. Já eram dez horas da noite e sua voz soou sonolenta.

— Desculpe, Carmen. O Sr. Parker está em casa?

Carmen hesitou por um instante e depois respondeu com um bocejo. Podia ver a porta do quarto aberta no fim do corredor e a luz apagada.

— Não. Sinto muito, Sra. Parker, não está. E a senhora, como vai?

— Muito bem — respondeu ela, falando em um tom mais convincente do que o tom usado à tarde. — Ele foi ao cinema?

— Não sei. Saiu depois que Annabelle jantou. Como não comeu em casa, talvez tenha saído com os amigos. Não me avisou nada e acho que esqueceu de deixar o número.

Era sempre Alex que deixava o telefone do lugar onde eles poderiam ser localizados quando saíam à noite.

Imaginou para onde fora Sam, mas era bem provável que tivesse se aborrecido com a conversa dos dois no hospital e saído para comer alguma coisa e caminhar um pouco. Às vezes ele fazia isto, quando algo o perturbava. Precisava ficar sozinho para resolver seus problemas.

— Bem, então diga que liguei. — Tornou a hesitar e depois acrescentou: — E diga também que eu o amo. Dê um beijo em Annabelle por mim de manhã.

— Darei, Sra. Parker. Boa noite... e Deus a abençoe.

— A você também, Carmen... obrigada.

Não tinha certeza se ultimamente Deus a abençoara ou não, mas ao menos estava viva e, dentro de três dias, estaria em casa com a filha. Três semanas depois, a luta começaria para valer. E depois da conversa com Liz, estava decidida a ganhar a guerra.

Nesta noite, deitada em sua cama no hospital, passou um longo tempo pensando em Liz, Sam e Annabelle, em todas as coisas boas de sua vida nas quais teria de concentrar-se se desejasse sair vitoriosa dessa guerra... Annabelle, lembrou a si própria, enquanto ia pouco a pouco mergulhando no sono após uma injeção... Annabelle... Sam... Annabelle... Ao pensar na filha, lembrou-se dela ainda bebê, quando a embalava e a amamentava.

Capítulo 8

Depois que Sam deixou o hospital, o telefone tocou tão logo sentou-se para comer com Annabelle. Era Simon, que arranjara um jantar inesperado com alguns clientes vindos de Londres. Será que Sam não gostaria de juntar-se ao grupo? Sam alegou que estava começando a jantar com a filha.

— Bem, pare de comer, homem. Esse pessoal é ótimo. Vai gostar deles. E acho que são importantes. Representam as maiores indústrias têxteis da Grã-Bretanha e estão ansiosos para fazer investimentos aqui. São bons sujeitos, devia conhecê-los. E Daphne vai comigo.

Será que isto era um incentivo? Sam não estava muito certo e, durante algum tempo, argumentou um pouco. Após bater boca com Alex por mais de uma hora, sentia-se exausto. Contudo, também estava deprimido e a perspectiva de passar a noite inteira sozinho em casa depois de Annabelle ir para a cama o deprimia ainda mais.

— Eu realmente não devia.

— Deixa de bobagem. — Simon botou pé firme. — Sua esposa não está fora da cidade? Por que não dá um beijo na sua garotinha e vem com a gente? Nós nos encontraremos no Le Cirque às oito e depois vamos levá-los para dançar em uma discoteca ridícula que Daphne descobriu no sul da cidade. Sabe como são os britânicos... sentem-se lesados se não caírem na gandaia quando estão fora do país. São piores do que os italianos, porque é uma tremenda chatice na Inglaterra. Vamos lá, homem, pare de choramingar. Esperamos você às oito, combinado?

— Combinado. Estarei lá. Talvez atrase uns cinco minutos, mas irei.

Queria pôr Annabelle na cama e ler uma história para ela.

Então retornou à cozinha e ficou com a filha até a hora de dormir. Depois de reler *Boa noite, Lua* para Annabelle e apagar todas as luzes, exceto a do abajur, foi ao quarto, trocou a camisa e se barbeou, pensando em Alex. Os dois últimos dias foram difíceis para ambos e ele começava a imaginar quão mais difícil seria quando ela viesse para casa na sexta-feira. Alex estava criando um tremendo caso por causa da cirurgia e do seio extirpado. E a verdade era que isso o assustava demais. Quem não ficaria preocupado com a idéia de ter de botar os olhos naquilo? Não havia como não ser muito feio, mas não podia lhe dizer tal coisa. Queria que Alex não o pressionasse sobre o assunto. Lembrou-se de sua mãe lhe perguntando vezes e mais vezes se a amava, antes de morrer. Teve de fechar os olhos e expulsar aquela voz da cabeça enquanto pensava em Alex.

Penteou o cabelo, lavou o rosto e passou loção após a barba. Quando foi ao encontro de Simon, vestindo um terno cinza-escuro e camisa branca, parecia ter acabado de sair da capa da *GQ*. Aparentava ser justamente o que era: um dos mais excitantes homens de negócio de Nova York. Tal como sempre acontecia, cabeças giraram quando ele entrou no Le Cirque. Metade das pessoas ali presentes sabia quem ele era e já lera a seu respeito. Os outros ficaram imaginando quem era aquele bonitão, principalmente as mulheres. Estava acostumado com este tipo de reação e não dava mais a mínima. Em geral, era Alex que o provocava, acusando-o de deixar a braguilha aberta, na esperança de atrair o olhar das mulheres. E foi esta lembrança que lhe ocorreu ao atravessar o restaurante e sorrir, pensando na esposa. No entanto, quando a imagem dela lhe vinha à mente, era do jeito que fora antes, não como estava agora, deformada e furiosa, no New York Hospital.

— Que bom que você veio, Sam!

Simon levantou-se e saudou-o assim que ele entrou no restaurante. Em seguida, apresentou-o a todos. Havia quatro ingleses e três jovens americanas que alguém lhes apresentara. Eram todas muito bonitas; duas eram modelos e uma era atriz. E também havia Daphne, o que deixava Simon e Sam sem acompanhantes. Formavam um grupo grande em um pequeno restaurante e o barulho era ensurdecedor. Mesmo assim, Sam conseguiu manter uma conversa inteligente com um dos ingleses sentado ao seu lado. Do outro lado, estava Daphne, que passou muito tempo falando com uma das modelos. Finalmente, conseguiram conversar um com o outro, durante a sobremesa, enquanto os outros bebiam e tagarelavam.

— Ouvi dizer que sua esposa é uma advogada muito importante — comentou ela informalmente com Sam, que assentiu com a cabeça. De certa forma, neste exato momento, parecia doloroso falar sobre Alex. Era mais fácil não fazê-lo.

— Ela é advogada criminal de uma firma chamada Bartlett and Paskin.

— Deve ser muito inteligente e muito poderosa.

— Sim, é.

Sam confirmou com a cabeça, mas algo em sua resposta indicou a Daphne que este era um assunto contrangedor.

— Vocês têm filhos?

— Uma menininha chamada Annabelle. — Sorriu ao responder. — Tem três anos e meio e é adorável.

— Tenho um filho de quatro anos na Inglaterra.

— É mesmo?

Sam estava atônito. De certa maneira, Daphne parecia ser jovem demais para ter marido e filho. Embora soubesse que ela estava com 29 anos, ainda assim surpreendeu-se. Tudo nela sugeria que fosse solteira.

— Não fique tão chocado — replicou Daphne, rindo dele. — Sou divorciada. Simon não lhe contou?

— Não, não contou.

— Casei com um pilantra da pior espécie aos 21 anos. Acabou fugindo com outra mulher e nos divorciamos. Foi essa a razão que levou a família inteira a achar que seria muito bom, para mim, ficar fora da Inglaterra por um ano. Terapia, acho que este é o nome que dão por aqui. Chamamos de umas pequenas férias.

Daphne sorriu para Sam.

— E quanto ao seu filho?

— Está muito feliz com a minha mãe — replicou ela muito naturalmente.

— Deve sentir falta dele.

— Sinto. Mas na Inglaterra não somos tão sentimentais a respeito de crianças quanto vocês. Mandamos nossos filhos para o colégio interno aos sete anos. Ficam na escola por três anos e depois vão para Eton. Creio que vai fazer bem a ele se desapegar da mamãe até lá. — Este não era o tipo de coisa que Sam se imaginava fazendo. Teria ficado de coração partido sem Annabelle, mas Daphne era muito senhora de si. Sabia o que queria. — Isso choca você?

Podia ver nos olhos dele o quanto estava surpreso.

— Um pouco — admitiu ele com franqueza, sorrindo. — Esta não é bem a imagem que fazemos da maternidade.

Por outro lado, ela não dava a impressão de ser do tipo maternal e talvez quisesse desfrutar um pouco de liberdade antes de envelhecer.

— Acho que, como nação, somos um pouquinho mais frios do que vocês. Os americanos parecem sempre tão aflitos com o que *deveriam* estar fazendo, com o que se espera deles e o que *deveriam* estar sentindo. Os britânicos apenas *fazem*. É bastante simples.

— E um tanto egoísta.

Sam gostava de conversar com ela, gostava mesmo. Daphne era inteligente, honesta e totalmente franca a respeito de quem era e do que queria.

— É extremamente simples: a gente vai atrás do que quer, quando quer, sem se desculpar ou fingir que não está fazendo o que deseja. Prefiro assim. As coisas parecem um tantinho mais exageradas aqui. Todos vivem pedindo desculpa pelo que fazem, ou não fazem, ou não sentem.

Ela riu e Sam gostou da risada. Era um som insolente, de uma alegria quase sensual, e ele facilmente podia imaginá-la nua e totalmente à vontade.

— Já se divorciou alguma vez? — perguntou Daphne sem nenhuma cerimônia e ele riu da pergunta.

— Não, nunca.

— A maioria dos americanos se divorcia; ou pelo menos é esta a impressão que me passam.

— O seu divórcio foi muito traumatizante?

Esta era uma pergunta estranhamente pessoal para dois estranhos, mas Sam estava gostando disso. Havia em Daphne um ar de completa entrega e sinceridade.

— De modo algum. Foi um grande alívio. Ele era um tremendo pilantra. Não consigo imaginar como permanecemos casados por tanto tempo. Sete anos. Foi horrível, eu lhe garanto.

— Com quem ele deu no pé?

Sam gostava de ser um tanto atrevido com ela. Era divertido brincar de descobrir coisas a seu respeito.

— Com uma garçonete, naturalmente. Bem bonita, por sinal. E já a largou. Está morando em Paris com uma moça que afirma ser artista. É um bocado pirado, mas, felizmente, cuida bem de Andrew, o nosso filho, por isso não preciso entrar em pânico.

Daphne não parecia nem um pouco acuada. Muito pelo contrário, aparentava um absoluto controle de qualquer situação. E mais de um dos ingleses estava de olho nela. Ostentava o ar de quem podia ter qualquer um que desejasse.

— Você foi apaixonada por seu ex-marido? — indagou Sam, sentindo-se descarado.

— Provavelmente. Pelo menos durante um tempo. Aos 21 anos, é bem difícil saber a diferença entre o amor e o sexo. Não tenho certeza se algum dia consegui descobrir se era uma coisa ou outra.

Ela lançou-lhe um sorriso ousado e, ao fitá-lo, Sam de repente desejou muito ser jovem para possuí-la. Ela era incrível. Então, lembrou-se de Alex. E foi como se Daphne pudesse ler seu pensamento.

— E quanto a você? Está apaixonado por sua esposa? Ouvi dizer que é muito bonita.

E era, para uma mulher de 42 anos, para uma mulher de

qualquer idade. No entanto, não era tão atrevida ou mesmo tão deslumbrante quanto Daphne — e ele sabia disto.

— Sim, eu a amo — respondeu Sam com firmeza, enquanto Daphne o observava atentamente.

— Não foi esta a minha pergunta, foi? Eu queria saber se você estava *apaixonado* por ela. Há uma diferença — retrucou ela, erguendo uma sobrancelha.

— Será que há? Estamos casados há mais de dezessete anos. É um bocado de tempo e as pessoas acabam se apegando. Eu a amo demais — asseverou ele, como se tentasse se convencer disto. Entretanto, a indagação de Daphne continuava sem resposta.

— Está me dizendo que não sabe se ainda está apaixonado por ela? Será que algum dia esteve? — insistiu ela, brincando de gato e rato com Sam, que não se incomodou.

— Lógico que estive.

Ele parecia chocado com a pergunta. No lado oposto da mesa, Simon achou graça da intensa expressão dos seus rostos. Os dois estavam sentados muito juntos, confabulando como se estivessem solucionando todos os grandes problemas da vida.

— Então quando tudo mudou? Quando deixou de amá-la? — acusou Daphne, falando como uma advogada, e Sam sacudiu um dedo para ela.

— Eu nunca disse isso. É uma coisa terrível de se dizer.

Especialmente agora. Com os olhos presos em Daphne, era só nela que conseguia pensar.

— Não fui eu quem disse. Foi você. Falou que *estava* apaixonado por sua mulher, mas não consegue responder se ainda está — argumentou ela, parecendo extremamente *sexy* ao insistir no assunto.

— Às vezes o casamento é assim mesmo. Há ocasiões em que a rotina se instala, quando, de certo modo, os sentimentos murcham e se banalizam e nenhuma das coisas corretas parece acontecer.

— E esta é uma dessas ocasiões? — perguntou ela, a voz soando como um ronronar aveludado, revirando-lhe as entranhas.

— Talvez. É difícil afirmar.

— Por alguma razão específica? Aconteceu alguma coisa?

— É uma longa história — respondeu Sam quase com tristeza.

— Já teve algum caso? — perguntou Daphne bruscamente e, desta vez, Sam riu dela.

— Alguém já lhe disse o quanto é atrevida?

E linda... e sensual... e com uma pele macia como veludo.

— Certamente que sim. — Daphne brindou-o com um sorriso estonteante. — Na verdade, me orgulho disso.

— Bem, talvez não deva. — Ele tentou repreendê-la, sem nenhum sucesso.

— Na minha idade, posso fazer quase tudo que quero. Não sou bastante velha para que me considerem seriamente responsável e sou madura o suficiente para saber o que estou fazendo. Realmente odeio mocinhas, você não?

Daphne saltava de um assunto a outro enquanto jogava o longo cabelo negro por cima dos ombros nus. Era incrivelmente sedutora. Em alguns aspectos, assemelhava-se muito a Alex e, em outros, era bastante diferente. Era bem mais ousada, mais insolente. Entretanto, possuía a mesma mente atilada e o mesmo corpo esbelto e longilíneo. Sua sensualidade era mais flagrante do que a de Alex e Sam sentia-se constrangido de ter de admitir que este fato o agradava. Daphne despertava nele a constante vontade de responder às suas provocações, de brincar com ela, de jogar uma partida na qual nenhum dos dois podia perder, embora soubesse que não estava livre para fazê-lo. Daphne também sabia disto. Só que, no seu caso, tal circunstância não parecia impedi-la de jogar.

— E quanto a você? — Sam provocou-a em resposta a sua pergunta sobre as mocinhas. — Gosta de homens mais novos ou mais velhos?

— Gosto de todos os homens — confessou com malícia. — Mas prefiro os da sua idade — acrescentou de um jeito insinuante.

— Que vergonha — censurou ele suavemente. — Parece bastante óbvia.

— Sou sempre óbvia, Sam. Detesto perder tempo.

— Eu também. Sou casado.

— E isto é um empecilho?

O olhar penetrante de Daphne sustentou o de Sam, que percebeu que tinha de ser honesto agora.

— Creio que sim. Não faço esse tipo de coisa.

— Pois isso é péssimo. Podia ser muito divertido.

— Quero mais da vida do que "diversão". Este é um esporte perigoso. Não o pratico há anos. É um jogo feito para homens solteiros. Os caras sortudos.

Sam riu com os olhos presos aos dela, desejando, só por um instante, ser bastante jovem e livre de novo. Daphne o fazia sentir-se bem, ainda que fosse só por um minuto. Era como comer bombas de creme.

— Gosto de você — declarou ela com sinceridade. Agradava-lhe o modo como ele jogava limpo e claro e julgava sua esposa uma mulher afortunada.

— Também gosto de você, Daphne. É uma garota fantástica. Quase me faz desejar ser solteiro.

— Irá conosco à discoteca após o jantar?

— Eu certamente não deveria, mas bem que poderia.

Sam sorriu para Daphne, pensando no quanto adoraria dançar com ela, e no quanto isto seria perigoso, principalmente agora, levando-se em conta o atual estado de Alex e a tensão existente entre os dois.

Entretanto, ao saírem do restaurante, havia uma limusine à espera. Daphne segurou sua mão e arrastou-o para dentro do carro junto com os outros. Sam não teve coragem de resistir. Foram todos a um local no SoHo do qual nunca ouviram falar. Lá, um maravilhoso conjunto de *blues* tocava uma música lamentosa, e parecia inevitável que acabassem nos braços um do outro, dançando na discoteca às escuras. Sam sentia aquele corpo colado ao seu e precisou se forçar repetidamente a pensar em Alex.

— Tenho de ir embora — falou, afinal. Era muito tarde e havia uma crescente sensação de duplicidade no ar. Agora não havia como se iludir. Ele era casado e ela não. Por mais atraente que Daphne fosse, não podia fazer aquilo.

— Está zangado comigo? — perguntou ela suavemente, enquanto Sam pagava os drinques e se preparava para deixá-la com Simon.

— Lógico que não. Por que deveria estar?

A pergunta de Daphne o surpreendeu.

— Acho que a minha tentativa de sedução desta noite chocou você. Não tive intenção de constrangê-lo.

Estava se desculpando pelo seu comportamento.

— Mas não me constrangeu. Deixou-me lisonjeado. A diferença de idade entre nós é de vinte anos e, acredite, se eu pudesse, iria atrás de você como um foguete, mas não posso.

— Você é que me lisonjeia — retrucou ela com recato, encarando-o com olhos que pareciam trespassá-lo.

— Não, mas bem que gostaria. — E então contou algo que não tencionara revelar. — Minha esposa está muito doente. — Desviou os olhos ao falar, tentando não pensar em tudo que acontecera nos últimos dois dias, nem nas ásperas palavras que trocaram. — Isto tornou as coisas um pouco difíceis. Não tenho certeza do que vai acontecer.

— *Muito* doente?

Daphne não queria pronunciar a palavra "câncer", mas Sam entendeu o que ela estava perguntando.

— *Muito* doente — confirmou ele com um olhar de tristeza.

— Sinto muito.

— Eu também. Não é nada fácil nem para ela nem para mim. E tudo está um pouco confuso.

— Não foi minha intenção aumentar a confusão — explicou, sentada tão perto dele que Sam pôde ver por dentro do vestido. E adorou o que viu lá.

— Não aumentou a confusão de modo algum. Não se desculpe. Não me divirto assim há anos... e precisava disso, muito mesmo. — Tornou a olhar para Daphne, e entre ambos brotou algo que o surpreendeu, um intercâmbio de verdadeiros sentimentos. Agora não havia mais nenhuma brincadeira, e sim uma pessoa com quem podia conversar. E, de repente, não queria deixá-la. — Vamos dançar.

Não era o que pretendia fazer e, por um momento, ficou aborrecido consigo mesmo. Depois, no entanto, sentiu-se transbordar de desejo e ternura por Daphne, enquanto dançavam de rosto colado, o corpo dela moldando-se ao seu como se tivessem sido feitos um para o outro. Dançaram mais duas músicas, até que afinal Sam se obrigou a deixá-la. Levou-a de volta a Simon, com enorme pesar, como se fosse uma jóia emprestada que odiava ter que devolver, mas sabia que era preciso.

— Vocês dois parecem estar se divertindo muito — comentou Simon em um tom malicioso. Percebia muito bem o que vinha acontecendo ali e estava intrigado com aquilo. Sam não parecia ser o tipo de homem chegado a aventuras extraconjugais, mas não havia dúvida de que estava dando em cima da sua prima. Então pensou que talvez tudo ficasse só na conversa. Afinal de contas, ele estava indo para casa, não é? — Ela é um avião, não acha?

— Cuide bem dela — disse Sam, muito sério, antes de partir. Durante toda a corrida de táxi até em casa, ficou perdido em pensamentos, recordando como se sentira ao dançarem na discoteca. Esta era uma lembrança que permaneceria para sempre em sua memória. Entretanto, ao chegar no apartamento, sentiu-se culpado em relação a Alex. E mais ainda quando entrou no quarto e viu o recado de Carmen em cima do travesseiro. Nesta noite, no entanto, não foi o rosto de Alex que viu enquanto ia aos poucos mergulhando no sono. Foi o de Daphne.

Capítulo 9

Na manhã seguinte, quando acordou, Sam ligou para Alex mas a enfermeira disse que ela estava na terapia e só voltaria dentro de meia hora. A esta altura, ele já se encontrava a caminho do escritório. Tinha um cliente à sua espera e mil telefonemas para dar e, portanto, não teve chance de tornar a ligar. Depois que os clientes foram embora, topou com Daphne no corredor. Embora o rosto dela se iluminasse como a primavera ao vê-lo, foi extremamente polida e impessoal durante os poucos minutos em que conversaram. Em seguida, acompanhou-o até a sua sala e disse que esperava não ter bancado a chata na noite anterior. Havia se empolgado demais. Prometeu que, a partir de agora, sua atitude seria estritamente profissional.

— Estou desapontado — replicou Sam com uma risada. — Acho que eu é que fui chato.

— De jeito nenhum. — A voz dela era uma carícia, mas seu comportamento era inteiramente respeitável e muito britânico. — Não costumo perseguir homens casados. Acontece que você é muito atraente, Sam. Deviam pintá-lo todinho de tinta escura ou enfiarem um saco na sua cabeça antes de sair com mulheres estranhas. É mesmo um bocado perigoso.

Daphne afagava o seu ego, brincava, e ele adorava isto.

— Acho que eu devia ter ficado em casa — observou, não

muito convicto. — Contudo, eu me diverti muito, principalmente na discoteca.

— Eu também — retorquiu ela de maneira perturbadora, e de repente ambos se deram conta de que estavam flertando.

— O que vamos fazer a respeito?

Sam reconheceu o fato antes dela com um sorriso.

— Ainda não sei ao certo. Banhos frios, suponho. Nunca experimentei este recurso antes.

— Talvez devamos tentar juntos — sugeriu ele e logo depois se arrependeu. Parecia não conseguir se controlar quando estava perto de Daphne. Tudo que queria era estar com ela, enfeitiçá-la e seduzi-la. Nunca lhe acontecera uma coisa dessas antes e ignorava como agir para pôr um fim naquilo. Os dois eram como fósforos perto de uma chama e o incêndio era instantâneo. — Teremos de nos comportar — sentenciou ele com firmeza.

— Sim, senhor.

Daphne saudou-o com um sorriso e depois desceu o corredor até sua sala, ao lado daquela que era destinada a Simon. Enquanto se afastava, Sam ficou parado, observando-a, incapaz de tirar os olhos daquele corpo.

— Cuidado! — avisou Larry, seu antigo sócio, ao passar por ele no corredor. — Ela é perigosa... as jovens inglesas são — cochichou.

— Por que ninguém nunca me preveniu antes? — Sam fingiu gemer enquanto retornava à sua sala. E como se quisesse desanuviar a cabeça, ligou para Alex.

— Onde esteve ontem à noite? — perguntou ela em tom de queixa. — Eu lhe telefonei.

— Eu sei. Desculpe. Saí com Simon e alguns clientes vindos de Londres. Ele me ligou depois que cheguei em casa e me convenceu a ir. Fomos jantar no Le Cirque. — De repente teve a impressão de que estava falando demais e que lhe devia uma explicação. — Como está se sentindo hoje?

— Bem — respondeu Alex, ainda parecendo deprimida. — Vi Liz Hascomb ontem à noite. Ela trabalha como voluntária para um dos grupos de apoio.

— Que ótimo — replicou ele, sentindo-se alienado da esposa. Alex só falava da doença e das coisas relacionadas com isso. — Acha que ela vai comentar com alguém no escritório?

Sabia o quanto Alex queria manter tudo em segredo. Ela, entretanto, se mostrou confiante quando respondeu.

— Creio que não. Liz é muito discreta. Mas ficou muito surpresa quando me viu... e me ajudou muito.

— Que bom.

— Como está Annabelle?

— Ótima. Está toda excitada com o Dia das Bruxas. Não pára de experimentar a fantasia.

Lágrimas surgiram nos olhos de Alex ao ouvi-lo.

— Você virá hoje?

Fez a pergunta em tom de dúvida, como se não estivesse certa se podia continuar contando com ele, e a hesitação presente em sua voz o magoou.

— Lógico que irei. Darei uma passada aí quando estiver a caminho de casa.

Alex esperava que o marido viesse para o almoço, mas não queria pressioná-lo. Sam contou que ficaria na firma para concluir um serviço qualquer.

Entretanto, quando ele tentou se concentrar, descobriu que só conseguia pensar em Daphne. Era um pesadelo. Tinha uma esposa doente, uma filha pequena e um monte de responsabilidades, no entanto, era a priminha fogosa de Simon, recém-chegada da Grã-Bretanha, que não lhe saía da cabeça. Sentia-se culpado e irritado, e chegava a lamentar tê-la conhecido. Não necessitava de mais complicações em sua vida. Acontece que estava obcecado por Daphne, como uma droga que precisasse tomar e que nunca provara antes.

— O que aconteceu? Você está todo tenso.

Alex percebeu de imediato, o que o aborreceu ainda mais. Era como um letreiro luminoso que alguém tivesse pendurado em seu pescoço e que piscasse sem parar a palavra "Daphne".

— Não seja tola — rebateu ele rudemente, sem intenção. —

Só estou preocupado com você. Mal podemos esperar que venha para casa na sexta.

— Comentou algo com Annabelle?

— Lógico que não.

— Acho que devemos lhe contar que sofri um pequeno acidente na minha viagem.

— Por que devemos dizer alguma coisa?

Lá estava. A negação da realidade, mais uma vez. Isso nunca deixava de surpreendê-la.

— Estou usando atadura. Ficarei com uma cicatriz, o meu seio se foi. Não estou me sentindo bem. Annabelle pode pular em cima de mim. Como acha que esconderemos a verdade dela, Sam? Ela não é burra.

— Não precisa passear nua na frente da menina.

— Pelo resto da minha vida? Minha filha toma banho comigo, eu me visto na frente dela. Nunca escondi meu corpo de Annabelle. Além do mais, daqui a algumas semanas estarei doente e, aparentemente, muito cansada, por causa da quimioterapia. Ela precisa saber.

— Por que você tem de dar tanta importância a esse negócio? Por que o problema tem de ser meu e de Annabelle? Por que não consegue conviver com isso em silêncio? Eu não entendo.

— Nem eu. Não compreendo como pode continuar a fingir que não está acontecendo nada. Não está só acontecendo comigo, está acontecendo com todos nós, ao menos na medida em que vocês dois precisam entender.

— Nossa filha tem três anos e meio, puxa. O que quer dela? Simpatia? É isso? Alex, essa sua atitude é mórbida.

— Acho que você enlouqueceu.

— Pare de choramingar por tudo, pare de transformar essa história em um pesadelo para todo mundo. Converse com um terapeuta, faça algo, freqüente um grupo de apoio, mas não transfira o problema para mim e Annabelle como se fosse um peso de chumbo. Não nos puna pelos seus infortúnios.

Então Alex lhe deu as costas e olhou pela janela.

— Gostaria que você saísse agora.

Seu tom de voz era gélido.

— Será um prazer.

Sam saiu intempestivamente do quarto do hospital e não lhe telefonou à noite. Nem ela ligou. Falou com Annabelle e lhe mandou um beijo de boa-noite, mas não pediu para chamar Sam. Só Carmen notou.

À noite, ele ficou sozinho em casa, pensando no que o futuro lhe reservava, e o que viu não lhe agradou nem um pouco. Alex iria transformar tudo em uma enorme tragédia: a cicatriz, o seio perdido, sua saúde e, eventualmente, o "tratamento", a quimioterapia. Depois teriam de ouvi-la falar sobre o cabelo — ou a falta dele — e o quanto estava doente. Em seguida, passariam meses e anos esperando para saber se os exames foram todos favoráveis, se tinha havido recorrência, se ela viveria mais um ano. Simplesmente não conseguia agüentar. Foi exatamente assim com a sua mãe. Não era desse jeito que queria passar o resto dos seus dias, ouvindo os relatórios diários de Alex sobre o câncer. De repente a via como uma figura trágica que tentava engoli-lo vivo e destruir sua vida. A Alex que conhecera e amara não existia mais e, em seu lugar, estava esta mulher furiosa, assustada e deprimente.

Na terça-feira, conversaram duas vezes sobre Annabelle. No entanto, concordaram que seria melhor que ele não viesse vê-la. Entretanto, Liz Hascomb não deixou de visitá-la. Vinha todo dia desde que descobrira que Alex estava lá e o que havia acontecido com ela.

Na sexta, Sam apareceu na hora do almoço para apanhá-la no hospital. Era a primeira vez que a via em dois dias e, quando entrou no quarto, ela lhe pareceu subitamente muito frágil. Usava uma roupa que lhe pedira para trazer: um vestido solto de malha que se ajustava com facilidade à atadura e que a ocultava em parte. Por cima, envergava um casaco de um azul vívido. Não se dera ao trabalho de maquiar-se, mas parecia alta e magra e o cabelo estava limpo, caindo generosamente sobre os ombros. Embora apresentasse melhor aparência do que Sam havia esperado, tinha um ar muito assustado. Os olhos pareciam imensos, o rosto estava pálido e Sam notou que suas mãos tremiam quando guardou a camisola na sacola.

— Está se sentindo bem, Alex? Está com alguma dor?

Ele se mostrava surpreso com o óbvio nervosismo da esposa. Na verdade, Alex lhe dera a impressão de estar bem melhor na terça e na quarta. Então ficou imaginando se ela poderia ter sofrido algum tipo de recaída cirúrgica. Devido a este pensamento, sentiu-se mais uma vez culpado por não ter ido ao hospital na véspera, só que não conseguia suportar a pressão. Agora, no entanto, ela se mostrava muito perturbada e aflita.

— Está tudo bem — respondeu Alex com a voz um tanto rouca. — Só estou um pouco assustada em ter de voltar para casa. Sem enfermeiras, sem ajuda com os curativos, sem voluntárias do grupo de apoio. De repente tenho de enfrentar o mundo lá fora de novo e tudo está diferente... ou pelo menos eu estou. E o que devo dizer a Annabelle ao vê-la?

Este pensamento fez com que os seus olhos se inundassem de lágrimas. Havia chorado muito ao discutir o assunto com Liz Hascomb na noite anterior e esta lhe assegurara repetidas vezes que tudo que Alex sentia era muito normal.

— Então por que Sam vive agindo como se eu fosse louca? — perguntou Alex à secretária.

— Porque também está assustado. E esta também é uma reação normal. O único problema com Sam é que não admite o fato.

No entanto, ele não aparentava medo algum agora, ao passar o braço em volta de Alex e pegar a sacola. Ostentava um absoluto autocontrole e uma grande tranqüilidade enquanto desciam de elevador e entravam em uma limusine alugada especialmente para a ocasião.

O carro os levou para casa. Quando chegaram, o apartamento estava silencioso. Carmen saíra para pegar Annabelle na escola. De lá a levaria direto ao balé. Alex queria arrumar suas coisas e vestir um penhoar antes que a filha retornasse, mas estava surpresa com a exaustão que sentia. Todas as suas emoções a exauriram por completo. Ao vê-la colocar a camisola, Sam ficou deprimido. Alex permaneceu de costas para o marido e vestiu a camisola antes de se virar, de modo que ele só viu o cetim cor-de-rosa quando Alex ficou de frente para ele.

— Não devia tirar o vestido. Talvez Annabelle fique preocupada ao vê-la de camisola.

— Estou realmente cansada. Pensei em repousar um pouco.

— Pode se deitar de vestido — reprovou Sam. Achava que ela estava bancando a inválida outra vez e Alex sabia disso. No entanto, ele ignorava o quanto ela se sentia cansada, alquebrada, temerosa de rever a filha e com o fato de não saber o que lhe dizer. Era tudo muito angustiante e desesperadamente assustador. Quando se deitou na cama e ligou a televisão, Alex viu Sam pôr o casaco. Ele lhe trouxera o almoço que Carmen havia preparado e agora estava pronto para cair fora.

— Onde você vai?

Ela estava com medo de ficar só. De repente sentia medo de tudo e lamentava ter vindo para casa, embora mais cedo ou mais tarde tivesse de fazê-lo.

— Vou para o escritório — explicou ele. — Tentarei chegar mais cedo em casa. Tenho uma reunião com Larry e Tom que não pude cancelar. Telefone para mim, se precisar.

Alex assentiu com a cabeça e Sam soprou-lhe um beijo, mas ela notou que o marido evitava tocá-la. Ele não lhe dava um beijo decente desde a cirurgia e Alex imaginou quanto tempo demoraria para Sam voltar a aproximar-se dela.

A última coisa que queria fazer era pressioná-lo, mas sentia-se solitária enquanto ele mantinha distância.

Alex ficou na cama por um longo tempo, à espera de Annabelle, pensando na explicação que lhe daria. Refletiu sobre muitas coisas, mas no momento em que a viu esqueceu-se de tudo que planejava dizer. Só conseguia pensar no quanto ela era encantadora, no quanto a amava e no quanto sentia sua falta.

Annabelle soltou um grito ao ver a mãe parada na porta do quarto, à sua espera. Alex se levantara ao escutar o barulho do elevador e da chave de Carmen na porta de entrada e agora tremia da cabeça aos pés enquanto a aguardava.

— Mamãe! — gritou e atirou-se nos braços de Alex, que tentou se proteger do impacto, mas não conseguiu. Encolheu-se de dor e Carmen notou. Annabelle, contudo, via apenas que a mãe estava de volta, e apressou-se a dar um passo atrás para fitá-la com um olhar travesso.

— O que você trouxe para mim da viagem?

De repente Alex percebeu que havia se esquecido por completo, enquanto uma expressão de desapontamento se estampava no rosto de Annabelle.

— Sabe de uma coisa? Não tinham nada de interessante. Creio que talvez nós duas tenhamos de ir à F.A.O. Schwarz na próxima semana para verificar o que podemos encontrar lá. O que acha da idéia?

— Legal!

Annabelle bateu palmas, esquecendo instantaneamente a desilusão. Adorava ir à F.A.O. Schwarz com a mãe. Então se surpreendeu ao ver Alex de camisola.

— Por que está com roupa de dormir? — interrogou-a com desconfiança, justamente como Sam afirmou que a menina faria. Sob vários aspectos, Annabelle assemelhava-se muito à mãe. Percebia tudo e queria sempre saber o porquê das coisas.

— Eu estava cochilando antes de você chegar. Sabe, mamãe sofreu um pequeno acidente em Chicago.

— É mesmo? — Annabelle parecia impressionada. Então ficou muito preocupada. — Você se machucou?

Estava com jeito de que iria cair em prantos. Alex apressou-se a tranqüilizá-la.

— Mais ou menos.

Ainda estava elaborando a história.

— Colocaram um band-aid? — Alex confirmou com a cabeça. — Posso ver?

Alex abriu o penhoar com mãos trêmulas e Carmen soltou uma exclamação abafada ao ver o enorme curativo. Soube de imediato que algo terrível acontecera e seus olhos desviaram-se bruscamente para os da patroa.

— Dói? — indagou Annabelle, ainda fascinada com o tamanho e a localização da atadura.

— Um pouquinho — admitiu Alex com franqueza. — Precisamos ter um certo cuidado para não bater aí.

— Você chorou?

Alex assentiu com a cabeça e, instintivamente, ergueu a vista para Carmen, que a encarava com olhos marejados de lágrimas. Carmen estendeu a mão e tocou no braço de Alex com um gesto de extrema delicadeza que comoveu profundamente a patroa. Neste momento, Annabelle correu ao quarto para buscar a boneca e Carmen a censurou.

— Por que não contou, Sra. Parker? A senhora está bem?

— Vou estar — afirmou ela em tom categórico. Estava claro que o problema tinha sido com o seio, mas Carmen ainda ignorava a extensão do dano, embora já tivesse adivinhado o que poderia ser pelo contorno do peito.

Annabelle entrou toda saltitante na sala, trazendo três bonecas e um livro. Queria mostrar o desenho que fizera para a mãe e lhe contar mil e uma histórias sobre a escola e a aula de balé. Não parou de falar no quanto estava ansiosa pelo Dia das Bruxas, no desfile que haveria na escola e na festa que Katie Lowestein daria. Tinha um monte de coisas a compartilhar. Alex ficou pensando em como conseguira passar cinco dias inteiros sem a filha. Bastava vê-la para ganhar novo ânimo e um objetivo pelo qual lutar.

— Está se sentindo bem, Sra. Parker? — Carmen tornou a perguntar enquanto as duas brincavam na cama de Alex. Entregou-lhe uma xícara de café e um sanduíche de galinha e insistiu para que comesse tudo. Embora Alex não estivesse com fome, recordou-se das palavras de Liz quanto à necessidade de recuperar as suas forças e resolveu comer. À tarde Liz telefonou para saber como estava passando e ficou feliz ao perceber, pelo seu jeito de falar, que Alex parecia muito mais animada. Annabelle levantara imensamente o seu astral. Mais tarde, entretanto, quando tirou o penhoar, porque estava quente, notou que a filha se afastou um pouquinho dela com um leve sobressalto. O curativo a assustava. Em silêncio, Alex tornou a vestir o penhoar, e decidiu que não a deixaria ver a atadura mais vezes do que fosse necessário. De certa maneira, Sam tinha razão. Não precisava envolvê-los no seu problema e não era sua intenção fazê-lo. Necessitava que lhe dessem seu amor e seu apoio, mas a única coisa que não queria era a piedade deles. Tampouco queria assustá-los. Sob alguns aspectos, Sam era tão arisco quanto a filha.

No final da tarde, Carmen veio buscar Annabelle para tomar banho. A filha pediu para usar a banheira de mármore e a espuma gostosa da mamãe.

— Pode tomar banho de espuma na minha banheira, fofinha. Mas não posso molhar o meu band-aid grande até a próxima semana. — No hospital, durante a ducha, tinham coberto a atadura com um grande saco plástico. — Tome banho sem mim, certo?

Annabelle concordou, enquanto Alex dava uma olhadela no relógio. Eram cinco horas e Sam tinha prometido chegar mais cedo. Todavia, Alex sabia que as tardes de sexta-feira costumavam ser as mais longas. Tinha sempre muito serviço, tendo de concluir os assuntos pendentes antes do fim de semana.

De fato, Sam se encontrava na firma, cuidando dos detalhes da sua mais recente transação. Contudo, não deixava de estar protelando sua saída.

— Ainda trabalhando? — perguntou Daphne casualmente quando deu uma espiada na sala dele às 17:15. Estava de saída para o fim de semana. Ela e Simon iriam a Vermont junto com amigos vindos da Inglaterra. Todo mundo lhes contara sobre a deslumbrante mudança outonal das cores das folhas e Daphne insistira em ver

— É lindo — confirmou Sam, desejando poder acompanhá-la Passou a mão no cabelo, com um ar um tanto sombrio. Embora soubesse que era hora de ir, temia demais o momento de voltar para casa. A tensão atual existente no seu relacionamento com Alex era palpável e nem mesmo Annabelle seria capaz de aliviá-la.

— E quanto a você? Algum programa interessante? — perguntou, detestando deixá-lo. Sam parecia tão triste e tão sozinho, como se não tivesse nenhum lugar para onde ir e não quisesse sair dali.

— Não, nenhum. Minha esposa acaba de vir do hospital. Acho que temos de ir com calma.

— Lamento muito, Sam — replicou com extrema suavidade,

enquanto os olhos dos dois mais uma vez se encontraram perigosamente. Então Sam lançou a Daphne um sorriso gentil.

— Obrigado, Daphne. Divirta-se. A gente se vê na segunda.

Ela assentiu com a cabeça, querendo atravessar a sala e abraçá-lo, mas Sam estava com uma cara tão séria que não teve coragem. Em vez disso, limitou-se a observá-lo por um instante, depois soprou-lhe um beijo e saiu da sala, desejando poder passar o fim de semana com ele e não com Simon e seus amigos da Inglaterra.

Às 17:30, não lhe restavam mais desculpas. Vestiu o casaco, desceu e percorreu a pé alguns quarteirões antes de pegar um táxi. Chegou em casa antes das seis e Alex, surpresa, ergueu os olhos bruscamente ao vê-lo. Andara brincando com Annabelle e lendo uma história para a menina. Carmen estava aprontando o jantar. Havia insistido para ficar durante o fim de semana.

— Oi. Como foi o seu dia?

Ela tentou demonstrar despreocupação, mas mesmo assim Sam parecia constrangido com ela e, quando respondeu, falou como se fosse um estranho.

— Ótimo. Desculpe o atraso. Hoje à tarde foi uma correria doida.

— Tudo bem. Estive ocupada com Annabelle. Nós duas nos divertimos muito.

Jantaram todos na cozinha e Annabelle falou mais do que todos os outros. E, para grande surpresa de Alex, não pareceu sentir a tensão presente entre os pais. Estava feliz demais com a volta da mãe. Estava eufórica e cheia de histórias engraçadas, piadas, novas canções e mexericos ininteligíveis sobre os amigos. Foi um jantar animado. Em seguida, eles a colocaram na cama enquanto Carmen arrumava a cozinha. Entretanto, quando Alex e Sam foram para o quarto, de repente a conversa cessou. Ambos pareciam não ter nada a dizer um ao outro. Ele tinha um ar cansado e distraído.

— Tudo bem no trabalho? — indagou ela, imaginando por que o marido estava tão nervoso.

— Sim, está.

Mas Sam não podia perguntar-lhe a mesma coisa. Fazia uma

semana que Alex faltava ao serviço. Tudo que sabia agora era sobre a doença.

Sam ligou a televisão e procurou refúgio nela até que acabou adormecendo, enquanto a esposa o observava. As emoções experimentadas com o seu retorno ao lar a esgotaram, mas sentia-se feliz por estar aqui. Não sabia mais como agir com Sam. Entretanto, Liz a tranqüilizara novamente ao lhe telefonar à tarde, aconselhando que fosse paciente. Disse que, a princípio, enfrentara os mesmos problemas com o marido — o constrangimento, os temores sobre sua doença, o ressentimento —, mas com o decorrer do tempo ele havia se ajustado.

Após o último noticiário, Sam acordou, se mexeu, olhou para Alex, como se a presença dela ao seu lado o surpreendesse, e então, sem proferir uma palavra, foi vestir o pijama. Alex já se banhara da melhor maneira possível e tornara a colocar a camisola, vestindo por cima um casaco de dormir para que o curativo não o perturbasse. Porém, quando ele voltou ao quarto após um banho de chuveiro — o que, para Alex, pareceu demorar uma eternidade —, deu a impressão de hesitar antes de vir para a cama.

Sam de repente estava com medo da esposa, como se ela pudesse contaminá-lo com o seu problema. Alex queria tanta coisa dele e Sam simplesmente não sabia o quanto tinha a oferecer-lhe. Sua própria incompetência o apavorava mais do que tudo. Era mais fácil não tê-la por perto.

— Algo errado?

Alex o fitou, confusa. Era como se ele não tivesse certeza se devia dormir com ela. Contudo, com Carmen no quarto de hóspede, não restavam outras opções.

— Eu... seria... vou machucar você se dormir aqui?

Ela não conseguiu reprimir um sorriso ao olhar para o marido. Sam parecia tão inquieto ali despido e tão pouco pouco à vontade em sua presença. Apesar de tudo, também lamentava por ele. Seu embaraço era visível.

— Só vai me machucar se me chutar na cabeça. Por quê?

Por mais que tentasse fingir que tudo estava normal, ambos sabiam que não era este o caso.

— Pensei que talvez... se eu rolar na cama... ou encostar em você...

Sam a tratava como uma peça de cristal e não como uma mulher. Parecia ir de um extremo ao outro. Em um minuto, fingia que não havia nenhum problema e, no seguinte, queria ir aos confins da terra para evitá-la. Era mais do que um pouco angustiante.

— Não vai me machucar, Sam — assegurou calmamente, tentando tranqüilizá-lo. Mas ele se deitou como se houvesse uma mina terrestre ao seu lado da cama e receasse explodi-la. Estava quase na beirada do colchão, sem mover um músculo, mantendo-se o mais longe possível dela, fazendo-a sentir-se como um pária.

— Você está bem? — indagou Sam, nervoso, antes de apagar a luz. — Quer alguma coisa?

— Estou ótima.

Ou ao menos desejaria estar. Não havia dúvida de que sentia-se bastante bem para dormir ao seu lado. Contudo, era óbvio que Sam não queria. Ele adormeceu sem se afastar da beirada da cama, enquanto Alex o observava. Era como se, com a falta de um dos seios, os dois tivessem virado estranhos da noite para ao dia. Tão logo ele pegou no sono, ela começou a chorar, ansiando pelo marido.

No sábado, Sam acordou muito antes que Alex se mexesse e, quando ela se levantou e trocou o casaco pelo penhoar, ele e Annabelle já estavam vestidos e falavam em ir ao Central Park para soltarem uma pipa nova que ele comprara para a filha.

— Quer vir? — perguntou Sam em tom de dúvida, mas ela balançou a cabeça. Ainda estava muito cansada e seria mais fácil aguardá-los no apartamento.

— Eu espero aqui. Talvez Annabelle e eu possamos fazer biscoitos quando voltarem — sugeriu Alex, tentando mostrar-se alegre e divertida.

— Oba! — exclamou Annabelle. Os dois planos a agradavam: os biscoitos e a pipa. Meia hora depois, pai e filha saíam com a pipa, muito animados. Sam mal dirigira a palavra a Alex desde que ela tinha se levantado, como se Alex representasse uma ameaça para ele, agora que estava de volta ao apartamento. Estava ainda menos comunicativo do que na época da sua hospitalização. Era tudo muito enervante.

Os dois chegaram na hora do almoço e Alex preparou sopa e sanduíches. Carmen resolvera dar um pulo em casa por algumas horas, avisando que voltaria no mesmo dia, muito embora Alex insistisse em dizer que não precisava dela. Queria estar por perto para ajudar a patroa.

Toda excitada, Annabelle contou que soltaram a pipa junto ao lago artificial de barcomodelismo, que tinha voado muito alto e caído em uma árvore e que o papai precisou subir até lá em cima para pegá-la.

— Bem, não era tão "lá em cima" assim — confessou ele, achando graça. Haviam se divertido muito. E compraram castanhas e roscas doces.

Alex tinha arrumado o cabelo e se vestido na ausência dos dois. Usava calça *jeans* e um suéter largo que disfarçava quase inteiramente o que lhe ocorrera. Mal se via o volume do outro seio sob o pulôver enorme. Annabelle porém se deu conta do fato quando sentou-se no colo da mãe e se apoiou nela.

— O seu peito machucado ficou menor, mamãe — comentou, olhando fixo para ele como se estivesse surpresa. — Caiu quando você levou a pancada?

— Mais ou menos.

Alex sorriu, procurando manter a compostura. Teriam de discutir o assunto eventualmente e agora era uma hora tão boa quanto qualquer outra. Antes tarde do que nunca. Sam vinha voltando da outra sala e ficou um tanto alarmado ao escutar o que as duas conversavam.

— Vai ficar diferente quando tirar a atadura? Não vai ter mais nenhum?

Annabelle estava surpresa com o fato de que um pedaço da mãe tivesse desaparecido. Mostrava-se mais do que intrigada.

— Talvez. Ainda não olhei.

— E caiu assim, sem mais nem menos?

Alex não queria assustar ou enganar a filha.

— Não caiu. Mas ficou muito machucado. Foi por isto que colocaram esse band-aid tão grande.

— Como aconteceu?

Annabelle achava surpreendente o que tinha acontecido com a mãe e Sam parecia aborrecido com a esposa. Felizmente, Annabelle saiu para buscar um jogo e esqueceu de ouvir a resposta da pergunta, algo pelo qual Alex ficou grata, pois não sabia o que lhe dizer. "Como aconteceu?" era uma pergunta que não desejava responder. No entanto, Sam estava prestando atenção e o assunto da conversa não o agradou nem um pouco.

— Por que tinha de lhe explicar? Para que tocar no assunto com ela? Puxa vida, a menina só tem três anos e meio. Não precisa disso.

Nem ele. E Sam estava beirando os cinqüenta.

— Eu também não, Sam, mas ainda assim estamos envolvidos nisto até o pescoço. Ela me perguntou. Sentou no meu colo e sentiu a diferença.

— Então não permita mais que ela sente no seu colo. Existem vários meios de contornar a questão.

— Já reparei nisso. E você parece estar descobrindo todos eles.

Sam a estava evitando a todo custo e, no final da tarde, anunciou que precisava ir ao escritório, fato que a surpreendeu. Ele raramente ia lá no fim de semana. Mas Alex sabia por que o marido estava agindo assim agora. Simplesmente não suportava estar perto dela.

Alex e Annabelle ficaram em casa, fazendo biscoitos e vendo *Peter Pan* e *A Pequena Sereia.* Eram três hora quando ele saiu e o clima entre ambos estava tão tenso que Alex achou até bom que ele se afastasse um pouco de casa. Realmente não agüentava mais aquela tensão. O ar entre ambos estava elétrico.

— Por que o papai está zangado com você? — indagou Annabelle quando cortavam a massa dos biscoitos, deixando Alex atônita.

— O que a faz pensar que o papai está zangado comigo? — quis saber, intrigada com a perspicácia da garotinha.

— Ele não está falando com você. A não ser quando é preciso.

— Talvez esteja só cansado — explicou Alex, enrolando mais

um pouco da massa enquanto Annabelle pegava grandes nacos e os comia.

— Ele sentiu sua falta quando você estava fora. Eu também — afirmou a menina gravemente. — Talvez esteja com raiva porque foi viajar.

— É, pode ser — concordou Alex, relutando em envolvê-la nos seus problemas. — Aposto que vai estar tudo bem com o papai quando chegar em casa.

Beijou a ponta do narizinho sardento e lhe entregou mais outro pedaço de massa para mastigar.

Nesse ínterim, Sam estava sentado em seu escritório no centro da cidade, de cara emburrada. Tinha muito pouco serviço a fazer. Seu trabalho exigia pessoas, clientes e negociações. Não tinha a avalanche de serviço burocrático com que Alex constantemente convivia. Viera até a firma apenas para escapar e, agora que estava ali, sentia-se estúpido. Estava fugindo dela e sabia disso. Tinha medo de ver seu corpo ou sua dor, medo de não ser capaz de corresponder ao que Alex queria. Era muito mais fácil zangar-se, ser duro com ela e evitá-la.

— O que está fazendo aqui?

Sam ouviu uma voz do lado oposto da sala e quase deu um pulo da cadeira, erguendo bruscamente os olhos. Ignorava por completo que havia mais alguém ali. O alarme estava ligado e o porteiro lá embaixo não lhe contou que tinha outra pessoa no escritório. Ela devia ter acabado de chegar. Era Daphne. Usava uma blusa preta de jérsei e uma calça preta colante que fazia suas pernas parecerem ainda mais longas. Tinha o cabelo preso em uma trança e calçava botinhas pretas de camurça que lhe conferiam um ar muito inglês.

— Pensei que você estava em Vermont — comentou ele, ainda com cara de susto.

— Era para ter ido. Mas Simon contraiu uma gripe e seus amigos não quiseram ir sozinhos, então ficamos aqui. Aí pensei em aproveitar a oportunidade para adiantar o serviço. Espero que não se importe, Sam. Não tive intenção de me intrometer. Você dava a impressão de estar a um milhão de quilômetros daqui quando o vi

— explicou Daphne em tom de solidariedade. Parada no meio da sala, irradiava juventude e sensualidade. — Como estão as coisas?

— Não muito bem, creio. Ou então eu não estaria aqui — respondeu honestamente, enquanto esticava as pernas por baixo da mesa e brincava com um lápis. Era estranho como contava tudo a Daphne e nada a Alex. Levantou-se e aproximou-se dela. — Nem sei por que vim. — Olhou-a com uma expressão de infelicidade e depois sorriu. — Talvez fosse o meu sexto sentido me avisando que você estaria aqui.

— Esta justificativa não é digna de você — ela o provocou. — Contudo, vou aceitar assim mesmo. Posso lhe preparar uma xícara de café?

— Sim, eu gostaria. — Seguiu-a até a copa, levemente consciente do seu perfume. Era um aroma almiscarado, um odor de paixão e sexo. — Sinto muito — desculpou-se de repente enquanto ela se virava para encará-lo. — Nesta última semana, andei agindo como um lunático. Nem sei mais o que faço, minha vida tem sido um inferno. E acho que não tenho o direito de desabafar com você.

— Se jantar comigo no Le Cirque e me levar para dançar no SoHo é "desabafar", por favor, sinta-se livre para repetir a dose sempre que quiser, Sam. — Lançou-lhe um sorriso sedutor, mas havia mais do que apenas *sex-appeal* nela, havia algo de muito caloroso e compassivo. Daphne era maliciosa e brincalhona, mas também aparentava ser uma pessoa que se importava com os outros e esta sua faceta o agradava. Existiam muitas coisas em Daphne que o faziam lembrar-se do que Alex tinha de melhor. Então, ela quase o matou de susto com a franqueza da próxima pergunta. Sua voz soou muito suave, enquanto o fitava bem dentro dos olhos. Mas Sam não estava preparado para essa pergunta. — Sua esposa está morrendo, Sam?

Por um longo instante, ele não soube ao certo como responder.

— Pode ser que sim. Não sei. Está muito doente, suponho, embora eu não compreenda inteiramente.

— É câncer?

Sam assentiu com a cabeça.

— Ela tirou um dos seios esta semana e está prestes a começar a quimioterapia.

— Como deve ser difícil para você e a sua menininha.

Todas as suas simpatias estavam com os dois e não com Alex.

— Suponho que seja... ou será... A quimioterapia parece ser um pesadelo. Não tenho certeza se eu faria isso.

— É o que todos nós afirmamos até nos depararmos com o problema. Aí lutamos como cães e tentamos todos os recursos possíveis para nos curarmos. Meu pai morreu ano passado e experimentou de tudo, inclusive uma espécie de pílula mágica que arranjou na Jamaica, que nada mais era do que vodu. Não posso culpá-la por tentar. Mas deve ser um inferno para você. Pobre Sam.

Estavam parados no aposento pequeno e abafado enquanto aguardavam que o café ficasse pronto. A voz de Daphne não era mais do que um sussurro.

— Você não devia lamentar por mim — replicou Sam no mesmo tom murmurante, sem saber ao certo por que estavam falando tão baixo, já que eram as duas únicas pessoas ali presentes. Entretanto, tudo que queria agora era chegar perto dela e lhe falar ainda mais baixo. — Estou bem...

— Não, não está — retrucou ela. Sam não estava preparado para o que viria a seguir. Daphne contornou-lhe o pescoço com os braços, correu os dedos pela sua nuca até provocar-lhe arrepios e o beijou. Ele sentiu o corpo inteiro reagir com um ímpeto, e isto quase o assustou, de tão incontrolável que era. Queria arrancar-lhe a calça e deitá-la no chão ao seu lado, mas não ousou ir mais além do que um simples beijo. Deixou as mãos ávidas deslizarem pelo corpo dela. Daphne era só músculos, estômago rijo e nádegas pequenas e esplêndidas. Possuía uma constituição de bailarina e seios que cabiam com perfeição nas mãos de Sam. Bocas e línguas se moviam implacáveis. Foi Daphne que se afastou primeiro, ofegante. Iniciara uma avalanche que quase não conseguia controlar. Era tudo tão intenso, quase incontrolável. — Oh, Deus, Sam... não posso... oh, Deus... como desejo você.

— Eu também — murmurou ele, devorando-lhe o pescoço e os seios com os lábios. Então se ajoelhou diante dela e esfregou o rosto no lugar onde as coxas se encontravam, fazendo-a soltar um longo e suave gemido. Então, no momento em que a estreitava contra si, caiu em si. Não podia fazer isso. — Daphne... não podemos... — Ficou imóvel, abraçando-a, dominado por um sentimento de culpa ainda maior com relação a Alex. Mas estava consumido de desejo por Daphne. — Não posso. Não tenho o direito de complicar a sua vida desta maneira... ou de agir deste jeito com a minha esposa.

— Não me importo — retrucou ela com voz rouca de desejo. — Sou uma mulher adulta, tenho o direito de tomar minhas próprias decisões.

— Não vai dar em nada... você merece coisa melhor. Estou quase louco de tanto querê-la. Estou assim desde que nos conhecemos, mas o que você ganha com isso?

— Um belo orgasmo, espero. — De repente, Daphne riu pela expressão de espanto dele. Mas felizmente, ele a conhecia.

— Gostaria de oferecer-lhe algo melhor, mas não posso. Não agora.

Não por enquanto. E talvez nunca.

— Já é um bom começo — argumentou ela, brincalhona. — Não exijo demais.

— Pois devia. Você merece. — E então, sem mais nenhuma palavra, os lábios tornaram a se encontrar. Sam continuou a enlaçá-la, sentindo aquele corpo colado ao seu, até nenhum dos dois agüentar mais. — Temos de tomar uma providência a respeito, se as coisas continuarem assim.

Depois desta observação, ambos riram ao constatarem a óbvia ereção de Sam. Ela o acariciava por cima da calça e o toque da sua mão o enlouquecia.

— Eu ia sugerir algo neste sentido.

Daphne sorriu e beijou-o novamente. Depois agachou-se para mordiscar a protuberância por baixo da calça *jeans*.

— Pare — pediu ele, não muito convincente. — Não, por favor... oh, Deus... Daphne... vou acabar jurando amor eterno dentro de poucos minutos, se você não parar.

Ela o lançava em um frenesi de paixão e Sam adorava a sensação.

— Eu tinha a esperança de que você o fizesse.

Daphne sorriu para Sam com um ar malicioso, depois ficou de pé e lhe serviu uma xícara de café.

— Como posso jurar? — perguntou ele, pensando na esposa e na filha.

— Coisas assim acontecem às vezes. Estas são as realidades da vida. Nem sempre funciona do jeito que planejamos. De fato, não tenho certeza se chega mesmo a acontecer algum dia.

— No presente momento, a minha é um desastre.

— Você é muito chegado à sua esposa? — perguntou ela enquanto bebiam devagar o café e tentavam, por um breve instante, esquecer os corpos um do outro.

— Julguei que fosse. Agora não conseguimos conversar sobre assunto nenhum. A única coisa que resta é a sua doença. É tudo em que consegue pensar, tudo em que está interessada, tudo que sabe. Não suporto mais.

— Não sei se posso culpá-la. Mas é exigir demais de você, não acha?

— Suponho que lhe devo isso. — Então revelou o seu mais íntimo segredo. — Minha mãe morreu de câncer quando eu tinha 14 anos. Eu a odiei por isto. É tudo que me lembro dela: o quanto estava doente, como falava no câncer o tempo inteiro, a infinidade de operações que sofreu. Os médicos a mutilaram aos pouquinhos até finalmente a matarem. Sua morte deu cabo do meu pai. Eu sentia como se ela estivesse tentando matar todos nós. Teria me matado também, só que não permiti. Não deixei que me envenenasse do modo como fez com ele. Recusei-me a participar da sua tragédia. É assim que me sinto agora sobre Alex. É como se precisasse manter distância para me salvar.

Esta era uma terrível confissão, mas sentiu-se melhor tão logo a fez. E Daphne pareceu compreender exatamente o que ele queria dizer de uma forma que Alex ainda não entendera. A esposa estava envolvida demais consigo mesma para avaliar o seu terror com clareza.

— Mas não pode fazê-lo sozinho, pode? — ponderou Daphne com a mesma voz rouca que o levava ao delírio.

— Não tenho certeza — replicou Sam. — Acho que, provavelmente, eu devia tentar. Acontece que você não está facilitando as coisas.

— Na verdade — retorquiu ela, tocando mais uma vez no volume sob a calça até que ele crescesse em sua mão e Sam fechasse os olhos de tanto prazer — eu preferia que estivesse endurecendo.

— Sem dúvida que está.

Beijou-a, desejando-a desesperadamente, mas firme em sua decisão de não tê-la. Devia isto a Alex. Não permitiria que a esposa se apossasse de sua alma. Entretanto, o mínimo que Alex merecia era fidelidade. Era muito azar Daphne ter cruzado seu caminho neste momento específico. Ou talvez fosse tudo obra do destino. Talvez esta fosse a sua recompensa pelo que estava perdendo.

Permaneceram de pé na copa por um longo tempo. Já estava escuro quando olharam para fora. Para Sam, era como se vários dias houvessem se passado desde a sua vinda para cá. Sua voz estava estrangulada de desejo por Daphne enquanto a abraçava pela última vez. Depois colocaram as xícaras na pia. Ela as lavou e guardou, e então acompanhou-o até sua sala.

— Você vai ficar? — ele perguntou. Detestava a idéia de voltar para casa, mas sabia que era necessário. Tinha de ir. E não fizera absolutamente nada além de acariciá-la.

— Levarei serviço para casa — anunciou com desembaraço. Sam acompanhou Daphne até sua sala para que ela pegasse os papéis; quando chegaram lá, ele tornou a beijá-la. Com os braços de Sam a cingi-la, ela tombou o corpo para trás, quase deitando na mesa. A tentação de possuí-la ali mesmo era irresistível, porém, mais uma vez, Sam obrigou-se a lembrar que era casado. Era como se a estivesse abraçando sem roupas. Podia sentir cada centímetro daquele corpo sob suas mãos e não havia nada que ela tentasse ocultar dele. Libertou os seios cobertos pela blusa, seios tão belos que por pouco não o fizeram chorar. Eram perfeitos e redondos, com bicos rosados que empinavam sob seus dedos, suplicando por suas carícias. Enquanto Sam a acariciava implacavelmente e a beijava, Daphne dizia seu nome.

Mais outra meia hora se passou até que ela recolocasse a blusa e, afinal, saíssem do edifício. A esta altura, eram quase sete horas e Sam disse que a deixaria em casa. Sentiu-se como um garoto ao entrarem no táxi e começarem a se agarrar no banco traseiro, enquanto ela dava risadinhas.

— É melhor você trancar a porta da sua sala — preveniu ele. — Não sei se conseguirei me controlar ao vê-la.

Sem dúvida alguma, era pouco provável que acontecesse, mas Daphne não pareceu se importar.

Sam a deixou na rua 53 leste, onde ela alugara um apartamento em um velho casarão. O lugar pertencera a uma estrela de cinema e ainda tinha muitas peças de mobília, mas Daphne disse que estava praticamente caindo aos pedaços.

— Quer subir? — ela o convidou, parada perto do táxi com aquela calça colante tão escandalosamente *sexy*, mas Sam balançou a cabeça.

— Não confio no meu autocontrole.

— Nem eu no meu — admitiu ela com uma risada e depois ficou muito séria ao apanhar a bolsa dentro do carro e segurar-lhe a mão. — Apareça quando quiser. Mesmo que seja só para conversar. Estarei aqui sempre que precisar de mim, Sam. E, por mais louco que isto possa parecer agora... acho que amo você.

— Por favor... não fale assim... não posso... mas obrigado.

Tornou a beijá-la com extrema delicadeza e Daphne acenou e recuou, enquanto ele anotava mentalmente o endereço, embora soubesse que não devia fazê-lo.

Eram sete horas quando chegou em casa. Embora Alex não se mostrasse nem um pouco satisfeita ao vê-lo, não disse nada. Percebera corretamente que o marido a evitava, mas teria ficado mais aborrecida ainda se soubesse o que ele andara fazendo. Por um momento, Sam julgou estar com o cheiro do perfume de Daphne, por isso foi lavar as mãos e trocar o suéter.

— Você devia estar cheio de serviço — comentou ela cautelosamente depois que Annabelle foi para a cama. Carmen já tinha lavado a louça e se recolhido ao quarto de hóspede.

— Estava mesmo.

— Os negócios devem estar prosperando muito. Nunca fez este tipo de coisa antes.

— Simon trouxe novos clientes para a firma. Ele é realmente incrível.

— Você está de olho no modo como ele anda conduzindo as coisas? O estilo de Simon pode não ser o seu ou o de Tom e Larry. Você não quer que um sujeitinho fogo de palha arruíne o seu negócio.

— Não vai arruinar nada. Em Londres, Simon tinha uma grande reputação de garantir excelentes negócios e muito dinheiro.

— Dinheiro limpo?

— Lógico que sim.

Sam tornou a ficar aborrecido. Alex vivia questionando tudo. Era uma verdadeira advogada no sentido de estar sempre desconfiada.

A princípio, ele também não confiava nada em Simon, mas agora estava convencido de que Simon faria grandes coisas pela firma. E trouxera Daphne com ele... o que mais podia querer? Sam percebeu que pensava nela de novo quando sentou-se para jantar com Alex.

— Em que você estava trabalhando? — perguntou ela, demonstrando interesse no assunto que o havia mantido no escritório durante toda a tarde. Sam quase engasgou com a salada ao ouvir a pergunta.

— Nada demais... só umas coisinhas... um serviço de contabilidade.

— Desde quando você se encarrega desse tipo de coisa? — Alex aparentava ceticismo, mas não desconfiança. Era óbvio que o marido mantinha distância para não ter de vê-la, o que era verdade. O que ela não tinha como saber, felizmente, era o que ele andara fazendo com Daphne.

O jantar não foi nem um pouco agradável ou sequer interessante. Eles davam a impressão de estar procurando assuntos de interesse mútuo — o que era incomum no caso deles, mas ao menos estavam juntos e ela estava em casa. O pior já havia acontecido, ou quase, e agora tudo o que tinha a fazer era agüentar firme e sobreviver ao tratamento. O casamento deles acabaria se ajustando a partir de agora. Estava certa disto. Era só uma fase difícil, mas ambos se adaptariam a uma nova situação.

No entanto, ele se mostrou tão cauteloso ao deitar junto à esposa na cama quanto na noite anterior. Foi solícito e educado, mas não fez qualquer tentativa de aproximação. Quando Sam adormeceu, Alex mais uma vez chorou ao seu lado. Um simples beijinho ou um abraço teria significado muito para ela, ainda que ele temesse o que havia por baixo da camisola.

A tensão entre ambos era tão grande que quando o fim de semana terminou sentiram um enorme alívio. Na manhã de segunda-feira, Sam saiu para trabalhar às oito horas, Alex levou Annabelle à escola pela primeira vez desde a cirurgia. Às nove horas, tinha uma consulta com o Dr. Peter Herman. Ele iria examinar as suturas e o curativo. Alex tinha muito medo do que veria então, mas seu medo seria ainda maior se visse o que estava à espera de Sam quando ele chegou na firma. Daphne usava um exíguo costume Chanel azul-marinho, com uma minissaia que realçava as pernas longas e sensuais. Ela só queria confirmar que todas as coisas ocorridas entre eles no sábado não tinham sido um erro e que ela não se arrependia de nada. Queria Sam mais do que já desejara outro homem em muitos anos e foi exatamente isso que lhe disse.

— Só quero que saiba de uma coisa — murmurou Daphne enquanto fechava a porta da luxuosa sala de Sam. — Estou apaixonada por você. Não estou exigindo que tome uma atitude. Nem mesmo precisa me querer. Mas estarei aqui à sua disposição, a qualquer hora, da maneira que for mais conveniente para você. Eu o aceito com todas as suas responsabilidades. Amo você, Sam. E serei sua sempre que me quiser.

Daphne Belrose era a tentação definitiva.

Então Sam beijou-a longamente, com toda a angústia e voracidade que sentia, e Daphne retribuiu o beijo; depois recuou, sorrindo para ele, e saindo em silêncio da sala.

Capítulo 10

Alex só precisou aguardar por meia hora na sala de espera até o Dr. Herman conduzi-la ao consultório e lhe perguntar como estava passando. Ela disse que continuava cansada após a operação, mas que sentia muito pouca dor. O médico ficou contente com o que viu ao tirar o curativo. Disse que estava tudo muito limpo e que as suturas estavam cicatrizando muito bem. De fato, sua recuperação ultrapassava todas as expectativas. Também revelou que os resultados finais do exames já tinham chegado e eram muito melhores do que ele esperava. Havia apenas quatro nódulos atingidos, o tumor era receptor hormonal negativo e ela era a candidata perfeita à quimioterapia. Em pouco mais de duas semanas, iniciariam as aplicações quimioterápicas, tão logo ela estivesse mais forte.

Para Alex, esta não era uma boa notícia, mas também não representava nenhuma novidade. Ele já lhe explicara todo o processo. Ela tinha um envolvimento nodular mínimo, o que era um bom sinal, a despeito de ser um tumor do estágio II.

— O corte está muito limpo — explicou o médico. — Se você decidir fazer a cirurgia reconstrutiva mais tarde, o seu cirurgião plástico ficará muito satisfeito.

Parecia muito contente com tudo e Alex também queria estar, mas a verdade era que além de haver perdido o seio uma semana antes, descobrira que tinha câncer. Nenhuma destas coisas era motivo para celebrar. E agora sabia com certeza que precisava enfrentar a quimioterapia.

Então o Dr. Herman virou-se para Alex com curiosidade, imaginando como ela estaria se saindo. Parecia um pouco mais deprimida do que de costume, mas também já era de se esperar que estivesse.

— Já deu uma olhada no corte?

Ela balançou a cabeça, com um ar assustado.

— Talvez devesse. Precisa se preparar. E quanto ao seu marido?

— Também não viu.

Alex suspeitava que Sam estava apavorado. E tinha toda a razão, lógico. No entanto, não podia culpá-lo, pois nem ela queria ver aquilo.

— Eu a aconselharia a olhar. Logo poderá tomar banho normalmente, e é óbvio que terá de ver, mas uma boa examinada no espelho não fará mal algum. Está na hora de enfrentar a realidade.

Entretanto, nenhuma das palavras do Dr. Herman preparou-a para o que viu, quando chegou em casa e retirou a atadura para tomar uma ducha. Depois de despir o vestido e o sutiã, tirou lentamente a atadura e, com uma expressão determinada, acercou-se do espelho. Tentou focalizar os olhos no rosto, baixando-os devagarinho até soltar um grito e dar um passo atrás. Não era possível. Era inacreditavelmente horrendo, de tão feio que era. Onde antes se achava o seio, agora existia um pedaço de carne plana. Estava rosado agora, mas algum dia ficaria branco. Atravessando o peito, havia uma cicatriz vermelha onde fizeram a incisão, extirparam o seio, a pele e até mesmo o bico, e depois juntaram as bordas e costuraram. Na sua opinião, era a coisa mais feia que já vira na vida e não a consolava nada saber que aquilo muito provavelmente salvara sua vida. Sentiu-se mal após olhar para o peito chato. Sentou-se no tapete do banheiro com os braços a circundarem os joelhos dobrados, soluçando sem parar. Quase uma hora depois Carmen finalmente a ouviu. Alex estava sentada no chão, chorando e soluçando como uma criança.

— Oh, Sra. Parker... Sra. Parker... o que aconteceu?... Está machucada? Quer que eu chame o médico?... Sra. Parker?

Alex não conseguia parar de chorar. Tudo que podia fazer agora era balançar a cabeça enquanto chorava, os joelhos comprimindo o único seio.

— Vá embora... vá embora — chorou, falando como se fosse Annabelle. Então Carmen ajoelhou-se ao seu lado, chorando pela patroa como o faria com uma criança ferida.

— Não chore... não chore... todos nós a amamos — disse, enquanto a enlaçava.

Contudo, Alex só conseguiu balançar a cabeça e chorar ainda mais copiosamente.

— Ele me odeia... estou tão feia... ele me odeia...

— Vou ligar para o Sr. Parker — avisou Carmen em tom tranqüilizador. Alex soltou um grito e enterrou a cabeça nos joelhos, suplicando-lhe para não telefonar.

— Apenas me deixe sozinha.

Carmen tentou abraçá-la, mas Alex não permitiu. Com o passar dos minutos, ficou sem saber o que fazer e voltou para a cozinha. Permaneceu ali sentada, ouvindo-a chorar e enxugando os próprios olhos, até que finalmente Alex parou.

— Poderia buscar Annabelle, por favor? — pediu Alex a Carmen, com uma voz exausta que não trazia o menor vestígio de emoção.

— Por que a senhora mesma não vai? Ela adoraria vê-la.

— Não posso — replicou a outra com uma voz que mais parecia brotar dos lábios de um morto. Aqueles médicos a tinham matado.

— Pode, sim. Eu a acompanho, se quiser. Venha... iremos juntas. — Conduziu-a ao pequeno *closet* e pegou um vestido solto de malha, entregando-o a Alex. — Annabelle gosta desse aqui.

— Não posso, Carmen. Não posso ir.

Recomeçou a soluçar, mas, desta vez, Carmen a agarrou pelos ombros e a abraçou.

— Sim, pode. — A esta altura, ambas choravam. — Vou ajudá-la.

— Por quê?

Alex queria desistir e morrer, mas Carmen, que continuava a abraçá-la, não permitiria.

— Por que a amamos. Iremos ajudá-la até que esteja forte de novo. Logo estará bem — assegurou com confiança, tentando instilar coragem em Alex, que limitou-se a balançar a cabeça enquanto enfiava o vestido de malha.

— Não estarei, não. Vão aplicar quimioterapia.

— Oh, não... — Uma expressão horrorizada surgiu no rosto de Carmen, mas ela reagiu. — Tudo bem... vamos superar isto também. — Carmen estava determinada a ajudar Alex. Ela era uma boa mulher e uma boa patroa e não merecia passar por tamanho sofrimento. Tinha um marido que a amava e uma filhinha. Precisava viver pelos dois e Carmen iria ajudá-la a ganhar a batalha. — Vamos apanhar Annabelle e depois iremos almoçar. Aí a senhora vai tirar uma soneca e eu levarei Annabelle ao parque.

Falava com Alex como se ela fosse uma criança e Alex reagiu com a mais profunda angústia. Nunca vira nada tão feio quanto aquilo que o cirurgião deixara em seu corpo.

Mesmo assim, foi com Carmen à escola de Annabelle e depois voltaram para casa a pé, sem nenhuma pressa. Alex estava silenciosa, mas a menina nem notou. E tão logo chegaram no apartamento, Carmen serviu sopa de tomate e um sanduíche de peru a cada uma. Em seguida, ajeitou Alex na cama e avisou à garotinha que a mãe precisava dormir um pouco, o que Annabelle julgou ser uma brincadeira. Antes de saírem para brincar no parque, ajudou Carmen a acomodar a mãe na cama.

No final da tarde, a menina descreveu todos estes acontecimentos ao pai e Sam pensou que Alex andara outra vez bancando a inválida, conforme definia.

— O que houve? — indagou ele casualmente, depois que a filha foi para a cama. — Dormiu a tarde inteira?

Sua voz expressava um tom de mal disfarçada desaprovação. Não queria que Annabelle a visse com cara de doente. Convivera com este mesmo problema quando garoto e a lembrança do que ocorrera ainda o deixava fora de si. Muito embora fosse um homem maduro agora, sentia um ódio quase fóbico de doença.

— Só cochilei um pouco. Estava muito cansada. Fui ver o Dr. Herman.

Sua voz soou inerte enquanto ela o fitava com olhos que nada revelavam.

— Chegaram os relatórios da patologia?

— Sim. Quatro nódulos foram atingidos. Preciso de quimioterapia — contou com uma voz apagada. Então acrescentou: — Tirei o curativo.

— Ótimo. Ao menos já é um passo à frente. Isso deve alegrar você.

Falou com entusiasmo, como se quisesse animá-la, ignorando o fato de que ela precisava de quimioterapia. Então Alex olhou para ele como se Sam viesse de outro planeta.

— Não exatamente.

— Por que não? Houve algum problema?

— Não de fato.

Só um probleminha à toa... o meu seio parece ter caído junto com o curativo.

— Então qual é a tragédia? Por que está tão cansada?

— O que você quer de mim? — retorquiu Alex com rispidez. — Fotos coloridas? Puxa vida, será que não consegue perceber as coisas, sem que eu explique? Perdi um seio. Pode não ser uma tragédia para você, mas para mim é. E não engulo a idéia de que também não é para você. Desde que vim do hospital, você está agindo como se eu tivesse lepra. Não chega nem a dois metros de distância de mim. Já entendi o recado. Você também acha que não tem nada de engraçadinho nesse negócio.

— Eu nunca disse tal coisa. Mas também não precisa ser a catástrofe que você quer que seja.

— Talvez não, companheiro. Mas deixe que lhe conte uma coisa: não é nada bonito.

Ela lançou-lhe em olhar venenoso que refletia todo o horror do que vira no espelho.

— Não dramatize a situação. O médico disse que poderá reconstruir o seio com o decorrer do tempo.

— Sim. Se eu quiser me submeter a uma outra operação muito dolorosa, com um monte de enxertos de pele, tatuagens e implantes de silicone, que são perigosos. Não é tão fácil quanto você imagina que seja.

— Ótimo. Mas não seja chorona, pelo amor de Deus. Perder um seio não é a pior coisa que podia acontecer.

— Então, o que é?

— A morte — retorquiu ele bruscamente.

— Escute, Sam... dê-me um tempo; talvez eu faça isso também. Nesse meio tempo, contudo, creio que confiei erroneamente em algumas coisas de que gostava bastante. Uma delas é o meu peito esquerdo, a outra, o meu marido. Você só falta sair pela janela por causa do meu peito. Ou ainda não notou? Porque eu notei. Estou saturada de vê-lo dar chá de sumiço e agir como se eu não existisse, só porque não agüenta enfrentar o que aconteceu.

— Não é verdade — objetou ele, furioso, principalmente por saber que era.

— Como não é? Que diabo, Sam! Você não me deu o menor apoio desde que eu soube da doença. Desde a cirurgia, anda me tratando como se eu fosse uma tia solteirona e não a sua esposa. Por mais quanto tempo esta situação vai continuar, Sam? Por mais quanto tempo tenho de me penitenciar pelo pecado de ter perdido um seio? Até mandar reconstruí-lo para que não o mate de susto quando tirar a roupa? Ou será que o nosso casamento acabou? Talvez seja melhor eu saber, para não ficar pegando no seu pé nem deixá-lo enojado cada vez que tomar um banho de chuveiro.

— O que me enoja são as suas análises e acusações. Não me deixaria assim tão enojado, nem mesmo se arrancassem os seus dois seios.

— Sério? Quer apostar? Você não tem idéia do quanto é feio. É muito pior do que pensa.

— É tão ruim quanto permitir que seja. É você que está transformando tudo isso em uma agonia. É você que não consegue aceitar o que aconteceu.

— Tem certeza? — De repente não foi capaz de se controlar nem por mais um segundo. Parou diante do marido e desabotoou a camisola. Sam sentia o coração martelar enquanto a observava, mas era tarde demais para impedi-la. Sabia que a instigara a tomar tal atitude. Alex baixou bruscamente um dos ombros da camisola, depois o outro. Por fim, deixou-a cair no chão sem o menor ruído, com exceção da exclamacão abafada que partiu dele. Como não se dera ao trabalho de substituir o curativo, Sam viu tudo aquilo que Alex já vira pela manhã. A agressiva cicatriz, o seio perdido, a carne avermelhada. Ela sabia que era chocante e o rosto de Sam demonstrava o modo como se sentia a respeito. Por nada neste mundo teria tocado nela. — Bonito, não é, Sam?

Alex chorava agora e engolia ar enquanto soluçava, mas ele não se aproximou.

— Sinto muito, Alex.

Ele atravessou o quarto e pegou a camisola, estendendo-a na direção da esposa.

— Sinto mesmo — repetiu baixinho e tomou-a nos braços, enquanto ambos choravam. Era horrível demais.

— Não agüento viver com isto, Sam — desabafou Alex em meio às lágrimas, querendo o seio de volta, querendo que sua vida fosse do jeito que era apenas há poucas semanas atrás. Era impossível compreender por que aquilo tudo havia acontecido.

— Tudo acabará bem... você vai se acostumar. Nós dois vamos — ele a consolou, rezando para que fosse verdade.

— Será? — indagou ela com tristeza. — Quer que eu mande ajeitar o seio?

— Ainda é cedo demais. Vamos ver primeiro como você se sente sobre este assunto mais tarde.

— Odeio isto e odeio a mim mesma — admitiu Alex enquanto vestia a camisola. Ele a ajudava quando ela se atrapalhava. Sam queria ajudá-la a cobrir aquilo o mais rápido possível, para que nenhum dos dois precisasse mais ver. — Desculpe-me por estar zangada com você o tempo todo. Simplesmente não sei como lidar com o problema.

— Eu também não — confessou Sam. — Suponho que vamos ter de dar tempo ao tempo.

— Sim — concordou ela tristemente, incapaz de acreditar que o marido algum dia retomaria a vida sexual dos dois. — Talvez.

— Vai sentir-se melhor quando voltar a trabalhar na próxima semana — afirmou ele, tentando encorajá-la enquanto ligava a televisão. Qualquer coisa servia para não terem de conversar um com o outro.

— Talvez eu volte — concordou Alex em tom de dúvida. Entretanto, ela preferia ter o marido de volta e não o trabalho. E enquanto assistia à televisão, Sam não conseguia tirar da cabeça o que acabara de ver. Não tinha certeza se seria capaz de tocá-la outra vez. Isto tornava ainda mais dolorosa a agonia do seu desejo por Daphne. E sentiu-se ainda mais culpado do que nunca ao lembrar quão delicados eram aqueles seios, quando os acariciou, e a exata aparência que tinham quando tirou a blusa e os libertou. Ela era tão jovem, convidativa e cheia de vida, e seu corpo era tão perfeito. — Não me sinto mais uma mulher — observou Alex com tristeza quando Sam apagou a luz à meia-noite.

— Não seja tola, Alex. Não é o seio que a transforma na pessoa que é. A perda dele não muda nada. Você é tão mulher quanto sempre foi.

Mas nenhuma das suas atitudes confirmava estas palavras. Deitado na cama esta noite, conservando-se bem longe da esposa, era só em Daphne que conseguia pensar.

Capítulo 11

A única coisa que reuniu Alex e Sam foi a brincadeira do Dia das Bruxas no fim de semana seguinte. Annabelle saiu de princesa, conforme planejado, e estava encantadora em um vestido de veludo com paetês e pedrinhas de *strass*. Trazia uma coroa prateada na cabeça e uma varinha na mão, e divertiu-se a valer percorrendo todos os apartamentos do edifício. Alex também costumava se fantasiar, mas neste ano não havia providenciado nada e, na última hora, resolveu ir de Cruella de Vil, com uma peruca preta e branca e um antigo casaco de pele, que Annabelle adorou. Sam usou o mesmo Drácula de sempre e Alex fez a maquiagem.

— Você está ótima com este cabelo preto e branco — comentou ele, examinando-a. Ela envergava um sensual vestido de malha vermelho e usava uma prótese sob o sutiã. Embora pesada, conferia uma aparência surpreendentemente realista. Sam não pôde deixar de admirar a sua plástica. Mesmo sem um dos seios, Alex ainda assim tinha umas pernas sensacionais e um corpo de modelo. Nestes últimos tempos, ele parecia estar notando cada vez mais coisas deste tipo, especialmente em Daphne.

Sam e Daphne andavam se comportando de maneira admirável, embora não sem um enorme esforço. Só uma vez ele cedera ao impulso de beijá-la, quando se encontraram a sós em sua sala. Fora isso, porém, não fizeram nada que não devessem ter feito, a despeito das inúmeras ocasiões em que compareciam juntos a reuniões e almoços de negócio com clientes. Ela foi muito útil em algumas transações, demonstrando possuir um notável conhecimento de finança internacional. O mais interessante era que Sam não a mencionara a Alex nem um única vez. Instintivamente, sabia que não podia. Alex iria pressentir que havia algo mais. Seus sócios também já tinham tirado suas conclusões, embora ninguém ousasse perguntar. Só Simon continuava soltando piadas de vez em quando sobre quão apetitosas eram as jovens inglesas, principalmente a prima. Sam sempre concordava com ele, mas ninguém além da própria Daphne sabia o quanto estava apaixonado e o quanto ela o excitava.

— Você está ótimo — declarou Alex após dar os últimos retoques na maquiagem de Drácula. Já fazia algum tempo que estava parada diante do marido no banheiro com as luzes todas acesas, em uma proximidade física prolongada que não ocorria desde a operação. Teria sido a oportunidade perfeita para Sam lhe dizer alguma coisa, abraçá-la ou mesmo beijá-la, mas simplesmente não conseguia. Temia demais o que aconteceria a seguir, o que Alex poderia esperar dele, e era bem possível que não fosse capaz de sentir tesão. Nada nela o estimulava no presente momento. Alex estava intrinsecamente doente demais, seu corpo mudara demais, havia medo demais e lembranças ruins demais para que ele pudesse sequer querer tentar.

Ela lhe entregou o dente de Drácula e Annabelle soltou um gritinho de alegre terror ao vê-lo.

— Oh, papai, eu te amo! — exclamou, dando uma risadinha. Ele riu e Alex sorriu. Há um mês não se sentiam tão felizes assim e o resto da noite foi igualmente agradável. Deram uma passada na casa de amigos, tomaram um copo de vinho com eles e comeram doces com as crianças. Quando chegaram em casa, Annabelle estava quase dormindo e os pais se achavam de muito bom humor

— Foi divertido — observou Alex, feliz. Sempre era. O Dia das Bruxas representava um momento mágico em suas vidas desde o nascimento de Annabelle. Antes não significava nada. Este simples pensamento a entristeceu de novo, pois sabia que, provavelmente, nunca mais teria filhos. Esta era uma possibilidade muito remota agora, levando-se em conta as estatísticas de esterilidade após a quimioterapia e a importância de não engravidar nos próximos cinco anos. Além do mais, a esta altura, ela estaria com 47 anos. A perspectiva de ter outro bebê não existia mais.

Sabia também que, aos 42 anos, era bem provável que entrasse na menopausa em conseqüência da quimioterapia. Ainda era difícil compreender as palavras, assimilá-las, incorporá-las à sua vida: mastectomia, tumor maligno, quimioterapia, envolvimento nodular, metástase. Era incrível. Todo o seu vocabulário mudara em um mês e, com isto, também sua vida e seu casamento. Não havia como fugir do que a doença causara aos dois e ao seu relacionamento. Sam estava inteiramente distante dela agora, sob todos os aspectos. Mas ele não admitiria o fato, é lógico. Estava inteiramente empenhado em fingir que nada havia acontecido, o que tornava tudo ainda mais difícil. Como consertar algo que ninguém admitia estar quebrado?

— Já vai dormir?

Alex surpreendeu-se ao vê-lo despir-se e ir para a cama assim que retornaram das perambulações pelo prédio. Eram só dez horas e nenhum dos dois parecia cansado quando entraram em casa às 21:30.

— Não tenho nada para fazer — explicou ele enquanto ela o observava. — Pensei em me deitar mais cedo.

Antigamente, isto significaria um pouco de romance, mas agora Alex sabia que Sam estaria dormindo, ou fingindo estar, antes que ela saísse do banheiro, tal como aconteceu vinte minutos depois. Ele simplesmente não conseguia enfrentá-la nem suportava cumprir com as suas "obrigações". De qualquer modo, esta era a última coisa que Alex desejava agora. Se o marido não a desejava mais, podia muito bem passar sem sexo — até mesmo para sempre, se fosse necessário.

Leu até as tantas da noite. A esta altura, já estava se sentindo melhor. Voltaria a trabalhar na segunda-feira, após o fim de semana do Dia das Bruxas. Tinha muito serviço a pôr em dia e muita coisa para organizar. Faltavam duas semanas para o início da quimioterapia; duas semanas para sentir-se bem e fazer todo o trabalho que pudesse, colocando sua sala em ordem antes que sua vida tornasse a virar de cabeça para baixo. Era muita coisa para resolver.

Na segunda-feira, quando foi para o escritório depois de deixar a filha na escola, sentia-se quase a mesma de sempre. A diferença era que Sam mal lhe dirigira a palavra no café da manhã. Ele nem sequer tirara o nariz do *Wall Street Journal* para lhe dar um beijo de despedida, mas ela estava se acostumando. Ao menos agora tinha o trabalho com que se ocupar e os colegas com quem conversar. As últimas duas semanas foram as mais solitárias da sua vida e não conseguia imaginar nada pior do que tudo aquilo que lhe ocorrera.

— Papai ainda está zangado com você? — perguntou Annabelle, quando se encaminhavam para a escola. Então Alex olhou para a menina com interesse, surpresa com a sua percepção.

— Não sei. Acho que não. Por quê?

— Ele parece diferente. Não conversa muito com você, não lhe dá beijo nunca... E está sempre de cara amarrada quando volta do escritório.

— Talvez só esteja cansado.

— Gente grande sempre diz que está cansada quando se zanga, mas está mesmo é danada da vida. Que nem o papai. Eu acho que ele está zangado. Acho melhor você perguntar pra ele.

— Tudo bem, princesa, vou perguntar. Você estava ótima no Dias das Bruxas. A melhor princesa da cidade.

— Obrigada, mamãe.

Atirou os braços ao redor do pescoço da mãe e Alex se derreteu toda, enquanto a via entrar correndo na escola junto com as outras crianças. Em seguida, com o braço direito, fez sinal para chamar um táxi, entrou no carro e rumou para o centro da cidade. Seu lado esquerdo ainda estava muito sensível, mas sentia-se viva outra vez pela primeira vez em quinze dias. Fazia exatamente duas semanas desde o dia — quase desde a hora — em que se submetera à mastectomia, e já se sentia mais bem-disposta. Em termos comparativos, sentia-se ótima. O único problema era que ainda não iniciara a quimioterapia.

— Olhe só quem está aqui.

Liz Hascomb saudou-a com um sorriso luminoso assim que a viu e contornou a mesa para lhe dar um caloroso abraço.

Quando Alex entrou em sua sala, viu as flores que Liz colocara na mesa e as impecáveis pilhas de processos, que Brock aprontara em sua ausência.

— Puxa... Parece que vocês andaram se virando muito bem sem mim.

— Não acredite nisso nem por um minuto — assegurou-lhe Liz. Havia uma lista de recados de um metro de comprimento, quase todos com informações sobre a forma como as coisas foram resolvidas. Alguns casos foram entregues a Matt, outros ficaram aos cuidados dos demais sócios e Brock se encarregara de todos os detalhes e também da pesquisa. Havia um punhado de nomes de pessoas que preferiram aguardar o regresso de Alex, que se sentou e leu os nomes e as informações, enquanto Liz pegava uma xícara de café.

Ergueu os olhos quando Liz entrou e sorriu para a secretária. Era tão gostoso sentar-se de novo em sua cadeira, estar entre amigos e saber que era útil. Sentia-se muito bem-disposta outra vez, embora continuasse um tanto cansada, mas era como recuperar uma parte importante de sua identidade. Embora fosse só metade da questão, já fazia diferença.

— Como está se sentindo? — perguntou Liz calmamente enquanto pousava a xícara de café.

— Muito bem, realmente. Estou bastante surpresa. Fico só cansada.

— Dê um tempo. Não apresse as coisas.

Então voltou para a própria mesa e Alex limitou-se a continuar ali sentada, olhando ao redor, saboreando o mero fato de estar em sua sala. Sua simples presença ali era algo de maravilhoso. Recostou-se na cadeira com um sorriso e tomou um gole do café quente. Neste exato momento, Brock Stevens introduziu a cabeça pela abertura da porta.

— Seja bem-vinda — cumprimentou-a com um largo sorriso.

— Obrigada — agradeceu, sorrindo calidamente em resposta à saudação. Brock assemelhava-se mais do que nunca a um garotão louro. Usava óculos e uma mecha de cabelo caía sobre seus olhos. Havia nele um constante ar de travessura. — Parece que você fez todo o meu serviço enquanto estive ausente. Talvez eu devesse tirar férias permanentes.

— De jeito nenhum. Andei separando todo o trabalho pesado

para você. A propósito, Jack Schultz ligou umas duzentas vezes só para lhe agradecer.

— Fico feliz por termos vencido — replicou ela, sorrindo. — Ele merecia.

— Você também. — Brock nunca vira ninguém se empenhar tanto quanto Alex fizera para ganhar aquela causa... e não devia ter sido nada fácil para ela. Sabia agora que Alex estivera doente naquela ocasião. Doente ou com algum tipo de problema. Sabia também que sofrera uma cirurgia, embora ignorasse o que tinha acontecido exatamente. Entretanto, quando perguntara a Liz sobre Alex, algo nos olhos da secretária indicara-lhe que era coisa séria. — O que vai fazer hoje?

Ela lhe parecia magra e um pouco cansada, mas também muito bonita.

— Ficar em dia com os processos, ler o que vocês fizeram e tentar descobrir o que restou para fazer agora.

— Oh, só umas coisinhas aqui e ali. Temos dois novos clientes que estão sendo processados por ex-empregados. Chegaram quatro novos casos e uma complicada ação judicial por crime de imprensa que está sendo movida por uma estrela de cinema. Matt sabe tudo a respeito.

— Sujeito de sorte. Talvez eu apenas o deixe cuidar disso sozinho.

Alex dava a impressão de estar mais relaxada do que de costume. Ainda não entrara no ritmo, estava principalmente saboreando o momento.

— Está passando bem agora, Alex? — perguntou ele gentilmente. — Sei que esteve doente.

Sem dúvida alguma, a doença não prejudicara em nada a sua aparência. Por um momento, ela quase respondeu que estava bem e então decidiu não fazê-lo. Precisaria da ajuda dele nos próximos meses e não havia razão para lhe ocultar a verdade. Tinha de começar por algum lugar.

— Estou bem agora, como espero estar com o decorrer do tempo, mas enfrentei momentos bem difíceis. — Hesitou, olhando fixo para a xícara de café, procurando as palavras certas. Era novidade para ela ter de rebaixar-se, de pedir ajuda a alguém. Então ergueu a vista e, quando seus olhos se encontraram com os de Brock, surpreendeu-se com a bondade que viu ali. A atitude do rapaz demonstrava tanta delicadeza e preocupação que Alex soube que podia confiar nele. — Dentro de duas semanas vou começar a quimioterapia — contou com um suspiro e julgou ouvi-lo arfar. O olhar dele estava cravado no seu, repleto de perguntas silenciosas.

— Lamento ouvir isto.

— Eu também. Continuarei trabalhando na medida do possível, mas ainda não sei o que isto significa. Dizem que, se o tratamento for efetuado da maneira certa, o paciente consegue se arranjar, exceto no que se refere a uma extrema fadiga. Terei de verificar o quanto sou capaz de agüentar, tão logo começarem as aplicações.

Brock assentiu com a cabeça.

— Farei o possível para ajudá-la.

— Sei disso, Brock — replicou ela, sentindo a voz tremer ao falar. Era comovente saber que tinha amigos e que até mesmo pessoas que mal conhecia, simples colegas de trabalho, estavam prontas a ajudá-la. — Sou muito grata por tudo que já fez. Eu não teria conseguido me virar sem você. Aquele julgamento foi um bocado difícil, com a cirurgia pairando como uma espada sobre a minha cabeça. Pelo menos esse caso já está resolvido.

Ele a observou, mas não perguntou onde haviam localizado o câncer. Além do mais, Alex usava um grosso costume de *tweed* preto e branco que não revelava nada.

— Lamento que tenha tido de passar por esse problema todo, mas tudo acabará bem — assegurou Brock em tom confiante, como se estivesse tentando convencê-la.

— Espero que sim. Há todo um novo mundo lá fora. — Pousou a xícara e olhou para Brock, pensativa. Era agradável conversar com ele. — É tudo tão estranho. Estou no controle da situação durante a maior parte do tempo, aí, de repente, me deparo com algo sobre o qual praticamente não posso exercer controle nenhum. Tudo que posso fazer é seguir a linha pontilhada e manter a esperança de que termine em seu devido lugar. Só que não existem quaisquer garantias. As chances nem sequer são assim tão impressionantes. Creio que descobriram o câncer logo no início, pelo menos é isso o que espero. Mas quem sabe...

A voz sumiu e o rapaz esticou o braço por cima da mesa e apertou a mão de Alex. Este toque a arrancou dos seus pensamentos sombrios, fazendo os olhos de ambos se encontrarem.

— Você precisa querer vencer essa luta. Tem de decidir, neste exato momento, que vai conseguir, apesar de todos os obstáculos: por mais difícil que seja, por pior que você se sinta, por mais que doa, por mais assustador que seja. É como uma competição, como um julgamento. A despeito de todos os recursos usados pelo adversário para derrubá-la, você tem de dar o troco na hora. Não deixe a peteca cair nem por um segundo! — Fez esta declaração com tanta veemência que Alex se espantou, e ficou imaginando se ele já enfrentara esse mesmo problema antes. Talvez um membro de sua família tivesse sofrido da mesma doença, ou então havia algo de mais profundo em Brock do que o seu jeito bonachão sugeria. — Nunca se esqueça disso. — Em seguida, retirou a mão e assentiu com a cabeça. — Se eu puder ajudar em alguma coisa hoje, é só gritar. — Levantou-se e olhou para ela com um sorriso. — É bom tê-la de volta. Dou um pulo aqui mais tarde para saber como você está.

— Obrigada, Brock. Por tudo.

Depois de vê-lo sair, Alex voltou a concentrar sua atenção no serviço que havia em cima da mesa, mas as palavras dele e o calor humano que transmitiram a impressionaram.

Matt Billings levou-a para almoçar e falou-lhe sobre os novos casos recém-chegados, principalmente o da estrela de cinema. Ele o entregara a um outro sócio, decisão que certamente Alex teria tomado. Embora ocasionalmente ela gostasse de assumir processos de difamação, este aqui era difícil demais de defender. A mulher alegava que uma das revistas mais respeitadas do país a caluniara. Não seria fácil provar a acusação, levando-se em conta os direitos limitados das celebridades na imprensa e a poderosa reputação da publicação. Iriam proclamar em alto e bom som os direitos da Quinta Emenda. Alex estava muito contente por não ter nas mãos esta batata quente. Além disso, Matt já admitira a Alex que a queixosa não era flor que se cheire.

— Sorte do Harvey.

Ela se referia ao sócio que se encarregara do caso.

— É... Achei que você adoraria ficar longe dessa cliente.

Ele também lhe falou a respeito de uma grande ação judicial movida por uma poderosa indústria e sobre alguns outros assuntos de menor importância relacionados com as operações comerciais da firma de advocacia. Depois de colocá-la a par de tudo, encarou-a e, muito sério, perguntou como estava a sua saúde.

— Melhor, eu creio — respondeu Alex com cautela. — Não que eu estivesse doente. Eu tinha o que chamavam de "área cinzenta", um tumor detectado através de uma mamografia que fiz no mês passado, pouco antes do julgamento do caso Schultz. Eu o defendi assim mesmo — o que Matt tão bem sabia —, e depois tratei de resolver a questão. Acontece que, neste caso, a questão ainda não está inteiramente concluída.

Matt ergueu uma sobrancelha e ouviu. Sempre gostara dela e não lhe agradava nada saber que Alex estava enfrentando um problema tão grave. Antes de se ausentar por duas semanas, ela lhe contara que iria se submeter a uma pequena cirurgia, uma "bobagem à toa". Na opinião de Matthew, porém, isto de modo algum parecia uma "bobagem à toa".

— O que está acontecendo agora?

De repente, ele pareceu preocupado.

Alex tomou fôlego. Sabia que teria de contar algum dia e talvez tivesse chegado a hora de tentar. Matt era um velho amigo e um colega respeitado.

— Fiz uma mastectomia. — A palavra era mais difícil de dizer do que imaginava, mas disse assim mesmo. O rosto dele logo refletiu o choque sentido. — Terei de iniciar a quimioterapia daqui a duas semanas. Embora queira continuar trabalhando, não sei em que condições ficarei. Os médicos afirmam que vou estar bem. Acham que retiraram tudo e que a quimioterapia é só precaução. Quero continuar trabalhando durante os seis meses que durar o tratamento.

A quimioterapia era um tipo de garantia que ela teria preferido dispensar; no entanto, com o envolvimento dos nódulos linfáticos e um tumor do estágio II, sabia que não lhe restava outra opção.

A revelação de Alex o deixara aturdido. Matt não conseguia acreditar. Ela era tão bonita e tão jovem e parecia tão saudável. Nunca suspeitara da gravidade do problema. Julgara que não era nada de mais. Mas uma mastectomia? E quimioterapia? Era difícil de aceitar.

— Por que não tira uma licença por alguns meses? — sugeriu ternamente, enquanto, ao mesmo tempo, imaginava como se arranjaria sem ela.

— Não, de jeito nenhum — objetou Alex bruscamente, um pouco assustada com a possibilidade de Matt forçá-la a se afastar. Neste aspecto, Sam tinha razão. Queria trabalhar, e se distrair, e realizar o melhor trabalho que pudesse fazer no momento. — Prefiro me ocupar. Vou me esforçar ao máximo. Se ficar indisposta demais, prometo que aviso vocês. Tenho um sofá na minha sala. Se for preciso, posso trancar a porta e repousar por meia hora. Em caso de necessidade, posso também descansar na hora do almoço. Mas não quero ficar em casa, Matt. Isso me mataria.

Ele não gostou de ouvi-la dizer esta palavra e ficou impressionado com a sua determinação de continuar trabalhando.

— Tem certeza?

— Sim, tenho. Se eu mudar de idéia assim que começar o tratamento, avisarei vocês. Por enquanto, quero ficar aqui. São só seis meses. Algumas mulheres passam muito mal quando engravidam. Tive sorte, não passei. Mas o mesmo não acontece com muitas outras, e elas não param de trabalhar. Ninguém espera que fiquem em casa. Também não quero ficar.

— Não é a mesma coisa e você sabe disso. Qual é a opinião do seu médico?

— Ele acha que posso. — Muito embora tivesse lhe sugerido que minimizasse a tensão e o esforço físico excessivo. Dissera também que desaconselhava qualquer participação sua em julgamentos durante esse período, mas que, provavelmente, ela podia encarregar-se de tudo o mais. Era justamente isto que Alex estava dizendo a Matt neste exato momento. — Talvez eu apenas tenha de limitar a minha atuação nos julgamentos durante esta fase. O meu associado é muito bom e algum dos outros sócios poderiam cuidar desta parte. Eu me responsabilizo pelo resto. Preparo tudo, monto todo o processo e faço a pesquisa. Posso também assistir às sessões no tribunal e redigir as moções. Só precisarei de ajuda no julgamento propriamente dito para que toda a responsabilidade não caiba apenas a mim no momento final. Isto não seria justo com o cliente.

— Também não seria justo com você. — Estava arrasado com o que Alex acabava de lhe contar, mas percebia o quanto ela estava decidida a continuar trabalhando. — Tem certeza?

— Absoluta.

Ela era mesmo incrível. Matt a respeitava imensamente e, assim que deixaram o restaurante, ele passou um braço ao redor dos seus ombros em um gesto afetuoso.

Todos a estavam tratando com imensa bondade, com exceção de Sam, que simplesmente não conseguia agir do mesmo modo. Era estranho como a vida dava voltas às vezes. A pessoa de quem mais precisava não a estava apoiando em nada. Mas ao menos podia contar com os outros.

— O que posso fazer para facilitar as coisas para você? — indagou ele quando voltavam calmamente a pé para o escritório. Era um dia frio e o vento a enregelava até os ossos, apesar do casaco e do costume de *tweed* que usava.

— Você já está ajudando no que é possível. Vou mantê-lo informado sobre o meu estado de saúde. E Matt — fitou-o com um olhar suplicante —, por favor, só conte a quem for estritamente necessário. Não quero ser alvo de curiosidade ou compaixão. Sei que algumas pessoas terão de saber, porque irão dividir comigo o serviço ou porque iremos trabalhar juntos em algum caso, mas não é preciso espalhar a notícia aos quatro ventos.

— Compreendo.

Matt se considerava muito discreto. No entanto, em questão de uma semana, era como se todo mundo na firma já soubesse algo sobre o problema. A notícia se espalhou como rastilho de pólvora entre secretárias, sócios, associados, paralegais, e chegou inclusive aos ouvidos de um dos clientes. Entretanto, para grande surpresa de Alex — embora este fato a constrangesse —, todos lhe proporcionaram um forte apoio. Bilhetes lhe foram enviados, outros paravam para dizer um simples "oi", ofereciam-se para lhe fazer inúmeros favores. A princípio, Alex irritou-se com estas iniciativas. Com o passar do tempo, entretanto, percebeu que aquelas pessoas se importavam, que desejavam ajudá-la e queriam colaborar ao máximo em seus esforços para vencer a batalha. O respeito profissional que tinham por Alex traduziu-se instantaneamente no afeto que lhe dedicavam como pessoa.

Na semana seguinte, sua sala encheu-se de flores, bilhetes, cartas e doces de fabricação caseira. Recebeu de presente biscoitos, bombons de chocolate com amêndoa, *baklava* e um fabuloso *apfel strudel.*

— Oh, pelo amor de Deus — gemeu ao ver Liz entrar com um bolo de chocolate alemão, quando elaborava uma súmula com Brock Stevens. — Acabarei pesando uns duzentos quilos quando esta história toda terminar.

O fato é que as pessoas a tratavam com uma amabilidade que a enternecia. Ela não parara de escrever bilhetes de agradecimento desde o seu retorno à firma. Em segredo, distribuía os doces entre Liz e Brock. Ela própria já havia levado o máximo que julgava ser possível para Sam, Annabelle e Carmen.

— Quer comer alguma coisa? — perguntou a Brock com um sorriso quando parara para tomar uma xícara de café. — É como dirigir um restaurante.

— É bom para você. Faz com que se lembre do quanto todos a amam.

Ele ouvira a notícia vezes e mais vezes... teve um seio extirpado... mastectomia... quimioterapia... Alex Parker... podia morrer... A esta altura, sabia muito mais do que ela havia lhe revelado. Acontece que Matt Billings ficara tão perturbado que, após o almoço com Alex, contou tudo à secretária e a quatro outros sócios. Estes, por sua vez, contaram às respectivas secretárias, que contaram aos associados, que contaram aos outros sócios, que contaram aos paralegais, que contaram aos demais funcionários... Era infindável. Tão infindável quanto o afeto deles.

— Pode parecer loucura dizer isso agora, mas sou muito afortunada.

— Sim, é. E continuará sendo — afirmou o rapaz com convicção. Brock era sempre muito positivo com ela em relação ao futuro e esta sua atitude a fazia imaginar se ele era religioso.

Em casa, a situação se encontrava na mesma. Sam fora a Hong Kong por três dias para encontrar-se com um contato de Simon e fechara um negócio extraordinário que ganhou manchete no *Wall Street*. A vida profissional de Sam sempre fora levemente hollywoodiana, repleta de celebridades do mundo financeiro e sucessos estrondosos. Com a chegada de Simon, tudo ficou ainda mais cinematográfico. Era como se nenhuma das transações pudesse dar errado. E Sam andava mais ocupado do que nunca. Entretanto, os três dias que passaram longe um do outro pareceram aumentar a distância entre ambos. Alex só soube da transação quando leu a respeito disso no jornal. Na noite em que o marido chegou de viagem, ela não se conteve e acabou deixando claro como se sentia em relação a este assunto.

— Por que não me disse nada? — indagou, magoada por Sam não ter lhe falado pessoalmente a respeito de um negócio de tamanha importância.

— Esqueci. Você estava ocupada demais. Mal a vi a semana inteira.

Entretanto, Alex sabia tão bem quanto ele que um negócio daquela envergadura não acontecia em questão de dias. Sam devia estar trabalhando naquilo há um mês ou mais. A verdade pura e simples era que cortara todas as rotas de comunicação entre ambos. Após a viagem a Hong Kong, passou dias indo para a cama logo depois do jantar, insistindo que estava sentindo os efeitos da diferença de fusos horários.

— Do que tem medo, Sam? — perguntou Alex afinal quando ele foi tirar a roupa logo após a refeição. Seu jogo mais recente era mostrar cara de sono antes que ela se deitasse. Alex agora ficava acordada até tarde para pôr em dia casos que chegaram durante a sua ausência de quinze dias e tentar adiantar o serviço antes de iniciar a quimioterapia. — Não vou pular em cima de você se permanecer acordado depois das oito horas. Talvez queira dormir mais tarde para ver outros programas além de *Vila Sésamo* e do noticiário das seis, isso sem mencionar um pouco de conversa adulta.

— Já lhe expliquei, foi uma semana exaustiva. Estou cansado por causa da diferença de fusos horários.

— Diga isso ao juiz — retrucou Alex com ironia e a reação dele foi instantânea.

— O que quer dizer?

— Nada, ora. Eu estava brincando. Sou advogada, lembra? Pelo amor de Deus, o que está acontecendo com você?

Sam estava intratável com ela. Nunca conversavam, nunca riam, nunca relaxavam, nunca dormiam agarradinhos. Da noite para o dia, transformaram-se em estranhos irascíveis. Tudo por causa da mastectomia. Ele agia como se esta fosse a traição máxima.

— Não acho nada engraçado. — De fato, conseguiu se mostrar insultado. — Foi de muito mau gosto.

— Minha nossa. O que você acha divertido agora? Não eu, decerto. Não trocou comigo mais de cinco palavras desde que fui para o hospital, ou talvez desde que lhe falei sobre a mamografia. — O pesadelo já durava cinco semanas e começava a parecer infindável. — Como vai ser, Sam, quando começar a quimioterapia?

— Como vou saber?

— Bem, vejamos — fingiu ela estar calculando todas as possibilidades. — Se você se aborreceu de verdade comigo por causa da mamografia e da biópsia, e depois ficou danado da vida quando fiz a operação e mal me dirigiu a palavra desde que voltei do hospital, o que fará quando eu começar a quimioterapia? Talvez me largar? Ou apenas me ignorar por completo? O que devo esperar exatamente, e quando isso vai terminar? Isso irá acabar ou devo simplesmente desistir e reconhecer que o nosso casamento chegou ao fim? Vamos lá, me dê uma pista.

— Tudo bem, tudo bem. — Voltou devagar até onde ela estava parada, tirando a mesa do jantar na cozinha. Annabelle fora para a cama há uma hora; ambos sabiam que já devia estar dormindo e, portanto, não poderia ouvi-los. — Foram seis semanas difíceis. Mas não significa necessariamente que tudo tenha acabado. Ainda amo você.

Sam olhava para ela com um misto de timidez, embaraço e infelicidade. Sabia como a situação estava já péssima entre ambos, mas não sabia como consertá-la. Embora a amasse, a pressão exercida pelo seu desejo por Daphne complicava ainda mais as coisas. Uma reaproximação com Alex implicaria na desistência de Daphne. Entretanto, estaria traindo a esposa se mantivesse um caso com ela. Por enquanto, sentia-se dividido, em pânico, sem se aproximar de nenhuma das duas, mas também tinha consciência de que, enquanto se atormentava com sua indecisão, estava destruindo o seu relacionamento com Alex. Sabia que precisava dizer ou fazer algo para melhorar as coisas entre eles, mas simplesmente não podia. Não conseguia sequer olhar para o corpo dela. O único corpo que queria agora era o de Daphne. Era uma situação assustadora.

— Só preciso de tempo, Al. Desculpe.

Ficou olhando para ela, querendo compensá-la, mas sem querer se esforçar. Queria dar um tempo e não havia como consegui-lo sem magoar Alex. Não queria fazer uma coisa dessas, mas também não queria desistir de sonhar com Daphne e ainda não estava pronto para apoiar Alex.

— Só acho que essa é uma péssima hora para você mudar de vida, Sam. Vou precisar da sua ajuda durante a quimioterapia. E, para ser honesta — o que sempre era, muito calorosamente —, você ainda não colaborou em nada. A sua atitude não me deixa exatamente esperançosa com relação ao futuro.

Ela começava a se sentir estranhamente calma a esse respeito e um pouco menos furiosa.

— Vou me empenhar mais. Só que não sou muito bom nessa história de doença.

— Já percebi isso. — Deu um sorriso pesaroso. — De qualquer forma, achei que devia mencionar o fato. Estou assustada — acrescentou em um tom mais gentil. — Não sei como vai ser.

— Estou certo de que não será tão ruim quanto se imagina. É como as histórias horripilantes que se escuta sobre o parto. A maioria não passa de um monte de lorotas.

— Tomara — replicou, pois ouvira coisas bem apavorantes nas poucas vezes em que comparecera com Liz às reuniões do grupo de apoio. Embora tivesse ido lá apenas para agradá-la, aquilo também a ajudara um pouco. Algumas daquelas mulheres tiveram grandes problemas com a quimioterapia. Ainda assim, quase todas admitiram que era terrível. A pessoa sentia-se pior do que tudo que se possa imaginar. — De qualquer modo, fico feliz que os negócios estejam prosperando tanto ultimamente. Parece que Simon é mesmo uma excelente aquisição para a firma. Creio que nós dois nos enganamos.

— E como. Você nem imagina com quem ele me colocou em contato na cidade de Hong Kong. Pessoas incrivelmente ricas. Milionários chineses da indústria da navegação. Fazem os árabes se assemelharem a um bando de pé-rapados.

— Quanto irão investir na firma? — perguntou Alex enquanto colocava os pratos na máquina de lavar louça. Os negócios do marido sempre despertaram o seu interesse e este ainda era um assunto seguro para ambos.

Sam sorriu para a esposa agora, orgulhoso de si próprio, com toda a razão.

— Sessenta milhões.

Entretanto, ela estava magoada pelo fato de Sam não ter lhe contado nada antes. Ele só conseguiu falar depois que ela o pressionou.

— É uma mudança e tanto para um garoto de Nova York — elogiou Alex.

— Legal, hein?

Sorriu, lembrando muito o homem por quem se apaixonara.

— Muito. Estou orgulhosa de você.

Era uma coisa engraçada de se dizer a um homem que procurava manter-se a metros de distância dela, um homem que a magoara tão profundamente. Contudo, estava disposta a reconhecer o mérito que lhe era devido.

— Deve dar uma sensação muito boa.

E dava. Além do mais, ele levara Daphne consigo. No entanto, para espanto do próprio Sam, eles continuaram a abster-se até mesmo em Hong Kong. Muito embora esta decisão os deixasse quase loucos, ele não queria enganar a esposa, por maior que fosse a tentação. Mas tampouco queria dormir com Alex agora, não podia. A única mulher que desejava fisicamente era Daphne, e não se permitia tê-la.

Então voltou para o quarto e viu televisão por algum tempo. Meia hora depois, quando Alex foi deitar-se, já estava ferrado no sono, como de hábito. Ela balançou a cabeça, olhando para o marido. Sam era mesmo incorrigível. Estava novamente com tanto medo de tocá-la que teria feito qualquer coisa para evitar esta possibilidade.

— Talvez ele seja narcoléptico — murmurou a si mesma enquanto pegava a pasta e retornava ao estúdio. Sem sombra de dúvida, Sam não estava conseguindo o que precisava para desejá-la de novo, fosse lá o que fosse, e ela simplesmente teria de ser paciente. Uma mulher do grupo tinha passado por problemas similares com o marido e os dois chegaram mesmo a ficar separados durante um ano. Como ele não conseguia enfrentar a profunda carência da esposa e o medo de perdê-la, resolveu excluí-la de sua vida, o que levou-a a abandoná-lo. Apesar de tudo, agora estavam juntos outra vez. Ela estava livre da doença há seis anos, quatro deles após a reconciliação. Todas essas histórias enchiam Alex de esperança. Mesmo assim não a ajudavam a lidar com Sam. No dia seguinte, depois que Annabelle foi dormir, eles tiveram uma briga feia.

Pouco antes do jantar, Alex dissera à filha que, no dia seguinte, iria ao médico tomar um remédio. O medicamento a faria sentir-se muito mal. Com o decorrer do tempo, era até possível que o seu cabelo caísse. Embora fosse algo muito violento, seria mais ou menos como as vacinas. Durante alguns meses, ele a deixaria muito indisposta, mas depois a ajudaria a ficar boa de novo e a protegeria contra quaisquer doenças ruins. Contudo, Annabelle teria de ser paciente com a mamãe, porque algumas vezes ela estaria bem, mas em outras estaria muito mal. Quando Alex terminou, Annabelle pareceu muito preocupada.

— Você vai poder ir comigo ao balé?

— Às vezes. Se eu puder. Se estiver muito cansada, Carmen a levará.

— Mas quero que *você* me leve — choramingou Annabelle. Na maioria das vezes, ela aceitava muito bem que Alex estivesse cansada mas havia ocasiões em que isto realmente a assustava.

— Também quero, querida, mas primeiro temos de verificar como vou me sentir. Por enquanto, eu não sei.

— Vai usar uma peruca se o cabelo cair?

Este fato a intrigava demais e Alex sorriu.

— Talvez. Vamos ver.

— Ficará um bocado feio. Vai crescer de novo?

— Vai.

— Mas não será mais comprido, não é?

— Não. Será curto como o seu. Vamos parecer gêmeas.

Então Annabelle se apavorou.

— O meu também vai cair?

Alex mais que depressa abraçou a filha e a tranqüilizou.

— Lógico que não.

Entretanto, depois que a garotinha foi para a cama, Sam veio imediatamente tomar satisfações, furioso com Alex.

— Esta foi a coisa mais nojenta que já ouvi. Você a deixou morta de medo.

Ele a encarava com um olhar de fúria e, como sempre, a sua absoluta falta de compaixão a magoou.

— Não deixei, não. Annabelle estava bem quando foi dormir. Cheguei até a ler para ela um livro que trata do assunto. Chama-se *Mamãe está melhorando.*

— É nojento. Não viu a cara da menina quando lhe contou sobre o cabelo?

— Cara coisa nenhuma. Annabelle tem de estar preparada. Se eu estiver indisposta demais para atendê-la durante a quimioterapia, ela precisa saber.

— Por que não pode sofrer em silêncio? Está sempre envolvendo nós dois no seu problema. Tenha um pouco de dignidade, pelo amor de Deus!

— Seu filho da puta!

Alex agarrou-o pela camisa, que rasgou, surpreendendo a ambos. Ela nunca agira dessa maneira antes, mas a atitude de Sam a estava levando à loucura. Perdera o marido, o seio, a vida sexual e a percepção da própria feminilidade, a própria noção de bem-estar e imortalidade, a capacidade de ter outros filhos. Nas últimas seis semanas, não fizera nada senão perder coisas que lhe eram realmente caras, e ele só sabia criticá-la por isto.

— Mas que merda! Tudo que faço é lutar contra o que está me acontecendo e tentar manobrar as coisas para que isso não o atrapalhe, para que não magoe Annabelle, nem sobrecarregue os meus sócios na firma, enquanto você só consegue me criticar e me tratar como se eu fosse um pária. Bem, você que se dane, Sam Parker. Dane-se, se não é capaz de agüentar.

Toda a angústia das últimas seis semanas transbordou como um vulcão. No entanto, ele estava tão mergulhado no próprio sofrimento que continuou se recusando a ouvi-la.

— Pare de se congratular por sua nobreza de espírito e resignação. Você vive choramingando por causa deste maldito seio que, por sinal, nem era lá essas maravilhas. Ninguém vai sequer perceber que não existe mais. A outra única coisa capaz de fazer é nos "preparar" para a quimioterapia. Acabe logo com esse negócio. Faça o tratamento e não nos massacre com isso. Ela só está com três anos e meio. Por que tem de sofrer junto com você?

— Porque sou sua mãe, porque ela se importa comigo e o fato de estar doente irá afetá-la.

— É a *mim* que você está deixando doente, e isso está me afetando. Não agüento viver assim, com os relatórios diários do Sloan-Kettering sobre o câncer. Por que não publica no jornal?

— Seu merda! Você nem sequer perguntou sobre os resultados da patologia quando os recebi.

Foi nesse dia que ele viu pela primeira vez a cicatriz; o horror sentido acabou suplantando o seu interesse.

— E que diferença isso faz? Já arrancaram o seu seio.

— Poderia fazer diferença, se vou viver ou morrer, se é que isto ainda tem alguma importância para você. Ou talvez minha vida seja que nem o seio que você trata com tanto descaso. É possível que, se eu também desaparecer, você nem note. Não sei como pôde. Agora nem se dá ao trabalho de conversar comigo, quanto mais me tocar.

— Conversar sobre o quê, Alex? Quimioterapia? Nódulos linfáticos? Patologia? Não suporto mais essa história.

— Então por que não cai fora e me deixa enfrentar tudo sozinha? Sem dúvida alguma, não está ajudando em nada.

— Não vou me separar da minha filha. Não vou a parte alguma — rebateu ele, raivoso, e saiu intempestivamente do apartamento. Ao chegar na rua, parou, ansiando em pegar um táxi até a rua 53, e encontrar Daphne, mas não o fez. Não se permitiria. Em vez disso, ligou de um telefone público e caiu em prantos. Disse que estava começando a odiar a esposa e a si mesmo. Explicou que ela iniciaria a quimioterapia no dia seguinte e que simplesmente não conseguia agüentar aquilo. Daphne mostrou-se totalmente solidária. Perguntou-lhe se queria dar um pulinho lá, mas ele respondeu que não devia.

Sabia que estava muito vulnerável agora, que precisava demais dela, e não podia permitir que ela servisse de desculpa para acabar com o seu casamento. Tinha de pensar em uma solução e resolver o problema de uma vez por todas. Precisava tomar alguma atitude, mas não sabia qual. De repente odiava Alex, embora não entendesse a razão. A pobre mulher estava doente e ele a odiava pelo que estava fazendo com a sua vida. Alex trouxera a doença para a sua vida, e também medo. Iria abandoná-lo. Estava destruindo tudo. Sem saber, ela o afastava de Daphne.

Foi a pé até o East River e depois voltou. Durante todo este tempo, Alex ficou deitada na cama, olhando para o teto. Estava zangada demais para sequer chorar, magoada demais para perdoá-lo. Sam a abandonara. Ele a desapontara por completo. Em seis semanas, havia anulado tudo que compartilharam até então, negado tudo que sentiram e destruído todas as esperanças e todo o respeito que cultivaram durante aqueles dezesseis anos de vida conjugal. A promessa de "na alegria e na tristeza, na saúde e na doença" fora totalmente esquecida.

Quatro horas depois, quando Sam chegou, Alex continuava deitada de olhos abertos. No entanto, ele não foi vê-la. Não lhe disse uma palavra. Ela continuou acordada a noite inteira e Sam dormiu no sofá do estúdio.

Capítulo 12

O oncologista indicado pelo Dr. Herman tinha seu consultório na rua 57 e era uma mulher. Pelas informações recebidas, Alex esperava passar lá uma hora e meia na primeira vez e de 45 a 90 minutos a partir daí. Haveria duas consultas mensais, a não ser que surgisse algum problema, circunstância que levaria a médica a vê-la com mais freqüência.

Alex marcara a consulta para o meio-dia e contava estar de volta ao escritório às 13:30.

Tanto Brock quanto Liz sabiam que ela começaria a quimioterapia naquele dia — e Sam também, claro. Após o tremendo bate-boca da noite anterior, ele saíra para trabalhar sem sequer tomar o café da manhã. Tampouco lhe telefonou para pedir desculpa ou desejar boa sorte com a quimioterapia — e muito menos se oferecer para acompanhá-la. Uma coisa Alex já percebera: teria de enfrentar tudo aquilo sem a ajuda do marido.

A clínica situava-se em um prédio moderno, quase na esquina da Terceira Avenida, e a sala de espera era muito elegante, com uma atmosfera leve e aconchegante. Era calidamente iluminada e decorada em tons de amarelo. Tudo ali era falsamente alegre. Se a conduzissem a um túmulo escuro, pareceria muito mais apropriado. Por alguma razão, Alex ficou aliviada ao ver que a mulher à qual fora enviada tinha a mesma idade que a sua. Chamava-se Jean Webber e transmitia calma e competência. Ao olhar o diploma pendurado na parede, Alex ficou satisfeita ao ver que ela se formara na faculdade de Medicina de Harvard.

A princípio, conversaram por algum tempo; e depois a médica discutiu com ela os relatórios da patologia e o que significavam. Era um alívio ser tratada como um ser humano inteligente. Explicou que os medicamentos citotóxicos que usavam não eram "venenosos", ao contrário do que todos acreditavam. O propósito era destruir as células doentes e poupar as saudáveis. Explicou também que o tumor de Alex era do estágio II, o que não constituía nenhuma novidade. No entanto, com exceção dos quatro nódulos atingidos, não havia mais nenhuma infiltração. O câncer não tinha se disseminado. No que concernia à Dra. Webber, o prognóstico era bom. E, assim como os demais médicos envolvidos, estava absolutamente convicta da necessidade da quimioterapia para obterem uma cura completa. Não podiam correr o risco de permitir que até mesmo uma fração de célula se dividisse e se propagasse. Só uma cura total seria aceitável e daria a Alex a garantia de permanecer livre da doença. A mastectomia tornava a radiação dispensável e, devido à natureza do câncer, a terapia hormonal também não seria necessária. Os resultados finais dos exames haviam indicado que ela não seria útil. Além do mais, o teste de cromossomas efetuado para examinar o DNA das células afetadas e verificar se havia um número normal ou anormal de cromossomas constatara que as células de Alex eram diplóides, o que significava que tinham as duas cópias normais de cada cromossoma. Os resultados dos exames tinham sido os melhores possíveis. Era um alívio ouvir tal coisa. Pena que, junto com as boas notícias, vinham as más — e as más diziam que ela tivera um câncer e teria que enfrentar seis meses de quimioterapia, fato que a deprimia profundamente.

Quando conversaram sobre o assunto, a Dra. Webber compreendeu tudo muito bem. Era uma mulher miúda de cabelo castanho-escuro salpicado de fios brancos, que trazia preso em um coque impecável, e feições sem o menor vestígio de maquiagem. Possuía um rosto simpático e mãos pequenas, bem-feitas e imaculadas que se mexiam para enfatizar o que estava dizendo.

Tentou explicar a Alex que, embora os efeitos colaterais da

quimioterapia pudessem ser desagradáveis, não eram tão temíveis quanto as pessoas acreditavam. Com o tratamento correto, o paciente podia passar razoavelmente bem. Assegurou a Alex que nenhum dos efeitos colaterais causava dano permanente, e pediu a Alex que a avisasse caso tivesse algum problema. Os efeitos colaterais a serem esperados e discutidos eram perda de cabelo, náusea, dores no corpo, fadiga e aumento de peso. Talvez ocorresse também inflamação na garganta, resfriados e dificuldades de eliminação. Podia esperar por uma suspensão imediata da menstruação, embora a doutora lhe garantisse que havia uma possibilidade de voltar a menstruar após a quimioterapia. O índice de esterilidade eventual era de 50%, mas isto lhe dava a mesma possibilidade de engravidar — se é que ainda teria um marido então, pensou Alex consigo mesma, enquanto se forçava a prestar atenção nas explicações da médica. A Dra. Webber prosseguiu falando, assegurando-lhe que não havia nenhuma evidência de defeitos congênitos posteriormente.

Contudo, havia problemas virtuais mas remotos com a medula óssea e uma redução na contagem de glóbulos brancos, embora isto fosse menos provável. Irritações na bexiga não eram incomuns. Só o aumento de peso surpreendeu Alex. A seu ver, o normal seria que, com a náusea e o vômito, ela emagrecesse e não engordasse. Todavia, a médica explicou que este parecia ser um fator inevitável, tal como a perda do cabelo. Sugeriu que Alex escolhesse uma peruca do seu agrado imediatamente, até mesmo várias delas. Devido aos medicamentos ingeridos, era quase certo que perdesse todo ou quase todo o frondoso cabelo ruivo — se bem que ele voltaria a crescer, segundo lhe assegurou a oncologista.

A Dra. Webber mostrou-se tão elucidativa e tão tranqüilizadora quanto podia ser e Alex tentou fingir para si mesma, imaginando que estava ouvindo o relato de um novo cliente e que precisava conhecer todas as provas antes de dar um parecer. Era um bom sistema e funcionou por algum tempo. Entretanto, à medida que continuava a ouvir, todas aquelas informações acabaram por deprimi-la. A náusea, o vômito, a perda do cabelo, a inexorabilidade de tudo aquilo faziam-na sentir-se sufocada.

A doutora explicou que iria submetê-la a um exame físico sempre que Alex viesse vê-la: exames de sangue, radiografias e tomografias computadorizadas regulares, todos eles efetuados na sua clínica, que possuía todos os equipamentos de última geração. Segundo a médica, Alex tomaria um remédio por via oral, Cytoxan, durante os primeiros quatorze dias de cada mês com quatro semanas, e iria até o consultório receber uma aplicação de metotrexato e fluoracil por via intravenosa no primeiro e no oitavo dia do mesmo mês. Depois que os medicamentos intravenosos fossem administrados, poderia voltar ao escritório. Queria que Alex procurasse repousar mais do que de costume na véspera do primeiro e oitavo dias, para que os problemas fossem minimizados e a contagem de glóbulos brancos não baixasse.

— Sei que, a princípio, tudo parece muito confuso, mas vai se acostumar — arrematou com um sorriso. Quando foi conduzida à sala ao lado para ser examinada Alex espantou-se ao perceber que estiveram conversando por quase uma hora.

Despiu-se com cuidado, dobrando as roupas antes de colocá-las em uma cadeira, como se cada momento, cada gesto tivesse importância, e descobriu que não conseguia controlar o tremor do corpo. As mãos tremiam como folhas ao vento, enquanto a Dra. Webber examinava o local da cirurgia e aprovava com a cabeça.

— Já escolheu o cirurgião plástico? — perguntou a doutora, mas Alex apenas negou com a cabeça. Ainda não se decidira sobre o assunto. Não sabia sequer se queria fazer a cirurgia reconstrutiva. Do jeito que as coisas corriam, não tinha certeza se ligava ou não. Este simples pensamento trouxe lágrimas aos seus olhos. Enquanto isto, a médica picava seu dedo para o leucograma. De repente, ao pensar em tudo que vinha lhe acontecendo, sentiu a garganta embargar. Quando a doutora preparava o equipamento intravenoso, Alex subitamente começou a soluçar e pediu desculpa pela crise de choro.

— Está tudo bem — disse a Dra. Webber calmamente. — Chore à vontade. Sei o quanto é apavorante. As demais aplicações não serão tão assustadoras quanto a primeira. Somos muito, muito cautelosos com estes medicamentos.

Alex sabia que este era o motivo pelo qual era tão importante escolher um oncologista pelo conselho de medicina. Ouvira histórias horripilantes de gente cuja morte fora causada pela administração imprópria da quimioterapia. E agora não podia deixar de pensar nisso. E se tivesse alguma razão? E se morresse? E se nunca mais visse Annabelle? Ou Sam?... Mesmo depois da horrível briga que tiveram na noite anterior? Este era um pensamento insuportável.

A Dra. Webber iniciou o tratamento com uma infusão intravenosa de dextrose e água, e depois acrescentou o medicamento. Só que o líquido não parava de refluir e a veia colapsou pouco depois de começarem. Era doloroso. A médica imediatamente tirou o escalpo e examinou o outro braço de Alex, e depois suas mãos, que ainda tremiam.

— Em geral, prefiro injetar primeiro a dextrose com água, mas as suas veias não estão nada bem hoje. Usarei um "método direto". Tentaremos deste jeito da próxima vez. Agora vou injetar o medicamento não diluído direto na veia. Arde um pouquinho, mas é mais rápido. Acho que hoje você ficará mais contente se acabarmos logo com isso.

Alex não tinha como discordar dela, mas o "método direto" parecia muito assustador.

As mãos pequenas e delicadas seguraram a de Alex, examinando a veia com todo o cuidado. A doutora injetou o medicamento enquanto Alex tentava não desmaiar devido às intensas emoções. Tão logo terminou, pediu a Alex que apertasse a veia com força durante cinco minutos inteiros. Enquanto isso, escreveu uma receita para o Cytoxan e apanhou uma única pílula e um copo de água, que entregou a Alex.

— Ótimo — falou, satisfeita. — Você acaba de receber a sua primeira dose de quimioterapia. Gostaria que voltasse aqui exatamente daqui a uma semana, a partir de hoje. Se achar que está tendo problemas, ligue para mim. Não seja tímida, não hesite, não diga a si mesma que está sendo inoportuna. Se alguma coisa lhe parecer estranha, ou caso se sinta mal, me telefone. Então veremos o que podemos fazer para ajudá-la. — Entregou a Alex uma folha com a descrição de todos os efeitos colaterais que eram normais e os que não eram. — Estou disponível 24 horas por dia, e não me incomodo que os pacientes entrem em contato comigo.

Deu um sorriso caloroso e se levantou. Era muito mais baixa que Alex e parecia ser muito dinâmica. Olhando para a Dra. Webber, Alex pensou que ela era uma mulher de sorte por estar fazendo o seu trabalho. Era exatamente como as pessoas que a procuravam cheias de problemas legais e ações judiciais assustadoras. Podia cuidar dos clientes, podia se esforçar ao máximo para ajudá-los. Só que o problema era só deles e não seu. De repente, Alex a invejou.

Ao sair da clínica, ficou aturdida ao se dar conta de que passara duas horas com a oncologista. Eram pouco mais de duas da tarde e sua mão ainda estava dolorida ao chamar um táxi. Havia um band-aid onde a médica injetara os medicamentos. Alex começava a aprender todos os termos e frases. Eram informações que teria preferido não saber. Sentia um enorme alívio ao seguir para o escritório. Não estava passando mal, não havia morrido, nada de terrível lhe acontecera. Ao menos a doutora sabia o que estava fazendo. Pensou em comprar uma peruca enquanto percorriam a Lexington Avenue. Parecia deprimente estar pensando nisso agora, mas provavelmente a Dra. Webber tinha razão. Seria menos problemático ter uma à mão quando precisasse, em vez de ter que ir à loja com a cabeça escondida por uma echarpe. A idéia de fazê-lo não era nada animadora.

Pagou o táxi e subiu para o escritório. Liz não estava em sua mesa quando Alex entrou. Depois de ler os recados, respondeu aos telefonemas e, mais tarde, finalmente, começou a relaxar um pouco. O céu não desabara. Até agora, havia sobrevivido. Talvez aquilo não fosse assim tão ruim, afinal de contas, argumentou consigo mesma. Nesse momento, Brock entrou, em mangas de camisa, com uma pilha de papéis. Eram 16:00 e ela andara extremamente ocupada nas últimas duas horas.

— Como foram as coisas? — perguntou ele com um ar de preocupação. Havia sempre algo de muito agradável no modo como Brock lhe perguntava, sem nunca ser piegas ou indiscreto. Ele simplesmente se importava, e isto a comovia. Brock era quase como um irmão caçula.

— Até agora, tudo bem. Mas foi um bocado assustador.

Ela não o conhecia o suficiente para lhe confidenciar que tinha chorado, que havia ido ao inferno e voltado, esperando que a injeção a matasse.

— Boa menina — elogiou Brock. — Quer uma xícara de café?

— Eu adoraria.

Ele voltou cinco minutos depois e, em seguida, os dois trabalharam juntos durante uma hora. Às cinco em ponto, Alex foi para casa; queria estar com a filha. Levando-se em conta tudo que acontecera, aquele tinha sido um bom dia, se bem que cansativo.

— Obrigada pela ajuda — agradeceu a Brock antes de partir. Estavam começando a preparar a defesa de um pequeno empresário injustamente processado por discriminação. Desta vez, a queixosa era uma mulher vítima de câncer que alegava estar sendo preterida em uma promoção. O patrão fizera todo o possível para ajudá-la, chegando até a arrumar um quarto na empresa para que a funcionária descansasse durante as horas de serviço sempre que precisasse. Além do mais, concedeu-lhe três dias de folga na semana durante a quimioterapia e segurou o emprego para ela. Entretanto, ainda assim a mulher o processou. Afirmava que não fora promovida por causa do câncer. O que ela pretendia era ganhar algum dinheiro, ficar em casa e poder pagar todas as contas do tratamento, e mais algumas, com o que recebesse de indenização. Pelo visto, estava curada do câncer e nem sequer queria continuar trabalhando. Só que ainda lhe restavam muitas dívidas e, conforme a própria Alex tinha descoberto, a maioria dos planos de saúde pagava apenas quantias mínimas por esse tipo de tratamento. Se a pessoa não tivesse condições financeiras para bancar os dispendiosos tratamentos que salvavam vidas, estaria em sérios apuros. O próprio plano de saúde de Alex cobria uma parte muito pequena das despesas. Contudo, nem assim a queixosa em questão tinha o direito de descontar em cima do ex-patrão, que chegara a se oferecer para ajudá-la, fato que mais tarde ela negou e que ele não tinha como provar. Como de hábito, Alex sentia muita pena do réu. Odiava pessoas injustas que se julgavam no direito de lucrar nas costas de alguém só porque os outros tinham dinheiro e elas não. E esta era uma boa ocasião para assumir o caso, pois tinha muitas informações úteis e de primeira mão sobre o câncer.

— A gente se vê amanhã, Brock — se despediu quando já estava de saída.

— Cuide-se. Trate de se agasalhar e comer bem.

— Sim, mamãe — brincou Alex, mas essas eram recomendações que Liz também lhe fizera. Precisava se manter aquecida e poupar suas forças. Sentia-se ansiosa a respeito dos quilos a mais que a Dra. Webber mencionara. Odiava engordar, embora raramente estivesse acima do peso. E sabia que Sam detestava mulheres gordas.

— Mais uma vez, obrigada.

Saiu e foi para casa, pensando no quanto todos eram gentis e o quanto se sentia aliviada por deixar para trás a primeira aplicação quimioterápica. Fora ainda mais traumático do que esperava e sentira-se ainda mais arrasada com tudo aquilo. No entanto, tudo correra muito bem. Embora não estivesse nada satisfeita com a idéia de ter que enfrentar de novo aquele mesmo processo, achava que talvez fosse melhor da próxima vez. Além do mais, após a segunda aplicação, teria três semanas de folga até a dose seguinte. Liz havia comprado as pílulas receitadas pela oncologista e Alex estava com o remédio na bolsa. Era como na época em que vivia tomando pílulas anticoncepcionais, o que não ocorria há anos: não se podia correr o risco de esquecê-las.

Quando Alex chegou em casa, Annabelle estava na banheira, cantando com Carmen uma canção de *Vila Sésamo*. Juntou-se à dupla enquanto pousava a pasta e entrava no banheiro.

— Como foi o seu dia? — perguntou Alex, curvando-se para beijá-la depois que a canção terminou.

— Tudo bem. Como foi que machucou a mão?

— Não machuquei... Ah, isso. — Era o band-aid da quimioterapia. — Foi no escritório.

— Doeu?

— Não.

— Consegui um band-aid do Snoopy na escola — anunciou Annabelle, toda orgulhosa, e Carmen contou que Sam telefonara para avisar que não viria jantar em casa. Alex não recebera notícias dele o dia inteiro e presumiu que o marido continuava furioso por causa da noite anterior. Mas agora não podia sequer lhe contar que tudo correra bem na quimioterapia. Pensou em ligar para a firma dele, mas depois de todas as agressões trocadas na véspera, achou melhor esperar até encontrá-lo. Notou também que as saídas noturnas de Sam com clientes estavam se tornando cada vez mais freqüentes. Talvez fosse mais uma das suas artimanhas para evitá-la e, certamente, estava funcionando. Ela tinha a impressão de que nunca o via.

Alex jantou com Annabelle e decidiu que tentaria esperá-lo acordada. Todavia, estava tão exausta que acabou adormecendo às nove horas, com a luz acesa. Este fora um dos dias mais difíceis da sua vida, muito mais do que o da cirurgia. Sentia-se totalmente esgotada.

Enquanto Alex dormia, Sam jantava discretamente com Daphne em um pequeno restaurante na altura da rua 60 leste.

Parecia atormentado e ela o ouvia com atenção, a imagem da solidariedade e compreensão. Nunca exigia nada dele, nunca o pressionava, nunca o criticava pelo que não lhe dava.

— Não sei o que está acontecendo comigo — disse Sam, o filé intacto esfriando no prato, enquanto ela segurava sua mão e o ouvia falar. — Tenho tanta pena de Alex... Sei quais são as suas necessidades, mas tudo que sinto por ela é raiva. Raiva do que aconteceu com a nossa vida. É como se tudo fosse culpa dela, embora eu saiba que não é. Acontece que a culpa também não é minha. É só um tremendo azar. Ela agora está iniciando a quimioterapia e eu simplesmente não consigo encarar esse negócio. Não agüento mais olhar para ela, não quero ver o que lhe aconteceu. É horrível de se olhar e não sou bom nesse tipo de coisa. Meu Deus — estava quase em prantos. — Eu me sinto um monstro.

— Lógico que não é — objetou Daphne com meiguice, ainda segurando-lhe a mão. — É um ser humano. Coisas como essa são terrivelmente perturbadoras. Puxa vida, você não é enfermeiro.

Naturalmente sua esposa não pode esperar que cuide dela... ou mesmo suporte... — procurou as palavras certas — ...olhar para aquilo. Deve ser horrível.

— E é — confirmou ele com toda a honestidade. — É bárbaro. É como se tivessem pegado uma faca e cortado o seio fora. Na primeira vez que vi, tive vontade de chorar.

— Como deve ser terrível para você, Sam — observou Daphne calorosamente, pensando apenas nele e não em Alex. — Não acha que ela entendeu? Afinal de contas, é uma mulher inteligente. Não pode esperar que isso não o afete.

— Alex espera que eu esteja sempre ao seu lado, segurando sua mão, indo com ela aos tratamentos e conversando sobre o assunto com a nossa filha. Não agüento mais. Quero minha vida de volta.

— E tem todo o direito de tê-la — endossou Daphne em tom apaziguador. Ela era a mulher mais compreensiva e menos exigente que Sam já conhecera. Tudo que Daphne queria era estar com ele, sob quaisquer circunstâncias, a despeito de todas as limitações que Sam impusera ao relacionamento dos dois. Ele afinal concordara em jantar a sós com ela de vez em quando, desde que Daphne entendesse que não podiam dormir juntos. Não podia fazer uma coisa dessas com Alex. Nunca a traíra e não queria começar agora, por maior que fosse a tentação, e muito embora todos no escritório já soubessem que estava tendo um caso com Daphne. Por sua vez, Daphne deixara muito claro a Sam que estava apaixonada por ele a ponto de aceitar quaisquer condições, contanto que os dois apenas continuassem a se ver.

— Eu o amo tanto — falou suavemente, enquanto Sam olhava para ela, consumido por emoções conflitantes.

— Também amo você... e aí está a loucura de tudo isso... Amo você e amo Alex. Amo as duas. Quero você, mas as minhas obrigações são com Alex. Acontece que agora tudo que sobrou entre nós foram as obrigações.

— Não é uma vida muito boa para você, Sam — comentou Daphne com tristeza.

— Eu sei. Acho que essa história acabará se resolvendo por si mesma com o decorrer do tempo. Para ela, também não deve ser nada agradável. Algum dia, ela acabará me odiando. Acho até que já me odeia.

— Então é uma tola. Você é o homem mais bondoso desse mundo — declarou Daphne lealmente, mas Sam sabia que não era bem assim. E Alex também.

— Eu é que sou o tolo aqui — replicou Sam, sorrindo para ela. — Devia agarrar você e fugir antes que caia em si e encontre alguém da sua idade com uma vida menos complicada.

Ele nunca estivera tão enfeitiçado assim por uma mulher desde a sua juventude — talvez nem sequer por Alex.

— Para onde você fugiria? — indagou ela com um ar inocente, enquanto finalmente começavam a comer. Sempre que estavam juntos, conversavam durante horas e esqueciam tudo que os rodeava.

— Talvez para o Brasil... ou para alguma ilha próxima do Taiti... Algum lugar quente e sensual onde eu pudesse tê-la inteirinha só para mim, com aromas e flores tropicais. — Enquanto descrevia o lugar, sentiu a mão dela tocá-lo por baixo da mesa. Os dedos eram ágeis e habilidosos e isto o fez sorrir. — Você é uma menina muito levada, Daphne Belrose.

— Qualquer dia desses talvez fosse bom comprovar por si mesmo o quanto sou levada. Estou começando a me sentir como uma virgem — ela o provocou e Sam realmente corou.

— Sinto muito.

Ele não facilitava a vida de ninguém, mas sentia-se tão culpado.

— Não sinta — retrucou Daphne, muito séria. — Tudo isto fará com que valha ainda mais a pena quando finalmente resolver a situação.

Daphne estava certa de que ele o faria, era só questão de tempo. Mas podia esperar. Valia a pena esperar por Sam. Ele era um dos homens mais desejáveis de Nova York e um dos mais bem-sucedidos. Até mesmo aqui, em um restaurante tão distante da parte mais badalada da cidade, as pessoas o reconheciam e o cumprimentavam com a cabeça. Ao vê-los, o próprio *maître* julgara um verdadeiro golpe de sorte a presença dele ali. Sam Parker era um dos mais influentes mandachuvas de Wall Street.

— Por que está sendo tão paciente comigo? — perguntou ele, depois de escolherem a sobremesa e pedirem a única garrafa de Château d'Yquem do restaurante ao preço de 250 dólares.

— Já lhe disse — respondeu ela, baixando a voz em tom de conspiração. — Porque o amo.

— Você é louca — declarou Sam antes de debruçar-se sobre a mesa e beijá-la. Em seguida, brindou a Daphne com o Yquem. — À priminha de Simon — falou com aparente inocência, embora quisesse dizer "ao amor da minha vida". Contudo não o fez. Seria deslealdade demais para com Alex. Como isso pôde lhe acontecer? Como Alex pôde ficar com câncer e ele se apaixonar por outra mulher, tudo ao mesmo tempo? Nunca lhe ocorreu que os dois fatos estivessem relacionados. — Serei muito grato a Simon algum dia — acrescentou no mesmo tom de conspiração, e ela riu.

— Ou terá muita raiva dele. Este é o lado negativo de tanta bolinação. Você está alimentando muitas expectativas com relação a mim. Pode ser que eu o acabe desapontando.

— É muito improvável — asseverou Sam, ansiando em fazer amor com ela naquele exato momento. Cada instante que passavam juntos era uma carícia tantalizante que torturava o seu corpo.

Mais tarde, Sam acompanhou-a até em casa a pé, mas como sempre recusou-se a subir ao seu apartamento. Ficaram um bom tempo na entrada do prédio, beijando-se infindavelmente, com Daphne o acariciando e as mãos de Sam cobrindo cada centímetro do seu corpo.

— A gente bem que podia subir, sabe — tentou persuadi-lo com lábios e mãos. Sam estava a ponto de explodir de desejo. — Acho que seria um grande alívio para os vizinhos.

— Seria um grande alívio para mim, posso lhe garantir. Não sei por mais quanto tempo vou agüentar esta situação — confessou, tornando a beijá-la com desespero.

— Espero que não por muito tempo, meu querido — murmurou Daphne em seu ouvido enquanto o agarrava pelas nádegas e o pressionava contra si. Sam colou-se ao corpo lascivo e palpitante e estremeceu de desejo ao perceber que ela não usava nada por baixo, apesar do frio vento de novembro daquele inverno nova-iorquino. Precisou de toda a sua força de vontade para resistir.

— Você está me matando — disse Sam, rindo roucamente com a agonia daquilo tudo. — E vai pegar uma pneumonia.

— Então é melhor você me esquentar, Sam.

— Oh, Deus, bem que eu queria.

Fechou os olhos e a estreitou contra si.

Afinal conseguiu afastar-se dela, embora com uma dificuldade ainda maior, e percorreu a pé os 25 quarteirões até a sua casa para recuperar o autocontrole. A esta altura, era quase meia-noite e Alex dormia profundamente com a luz acesa. Ficou olhando para a esposa por um longo tempo, silenciosamente lhe pedindo desculpa, mas seu coração ansiava por Daphne, não por Alex. Sem fazer nenhum barulho, apagou a luz e foi dormir. Eram seis horas da manhã quando um ruído irritante o acordou. Era áspero, mecânico e contínuo e o impediu de adormecer de novo, por mais que tentasse. A princípio, julgou que fosse uma máquina, depois pensou que poderia ser o despertador. Então teve a idéia louca de que o elevador estivesse com defeito. Entretanto, fosse lá o que fosse, o ruído não cessara e, quando finalmente despertou e se virou, percebeu que era Alex vomitando incontrolavelmente no banheiro.

Permaneceu deitado um pouco mais, em dúvida se devia incomodá-la ou não, até que afinal se levantou e parou na porta.

— Você está bem?

Durante um longo tempo ela não respondeu, e então, finalmente, assentiu com a cabeça.

— Estou ótima, obrigada.

Alex não perdera o senso de humor, mas ainda assim a ânsia de vomitar não passava.

— É alguma coisa que você comeu?

Até mesmo agora Sam continuava a negar a realidade.

— Acho que é a quimioterapia.

— Ligue para o médico.

Alex assentiu com a cabeça e continuou vomitando. Então Sam foi tomar uma ducha no quarto de hóspedes. Quando retornou, meia hora depois, ela tinha parado e estava deitada no chão do banheiro com um pano molhado na cabeça e os olhos fechados.

— Não está grávida, está?

Ela manteve os olhos fechados e balançou a cabeça. Nem sequer tinha energia para insultá-lo. Sua menstruação viera antes da cirurgia. Desde então outro "dia azul" tinha vindo e o marido nem ao menos falava com ela, como poderia ter lhe feito um filho? Como Sam podia pensar que estava grávida? Ela estava fazendo quimioterapia. Como podia ser tão estúpido? Para um sujeito inteligente, Sam era um autêntico idiota no que se referia ao câncer.

Por fim, encontrou energia para engatinhar através do quarto e ligar para a Dra. Webber. O serviço de recados colocou-a imediatamente em contato com a oncologista, que lhe assegurou que este tipo de reação era bastante comum na primeira aplicação, embora lamentasse muito saber que estava passando tão mal. Sugeriu que se alimentasse com muito cuidado, mas que um pouco de comida poderia realmente ajudá-la a acalmar o estômago. Precisava tomar a pílula hoje, por mais enjoada que estivesse ou por mais que vomitasse. Não podia deixar de tomar. Também receitou um remédio para o vômito que talvez diminuísse o mal-estar, mas Alex temia colocar mais substâncias químicas no organismo. Além disso, os medicamentos adicionais também provocavam efeitos colaterais.

— Obrigada — agradeceu Alex com voz roufenha e recomeçou a vomitar. Só que, desta vez, tudo acabou em poucos minutos. De qualquer maneira, restava apenas bile. Tinha a sensação de que o corpo inteiro virara do avesso. Demorou séculos para se vestir e apresentava uma palidez doentia ao chegar a cozinha para ver Sam e Annabelle tomar o café da manhã. Ele ajudara a filha a se vestir, mantendo-a longe de Alex.

— Está doente, mamãe? — perguntou Annabelle, preocupada.

— Mais ou menos. Lembra-se daquele remédio de que lhe falei? Bem, tomei ontem e fiquei indisposta.

— Deve ser um remédio muito ruim — afirmou a menina lealmente.

— Fará com que eu melhore — assegurou Alex com firmeza, forçando-se a mordiscar uma torrada, apesar de não estar com a menor vontade de comer coisa alguma. Então notou que Sam a encarava por cima do jornal com uma cara de irritação. Já era bastante ruim tê-lo acordado daquela maneira, e Alex sabia o quanto ele detestava as explicações que vivia dando a Annabelle. — Desculpe — ela lhe disse incisivamente, em um tom nada cordial, e Sam voltou a ler o jornal.

Alex ficou em casa enquanto o marido saía para deixar Annabelle na escola. Ele não tornou a mencionar o incidente desta manhã. Entretanto, assim que os dois foram embora, Alex vomitou mais uma vez e até pensou em não ir ao escritório. Sentou-se na cama e chorou. Quando decidiu telefonar para Liz, algo a deteve. Não se entregaria. Iria trabalhar ainda que isto a matasse.

Tornou a lavar o rosto, escovou os dentes e colocou outro pano molhado na cabeça. Então, com um ar de determinação, pôs o casaco e pegou a pasta. Precisou sentar-se outra vez no vestíbulo, sentindo o estômago revirar, mas conseguiu pegar o elevador e sair na rua. Aí sentiu-se melhor. Voltou a ficar horrivelmente enjoada ao chegar à firma e mal conseguiu alcançar o banheiro, onde teve um violento acesso de vômito. Estava com uma péssima aparência quando chegou em sua sala, onde Brock e Liz por acaso conversavam. Estava quase esverdeada, o que realmente os chocou. Ambos a acompanharam até o interior da sala, fitando-a com óbvia preocupação, enquanto Alex desmoronava na cadeira, exausta.

— Você está bem? — perguntou Liz, aflita, enquanto Brock a observava de cenho franzido.

— Não muito. Foi uma manhã terrível.

Fechou os olhos ao sentir uma nova onda de náusea dominá-la, mas procurou controlar-se e a sensação passou. Ao abrir os olhos, viu Brock e não Liz. Ele parecia muito preocupado.

— Ela foi buscar uma xícara de chá. Quer deitar?

— Acho que eu não me levantaria mais — admitiu Alex com toda a honestidade. — Acho melhor começarmos a trabalhar.

— Está em condições?

— Não me pergunte — retrucou ela em tom sombrio. Então, balançando a cabeça, o rapaz foi pegar os papéis. Como sempre, estava em mangas de camisa, com os óculos de aro de tartaruga encarapitados no alto da cabeça. Quando retornou à sala, trazia vários lápis no bolso, uma caneta entre os dentes, uma pilha de papéis com uns quarenta centímetros de altura e um pacote de biscoitos Saltines para Alex.

— Experimente estes aqui. — Colocou-o em cima da mesa e sentou-se com os documentos do caso em que vinham trabalhando. À medida que o serviço avançava, ele a observava com atenção. Embora parecesse péssima, Alex dava a impressão de se sentir um pouco melhor quando se ocupava. Isto a impedia de pensar no próprio sofrimento. Liz não parou de lhe servir chá e ela comeu alguns dos *cream-crackers* que Brock trouxera.

— Por que não se deita um pouco na hora do almoço? — ele sugeriu, mas Alex negou com a cabeça. Não queria perder o pique, já que estavam executando um serviço muito detalhado em um dos novos casos. Em vez disso, encomendaram sanduíches de galinha, que Alex julgou ter condições de comer no almoço.

Uma hora foi o bastante para que a comida a pegasse de jeito. Ao senti-la subindo na garganta, Alex entrou em pânico. Havia um minúsculo banheiro adjacente à sala e, sem dizer uma palavra a Brock, correu para lá e vomitou horrivelmente. Depois passou a próxima meia hora tendo ânsias de vômito, enquanto ele a escutava sem que pudesse evitar. Era agoniante ouvi-la. Então, após um tempo, ele saiu e retornou com um pano molhado, um saco de gelo e um travesseiro. Sem dizer nada, e sem bater, Brock abriu a porta, que Alex felizmente não trancara. Então, repentinamente, ela sentiu dois braços fortes envolvendo-a por trás, enquanto se ajoelhava, debruçando-se na privada, e se apoiava pesadamente na parede. Por um momento, Brock teve medo de que ela desmaiasse, mas isso não aconteceu.

— Apóie-se em mim, Alex — disse calmamente. — Apenas relaxe.

Ela não argumentou, não pronunciou uma só palavra. Estava enjoada demais e grata demais pela ajuda. Recostou-se em seus braços enquanto ele se sentava no chão, ao seu lado. O banheiro era pequeno demais para acomodar os dois com suas longas pernas, mas eles conseguiram dar um jeito. Ele colocou o saco de gelo na nuca de Alex e o pano molhado em sua testa. Por um instante, ela abriu os olhos e olhou para ele, mas não disse nada. Não podia.

Brock puxou a descarga e baixou a tampa da privada. Após um tempo, fez com que ela se deitasse, apoiando sua cabeça no travesseiro, e cobriu-a com o cobertor. Alex estava agradecida por tudo isso e ele ficou ao seu lado, vigiando-a, segurando sua mão, sem dizer nada.

Quase uma hora depois Alex afinal lhe dirigiu a palavra, a voz quase murmurante. Estava totalmente esgotada; o mero ato de falar representava um grande esforço.

— Acho que posso levantar agora.

— Por que não fica deitada mais um pouco? — sugeriu ele suavemente, mas depois teve uma idéia melhor. — Deixe que eu tiro você, Alex. Não se mexa. Apenas relaxe.

Alex havia parado de vomitar durante tempo suficiente para que ele a levasse para a sala. Sem o menor esforço, Brock a pegou no colo, surpreso ao notar o quanto ela era leve para alguém do seu tamanho, e pousou-a no sofá de couro cinza. Alex sentiu-se maravilhosamente bem com isto. Em seguida, ele pôs o travesseiro embaixo da cabeça dela e agasalhou-a com o cobertor. Ela estava um tanto envergonhada por não ter agüentado firme, mas não se importava realmente. Estava grata demais por Brock estar ali para ajudá-la.

— Tranque a porta — sussurrou para o rapaz parado ao seu lado como uma mãe velando o bebê.

— Por quê?

— Não quero que alguém entre e me veja.

Ela havia assegurado a todos que podia continuar trabalhando durante a quimioterapia e o que acabava de acontecer não era de forma nenhuma um começo auspicioso.

Brock fez o que Alex pediu e depois sentou-se em uma cadeira ao seu lado. Não queria deixá-la sozinha. Contudo, ela realmente parecia estar um pouco melhor.

— Quer que eu a leve para casa? — indagou com cautela. Alex respondeu a pergunta negando com a cabeça.

— Vou ficar.

— Não quer dormir um pouco?

— Só vou repousar um pouco. Você trabalha. Daqui a alguns minutos, eu me levanto.

— Está falando sério?

Brock estava impressionado com Alex. Nunca a admirara mais do que neste momento. Ela se recusava a entregar os pontos ou a ser derrotada. Personificava com perfeição a idéia de que o espetáculo devia continuar.

— Estou — respondeu ela. — Você trabalha. E Brock... — Ambos falavam baixinho. — Obrigada.

— Esqueça. É para isso que servem os amigos.

Só a entristecia saber que Sam não podia fazer o mesmo.

Brock apagou algumas das luzes e ela continuou deitada por algum tempo, de olhos fechados, até que, meia hora depois, levantou-se e se juntou ao rapaz na mesa. Estava com as roupas um tanto amassadas, o cabelo em desalinho e a voz um pouco rouca, mas pronta para voltar ao trabalho. Nenhum dos dois mencionou o que havia ocorrido.

Ele lembrou-se de destrancar a porta. Então Liz entrou com chá, café e um pequeno lanche, e ninguém percebeu nada. Às cinco horas, Brock acompanhou-a até o elevador, carregando a pasta.

— Vou chamar um táxi e depois volto para buscar você — avisou em tom decidido.

— Não tem nada mais a fazer além de ajudar velhinhas a atravessar a rua? — brincou Alex, mas os dois tinham se tornado amigos nessa tarde e sabia que jamais se esqueceria da atitude dele. Ignorava o que tinha feito para merecer esse tipo de amizade da sua parte, mas ficara bastante impressionada. — Você deve ter sido escoteiro.

— Na verdade, fui mesmo. Não havia outra coisa a fazer lá em Illinois. Além do mais, sempre tive um fraco por velhinhas.

— É o que parece — retrucou Alex, sorrindo. Nesse momento, sentia-se como uma velha de mil anos de idade. No entanto, ele a achava uma mulher notável.

Brock demorou alguns minutos para conseguir um táxi. Tinha dito a Alex para esperar lá dentro. Embora ela tentasse argumentar, ele nem lhe deu tempo para discutir o assunto. Foi muito firme em suas instruções. Antes de voltar ao edifício para buscá-la, deixou inclusive o táxi pago para que ninguém mais o apanhasse.

— Tudo certo.

Ajudou-a a entrar no táxi e acenou, enquanto Alex se afastava, ainda surpresa com a atitude de Brock. Imaginou como poderia algum dia lhe agradecer. Quando chegou em casa, sentia-se um trapo. Teria adorado tomar um banho quente com a filha, mas a menina ainda não vira a cicatriz e não tinha nenhuma intenção de deixá-la ver. Portanto, tomou banho sozinha com a porta trancada e sentou-se com Annabelle durante o jantar, mas não tocou na comida. Explicou que comeria mais tarde, com o papai.

Sam chegou em casa às sete horas, pouco antes que Annabelle fosse para a cama, e leu uma história para a filha. Em seguida, ele e Alex jantaram a comida preparada por Carmen. No entanto, Alex só brincou com a comida. Muito embora se esforçasse para comer, simplesmente não conseguiu.

— As coisas melhoraram hoje? — perguntou ele, com a maior solicitude que lhe era possível, ainda que Alex tivesse a nítida sensação de que ele não queria tocar no assunto.

— Estou bem — respondeu, omitindo por completo a informação de que passara uma hora deitada no banheiro da sua sala e outros trinta minutos no sofá, com Brock Stevens segurando o saco de gelo. — Tenho muitos casos novos.

Era o que Sam queria ouvir, mesmo que fosse só parte da história.

— Nós também. — Ele riu, tentando esquecer a briga da noite anterior e todas as coisas feias que tinham dito um ao outro. — Temos inúmeros novos clientes, graças a Simon.

— Não acha que pode haver alguma trapaça aí, Sam? — indagou Alex, desconfiada. Muitos novos clientes desse porte a teriam deixado um pouco nervosa.

— Pare de procurar problemas em tudo. Não fique bancando a advogada o tempo inteiro. — Sam repreendeu-a sem a menor delicadeza.

— Ossos do ofício.

Lançou um débil sorriso ao marido, sentindo náusea outra vez com o simples cheiro da comida.

Em seguida, arrumou a cozinha sozinha. Quando acabou, o pouco que comera a enjoou de novo. Acabou ajoelhada no banheiro mais uma vez, com horríveis ânsias de vômito. Só que, desta vez, não havia nenhum Brock Stevens com um travesseiro e um saco de gelo.

— Qual é o problema com você? — indagou Sam quando afinal veio vê-la. Tinha de admitir que ela estava com uma aparência horrível. — Talvez não seja só a quimioterapia. Talvez você esteja com apendicite ou algo assim.

Era difícil para ele acreditar que o tratamento realmente era capaz de provocar aquele tipo de reação.

— Mas é — garantiu Alex, falando com uma voz que mais parecia saída de *O Exorcista* e tornando a vomitar. Incapaz de presenciar aquilo, Sam se retirou.

Eventualmente, ela conseguiu alcançar a cama, onde desmoronou, exausta, enquanto Sam lançava uma olhadela irritada à esposa por cima do ombro.

— Sei que não é nada solidário da minha parte o que vou dizer, mas por que você passou bem o dia inteiro na firma e começou a sentir-se mal no minuto em que me viu? Está tentando ganhar a minha simpatia ou exerço esse efeito em você? — perguntou ele, sem saber o que Alex enfrentara durante todo o dia. Ela não queria lhe contar que mentira sobre o que tinha ocorrido no escritório.

— Muito engraçado.

— Acha que está tendo uma reação emocional ou que talvez seja alérgica a esse negócio?

Simplesmente não conseguia entender ou acreditar naquilo. Nunca vira alguém vomitar com tamanha violência ou com tanta freqüência.

— Confie em mim, é a quimioterapia — repetiu Alex. — Tenho um folheto que explica o que pode acontecer. Quer ler?

— Não, não quero — recusou Sam com franqueza. — Aceito a sua palavra. — E, então, como se ainda assim estivesse tentando explicar, acrescentou: — Você nunca ficou desse jeito durante a gravidez.

— Eu não tinha câncer e não estava fazendo quimioterapia — rebateu secamente, ainda tentando se recuperar do acesso de vômito. — Talvez esteja aí a diferença.

— Na minha opinião, é psicológico. Acho realmente que devia ligar para a médica.

— Já liguei. Ela disse que, embora seja desagradável, trata-se de um fato normal.

— Pois não me parece nada normal.

Sam não queria compreender, negava por completo a realidade.

Dormiram, finalmente, e quando Alex acordou na manhã seguinte estava com enjôo de novo, mas não vomitou. Ambos foram trabalhar normalmente e Alex levou Annabelle à escola, o que a fez sentir-se melhor. Cada pequeno passo que dava rumo à normalidade era como uma vitória. Conseguiu passar a manhã inteira sem que tivesse qualquer mal-estar físico ou algo que a distraísse.

À tarde, entretanto, quando trabalhava com Brock, o sanduíche de peru a derrubou e mais uma vez foi parar no chão do banheiro, com a sensação de que estava morrendo. Desta vez, ele não hesitou em acudi-la e Alex ficou chocada ao perceber que Brock lhe segurava a cabeça e os ombros enquanto ela vomitava, sem se importar nem um pouco com isto. De fato, era bem menos apavorante não estar sozinha e tê-lo perto de si. Envergonhava-se por se sentir assim. Mais tarde, porém, apoiada nele, ergueu os olhos para o rapaz, imaginando por que ele fazia aquilo.

— Você devia ter estudado medicina.

Deu um sorriso tolo a Brock. Sem dúvida, este era um modo de estabelecer amizade.

— Odeio ver sangue — confessou ele.

— E vômito, não? Qual é o problema com você? Gosta de mulheres que vomitam?

— Adoro — replicou Brock, rindo. — Terminei muitos namoros desta maneira na escola secundária e na universidade. Fiquei bamba nisso. As coisas deviam ser mais sofisticadas em Nova York, mas talvez não sejam, hein?

— Você é doido. — Alex ainda se sentia fraca demais para se mexer. Lá estavam os dois sentados outra vez no chão do banheiro, com Alex se apoiando nele. — Mas estou começando a gostar de você.

Era como se estivessem casados. Não havia nenhum embaraço, apenas a necessidade de Alex e a vontade de Brock de preenchê-la. Por um momento, ela ficou imaginando se Deus lhe mandara o amigo certo na hora certa.

Então Brock ficou mais sério quando tornou a falar.

— Minha irmã enfrentou o mesmo problema.

Parecia muito triste ao fazer esta revelação.

— Quimioterapia?

Alex mostrou-se surpresa, como se ninguém jamais tivesse passado por tudo aquilo antes dela.

— Sim. Câncer no seio que nem você. Em muitas ocasiões, ela quase abandonou o tratamento. Eu era calouro na universidade e interrompi os estudos para cuidar dela. Minha irmã era dez anos mais velha do que eu.

— Era? — perguntou Alex, nervosa, e ele sorriu.

— É. Ela se recuperou. Você também vai se recuperar. Mas tem de fazer a quimioterapia, por pior que fiquem as coisas, por mais terrível que seja, por mais que você odeie. *Precisa* fazer.

— Eu sei. Isto me deixa morta de medo. Seis meses parecem uma eternidade.

— Não são — objetou ele, parecendo muito mais velho do que era. — A morte é para sempre. A quimioterapia, não.

— Compreendo. Sério mesmo.

— Não pode esmorecer, Alex. Tem de tomar as pílulas, por mais que a façam sentir-se mal, e concluir toda a série de aplicações. Se quiser, vou com você. Eu ia com a minha irmã. Ela odiava aquilo e tinha medo de agulha.

— Também não posso dizer que adoro, mas não parecia tão ruim até eu começar a botar os bofes para fora. Bem, é uma forma de fazer amigos.

Sorriu para Brock, que lhe retribuiu o sorriso. Estava sem o óculos e com a gravata torta. Apesar do seu jeito de menino, seus olhos indicavam que era, ao mesmo tempo, muito mais vivido. Aos 32 anos, vira muito mais coisas do que Alex imaginava. Possuía uma alma velha e um bom coração, e gostava dela de verdade.

— Que tal voltarmos a trabalhar? — sugeriu Alex após algum tempo. Neste momento, Liz estava colocando a correspondência em cima da mesa e surpreendeu-se ao vê-los saírem do banheiro.

— Oi — falou Alex em tom casual. — Estávamos tendo uma reunião.

Liz sorriu. Não tinha a menor idéia do que os dois estavam fazendo ali, mas aquilo lhe pareceu engraçado enquanto retornava à sua mesa.

— Se continuarmos desse jeito, as pessoas vão pensar que estamos nos picando ou cheirando cocaína — observou Alex com uma risada. — Ou transando no banheiro.

— Posso pensar em boatos piores do que esse.

Brock riu com desenvoltura e sentou-se diante de Alex, que agora ocupava sua cadeira atrás da mesa. Ela estava com melhor aparência.

— É, eu também.

Alex não fazia amor com Sam há quase dois meses e era pouco provável que tornassem a fazer por agora, devido a situação entre ambos. Entretanto, o sexo não parecia ser a questão fundamental. A sobrevivência era mais importante. Era a única coisa que interessava no momento. Trabalharam juntos a tarde inteira e, no fim do dia, Brock mais uma vez foi pegar um táxi para Alex, embora ela insistisse em dizer que estava bem. Na sexta-feira, conseguiu até levar Annabelle ao balé. O mais incrível é que estava fazendo tudo que precisava. Ainda que não estivesse se sentindo maravilhosa, também não estava totalmente incapacitada. E começava a pensar que talvez, apenas talvez, conseguisse sobreviver. Se o mesmo aconteceria com o seu casamento, aí era uma outra história. Na sua opinião, isto era bem menos provável.

Capítulo 13

Na segunda-feira, a Dra. Webber ficou muito satisfeita com o progresso de Alex.

— Você está se saindo muito bem — cumprimentou-a. O resultado do leucograma tinha sido ótimo. E conseguiram fazer a aplicação intravenosa, precedida pela dextrose com água, que foi um pouco menos traumática para Alex, agora que sabia o que esperar do tratamento.

Embora desta vez passasse tão mal quanto antes, tal indisposição não lhe causou nenhuma grande surpresa. Brock continuava a cuidar dela e Liz não parava de vigiá-la como um anjo da guarda.

— Estou começando a me sentir culpada — comentou com Brock no dia seguinte à segunda aplicação, quando se encontravam novamente sentados no chão do banheiro.

— Por quê?

Ele parecia intrigado.

— Porque você não está fazendo quimioterapia, eu estou. Então por que razão está se dando todo este trabalho? Não é meu marido. Este pesadelo é meu, não seu. Não precisa fazer isso.

Alex não conseguia entender por que razão Brock era tão bondoso com ela. Não havia motivo para isto, embora, é claro, fosse de grande valia. Ele era a única pessoa que realmente a apoiava no momento.

— Por que não compartilhar? — ponderou ele com simplicidade. — Por que não deixar alguém ajudá-la? Podia acontecer com qualquer um de nós. Afinal, um raio pode atingir qualquer pessoa a qualquer momento. Ninguém está livre do problema. Se estou lhe dando apoio agora, talvez alguém faça o mesmo por mim algum dia, se calhar de acontecer comigo.

— Eu o farei — afirmou ela gentilmente. — Estarei do seu lado quando precisar, Brock. Nunca vou me esquecer da sua atitude.

Ambos sabiam que ela estava falando a sério.

— Na verdade, a minha intenção é ganhar um aumento de salário — brincou Brock, risonho, enquanto a ajudava a ficar de pé. Estavam lá há uma hora. Aquela fora uma manhã muito tumultuada.

— Bem que eu calculei que você tinha algum motivo oculto — retrucou Alex, com um longo sorriso no rosto. Estava muito mais cansada nesta semana, após o tratamento. E o feriado de Ação de Graças seria dali a dois dias. Sentia-se exausta só de pensar em ter que preparar o peru. — Por que não fica com o meu emprego? — sugeriu em tom jocoso enquanto tornavam a se sentar. — Você ia se dar muito bem.

— Prefiro trabalhar com você

Ele a encarou ao dizer tal coisa e, por um estranho momento, Alex sentiu algo diferente surgir entre os dois. Não sabia ao certo o que aquilo significava, ou se devia admitir o fato. No entanto, desviou os olhos, constrangida por um instante. Agora agia com Brock de forma muito livre e muito franca, e imaginou que talvez não devesse fazê-lo. Talvez estivesse ganhando intimidade demais. Afinal de contas, era uma mulher casada. E ele era só um garotão, lembrou a si mesma, e dez anos mais novo do que ela.

— Também me agrada trabalhar ao seu lado, Brock — respondeu com benevolência, tratando-o outra vez como a um irmão caçula. Então riu de si mesma, uma das características que Brock mais adorava em Alex. — Isto é, quando não estou vomitando em cima de você.

— Tenho todo o cuidado de ficar atrás de você — replicou Brock do jeito que só as pessoas que passaram por tudo que haviam enfrentado juntos podiam fazer.

— Você é nojento.

Conversaram sobre os planos para o feriado no final da tarde. Brock iria com uns amigos a Connecticut e Alex ficaria em casa com Annabelle e Sam. Confessou-lhe que não estava nada entusiasmada com a idéia de ir para a cozinha.

— Por que ele não cuida disso? Não sabe cozinhar?

— Muito bem, mas o almoço de Ação de Graças é a minha especialidade. — Então admitiu algo que não revelara a ninguém antes. — Sinto como se tivesse de lhe provar alguma coisa. Sam está furioso com essa história toda. Às vezes acho que me odeia pelo que está acontecendo. Preciso lhe mostrar que ainda sou capaz de fazer todas as coisas que sempre fiz, que nada mudou.

Tudo que acabava de dizer soou muito patético, mas Brock pareceu entender perfeitamente. Melhor do que Sam.

— A mudança é só temporária. Como é que ele não consegue compreender isto? Ainda que você não esteja em condições agora, mais tarde vai estar.

— Ele ainda está zangado demais para enxergar as coisas desse modo.

— Deve ser difícil para você.

— Pode apostar que é.

— Como a sua menininha está reagindo?

— Está enfrentando tudo muito bem. Fica preocupada quando passo mal, mas procuro mantê-la longe do problema o mais que posso. Toda essa situação não é nada fácil.

— Você precisa de bons amigos que a ajudem a superar esses momentos difíceis — afirmou Brock com veemência.

— Tenho sorte em contar com você.

Alex sorriu para o rapaz. Na noite anterior ao Dia de Ação de Graças, deu-lhe um abraço e disse que estava grata por tê-lo ao seu lado neste ano. Desceram juntos e, por um momento, sentiu tristeza ao deixá-lo. Podia ser tão honesta e tão sincera com ele. Durante os momentos em que passara mal ao lado de Brock, aprendera a confiar nele e adquirira a certeza de que podia revelar-lhe seus sentimentos mais íntimos. De repente os quatro dias de feriado sem poder conversar com Brock pareciam muitos solitários.

Quando chegou em casa, viu o peru na geladeira e pensou na

trabalheira que teria no dia seguinte para preparar o recheio e a batata-doce, os bolinhos fritos, os legumes e as batatas amassadas. Além do mais, Sam sempre gostou de torta de abóbora e empadão de frutas picadas. Ela havia prometido fazer purê de castanhas e molho de uvas-do-monte. Sentia-se mal só de pensar a respeito, mas sabia que, neste ano, mais do que em qualquer outro, realmente precisava fazer. Tinha a sensação de que seu relacionamento com Sam dependia disso e do fato de poder lhe provar que ainda era capaz de encarregar-se de tudo.

Sam também tivera uma terna despedida no escritório. Nesta noite, Daphne viajaria à cidade de Washington para visitar amigos e ele sentiu uma dolorosa solidão ao levá-la até o trem e vê-la partir. Estava ficando cada vez mais apegado a Daphne e cada vez mais infeliz quando que não a via. Assustava-o saber que estaria a sós com Alex durante quatro dias, embora admitisse que talvez fosse até bom para os dois. Contudo, tão logo entrou em casa, percebeu que não seria nada fácil fingir que as coisas eram como sempre foram.

Alex estava deitada na cama com um saco de gelo na cabeça. Annabelle contou ao pai que ela acabara de vomitar.

— Mamãe está doente — a menina informou baixinho. — Será que vamos ter peru?

— Lógico que vamos — ele lhe garantiu, pondo-a para dormir. Em seguida, foi dar uma olhada na esposa, que estava largada na cama, com uma cara deplorável. — Quer ir a um restaurante amanhã ou prefere esquecer tudo? — perguntou em tom de acusação.

— Não seja bobo — retrucou Alex, desejando que esquecessem a coisa toda, ainda que não pudessem. — Estarei bem.

— Não é o que parece. — Sam estava sempre dividido entre a idéia de que Alex exagerava e que era tudo psicológico e a pena que sentia dela. Era difícil para ele saber o que pensar. — Quer que eu lhe traga algo? Um *ginger ale*? Uma coca? Alguma coisa para acalmar o estômago?

Ultimamente, ela andava engolindo garrafas inteira de Maalox, mas nada funcionava.

Após algum tempo, levantou-se e foi à cozinha fazer o que fosse possível. Enquanto arrumava a mesa para o dia seguinte, percebeu que cada passo era uma agonia. Mal conseguia se mexer de tanta exaustão. O corpo inteiro doía tanto que imaginou se estava pegando uma gripe ou apenas sofrendo os efeitos da quimioterapia. Além do mais, a bexiga também a incomodava. Quando foi se deitar, Sam já estava dormindo e ela se sentia mais morta do que viva — e dava toda a impressão de estar. Ele prometera ajudá-la de manhã.

Pôs o despertador para tocar às 6:15 a fim de poder colocar o peru no forno. Era uma ave enorme e demoraria um bom tempo para assar. O almoço de Ação de Graças costumava ser ao meio-dia. Entretanto, quando se levantou da cama, estava enjoada demais para se mover. Perdeu uma hora vomitando o mais silenciosamente que pôde no banheiro.

Todavia, quando Annabelle acordou, Alex estava temperando o peru e, um pouco mais tarde, Sam juntou-se às duas. A menina queria assistir à parada que a Macy's sempre realizava no Dia de Ação de Graças e Alex não teve coragem de pedir ao marido que ficasse para ajudá-la a aprontar a ceia.

Os dois saíram mais ou menos às nove horas e Alex estava se virando o melhor que podia na cozinha. Estava com o recheio e os legumes prontos e prestes a cuidar das batatas. Felizmente, tinham comprado as tortas, mas nem sequer começara a preparar os bolinhos ou as castanhas.

No momento em que os dois saíram, Alex teve um acesso de vômito que a deixou sufocada e ofegante. Seu medo foi tamanho que quase telefonou para 911. Por um momento ansiou que Brock estivesse lá para ajudá-la. Pegou um saco de gelo e, por fim, ficou debaixo do chuveiro, vomitando, achando que isto talvez ajudasse. Às 11:30, quando o marido e a filha chegaram, ainda estava de camisola, a pele acinzentada de tão lívida que se encontrava.

— Ainda não se vestiu? — Sam olhava para Alex com uma expressão chocada. Ela não havia sequer penteado o cabelo, o que lhe indicou que nem sequer se dera ao trabalho de tentar. O peru, entretanto, cheirava bem e tudo já estava no fogo ou no forno. —

Quando vamos comer? — indagou enquanto ligava a televisão para ver futebol e Annabelle ia para o quarto brincar.

— Não antes de uma hora. Comecei a fazer o peru um pouco tarde.

O que era um milagre, considerando-se o quanto se sentira mal de manhã.

— Precisa de ajuda? — perguntou Sam casualmente, pondo os pés para cima. Era mais do que um pouco tarde e ela não disse nada. Tinha conseguido fazer tudo, o que a surpreendeu mais do que a qualquer outra pessoa. Sam não tinha idéia da luta que ela travara para aprontar o almoço.

Então foi pôr um vestido branco e pentear o cabelo. Não teve tempo nem sentia-se suficientemente bem para se maquiar. Estava quase da cor do vestido quando eles afinal se sentaram para comer. Enquanto cortava o peru, Sam lançou uma olhada à esposa, irritado por Alex não ter se esforçado para colocar maquiagem. Será que ela queria ficar com cara de doente? Ou queria que se apiedassem dela? Um pouco de *blush* certamente não a mataria.

No entanto, Alex não tinha a menor idéia do quanto era péssima a sua aparência, embora, sem dúvida alguma, se sentisse assim. Tinha a sensação de que o corpo inteiro se encontrava mergulhado em chumbo e mal podia se mexer ao servir o almoço.

Como de costume, Sam fez a oração de graças e Annabelle contou tudo à mãe sobre a parada. Cinco minutos depois de começarem a comer, Alex precisou sair correndo da mesa. A trabalheira desta manhã, o calor da cozinha e os cheiros foram demais para ela. Não conseguiu se controlar. Esforçou-se ao máximo, tentando parar de vomitar, mas inutilmente.

— Pelo amor de Deus — Sam entrou vociferando, desesperado para manter a aparência de normalidade diante da filha —, não pode ao menos fazer um esforço para sentar na mesa conosco?

— Não posso — respondeu ela, em meio às lágrimas e à ânsia de vômito. — Não posso parar.

— Pois então se obrigue a parar. Annabelle merece um Dia de Ação de Graças melhor do que este. Todos nós merecemos.

— Pare! — berrou Alex, soluçando abertamente, gritando tão

alto que ambos sabiam que Annabelle podia ouvi-los. — Pare de agir dessa maneira comigo, seu cretino! Não posso evitar!

— Que não pode o quê! Passou o dia inteiro de camisola, parecendo um fantasma com essa cara lívida, assustando todo mundo. Nem consegue mais tentar, a não ser com relação ao seu trabalho. Mas quando está com a gente, não se controla e sai botando os bofes para fora sempre que julga conveniente.

— Vai à merda — gemeu e recomeçou a vomitar. Talvez Sam estivesse com a razão. Talvez fosse tudo de fundo emocional. Talvez simplesmente não agüentasse mais ouvir desaforo dele. Fosse o que fosse, o fato é que não conseguia se controlar. Não retornou à mesa antes da sobremesa e a pobre Annabelle parecia triste e quieta ao ver a mãe.

— Está melhor, mamãe? — perguntou com uma vozinha miúda e olhos imensos expressando infelicidade. — Sinto muito que esteja doente.

Talvez Sam estivesse com a razão. Talvez todos se sentissem responsáveis. Talvez ela estivesse atormentando a vida de todo mundo. Talvez fosse melhor morrer. Não sabia mais o que pensar ou o que havia acontecido com o marido. Ele era um completo estranho; tudo o que significara para ela, toda a delicadeza e todo o amor que ele lhe demonstrara durante anos tinham se evaporado por completo.

— Estou bem, doçura. Sinto-me melhor agora — respondeu à filha, ignorando Sam. Após o jantar, Annabelle deitou no sofá com a mãe e Alex lhe contou histórias. Deixou que Sam arrumasse a cozinha e ele parecia furioso ao terminar. A menina acabava de ir para o quarto assistir a um vídeo, quando Sam saiu da cozinha e viu Alex.

— Obrigado por esse maravilhoso Dia de Ação de Graças — falou com sarcarmo. — Lembre-me de ir a algum outro lugar no próximo ano.

— Fique à vontade.

Sam não lhe dissera uma só palavra de agradecimento por tudo o que tinha feito ou por todo o seu esforço.

— Tinha de estragar o feriado da menina, não é? Não podia

nem ficar sentada por uma hora, só para ela saber com certeza o quanto você está doente.

— Quando foi que você virou este sujeitinho escroto que é agora, Sam? — indagou Alex, olhando para o marido. — Sabe, nunca percebi antes que ser humano mesquinho você era. Acho que estava ocupada demais.

— Talvez nós dois estivéssemos — resmungou ele, dirigindo-se em largas e furiosas passadas rumo ao estúdio para assistir ao futebol. Vivera outros feriados de Ação de Graças iguais a este antes. Há alguns anos, quando a mãe se encontrava doente demais para sair do quarto ou preparar um peru. O pai vivia bêbado. E, tão logo Sam foi para a escola, nem se dava mais ao trabalho de passar o Dia de Ação de Graças em casa. Os feriados significavam muito para ele, tanto quanto o esforço de Alex. Ela sempre se esforçara antes. Mas agora era igual à sua mãe, e o resultado de tudo isso era que começava a odiá-la.

Após o jogo, saiu sozinho durante a tarde. Foi dar uma longa caminhada no parque. Quando retornou, comeram o que sobrou do almoço e Alex parecia estar mais bem-disposta. Depois de estragar o almoço deles, estava livre para sentir-se melhor e mais animada. Ou pelo menos era assim que Sam encarava a situação.

Annabelle permanecia cabisbaixa e perguntara à mãe por que ela e o papai gritavam o tempo inteiro e por que estavam zangados um com o outro. Alex respondeu que aquilo não era nada demais, que gente grande agia assim às vezes. Mas a menina continuou preocupada.

Nesta noite, Sam colocou Annabelle na cama fazendo questão de dizer a Alex que ela provavelmente se encontrava doente demais para ser capaz disso, além de lembrar o comentário da filha sobre a discussão dos pais. Alex não respondeu.

Deu um beijo de boa-noite em Annabelle, foi para o quarto e deitou na cama, pensando no quanto a vida deles era infeliz, no quanto se tornara amarga. Era difícil acreditar que as coisas algum dia melhorassem.

E surpreendeu Sam com o que lhe disse quando ele voltou do quarto de Annabelle. Fitou-o com um olhar de resignação. Talvez tivesse que finalmente aceitar a realidade: nada mais seria como era antes, estava tudo acabado.

— Você não precisa ficar aqui, sabe. Não o estou mantendo como refém.

— O que quer dizer?

Ele parecia mais do que um pouco alarmado e Alex de repente imaginou se Sam já esperava por algo assim. Talvez simplesmente não tivesse coragem de contar-lhe que desejava cair fora e estivesse aguardando que ela pusesse um ponto final naquele casamento. Ultimamente, dava a impressão de estar procurando desculpas para odiá-la.

— Quero dizer que você parece estar um bocado infeliz, nesses últimos tempos, e continua aqui a contragosto. Quando quiser cair fora, a porta está aberta.

Eram as palavras mais duras que já proferira, mas sabia que eram necessárias. Depois de todo o sofrimento dos últimos dois meses, isto era mais duro do que tudo que enfrentara antes. Estava lutando pela própria vida. E por seu casamento.

— Está me mandando embora? — perguntou ele, de uma forma que pareceu a ela quase esperançosa.

— Não, não estou. Estou lhe dizendo que o amo e quero continuar sendo sua esposa, mas se o sentimento não é recíproco, se não quer mais estar casado comigo, pode partir quando quiser.

— Por que está falando assim? — indagou Sam, desconfiado. O que ela sabia? Teria alguém lhe contado algo? Será que era capaz de ler a mente das pessoas? Ou andava ouvindo fofocas sobre Daphne?

— Porque começo a sentir que você me odeia.

— Não a odeio — ele negou com tristeza, e então olhou para a esposa cautelosamente, com medo de falar demais, embora soubesse que precisava ser honesto. — Apenas não sei mais o que sinto. Estou furioso com o que aconteceu conosco. É como se um relâmpago tivesse nos atingido há dois meses e nada mais fosse como antes. — Eram as mesmas palavras que Brock usara a respeito da irmã nesta mesma semana. Relâmpago. — Estou furioso, estou assustado, estou triste. Você não me parece mais a mesma. Nem eu.

E não suporto mais toda essa conversa incessante sobre doença e tratamento.

Os dois mal tocavam no assunto, mas a mera realidade de tudo aquilo era demais para Sam e Alex sabia disso.

— Acho que nesse momento eu o faço lembrar da sua mãe — observou Alex honestamente. — Está além da sua capacidade lidar com o problema. Talvez tenha medo de que eu morra e o abandone do jeito que ela fez. — Embora houvesse lágrimas em seus olhos ao dizer tal coisa, isto não o reaproximou dela. — Também estou com medo. Mas estou me empenhando ao máximo para que nada aconteça.

— Talvez tenha razão. Talvez seja tudo muito mais complexo do que parece. Mas acho que é muito mais simples. Acho que nós dois mudamos, que algo se partiu entre nós.

— E então? Como vai ser?

— Ainda não sei.

— Pois me avise quando souber. Quer consultar um terapeuta comigo? — sugeriu ela. — Muita gente com a mesma doença que a minha recorre a terapeutas. Este não é o primeiro casamento a desmoronar porque um dos cônjuges está com câncer.

— Por que tem de culpar a doença por tudo? — O simples ato de pronunciar a palavra parecia deixá-lo nervoso. — O que tem a ver com essa coisa toda?

— Foi só agora que os nossos problemas surgiram, Sam. Tudo estava bem antes do câncer.

— Talvez não. Talvez a doença só trouxesse à tona o que já existia. Talvez estes três anos de hormônios e sexo programado na tentativa de fazer um outro filho tenham sido os responsáveis.

Isso nunca parecera incomodá-lo antes, mas tudo era possível.

— Não quer procurar algum tipo de aconselhamento? — insistiu Alex. Ele respondeu negando com a cabeça.

— Não, não quero. — Tudo o que queria era Daphne. Ela era a sua cura, a sua fuga, a sua liberdade. — Quero resolver tudo sozinho.

— Acho que não pode. Nenhum de nós pode. Vai sair de casa?

— indagou ela, nervosa, com medo de que Sam o fizesse, mas sem conseguir enxergar uma outra solução.

— Acho que não devemos fazer isto com Annabelle, especialmente antes do Natal e do seu aniversário. — Alex teve vontade de gritar "e quanto a mim?" Contudo, não o fez. — O que desejo é mais liberdade. Acho que cada um de nós deve ter sua própria vida, sem dever explicações um ao outro. Daqui a dois meses, talvez depois do aniversário de Annabelle, a gente volte a discutir esse assunto.

— O que vamos dizer a ela?

Alex sentia-se devastada, mas tentou não demonstrar.

— Isso é com você. Contanto que nós dois estejamos morando aqui, duvido que ela perceba.

— Não tenha tanta certeza. Annabelle me perguntou hoje por que agora vivemos gritando um com o outro o tempo inteiro. Ela sabe, Sam. Não é tola.

— Então cabe a nós dois tentarmos nos comportar melhor diante dela — rebateu Sam com uma voz tão cheia de reprovação que Alex teve vontade de socá-lo. Aquele não era mais o homem que ela amava e com quem se casara. Todavia, pelo bem da filha, precisava fazer com que aquele arranjo funcionasse.

— Acho que será mais difícil do que imagina — argumentou Alex com sinceridade enquanto olhava para o marido, que estava no lado oposto do quarto. Após quase dezessete anos de casamento, seria impossível continuarem a dormir juntos.

— Só vai depender de nós ser fácil ou não. Além do mais, tenho muito que viajar nos próximos meses.

— Os seus negócios parecem ter mudado de maneira drástica — comentou ela, tentando não pensar na destroçada vida pessoal de ambos. — O que está acontecendo?

— Simon realmente abriu novos horizontes para a nossa firma.

— Ainda acho que você devia vigiá-lo, Sam. Talvez os seus instintos estivessem certos desde o início.

— Pois eu acho que você é que é paranóica e não vou discutir esse assunto com você.

— Entendo. O que faremos agora? Apenas diremos bom dia e boa noite no corredor? Não vamos mais jantar juntos?

— Se os nossos horários combinarem. Não vejo por que as coisas têm de ser muito diferentes do que são agora, ao menos no que se refere a Annabelle. Mas vou me mudar para o quarto de hóspede.

— Como vai explicar isto à menina? — indagou Alex com interesse. Sam parecia ter tudo calculado e ela ficou imaginando se o marido já tinha feito este plano antes e ela simplesmente caíra como um patinho. Não confiava mais nele e menos ainda no novo sócio, Simon. Havia preparado os documentos da sociedade para Sam e simplesmente não gostava de Simon nem de qualquer uma das suas exigências.

— Com você assim tão doente — replicou Sam com sarcasmo, como se ela estivesse simulando tudo —, tenho a certeza de que Annabelle compreenderá que não quero perturbá-la.

— Quanto desprendimento da sua parte — revidou Alex com frieza, ocultando toda a mágoa e todo o desapontamento que sentia. — Certamente, será interessante.

— Creio que é a única solução no momento. É um bom acordo.

— Entre o quê e o quê? Dar no pé porque perdi um seio ou apenas me dispensar porque está cansado de mim? Que acordo estamos fazendo? Que esforço você fez desde que essa história começou?

Estava furiosa com Sam, magoada e arrasada com tudo que havia acontecido. Ele estava certo. Era como se um raio tivesse caído sobre suas cabeças e ela agora sabia que ficariam marcados para sempre.

— Lamento que veja a situação por este prisma. No entanto, ao menos estamos tentando, pelo bem de Annabelle.

— Não estamos tentando — corrigiu-o Alex. — Estamos camuflando, encobrindo as coisas por causa dela. Quem você pensa que está enganando, Sam? Este casamento acabou.

— Não estou pronto para me divorciar de você — anunciou ele em tom condescendente e mais uma vez Alex quis levantar-se da cama e lhe dar um soco.

— Mas que generoso você é. Por que não? Acha que vai pegar mal? A pobre Alex perde o seio e você simplesmente se manda e pede o divórcio? É muito melhor aguardar alguns meses. Na verdade, em termos técnicos, podia esperar durante os seis meses da quimioterapia e aí todo mundo iria pensar que você foi leal até o fim. Puxa vida, Sam, você não presta mesmo. É a maior fraude da cidade e não sei de quem você quer esconder essa história toda. Mas não me importo. Eu sei. E você sabe. E isto basta. Vá para onde bem entender. Para nós, é o fim.

— Como pode ter tanta certeza? Eu gostaria de ter — replicou ele com toda a honestidade. Queria ser livre, mas uma parte dele não estava pronta para deixá-la. Queria ter todas as alternativas ao seu dispor, sem quaisquer responsabilidades. Queria tudo. Daphne, a possibilidade de voltar para Alex, talvez dali a um ano. Não queria desistir de Alex para sempre.

— Você me convenceu — retrucou ela, em resposta à sua pergunta. — Tem agido como um canalha desde a mastectomia. A única justificativa que dou para o seu comportamento é que não conseguiu administrar o problema. Mas quer saber de uma coisa? Essa história não cola mais, Sam. Estou ficando cheia de arranjar desculpas. Ele está cansado... está apavorado... isso é difícil demais para ele... a minha doença faz com que se lembre da mãe... ele não entende... é assustador demais para ele... Você é um pobre arremedo de ser humano.

Havia lágrimas em seus olhos ao dizer isto.

— Sinto muito, Alex. — Virou-se de costas e Alex começou a chorar silenciosamente. Quantos momentos de angústia e sofrimento vinham enfrentando desde a mamografia. Não era justo, mas ainda assim era preciso encarar a situação. — Sinto muito — repetiu, desta vez olhando para a esposa. Entretanto, não fez um só gesto para aproximar-se dela ou consolá-la; simplesmente não podia.

Sam saiu do quarto. Em seguida, Alex ouviu-o andar no estúdio e, meia hora depois, escutou a porta bater. Ele não lhe disse uma palavra. Saiu e caminhou durante horas, indo até o rio e depois se encaminhando devagar para o sul. Por fim, descobriu-se na rua 53.

Sabia o que queria e imaginou se havia destruído o seu casamento só para tê-la. No entanto, era tarde demais para pensar no assunto agora. Fizera o que precisava e o que queria. Era tarde demais para recolher os pedaços; apenas lamentava muito ter de magoá-la. Mas Alex também o magoara, ainda que não fosse culpa dela. De uma estranha maneira, sentia como se Alex o tivesse traído.

Parou em uma cabine telefônica na Segunda Avenida. Sabia que era bobagem telefonar. Ela estava passando o feriado de Ação de Graças em Washington. Todavia, queria ligar assim mesmo, só para ouvir sua voz na secretária eletrônica e deixar um recado, dizer que a amava.

Ela atendeu no segundo toque e, por um instante, Sam ficou surpreso demais para responder.

— Daphne?

— Sim. — A voz soou sonolenta e sensual. Era mais de meia-noite e ela estava dormindo. — Quem é?

— Sou eu. O que está fazendo aqui? Pensei que estivesse em Washington.

Daphne riu e Sam quase podia vê-la espreguiçando-se languidamente ao falar. Ele congelava de frio na cabine telefônica.

— E fui. Nós nos empanturramos com um lauto almoço e fomos patinar no gelo. Voltamos hoje à noite. Amanhã, cada um tem um programa diferente. Não era realmente para durar o fim de semana inteiro. Onde você está?

Sam não lhe telefonava à noite desde que a quimioterapia começara e Daphne só o fazia em raras ocasiões. Afinal de contas, ele era casado e ela era *muito* cautelosa. Era inteligente demais para agir de outro modo e respeitava a situação dele.

De repente Sam deu uma risadinha travessa no telefone em resposta à pergunta.

— Estou virando picolé em uma cabine telefônica na esquina da rua 53 com a Segunda Avenida. Estive andando durante horas e me deu vontade de ligar para você.

— O que diabo está fazendo aí? Por que não sobe para tomar uma xícara de café? Prometo que não vou mordê-lo.

— Vou cobrar essa promessa, sabe. — Sentindo-se muito

vulnerável e arrasado, tinha tido um dia horrível desde a última vez em que se viram. Acrescentou: — Senti sua falta.

— Eu também — replicou ela com extrema suavidade, a voz soando mais *sexy* do que nunca. — Como foi o feriado?

— Péssimo. Não quero tocar no assunto. Ela passou muito mal. Foi difícil para todo mundo, principalmente para Annabelle. Não sei... tivemos uma longa conversa hoje à noite. Depois lhe conto tudo.

Entretanto, bastou ouvi-lo para Daphne saber que havia algo diferente. Ele dava a impressão de estar mais livre e muito mais aberto. Pelo seu jeito de falar, parecia cansado e triste, mas não ansioso ou confuso.

— Suba logo, antes que congele aí fora.

— Vou já.

Sam se encontrava a menos de um quarteirão de distância e correu durante todo o caminho até chegar ao prédio de Daphne. Então soube que aquele era o único lugar onde queria estar. Era o único lugar onde queria estar desde que a conhecera. Ela era tão jovem e saudável, tão linda e tão perfeita.

Tocou a campainha na entrada e Daphne abriu o portão para deixá-lo entrar. Então Sam subiu a escada de dois em dois degraus como um adolescente e estacou ao vê-la parada na porta. O luxuriante cabelo negro cascateava sobre os ombros, ocultando um seio e deixando o outro à mostra. Usava uma delicada camisola branca de algodão com minúsculos bordados, que era totalmente transparente. Imóvel na entrada do apartamento, revelava o seu corpo inteiro a Sam. Então, sem uma só palavra, ele aproximou-se dela e puxou-a para dentro, fechando a porta atrás dos dois.

O apartamento era alegre e aconchegante. Ele tirou a camisola dela pela cabeça, sem esperar nem mais um minuto, depois empurrou para trás o sedoso cabelo escuro e ficou admirando-a em todo o seu esplendor: os seios perfeitos, a cintura estreita, as pernas longas e graciosas e o local primoroso onde se encontravam.

— Oh, meu Deus... — foi tudo que disse. Havia só uma luzinha acesa no quarto e Sam deitou-a no colchão de penas que ela trouxera da Inglaterra. Daphne era muito mais bela do que sonhava, mais sensual do que esperava e mais experiente do que tudo que podia imaginar. Conduziu-o à beira do êxtase e o trouxe de volta. Sentiu-o explodir dentro de si uma meia dúzia de vezes antes que a manhã chegasse. Foi a noite mais extraordinária da vida de Sam. Ele tinha acendido a lareira e fez amor com ela no chão, diante do fogo, depois outra vez na cama e, finalmente, na banheira. Amaram-se antes do alvorecer e também depois. E quando acordaram, ao meio-dia, Sam mal conseguiu acreditar que a queria de novo e que ainda era capaz de fazer qualquer coisa neste sentido. Entretanto, os lábios macios de Daphne percorreram lentamente a barriga dele, desceram pelas coxas para depois subirem pelas pernas até encontrarem aquilo que buscavam e pelo qual ele tanto ansiava. E, desta vez, Sam gozou em sua boca com um furor estremecedor.

— Oh, Deus... Daphne... você vai me matar — murmurou, embevecido. — Mas que modo de morrer...

Tomou-a nos braços e manteve-a assim, incapaz de acreditar na sua boa sorte. Tinham esperado por isso durante meses, pois o desejo de Sam fora tê-la só quando estivesse livre de Alex. No entanto, agora sabia que estava livre, que precisava estar livre. Agora não havia nenhuma outra mulher nesse mundo que quisesse além de Daphne.

— Amo você — sussurrou enquanto ela ia pouco a pouco adormecendo em seus braços, de costas para ele, as nádegas perfeitamente arredondadas colando-se ao corpo de Sam. Desta vez, no entanto, ele estava verdadeiramente saciado.

— Também te amo — respondeu Daphne no mesmo tom murmurante, sorrindo. Valera a pena esperar por Sam. Sempre soube que valeria. Então ele cobriu-lhe os seios com as mãos e pensou no quanto era afortunado. Mergulhou no sono ao lado de Daphne, tentando não lembrar de Alex.

Capítulo 14

Por nenhuma outra razão, a não ser pura polidez, Sam ligou para Alex no final da tarde de sexta-feira e avisou que não iria para casa no fim de semana. Não informou onde estava e ela não perguntou. Prometeu que telefonaria para saber como andavam as coisas e depois falou com Annabelle, dizendo-lhe que sentia sua falta. Imaginou se Alex sabia onde estava, mas não se permitiu pensar a respeito. Em seguida, ele e Daphne foram à Bloomingdale's, onde Sam comprou uma meia dúzia de camisas, algumas calças *jeans* e outras de veludo cotelê, além de uma jaqueta, meias, roupas íntimas e um suéter. Então foram à drogaria e compraram um aparelho de barbear e todos os artigos de toalete necessários. Ele não queria ir em casa por enquanto, não queria vê-las. Queria estar completamente a sós com Daphne.

Nesta noite, preparou o jantar para Daphne, que fingiu ajudá-lo, mas insistia em entrar e sair totalmente nua da cozinha. Sam quase queimou o jantar. Deixaram a comida no forno de microondas e foram para a cama. À meia-noite, ele preparou uma omelete, mas passaram a maior parte do tempo explorando o corpo e as preferências um do outro. Conversaram até de madrugada e assistiram a filmes antigos na televisão, comendo a pipoca feita por Sam. No entanto, sempre perdiam os trechos principais da trama quando tornavam a fazer amor, só voltando a prestar atenção quando o filme já estava no fim.

Passaram outra noite fantástica nos braços um do outro e, na manhã de sábado, a impressão que tinham era que sempre foram amantes. Sam sabia que queria ficar com Daphne e viver com ela o resto dos seus dias. Tudo que tinha a fazer era resolver a questão com Alex.

— O que quer fazer hoje? — indagou ele enquanto se espreguiçavam demoradamente. A idéia de se amarem o dia inteiro cruzou-lhe a mente, mas pensou que ao menos deviam esforçar-se para preencherem o tempo com alguma outra coisa.

— Sabe patinar no gelo? — perguntou Daphne, sentada na cama ao lado dele como se fosse uma menininha, mas uma menininha muito bem-dotada.

— Pertenci ao time de hóquei em Harvard — respondeu Sam, todo orgulhoso.

— Então vamos patinar?

Foi como recomeçar a viver. Ela era tão jovem e tão esfuziante. Não tinha problemas nem compromissos de espécie alguma. Foram ao Wollman Memorial no Central Park e ele descobriu que Daphne era uma excelente patinadora. Dançaram, rodopiaram e giraram ao redor um do outro, desenhando um oito. Ela era muito boa nas piruetas e Sam ficou impressionado. Depois levou-a para almoçar no Tavern-on-the-Green. Às duas horas, no entanto, estavam de volta à cama, como se estivessem separados há uma eternidade.

— O que faremos com relação ao trabalho? — perguntou Sam quando estavam deitados lado a lado na cama às 4:30, logo depois de se amarem pela segunda vez. — Não tenho certeza se consigo ficar longe de você o tempo suficiente para acordar e ir ao escritório.

Sem mencionar o fato de ter dito a Alex que continuaria morando lá nos próximos dois meses e que tornariam a conversar sobre o relacionamento em janeiro, após o aniversário de Annabelle. Só que isto fora antes de fazer amor com Daphne. Agora tudo estava mudado. Ainda assim, achava que devia cumprir o acordo.

Já explicara tudo a Daphne no dia anterior e ela achou que era uma solução sensata.

— Seria tremendamente difícil para a sua garotinha se você

sumisse sem mais nem menos, especialmente antes do Natal — ela concordou, solidária. Sam estava feliz por Daphne encarar a situação desta maneira. Facilitava muito as coisas para ele. Mas Daphne sempre fora muito paciente, desde o princípio.

— Mal posso esperar que você a conheça.

— Devagar, meu querido, devagar — replicou ela, descrevendo todas as torturas sexuais que ela colocaria em prática com ele dentro de instantes. Entretanto, nesta mesma noite, comunicou-lhe que levaria o filho para esquiar na Suíça por uma semana no Natal. Isto tornaria um pouco mais fácil para ele escolher quem ficaria com quem durante os feriados e Sam sugeriu ir ao seu encontro na Europa depois que ela devolvesse o filho ao pai. Os dois combinaram passar uma semana em Gstaad e, em seguida, alguns dias em Paris.

Este foi um fim de semana destinado a fazer planos e travar amizade. E se apaixonar, como ele afirmou a si mesmo que nunca acontecera antes, mas só porque estava tentando esquecer Alex.

Por sua vez, ela também estava tentando esquecê-lo. Passou um fim de semana tranqüilo com Annabelle, procurando recuperar suas forças. Embora continuasse se sentindo mal, não vomitava com a mesma freqüência. Liz ligou para saber como estava e uns dois amigos também telefonaram. Alex não pôde deixar de imaginar para onde fora Sam, se estava sozinho ou apenas se escondendo. Annabelle parecia disposta a aceitar a história de que o pai estava viajando a negócios, muito embora estivessem no feriado de Ação de Graças.

Sam não voltou para casa no domingo à noite, embora Alex julgasse que ele o faria. Entretanto, não estava preocupada com a ausência do marido. Ele telefonara para Annabelle umas duas vezes durante o fim de semana, mas não conversou com ela. Alex limitou-se a entregar o telefone à filha e tentou não pensar nele.

De fato, foi um alívio quando a segunda-feira chegou e ela pôde voltar ao trabalho e tentar esquecer os seus problemas.

Depois de deixar a menina na escola, foi para o escritório e sentiu-se melhor. Todo mundo exibia um ar mais relaxado e mais feliz após o longo fim de semana — inclusive Alex, embora o seu não tivesse sido nada agradável.

— Como foi o feriado? — perguntou Brock quando trabalhavam juntos à tarde. Tinha se divertido muito em Connecticut com os amigos, apesar das muitas equimoses que arranjara ao jogar futebol.

— Honestamente? — Alex sorriu com cautela ao responder a indagação sobre o fim de semana. — Foi um horror. Acho que Sam e eu afinal chegamos à conclusão de que não dará mais certo. A festa acabou. Passei muito mal no Dia de Ação de Graças e ele ficou danado da vida. Não consigo parar de pensar que a minha doença fez com que ele se lembrasse da época em que a mãe estava doente e quase acabou com a vida deles. Só que Sam não admite o fato. Limita-se a ficar furioso e a agir como um cafajeste.

"De qualquer modo, concordamos em levar vidas independentes, embora morando sob o mesmo teto, o que deve ser um desafio. Não tenho energia para argumentar sobre esse assunto. Iremos rever a situação daqui a sete semanas, depois do aniversário de Annabelle.

— Parece muito civilizado.

— Suponho que seja — concordou Alex com tristeza. — Na verdade, acho que é patético. É incrível o que as pessoas fazem umas às outras quando realmente tentam. Nunca pensei que fosse acontecer uma coisa dessas comigo, mas creio que a vida é cheia de surpresas.

Sentia-se velha e cansada, incapaz de combatê-lo. Simplesmente não se sentia em condições, ainda que o seu estado de saúde tivesse melhorado muito nas últimas duas semanas. De acordo com o plano da quimioterapeuta, interrompera a ingestão das pílulas e só receberia outra dose intravenosa duas semanas antes do Natal.

Contudo, ao reiniciar o tratamento, ficou tão mal quanto da primeira vez. Isto a afligiu porque, com todas as adversidades que vinha enfrentando na vida, não comprara nenhum dos seus presentes de Natal e percebeu que simplesmente não conseguiria fazê-lo. Estava com o catálogo da F.A.O. Schwarz em cima da mesa, onde inclusive já havia marcado diversas coisas, mas não tinha energia para comprar roupas ou lembrancinhas para Annabelle e Sam ou algo para os amigos e colegas.

— Eu me sinto um caco — admitiu a Brock, quando repousava no sofá do seu escritório. Ele estava acostumado a vê-la assim agora. Às vezes Alex trabalhava deitada, analisando as informações transmitidas por ele.

— Posso ajudar em alguma coisa? — ele se ofereceu, solidário. — Quer que eu faça alguma compra?

— Desde quando você tem tempo para isso?

Ambos estavam enterrados em uma avalanche de novos casos. Alex transferira uns dois para Matt, mas ela e Brock tentavam cuidar dos outros.

— Eu podia ir à noite. As lojas estão abertas até tarde. Por que não me dá uma lista de compras?

Ela nem sequer teve tempo de responder. Voou para o banheiro e vomitou. Só meia hora depois, quando saiu de lá, pôde falar de novo.

Na semana seguinte, fez outra aplicação intravenosa, o que a enfraqueceu ainda mais. Faltava apenas uma semana para o Natal e não comprara um único presente. No entanto, Liz e Brock tiraram o problema das suas mãos. Ela estava tão doente que precisou ficar um dia em casa e Liz veio buscar a lista no seu apartamento. Ficou triste ao vê-la naquele estado. Quando chegou lá, encontrou-a aos prantos. Antes da vinda da secretária, Alex tinha estado parada diante do espelho do banheiro, chorando. O cabelo estava caindo aos chumaços e tinha as mãos cheias de longos cachos ruivos quando foi abrir a porta para Liz.

— Veja só o que está me acontecendo — soluçou. Sempre soube que esta era uma possibilidade muito concreta, mas ainda nem lhe sobrara tempo para comprar a peruca sugerida pela Dra. Webber. Passara a manhã vomitando e depois, ao ir até o espelho, vira que o cabelo estava caindo aos punhados. — Não agüento mais — soluçou enquanto Liz a abraçava, tentando consolá-la. — Por que aconteceu comigo? Não é justo.

Chorava como uma criança e Liz ficou feliz por ter sido ela a vir e não Brock. Ele a idolatrava e teria lhe partido o coração vê-la daquele jeito.

Depois que Alex jogou o cabelo fora, Liz conduziu-a à sala de estar. Ela ficou sentada, soluçando, ainda de roupão. Estava com uma péssima aparência, o rosto pálido, os olhos vermelhos, e havia uma inchação em seu rosto onde não se podia encostar um dedo. Algo nela porém estava diferente. Embora continuasse bonita, parecia doente, muito doente e desesperadamente infeliz.

— Você tem de ser forte — lembrou-lhe Liz com firmeza decidida a não deixá-la mergulhar em autopiedade.

— Eu tenho sido — Alex quase gritou para Liz, ainda soluçando. — E para quê? Sam praticamente se mandou. Não o vejo mais. Chega à meia-noite, ou então nem aparece, e dorme no quarto de hóspede como se fosse um estranho. Só consigo vê-lo com a minha filha. Passo mal o dia inteiro e ela morre de medo de mim. Espere só até que me veja sem o cabelo. A pobrezinha ainda nem completou quatro anos e já tem uma mãe que parece um monstro.

— Pare com isso! — Liz repreendeu-a rispidamente, surpreendendo Alex. — Você tem muito a agradecer e o tratamento não vai durar para sempre. A quimioterapia vai levar mais cinco meses e depois, se tiver sorte, estará tudo terminado. E se Sam é mais uma baixa infligida pela vida real, então que se dane. Agora precisa pensar em si própria e na sua filha. Em mais ninguém. Entendeu bem?

Alex assentiu com a cabeça e assoou o nariz, surpresa com a severidade da mulher mais velha, que sabia exatamente do que estava falando. Liz enfrentara o mesmo problema. Seu marido lhe dera mais apoio do que Sam, mas a batalha foi só dela e de mais ninguém — e foi isto o que ela disse a Alex.

— A quimioterapia é horrível, e a perda do seio também, mas você não pode desistir. O cabelo tornará a crescer, você não irá vomitar para sempre. Precisa olhar para o futuro. Pense no que vai querer fazer daqui a cinco meses. Concentre a mente nisso e não no momento presente. Estabeleça uma meta para si mesma — sugeriu com sabedoria.

— Seria um bom começo não vomitar mais.

— Com o passar do tempo, você acabará se acostumando. Esta é uma coisa horrível de se dizer, mas é verdade. Até isto você é capaz de administrar.

— Eu sei. Agora me pego ajoelhada no banheiro, como que esperando estar lá. Nem me surpreendo mais. — E então mostrou-se outra vez acabrunhada. — Só com a perda do cabelo. Embora eu soubesse que já devia esperar por este tipo de coisa, acho que no fundo eu não acreditava.

— Ainda não comprou uma peruca?

— Não tive tempo — respondeu Alex, sentindo-se triste e estúpida.

— Consigo uma para você. Uma linda peruca ruiva igual ao seu cabelo. — Liz deu-lhe uma palmadinha no ombro. — Agora me diga: onde está a sua lista de Natal? Comprarei o que puder hoje. Depois Brock e eu dividiremos o que estiver faltando e veremos se podemos cuidar de tudo de uma vez por todas. Posso terminar as compras neste fim de semana.

Carmen também já prometera ficar até tarde para embrulhar os presentes. Todos eram incríveis. Quem imaginaria, há três meses atrás, que as três pessoas mais importantes da sua vida seriam a criada, a secretária e o seu associado na firma de advocacia? Mas eram todos um presente de Deus. Não teria conseguido se virar sem eles.

Além disso, tampouco teria imaginado que o marido a desiludisse. Sam quase não vinha para casa e mantinha distância dela, como se não conseguisse mais lidar com a situação. No entanto, sempre que o via, parecia estar saindo às pressas, muito bem vestido e bastante atraente.

Brock e Liz apareceram tarde da noite no apartamento, com um tesouro em presentes. Alex telefonara para Brock na firma e lhe pedira para escolher uma bolsa realmente bonita para Liz na Saks. Ele escolheu uma bolsa preta belíssima, de couro de jacaré, e ambos concordaram que ela adoraria. Haviam adquirido coisas lindas e, depois que Liz foi embora, Brock ficou mais algum tempo e tomou uma xícara de chá com Alex na cozinha.

— Obrigada por tudo. Eu me sinto um peso para todo mundo.

— Não foi nada demais — replicou ele calmamente. — Fazer as compras de Natal para uma amiga não é exatamente o mesmo que escalar o monte Kilimanjaro, embora eu também fosse bem capaz de fazer isso por você. Mas teria de me avisar.

Alex lhe deu um sorriso de gratidão. Brock era um amigo maravilhoso e significava muito para ela contar com a sua amizade. Também fora ótimo para Alex permanecer um dia em casa. Não estava tão indisposta quanto antes, mas continuava melindrada com relação ao cabelo. Usava uma echarpe da Hermès quando os dois foram até lá e Liz já o tinha prevenido sobre isto. Quis comprar-lhe uma peruca, mas não achou nada que prestasse. Além do mais, Alex lhe dissera que compraria uma na manhã seguinte.

— Está sozinha aqui agora? — perguntou Brock, referindo-se a Sam, mas ela entendeu e encolheu os ombros.

— Na maior parte do tempo. — Nas últimas três semanas, ele tinha viajado muito e se ausentara de casa praticamente o tempo inteiro. Ela quase não o via. — Estou me acostumando com isso. Acho que é mais difícil para Annabelle, se bem que ela o vê mais do que eu.

Brock percebeu que aquele seria um Natal penoso para Alex, com o seu casamento indo por água abaixo, a saúde tão frágil e agora a perda do cabelo, além da perda do seio. Lamentava muito por Alex e desejava poder mudar as coisas para ela. Andara planejando esquiar em Vermont entre o Natal e o Ano-Novo e imaginou se não devia se oferecer para ficar na cidade e lhe fazer companhia, embora achasse que ela não aceitaria. Então teve uma idéia melhor.

— Isto pode parecer um pouco estranho, mas gostaria de ir a Vermont comigo entre o Natal e o Ano-Novo? — Conhecendo as datas do tratamento tanto quanto a própria Alex, era fácil calcular que ela estaria em sua melhor fase quando não estivesse tomando as pílulas ou fazendo as aplicações. — Podia levar Annabelle também. Ficarei em uma casa que uns amigos me alugam todo ano, em Sugarbush. É muito rústica mas confortável. Você podia passar o dia inteiro junto ao fogo e eu colocaria Annabelle na escola de esquiadores.

— Acho que Sam irá levá-la para a Europa. Creio que irão à EuroDisney.

Contudo, não se imaginava indo a Vermont com Brock, por mais solidário que ele fosse ou por melhor que o conhecesse. E Brock logo percebeu a hesitação dela.

— Por que não pensa a respeito? Será muito solitário para você aqui.

— Tudo bem — prometeu Alex, mas realmente não pretendia fazê-lo.

Brock demorou-se mais um pouco e então foi embora. Em seguida, ela voltou para a cama, pensando no quanto era afortunada em ter bons amigos. Na manhã seguinte, sentiu-se surpreendentemente melhor. Chegou até a se olhar no espelho e descobriu que mais cabelos caíram durante a noite. Ao ver que havia três enormes mechas na echarpe, teve um impulso louco de guardá-las. Quando se olhou no espelho, notou que algumas partes do couro cabeludo já estavam aparecendo, o que lhe deu mais uma vez vontade de chorar. Estava perdendo tudo. Agora nem se sentia mais uma mulher, só uma coisa, um corpo que se despedaçava lentamente. Mais que depressa, recolocou a echarpe antes que Annabelle entrasse e surpreendeu-se ao vê-la com Sam quando foi tomar o café da manhã. Ela já tinha lhe servido os flocos de milho com leite.

— Você está bonita, mamãe — elogiou Annabelle, admirando o costume verde-escuro e a echarpe da mesma cor que Alex encontrara em uma gaveta. De fato, parecia muito chique e muito européia.

— Por que tudo isso? — Sam sorriu para a esposa, achando graça. Ela estava muito glamourosa, com uma aparência que não costumava exibir no escritório. — Vai a algum lugar hoje? — perguntou, só para puxar conversa. Estava tentando ser cordial e Alex sabia disso. Sam não fazia a menor idéia do motivo pelo qual ela usava echarpe e não foi sensível o bastante para adivinhar, por isto Alex não lhe contou.

— Tenho um compromisso agora de manhã. — Um compromisso em uma loja de perucas na rua 60, para onde a Dra. Webber a enviara. Segundo a oncologista, elas possuíam estilos e tonalidades variadas e eram muito úteis para pessoas com esse tipo de problema. — Precisamos combinar mais alguma coisa a respeito do Natal? — indagou ao marido, que estava sentado do outro lado da mesa, lendo o jornal. — Sei que Annabelle ficará aqui comigo e que depois você vai viajar com ela. Será no dia 26? Durante uma semana?

— Vou levá-la à EuroDisney onde ficaremos até o dia primeiro. Depois volto para cá e parto para a Suíça. — Sorriu para Annabelle. — Estarei de volta no aniversário dela.

— Você está com a agenda lotada — comentou Alex, mordaz, imaginando aonde ele iria. — Passará o Natal conosco ou tem outros planos? — perguntou com frieza enquanto o rosto de Annabelle refletia todo o seu desapontamento.

— Você não vai estar aqui, papai?

— Lógico que vou — tranqüilizou-a Alex, fuzilando Alex com os olhos. — Estaremos todos juntos no Natal.

Imediatamente a menina mostrou-se aliviada. Alex se recostou na cadeira e fechou os olhos, lutando contra a onda de náusea. Às vezes era tão exautivo estar com o marido e até mesmo com a filha. Exigiam tanto dela. Consumia tanto das suas energias o mero ato de dar a eles o que necessitavam e de lutar pela própria sobrevivência e por sua dignidade com Sam. Esta era uma árdua batalha que simplesmente não tinha forças para travar.

Sam levou Annabelle à escola e Alex foi direto à loja de perucas. Hesitou ao entrar, mas surpreendeu-se com a ampla variedade do estoque. A Dra. Webber estava certa. Em um curto espaço de tempo, escolheu duas perucas muito caras que eram idênticas ao seu cabelo, depois outra mais curta em estilo pajem que realmente lhe agradou, e uma bem curtinha que lembrava o cabelo cacheado de Annabelle, todas na sua natural tonalidade acobreada. Pagou todas com um cheque e, com cuidado, experimentou uma. Eram até mais abundantes e um pouco mais longas do que o seu próprio cabelo, além de serem bastante glamourosas, com um lindo estilo. Combinavam muito bem com o costume verde. Então Alex enrolou a echarpe no pescoço e sentiu-se humana de novo. Era incrível a diferença que o cabelo fazia. Percebeu que fora tolice sua não comprá-las mais cedo.

— Nossa! Olhe só para você! — Brock assobiou quando ela entrou na sua sala e Liz sorriu de orelha a orelha. Sabia onde Alex fora e estava satisfeita por vê-la assim com tão boa aparência. Embora ainda estivesse muito pálida, parecia muito melhor do que na véspera. — Foi ao cabeleireiro? — perguntou e então de repente sentiu-se estúpido ao lembrar o que Liz havia lhe contado. Por um momento, tinha esquecido.

— Digamos que sim.

— Eu gosto — declarou ele em tom de admiração e Alex de repente ficou embaraçada com o modo como o rapaz a olhava. Haviam se tornado tão íntimos nos últimos dois meses. Contudo, de vez em quando julgava enxergar algo diferente nos olhos de Brock, como se a estivesse vendo como uma mulher, não como uma amiga, o que a surpreendeu.

Começaram logo a trabalhar e Alex teve uma manhã muito produtiva. Depois deitou-se no sofá e cochilou na hora do almoço. Outras pessoas iriam a festas e almoços de Natal com amigos, mas ela só tinha energia para trabalhar e passar um tempo com a filha.

Trabalhou sozinha em sua sala durante o resto da tarde e reuniu-se com dois dos sócios antes de ir para casa. Brock tinha mais compras de Natal a fazer e, quando ela chegou em casa, Carmen estava embrulhando os presentes. Isto a fez sentir-se inútil e impotente, mas sentia-se exausta demais para sequer oferecer ajuda.

Nesta noite, Sam apareceu em casa com uma árvore de Natal e permaneceu só o tempo suficiente para decorá-la antes de sair outra vez. Alex ficou sozinha, deprimida, lembrando do Natal anterior ao nascimento de Annabelle, há quatro anos, e inúmeros outros. Tudo aquilo parecia tão distante agora, como se fosse parte de outro mundo. Era incrível quantas coisas tinham mudado desde então. Nesta mesma noite, sentou-se na cama, lendo a correspondência e tentando não pensar em Sam, quando notou um convite que ele deixara aberto em cima da mesa. Era uma festa de Natal oferecida por amigos e ela colocou-o de lado com a intenção de recusá-lo. Não tinha forças para ir a parte alguma, principalmente a festas.

No sábado, precisou de toda a sua energia para levar Annabelle à Macy's, a fim de ver o Papai Noel. Quando chegou em casa, teve outro acesso de vômito e sentia-se exausta. Carmen não estava lá e, após algum tempo, Annabelle foi ao banheiro à procura da mãe. Alex estava deitada no chão sem a peruca, de olhos fechados. Estava praticamente careca agora. O cabelo caíra em questão de dias e, na véspera, ela o havia cortado quase todo. Portanto, restavam apenas uns poucos tufos, que caíam dia a dia. Não sobrava quase nada agora.

— Mamãe! Seu cabelo caiu! — gritou Annabelle, vendo a peruca no chão ao lado da mãe. Sobressaltada, Alex levantou-se de um salto. A menina chorava ao olhar para a mãe, pondo as mãos na cabeça em um gesto de pavor, enquanto Alex tentava consolá-la.

— É só uma peruca, querida, está tudo bem, está tudo bem. — Então viu que Annabelle olhava para ela com uma expressão horrorizada. Aquilo não era nada bonito de se ver. Havia algo de doentio na visão daqueles chumaços projetando-se da cabeça aqui e ali, deixando-se entrever quase todo o couro cabeludo ao redor. Alex tinha imaginado se devia raspá-los. — Lembra de eu ter lhe dito que o cabelo da mamãe talvez caísse? Está tudo bem, vai crescer de novo. — Estava de joelhos, abraçando-a, mas a garotinha apenas soluçou ainda mais. — Amo você, por favor, não chore...

Odiava a peruca e a razão que a obrigava a usá-la. De repente tudo estava tão errado em sua vida. Embora quisesse atribuir toda a culpa a Sam, sabia que não podia.

Annabelle levou um longo tempo para se acalmar e continuava muito perturbada quando Carmen chegou à tarde para cuidar dela. Então Alex lhe contou o que havia acontecido.

— Tudo acabará bem, ela vai se acostumar.

Carmen deu uma palmadinha no braço de Alex, que já colocara a peruca. Pôs a mais curta à tarde e, enquanto a filha tirava uma soneca, decidiu respirar ar fresco e dar uma caminhada. Faltavam só dois dias para o Natal e era como se ela nem sequer houvesse percebido isso. Liz e Brock tinham comprado todos os seus presentes, exceto um conjunto de toucador, uma encomenda que fizera a Tiffany's para Sam e um livro de arte que guardava para ele há séculos. Não fora a festa alguma nem vira qualquer amigo. Tirando a visita ao Papai Noel e a árvore que Sam e Annabelle decoraram, não havia prestado nenhuma atenção ao Natal.

— Acha que está em condições de sair, Sra. Parker? — perguntou Carmen com um ar de preocupação.

— Estarei bem. Só quero dar um pulinho na Madison por uns cinco minutos.

— Está muito frio, coloque um chapéu! — ela aconselhou quando Alex já estava de saída. Alex sorriu. Estava usando uma das perucas.

— Não preciso.

Desceu de elevador e refletiu sobre a véspera de Natal. Sam tinha dito que ficaria com as duas, mas ela quase não o vira ao longo da semana e presumiu que ele estivesse comparecendo às festas de costume. O marido não lhe pedira que o acompanhasse. De qualquer maneira, sabia que ela não estava em condições e não iam mais a parte alguma juntos. Alex chegara até a recusar um convite de amigos mais íntimos para cantar músicas natalinas em Greenwich Village.

Parou para olhar as vitrinas na Madison, e as da Ralph Lauren estavam especialmente bonitas. Quando parou para contemplá-las, uma jovem deslumbrante saiu da loja e desceu os degraus, rindo e falando com um sotaque inglês. Usava um casaco preto curto e botas de camurça preta de cano longo que enfatizavam a beleza das pernas esculturais. Um enorme chapéu de zibelina lhe conferia um ar muito romântico. Então ela se virou para alguém e Alex sorriu ao vê-lo curvar-se para beijá-la. Esta cena fez com que ela se lembrasse de si mesma e de Sam há alguns anos. O homem até se parecia um pouco com ele. Usava um casaco azul-marinho de corte impecável e ambos carregavam um monte de pacotes embrulhados com um papel vermelho vívido e laços dourados. Havia algo de profundamente agridoce no casal, eles pareciam tão jovens e tão apaixonados. Tornaram a beijar-se e então Alex viu o homem que olhava para a moça. Neste instante, percebeu quem era. Era Sam.

Ficou boquiaberta, olhando para o marido com cara de espanto, subitamente se dando conta do que tinha acontecido. Ele estava apaixonado por outra mulher e Alex não pôde deixar de se perguntar há quanto tempo aquilo durava e se já vinha ocorrendo antes mesmo de adoecer. E se tudo não passasse de uma armação, uma desculpa que arranjou para deixá-la?

Quis desviar os olhos daqueles dois, mas não conseguiu. Sam segurou o braço da mulher e juntos atravessaram a rua, dirigindo-se à outra loja enquanto Alex os observava. Os dois não tinham a menor idéia de que ela estava lá e Sam também não percebeu que ela os vira.

Os dois entraram em outra loja e Alex sentiu as lágrimas deslizando pelas faces ao perceber que realmente estava tudo acabado entre eles. Não podia competir com aquilo. A moça aparentava ter uns 25 anos e até Sam de repente parecia mais jovem. A princípio, ao olhar para o marido, a impressão era a de que ele estava com 30 anos, não com 50. Então voltou correndo pela Madison, sem ouvir os corais cantando canções de Natal, os papais noéis badalando os sinos e menos ainda os transeuntes ou as árvores de Natal e as vitrinas. Não enxergava nada além da própria vida, que jazia em pedaços ao seu redor.

Meia hora depois de sair, estava de volta ao apartamento com uma aparência ainda pior. Seu rosto estava mortalmente pálido e as mãos tremiam violentamente ao pendurarem o casaco. Com a expressão derrotada, dirigiu-se ao quarto, fechou a porta e deitou na cama, imaginando como conseguiria encará-lo outra vez. Foi por este motivo que Sam queria mais liberdade. Aquela história de que precisava de tempo era uma farsa, um jogo. O que ele precisava mesmo era de uma nova mulher. E agora tinha.

Então foi ao banheiro e se olhou no espelho. A seus próprios olhos, parecia mais uma velha de cem anos. Ao tirar lentamente a peruca, viu no que havia se transformado. Estava careca e desfigurada. Tinha câncer, perdera um seio e o cabelo. Pensou na moça que vira com o marido e descobriu a mais feia das verdades: não era mais uma mulher.

Capítulo 15

Sam veio cedo para casa na véspera do Natal, depois de colocar Daphne no avião para Londres. Ela iria visitar os pais e o filho e Sam iria ao seu encontro em Gstaad, após levar Annabelle à EuroDisney e entregá-la à mãe.

Antes de partir presenteara Daphne com uma espetacular pulseira de brilhantes e um broche de rubis em forma de coração adquirido na Fred Leigtton. Sam sempre fora um homem generoso. Para a esposa, comprou também um presente muito bonito, mas não tão importante. Deu-lhe um magnífico relógio Bulgari, que ele sabia que ela desejava há algum tempo, mas nenhuma das carinhosas lembrancinhas que expressavam interesse e afeição. Não queria iludi-la.

Não havia como negar o fato de que este Natal fora diferente. Por mais que se esforçassem, até mesmo Annabelle pareceu sentir a mudança, chorando depois que colocaram os biscoitos para o Papai Noel e o sal e as cenouras para as renas.

— E se ele não me trouxer o que pedi? — queixou-se aos prantos e os pais tentaram consolá-la. Entretanto, a menina estava inconsolável e acabou admitindo que tinha medo do Papai Noel estar zangado com ela porque, neste ano, lhe pedira algo um pouco mais "difícil". — Pedi que fizesse a mamãe ficar boa, para que ela não precisasse mais tomar o remédio, e devolvesse o cabelo dela.

As palavras da filha fizeram Alex chorar tanto que ela precisou virar-se de costas. Até mesmo Sam custou a controlar-se com esta declaração da filha.

— O que ele lhe disse? — indagou Sam com voz rouca. Annabelle fizera o pedido quando Alex levou-a para ver o Papai Noel da Macy's.

— Ele respondeu que isso estava nas mãos de Deus, não nas de Papai Noel.

— Ele está certo, princesa — explicou Sam enquanto Alex assoava o nariz e ajeitava a peruca ligeiramente torta. Estava usando a longa. — A mamãe vai melhorar e o seu cabelo tornará a crescer.

Sam surpreendeu-se ao saber sobre o cabelo, pois não havia percebido que tinha caído. Alex não lhe contou nada. Isto o fez perceber o quanto estavam distantes. Há um mês que andava tão envolvido com Daphne e com o romance dos dois que não se concentrava em mais nada. Não queria saber o que estava acontecendo em casa e nem mesmo prestava a menor atenção ao que ocorria no escritório.

Larry e Tom o crivaram de perguntas umas duas vezes e Simon parecia contente por ele. Larry, entretanto, disse-lhe algo sobre o quanto ele e Francis lamentavam a respeito de Alex. Parecia "insinuar" que também lamentava pelos dois. Era óbvio que, por causa de Daphne, estavam passando por uma crise no casamento. Contudo, Sam não lamentava nem um pouco e achava que os sócios tinham ciúme dele. Nunca lhe ocorreu que era uma atitude desprezível de sua parte abandonar Alex nesse momento quando ela lutava com o câncer e a quimioterapia.

Quando Annabelle voltou a se acalmar, os pais a colocaram na cama. Ela se mostrou tão feliz ao vê-los juntos que Alex sentiu o coração apertado. Mais tarde, quando foram para a cozinha, Sam parecia embaraçado.

— Não notei que você tinha perdido o cabelo — comentou Sam, enquanto comia um biscoito do Papai Noel. Tinham menos de tudo neste ano. Menos biscoitos, menos bolos de Natal, menos presentes, menos alegria. Até mesmo a árvore de Natal parecia menor. Com Alex doente, ninguém mais havia se empenhado muito. E também não enviaram cartões de Natal. Ela não tinha energia para tanto e não saberia como assiná-los. De Alex... e talvez Sam... mais ou menos.

— Creio que você não iria querer que eu anunciasse a todos sobre o cabelo — retrucou Alex, tentando não pensar na mulher que vira com o marido. O mais duro era que, obviamente, aquilo não se tratava de uma simples aventura. Quando os viu juntos, os dois davam a impressão de estarem casados.

— Voltará a ser como era antes — afirmou ele, sentindo-se de novo desamparado. Sempre se sentia inadequado e constrangido perto dela.

— Meu cabelo, sim. O nosso casamento, não — declarou ela com tristeza. Sabia que haviam concordado em discutir o assunto no próximo mês, mas era difícil não falar tudo agora.

— Tem certeza?

Sam olhou bem dentro dos olhos da esposa e esperou pela resposta.

— Você não? Tenho a impressão de que já se decidiu.

Sem dúvida alguma, esta foi a impressão exata que teve ao vê-lo com a inglesa diante da Ralph Lauren.

— Nunca se sabe ao certo. É difícil não lembrar dos bons tempos.

— Pois, para mim, não parece que foi há muito tempo — retrucou Alex com toda a honestidade. — Talvez você estivesse infeliz há mais tempo do que eu.

— Acho que não é esta a palavra certa. Confuso. Ando confuso desde que você adoeceu. Isso a modificou.

Não era sequer uma acusação. Era uma declaração. E, para Sam, justificava o seu comportamento e era como uma passagem rumo à liberdade.

— Creio que modificou nós dois. Suponho que coisas como esta nunca nos deixam onde nos encontram. É um longo e árduo caminho em direção à sobrevivência.

— Deve ser difícil — reconheceu ele, solidário pela primeira vez. Sam estava mais amável nestes últimos dias, ela percebia agora. O amor por aquela garota o amolecera. No entanto, não considerou esta atitude do marido tão tocante quanto poderia ter achado. — Você tem passado por maus pedaços.

— E ainda vem mais por aí — observou ela, sorrindo. — Quatro meses e meio, para ser mais exata.

— E depois?

— Depois vou esperar para ver se tenho uma recorrência. Cinco anos parecem ser o número mágico. Supostamente, tive o tipo de câncer que me dá boas chances de sobrevivência e a quimioterapia deve me proporcionar uma garantia adicional. Acho que as pessoas simplesmente continuam vivendo e tentam não pensar no assunto. As mulheres conhecidas minhas que sobrevivem há um longo tempo afirmam que nem pensam mais a respeito, a não ser quando vão ao médico uma vez por ano para os exames de rotina. Eu gostaria de já estar nesta fase agora. Isto é um bocado assustador.

Esta era a primeira conversa de verdade que tinham em três meses e a espantava que ele estivesse disposto a discutir o assunto. Seja lá quem fosse a moça, quase o havia transformado em um ser humano. Mas Alex não sentia nenhuma gratidão por aquela mulher; só inveja, tristeza e raiva.

— Se uma pessoa tem uma recorrência, simplesmente combate a doença de novo, suponho — argumentou ele, tentando usar um tom encorajador.

— É improvável — asseverou Alex objetivamente, desejando poder tirar a peruca. Aquilo coçava muito. Entretanto, não ousava deixá-lo ver a sua atual aparência. — Exceto em casos muito raros, ninguém sobrevive às recorrências. A pessoa morre. É por esta razão que aplicam tratamentos tão agressivos na primeira vez.

Sam entendia tudo melhor agora, mas estava chocado com o que ela acabava de lhe contar. Achava que antes não ouvira aquilo de maneira assim tão franca e direta, ou talvez não tivesse prestado atenção. Sentia o coração apertado de tristeza ao vê-la agora, depois de estar com Daphne, mas nada mais. Para ele, o resto não existia mais. Agora tudo que Alex lhe despertava era piedade e ternura pelas lembranças dos bons tempos.

— O que você vai fazer na ausência de Annabelle? — perguntou, procurando mudar de assunto, já que este começava a ficar um pouco deprimente para ele.

— Nada. Dormir, descansar, trabalhar. Minha vida social não é exatamente superativa hoje em dia. Só tenho energia suficiente para gastar com Annabelle e os meus clientes.

— Por que você não viaja? Iria lhe fazer um bem enorme. Ou não pode ir?

— Até que eu podia. Há um intervalo mensal de duas semanas entre uma aplicação e outra, mas prefiro ficar aqui.

Não queria viajar com Brock, muito embora ele a tivesse convidado. Apesar do estreito relacionamento profissional que mantinham, mal o conhecia. E não queria ir sozinha. Não havia sentido. Estaria muito melhor no seu apartamento, na sua cama, com as suas coisas, perto da médica, caso surgisse um problema. Andava muito introvertida nestes últimos tempos e muito dependente do ambiente familiar. Atualmente sua vida se encontrava por demais repleta de elementos assustadores para se abrir a coisas novas.

— Odeio pensar em você aqui sozinha — observou Sam com sentimento de culpa. Era estranho. Agora que Daphne não estava mais lá, de repente sentia-se mais responsável pela esposa. Era como uma doença que o arrastava de um lado para outro. E ele não gostava nem um pouco disto. Estava realmente feliz por estar levando a filha para a EuroDisney um dia depois do Natal.

— Ficarei bem. Não quero ir mesmo a lugar algum. E tenho muito serviço no escritório para me manter ocupada.

— Existe muito mais na vida do que trabalho — retorquiu ele com um sorriso e a resposta de Alex foi olhar direto para o marido.

— Será que existe, Sam?

Então ele saiu da cozinha sem responder. Ficou imaginando se ela havia pressentido sobre Daphne ou se alguém lhe contara algo. Duvidava disso. Nesse exato momento, Alex se encontrava envolvida demais consigo mesma para sequer pensar que existia outra mulher. Não era possível que desconfiasse.

Todos os presentes de Annabelle estavam embrulhados e escondidos em um armário trancado. Depois das nove horas, eles colocaram todos debaixo da árvore e, em seguida, recolheram-se aos próprios quartos, como se fossem estranhos. Ela leu um pouco e escutou o telefone tocar à meia-noite, mas deixou que Sam atendesse. Sabia que era para o marido. E estava certa. Era Daphne, recém-chegada a Londres e já sentindo saudades dele. Para Sam, foi maravilhoso falar com ela. Enquanto conversavam, ele percebeu mais uma vez o quanto o deprimia estar perto de Alex. Nestes últimos meses, ela não era exatamente uma companhia divertida. Parecia ter desistido de viver e era como se tudo nela estivesse definhando e morrendo — sua fibra, seu cabelo, o casamento dos dois. Sabia que devia lhe dar mais apoio, mas não conseguia.

— Sinto sua falta, querido, muito mesmo — tranqüilizou-o Daphne. — Não conseguirei suportar isto aqui sem você. Terá de vir correndo. Meu Deus, como está frio aqui.

Havia se esquecido das agruras do rigoroso inverno londrino e, ainda por cima, o sistema de calefação do seu apartamento não funcionava. Tudo que tinha para se aquecer era a lareira, reclamou, e não Sam.

— Pare — pediu ele, quase estremecendo com a dor da saudade. — Senão vou pegar o próximo Concorde que sair para Londres.

— Bem que eu gostaria. — Mas os dois sabiam que ele não podia. Ambos tinham de cumprir seus deveres com os filhos. — Não agüento mais.

Finalmente desligaram. Sam sentia o corpo inteiro ansiar por Daphne enquanto jazia na cama, pensando na jovem notável que mudara sua vida inteira desde o Dia de Ação de Graças. Nunca conhecera ninguém igual a ela. Até mesmo Alex, em sua melhor forma, nunca havia demonstrado tamanha paixão.

Annabelle acordou às seis da manhã no dia de Natal. Foi um dia longo e feliz para a menina e agradável para Sam e Alex. Annabelle adorou todos os presentes e Sam ficou comovido com a generosidade do presente da esposa. E disse que adorou. Alex gostou do relógio, embora entendesse o recado que ele lhe transmitia — que agora não havia mais espaço para lembranças pessoais entre ambos — e a clareza da mensagem feriu seus sentimentos.

Entretanto, fora isso, desfrutaram de momentos muito prazerosos juntos.

Ela conseguiu preparar um rosbife com bolinhos, principalmente para disfarçar o quanto se sentira mal durante quase todo o tempo. O almoço, entretanto, foi muito menos desastroso do que o almoço de Ação de Graças. Mais tarde, deitou-se para descansar. Depois, por mera diversão, já que estavam em casa, colocou a peruca curta, o que fez com que ela e Annabelle parecessem gêmeas. Sam até disse que gostou.

Alex usou um suéter vermelho com calça de camurça, o que a deixou surpreendentemente bonita. Estava com o rosto um tantinho inchado e um pouco mais gorda, mas não a ponto de provocar críticas. Isso era muito estranho, considerando-se o quanto andara doente, mas a Dra. Webber já a prevenira a este respeito.

Saíram para caminhar um pouco à tarde e Sam chamou um táxi, que os levou ao Rockefeller Center para verem os patinadores. No entanto, o simples ato de vê-los fez com que ele se lembrasse outra vez de Daphne.

A esta altura, Alex estava exausta e precisaram pegar um táxi para casa. Era óbvio que não conseguia dar mais um passo e Sam teve inclusive que ajudá-la a alcançar o quarto. Todas as suas articulações doíam e ela sentia-se tão esgotada que não era sequer capaz de se mexer sem auxílio.

— Mamãe está bem? — perguntou Annabelle, preocupada, e o pai assentiu com a cabeça, dividido entre a solidariedade à doença da esposa e a raiva pela apreensão que causava à filha.

— Está, sim — afirmou ele com firmeza.

— Ela vai ficar bem quando a gente estiver na Flórida?

— Sem dúvida que vai. Carmen estará aqui para cuidar dela.

Annabelle achou as respostas do pai muito tranqüilizadoras. Mais tarde, Alex levantou-se para fazer a mala da filha. Embora fosse divertido arrumar todas as suas coisas, repentinamente sentiu uma onda de pânico dominá-la. E se chegasse o dia em que não pudesse mais tomar conta dela e a menina tivesse que ir morar com Sam? E se também a perdesse? Esta simples idéia deixou-a enjoada de novo. Então sentou-se, o corpo inteiro trêmulo. Em seguida, obrigou-se a levantar outra vez para acabar de arrumar a mala. Não permitiria que nenhuma dessas coisas acontecesse; não a perderia para Sam nem para aquela mulher. O medo obrigou-a a permanecer de pé para jantar com os dois à noite, embora estivesse verdadeiramente exausta, após todos os esforços dispendidos no Natal. Jantou com o marido e a filha, depois foi para a cama e dormiu até o despertador disparar de manhã.

Ajudou Annabelle a se vestir e disse a ela que aproveitasse ao máximo e telefonasse quando tivesse vontade; que nadasse bastante e se divertisse muito com o papai. Então lhe deu um abraço apertado, como se receasse não tornar a vê-la. Sentindo o pânico da mãe, Annabelle começou a chorar ao se separar dela e as duas se abraçaram por um longo tempo. Annabelle sabia o quanto Alex a amava e, instintivamente, sentia a solidão em que a mãe se encontrava.

— Amo você — falou Alex, os olhos cheios de lágrimas, quando eles entraram no elevador. Sam olhou para a esposa com a irritação familiar enquanto a garotinha chorava baixinho.

— Ela estará bem — tornou a dizer para Annabelle quando desciam de elevador com as bagagens, furioso por ter que acalmá-la. Alex não tinha nada que se agarrar à menina e assustá-la daquele jeito. Aquilo fez aflorar todos os mesmos ressentimentos que sentia desde outubro e até mesmo desde a morte da mãe, anos antes. Para Sam, era um alívio afastar-se dela. O simples fato de estar perto de Alex era deprimente, por mais que tentasse.

Foram de táxi para o aeroporto La Guardia e, depois que os dois partiram, Alex ficou parada no quarto, sentindo-se sozinha e perdida sem eles. Vira mais o marido nos últimos dois dias do que no mês passado e, sob certos aspectos, tinha sido agradável. Em outros, no entanto, fora muito doloroso. Era como forçar-se a olhar para algo que não podia mais ter e recordar-se de todos os motivos pelos quais havia adorado aquilo. Muito embora ele a houvesse magoado tanto e a desiludido de maneira tão chocante, ainda assim precisava lembrar a si mesma para parar de amá-lo agora. Atualmente era destrutivo gostar de Sam e, após vê-lo com a moça inglesa, sabia que não adiantava nada insistir. Agora a ausência do marido era um alívio.

Depois de algum tempo, lavou a louça do desjejum e arrumou a cama da filha. Carmen não viria. Sem Annabelle, Alex tinha lhe garantido que não precisaria de ajuda e lhe dera o dia de folga. Perambulou pelo apartamento até finalmente ir ao banheiro para tomar uma ducha. Estava tentando se convencer a pôr uma roupa e sair para dar uma volta para não sentir-se tão sozinha, mas este mero pensamento fez com que ela se lembrasse que vira Sam com a inglesa há três dias. De repente não quis mais sair. Queria voltar para a cama e dormir o dia inteiro. De qualquer forma, não tinha nada com que se ocupar, já que não iria trabalhar. Entretanto, um certo espírito espartano disse-lhe para ao menos tomar um banho de chuveiro e se vestir. Então tirou a peruca. Neste instante, calhou de olhar para o próprio reflexo no espelho. O resto do cabelo acabava de cair e estava inteiramente careca, sem um único fio de cabelo na cabeça. O que sobrara estava na peruca que largou na pia. Após tirar o roupão e a camisola, parou e contemplou a si mesma, dando-se conta de como devia estar aos olhos de Sam. Estava careca e mutilada. No lugar do seio que faltava, havia agora um pedaço de carne branca e plana, com uma estreita cicatriz cor-de-rosa e nenhum bico. Nem sequer se assemelhava a um homem. Era menos do que isto. Não passava de uma nulidade, um manequim, sem cabelo e sem seio, do tipo que se vê desmontado no chão de uma loja de departamentos no dia em que a decoração das vitrinas é trocada.

Começou a chorar ao ver sua imagem e percebeu que não era apenas Sam que não estava mais lá, mas também Annabelle. Já perdera o marido e, eventualmente, talvez perdesse a filha. Era como se a estivessem despojando de tudo que tinha sido, amado ou desejado. A única coisa que lhe restava era o seu trabalho e nem isso podia fazer do mesmo jeito que antes. Era como um pássaro ferido que andava claudicando na terra, descarnado e moribundo. Sentia-se feia, inútil e doente. Quase imaginou se não seria mais fácil morrer, simplesmente desistir agora, antes de perder até mesmo o que já tinha. Para que aguardar até que o resto lhe fosse tirado?

Até que Sam lhe avisasse que queria o divórcio para poder se casar com aquela garota e Annabelle caísse de amores por ela? Para que esperar que a matassem? Ou que a deixassem inteiramente só?

Ficou parada, chorando e olhando fixo para o espelho, até que escutou à distância o toque do telefone. Não se deu ao trabalho de atender. Toda a angústia da doença e suas reflexões acerca da situação finalmente revolveram-lhe o estômago, fazendo com que ela se ajoelhasse nua no chão e começasse a vomitar. Ficou apenas tendo engulhos. Agora tudo aquilo era familiar demais. Era nisso que tinha se transformado — em uma máquina quebrada que só era capaz de cuspir bile. Da verdadeira Alex, nada restava. Quando tudo acabou, deitou-se no chão e chorou até finalmente voltar para a cama, do jeito que estava, e enroscar-se debaixo das cobertas. Não comeu nada o dia inteiro e Sam e Annabelle não telefonaram. Estavam ocupados demais divertindo-se na EuroDisney. Tinham seguido seu caminho, o caminho da vida em um mundo ensolarado, enquanto ela permanecia sozinha, nas trevas do próprio inverno. Continuou chorando no escuro, até que o vazio no estômago deixou-a enjoada mais uma vez e ela retornou ao banheiro. Foi um dia interminável de vômito e lágrimas, com a presença constante do fantasma careca que via no espelho. Mesmo não se preocupando em acender as luzes, continuava a vê-lo.

O telefone tornou a tocar no final da tarde, porém nem assim teve ânimo para responder. Estava enjoada demais, cansada demais, enlouquecida demais, disposta demais a morrer para sequer procurar conforto em quem se preocupara em lhe telefonar. Annabelle não precisava da mãe agora. Tinha Sam. Ninguém precisava dela. Não era nada. Não era ninguém. Nem mesmo uma mulher.

O telefone tocou sem parar enquanto Alex permanecia na cama, aos prantos, desejando que silenciasse, mas o som perdurou. Por fim, esticou o braço e pegou o receptor, sem falar.

— Alô?

Ela conhecia a voz, porém não estava pensando com clareza.

— Alô, Alex? — repetiu a voz.

— Sim. — A voz dela soou vaga a desconexa. — Quem é?

— É Brock Stevens.

Aquela nem parecia a voz de Alex e o rapaz ficou imaginando que ela havia piorado ou voltado à clínica para uma dose adicional.

— Oi, Brock. — A voz soou inerte, o que o preocupou. — Onde está?

Alex falava como se não ligasse, mas sabia que precisava dizer alguma coisa.

— Estou em Connecticut, com amigos. Queria convidá-la de novo para ir comigo a Vermont. Vou subir amanhã.

Ela sorriu. Brock era tão meigo. Contudo, era também muito estúpido. Ela estava morrendo. Para que ele precisava de uma amiga moribunda? Era uma perda de tempo ajudá-la.

— Não posso. Tenho serviço a fazer.

— Ninguém vai trabalhar nesta semana e já adiantamos tudo.

— Tudo bem — replicou Alex, sorrindo debilmente, outra vez dominada pela náusea. Ter ficado todo esse tempo sem se alimentar a deixara ainda mais enjoada e ela sabia disso. — É mentira. Não vou a parte alguma.

— A sua menininha está aí? — perguntou ele, relutando em cortar a ligação sem insistir. Queria que ela o acompanhasse. Achava que lhe faria um bem enorme e Liz fora da mesma opinião quando Brock lhe perguntou o que pensava a respeito. Alex precisava se afastar um pouco de sua casa e o ar fresco lhe seria saudável, desde que não se excedesse.

— Annabelle está na Flórida — respondeu ela à sua indagação. — E Sam provavelmente está com a namorada — acrescentou. Sentia-se um pouco tonta com a falta de água e alimentação.

— Ele lhe disse isto?

Brock parecia aborrecido ao fazer esta pergunta. Considerava o marido de Alex um completo sacana que não a merecia. Entretanto, mesmo sendo amigo dela, achava que não tinha o direito de lhe dizer tal coisa.

— Vi os dois juntos um dia antes da véspera de Natal. Ela é muito jovem e *muito* bonita. — Falava como se estivesse quase bêbada e Brock ficou ainda mais preocupado com ela. — E estou certa de que não lhe falta nada. Sam detesta tudo que não seja perfeito.

— Alex, você está bem? — perguntou ele, dando uma olhada no relógio e imaginando quanto tempo levaria para ir até o apartamento dela, se deveria ligar para Liz e pedir que desse um pulo até lá. Estava refletindo por qual alternativa deveria optar. O modo como Alex falou não lhe agradava nem um pouco, especialmente levando-se em conta que estava sozinha. Sempre havia a possibilidade de que, no seu atual estado mental, pudesse cometer uma loucura.

— Estou bem — assegurou Alex, ainda absolutamente imóvel na cama e de olhos fechados para não vomitar. — O resto do cabelo caiu hoje. Fica até mais bonito assim.

— Olhe, descanse um pouco. Ligo daqui a uma hora, certo?

— Certo — repetiu Alex, sonolenta. Desligou e esqueceu-se dele. Queria se esquecer de tudo. Se passasse fome durante seis dias até Annabelle chegar, talvez estivesse morta quando a encontrassem. Era muito mais fácil do que morrer por causa da quimioterapia. Adormeceu e, um pouco mais tarde, ouviu um barulho, o despertador, a campainha, alguma coisa. Tentou ignorá-lo por algum tempo e então percebeu que alguém estava tocando a campainha. Não conseguia imaginar quem era e procurou ignorar o ruído, mas a pessoa não desistia. E logo começou a socar a porta. Então Alex vestiu o roupão, foi até a porta e espiou pelo olho mágico. Era Brock Stevens. Ficou muito surpresa. Depois abriu a porta e os dois ficaram se olhando; Alex com o roupão de *cashmere* bege e Brock com um grosso suéter, um casaco longo de lã com capuz, calça de veludo cotelê e botas pesadas. Havia nele o aroma de ar fresco e seu rosto expressou muita aflição ao vê-la.

— Fiquei morto de preocupação com você — explicou, enquanto ela permanecia ali parada.

— Por quê?

Dava a impressão de estar um pouco alheia e até cambaleava um pouco, mas ele a conhecia o suficiente para saber que Alex não bebia. Estava apenas muito enjoada e, provavelmente, não tinha comido nada. Afastou-se para deixá-lo passar e Brock seguiu-a até a sala de estar. Então Alex viu sua imagem no espelho e percebeu que não estava com a peruca.

— Merda — xingou e fitou-o com um jeito de menininha. — Bem, agora já era.

— Você lembra Sinead O'Connor, só que melhor.

— Não sei cantar.

— Nem eu — replicou ele, ainda olhando para Alex, pensando que ela realmente se parecia com Audrey Hepburn. Estava ainda mais bonita sem o cabelo, com uma aparência tão simples e tão despojada. Toda a beleza do seu rosto realçava, como se pertencesse a um ser delicado de outro planeta. Existia nela algo de luminoso que nunca deixava de comovê-lo. — O que aconteceu?

Era óbvio que algo ocorrera. Era como se ela estivesse tentando desistir e morrer. E estava. Porém, mesmo pelo telefone, ele percebera tudo.

— Não sei. Eu me olhei no espelho hoje de manhã, Annabelle tinha viajado com o pai, aí senti enjôo de novo... Não tenho mais forças para lutar... Sam e aquela mulher... é tudo uma confusão. É complicado demais — respondeu com toda a honestidade. Brock mostrou-se furioso.

— Aí você abandona a luta, não é?

Estava gritando com Alex, que o olhava com cara de espanto.

— Tenho o direito de fazer minhas próprias opções — rebateu com tristeza.

— Ah, é mesmo? Você tem uma filha. E ainda que não tivesse, tem uma obrigação consigo mesma. Isto sem mencionar aqueles que a amam. Precisa lutar, Alex. Vai demorar um pouco. Não será nada fácil. Mas você não pode simplesmente cruzar os braços e morrer porque é "complicado demais".

— Por que não? — retorquiu Alex, falando como se estivesse estranhamente desligada de tudo. Inclusive dele.

— Por que eu digo que não pode. Já comeu hoje? — perguntou Brock em tom de fúria. E como era de se esperar, ela negou com a cabeça. — Vá se vestir. Vou preparar algo para você comer.

— Não estou com fome.

— Não me interessa. Não estou mais a fim de ouvir bobagem. — Então agarrou-a pelos ombros e sacudiu-a gentilmente. — Não dou a mínima para o que fizeram com você ou para o que você acha da sua vida no presente momento. Ainda que esteja só pele e ossos, com um seio ou dois e careca como uma águia, mesmo assim tem o dever de lutar pela sua vida, Alex Parker. Por você. Por si mesma. Por mais ninguém. A vida é um bem precioso. E todos nós precisamos de você. Mas quando se olhar no espelho e não gostar do que vê, lembre-se de que aquela mulher é você. Todas as exterioridades nada significam. É exatamente a mesma mulher que era antes que tudo acontecesse. Acho mesmo que depois de tudo, se tornou muito mais humana. Não se esqueça disto.

Alex olhava para ele com reverente admiração enquanto Brock continuava parado na sua frente, pregando-lhe um sermão. Sem dizer uma só palavra, dirigiu-se ao banheiro. Tirou o roupão, abriu o chuveiro e depois ficou imóvel por um longo tempo diante do espelho. Viu a mesma mulher que tinha visto de manhã, o mesmo pássaro ferido, a mulher com a cicatriz onde antes existia um seio, a mulher sem nenhum cabelo. Entretanto, enquanto olhava o próprio reflexo, soube que ele estava com toda a razão. Não por Annabelle, não por Sam, nem por ele nem por ninguém, tinha de lutar. Por si mesma, pelo que fora, pelo que podia ser, pelo que sempre seria. Podia perder um seio e o cabelo, mas não podia perder a si própria. Sam não conseguiria lhe tirar isso. Chorou mansamente então, pensando no que Brock acabava de lhe ensinar. Em seguida, ficou debaixo do chuveiro e deixou a água bater em sua cabeça e deslizar pelos ombros como um lençol quente a envolver-lhe o corpo.

Vestiu uma calça *jeans* e um suéter e pôs a peruca curta que largara na pia de manhã, após retirar os tufos de cabelo. Então foi descalça para a cozinha.

— Não precisa usar a peruca perto de mim — observou ele, sorrindo. — A não ser que fique mais à vontade assim.

— Eu me sinto estranha sem isto — admitiu.

Brock havia preparado ovos mexidos com torradas e batatas fritas. Embora não fosse capaz de sequer provar as batatas, esforçou-se para comer a torrada e os ovos mexidos. Contudo, não quis se arriscar a passar o resto da noite vomitando no banheiro. Seu estômago estava em pandarecos, mas pela primeira vez suspeitava que Sam estivesse certo ao dizer que o enjôo era de fundo emocional.

Ficaram sentados na cozinha por algum tempo, e então Alex lhe contou que Annabelle havia adorado todos os presentes.

— Foi divertido comprá-los — comentou ele. — Gosto de crianças.

Sorriu para Alex, aliviado ao vê-la comer.

— Então, por que não se casou? — perguntou ela, brincando com os ovos.

— Bartlett and Paskin nunca me deram tempo.

Brock deu um longo sorriso, parecendo muito jovem e muito atraente.

— Precisamos começar a aliviar a sua carga de trabalho — provocou-o Alex.

Conversaram mais um pouco sobre como fora o feriado e o quanto estavam difíceis as coisas com Sam, e depois ele tirou a mesa.

— Não precisa arrumar nada, Brock; cuido disso mais tarde.

— Sem dúvida, por que não? Você é capaz de saltar de um edifício para o outro com um único pulo, certo? E quanto a Vermont? Não vim aqui por causa da minha saúde, sabe. Vim pela sua.

Olhou bem dentro dos olhos dela, e como sempre, Alex estava grata ao rapaz.

— Creio que não.

— Não vou desistir. Liz também acha que seria bom para você — declarou com firmeza.

— Que negócio é esse? Um complô? — Ela riu, de repente achando graça, mas sentindo-se também comovida. — Alguém liga para o que penso?

— Francamente, não.

Brock ignorou por completo o seu veto.

— Não tem ninguém de verdade com quem possa passar a semana?

— Você parece muito real para mim — retrucou ele com um ar de determinação. Alex balançou a cabeça e apontou para a peruca.

— Não permita que isto o iluda. Estou cansada demais para esquiar, velha demais para arranjar alguém, enjoada demais para ser uma companhia divertida e, além do mais, sou casada.

— Pelo que vejo, não por muito tempo. Mas uma mulher como você só ficará sozinha se quiser.

Estava sendo muito franco com Alex, que ainda assim sorria.

— Esta é uma coisa muito gentil de se dizer. Bem, digamos que eu seja um artigo de segunda mão. — Então encarou-o com um olhar divertido. — Está me dizendo que quer *namorar* comigo?

Era óbvio que não acreditava nesta hipótese e Brock também riu.

— Não. Mas se você se sente melhor pensando assim, por mim tudo bem. Eu a estou convidando como amigo; um amigo que gostaria de vê-la pegar um pouco de sol nesse rosto pálido, sentar diante de uma lareira, manter-se aquecida, tomar chocolate quente e ir para a cama à noite sabendo que está entre amigos e não sozinha em um apartamento solitário na cidade.

— Para um garotão da sua idade, você faz tudo parecer ótimo.

— E é. Tenho muita experiência em cuidar de velhotas iguais a você. Minha irmã era... é dez anos mais velha do que eu.

— Transmita-lhe as minhas condolências — replicou ela, sorrindo. — Não há dúvida de que você não me dá chance de recusar.

— É por esta razão que vim vê-la — explicou Brock, fitando-a com um largo sorriso, o que a fez lembrar-se do quanto gostava dele.

— Pensei que tivesse vindo para comer de graça — Alex brincou, ainda rindo dele.

— E vim mesmo. Mas também vim para conversar com você.

— Deve ter sido muito aborrecido em Connecticut.

Alex estava sendo implacável com Brock, que adorava a brincadeira. Ambos se conheciam muito bem e se divertiam juntos.

— Estava mesmo. Então? Vem ou não?

— Quer dizer que tenho opção? Eu estava começando a pensar que ia me pendurar no ombro e me carregar.

— Talvez eu o faça, se você não se comportar direito.

— Você é mesmo louco, sabe? A última coisa que precisa é ter uma mulher vomitando em cima de você durante toda a viagem até Vermont, e depois enjoando como um cão quando chegar lá.

— Já estou acostumado com esse tipo de coisa. — Ele sorriu — Não saberia o que fazer sem isso.

— Você é pirado.

— E você é uma graça de pessoa e é para isso que servem os amigos.

— É mesmo? — disse Alex, mais uma vez enternecida com a atitude do rapaz. — Julguei que servissem só para fazer compras de Natal, cuidar dos nossos casos por nós e nos tirar do chão do banheiro quando estamos passando mal.

Era para isso que deviam servir os maridos, mas não o dela.

— Apenas cale a boca e arrume a mala. Você está me constrangendo.

— Isso é impossível.

— Eu a apanho às oito. Ou é cedo demais?

De repente ficou preocupado com ela.

— Está ótimo. Tem certeza? — Alex tornou a perguntar-lhe. — E se você quiser ficar com alguma garota?

— É uma casa grande. Tranco você no seu quarto. Prometo.

Ambos sorriam enquanto ela o acompanhava até a porta. Não conseguia acreditar que o deixara convencê-la a ir, mas de repente ficou ansiosa para viajar com Brock. Sabia que tinha pela frente quatro meses e meio de enjôo. Contudo, algo lhe acontecera. Ele salvara o seu espírito. Queria ir com Brock, queria agarrar-se à vida. Agora, acima de tudo, queria ganhar a guerra. Sabia que precisava.

Capítulo 16

Os dias que Alex passou em Vermont foram os mais felizes que desfrutara em um longo tempo. Ela telefonara para Sam e Annabelle a fim de avisá-los onde estava, e Sam surpreendeu-se ao ouvir a notícia.

— Eu não sabia que você podia viajar — comentou ele, parecendo preocupado. — Tem certeza que ficará bem lá? Com quem vai?

— Com um amigo do trabalho. Estou ótima. A gente se vê em Nova York no dia do Ano-Novo.

Deu-lhe o número, mas não telefonaram.

A casa que Brock alugara era simples mas muito aconchegante. Tinha quatro quartos e uma espécie de dormitório. Ele lhe destinou o quarto maior no segundo andar e ocupou o menor que ficava no térreo para não incomodá-la. Passavam o dia todo juntos, como velhos amigos, lendo e fazendo palavras cruzadas e travando combates com bolas de neve como duas crianças.

Alex dava longas caminhadas na neve com Brock e, certo dia, chegou até a tentar esquiar, mas foi demais para ela. Após a quimioterapia, simplesmente não tinha força para qualquer esforço físico. Entretanto, sentia-se mais saudável agora do que em muitas semanas. Só teve um dia realmente ruim. Contudo, ficou deitada e, à noite, já estava melhor.

Um dia depois de chegarem, Brock encontrou um velho trenó

na garagem e arrastou-a para toda parte, de modo que não se cansasse.

À noite, preparou o jantar para Alex, e, quando ela sugeriu que saísse com os amigos, limitou-se a rir, e respondeu que estava cansado demais. Gostava de ficar em casa com ela. Certa noite, foram até jantar no Chez Henri, onde desfrutaram de momentos muito prazerosos. No final da semana, Alex sentia-se melhor outra vez. Estava na melhor fase da quimioterapia, o que significava que logo iria receber outra dose, mas, felizmente, não por enquanto. Nunca tivera férias tão agradáveis. Os dois tornaram-se amigos íntimos e passaram muito tempo rindo.

No outro dia, encontraram-se para almoçar no restaurante situado na montanha, depois que ele acabou de esquiar. Alex não parava de apontar-lhe garotas bonitas. Discretamente mostrou-lhe um punhado de jovens e atraentes esquiadoras com quem, na sua opinião, ele devia estar, em vez de permanecer na sua companhia.

— Pelo amor de Deus, essas moças têm 14 anos. Está tentando me mandar para a cadeia?

Ambos riam de novo.

— Não têm, não! Têm 25 no máximo — protestou Alex, simulando indignação.

— É a mesma coisa.

Entretanto, mesmo as de 30 anos não o atraíam. Estava feliz com Alex, ainda que nunca a houvesse seduzido ou embaraçado. Conversaram muito sobre Sam. Ela admitiu a Brock o quanto a magoara vê-lo com aquela moça na Ralph Lauren.

— Acho que, provavelmente, eu teria dado cabo dele. Ou dela — observou Brock, mas Alex limitou-se a sacudir a cabeça.

— Não adianta nada. Está acabado. Não é culpa dela. Simplesmente aconteceu. E quando me olho no espelho agora, acho até que entendo.

— Que bobagem. — Ele sempre se zangava ao ouvi-la dizer coisas como aquela. — E se tivesse acontecido com Sam? Se tivesse perdido um braço, uma perna ou um testículo? Você o abandonaria?

— Não. Mas somos diferentes. E suponho que o seio... seja um símbolo de feminilidade. Não estou certa se muitos homens suportariam esse tipo de situação. Nem todos os maridos são como o de Liz.

No entanto, tinha de admitir que os dois também enfrentaram momentos difíceis.

— Quer saber? Não acho que alguém acabe com o seu casamento porque a esposa perdeu um seio, o cabelo ou o sapato. Como pode aceitar uma coisa dessas?

Brock estava indignado.

Mas Alex olhou para o rapaz com um sorriso de sabedoria. Era dez anos mais velha do que ele.

— No momento, não tenho opção. O freguês não está comprando, Brock. É simples assim. A loja está fechada. O dono transferiu seu negócio para outro lugar.

— Ah, é assim? Você desiste?

Ele estava chocado com a falta de brio de Alex.

— O que sugere que eu faça? Dar um tiro na garota?

— Dar um tiro nele — rebateu Brock objetivamente. — O seu marido merece.

— Você é tão romântico — Alex o acusou.

— Você também — Brock devolveu a acusação.

— E daí? Isto não vai pagar o aluguel nem impedir que o meu marido me abandone. O sujeito odeia deformidades. Odeia doença. Não consegue sequer olhar para mim. Só me viu uma vez depois da cirurgia e quase desmaiou. Sente nojo de mim. Esta não é uma base sólida para um casamento feliz.

— Enfrente a realidade. O cara é um covarde.

— Pode ser. Mas também possui um tremendo bom gosto em questão de mulher. Ela é um bocado bonita, Brock. Na verdade, tem a idade certa para você. Talvez deva seduzi-la e tentar competir com ele.

Brock não lhe contou que preferia muito mais seduzir Alex, em vez da outra mulher. Este não parecia ser o momento certo. Ela estava tão à vontade na sua companhia que não queria estragar tudo.

Passaram a virada do Ano-Novo em casa, vendo televisão e comendo pipoca, conversando sobre os seus sonhos, suas carreiras, o que esperavam encontrar nos próximos anos. Alex desejou que ele encontrasse uma esposa capaz de cuidar dele e Brock, por sua vez, desejou-lhe saúde e felicidade de qualquer forma que lhe agradasse. À meia-noite, cantaram *Auld Lang Syne* em perfeito uníssono. Em seguida, foram dormir e refletiram sobre a amizade dos dois e a preciosa raridade que era ter bons amigos.

Ambos estavam tristes ao partirem no dia seguinte, mas a aparência de Alex estava infinitamente melhor do que quando chegaram. Ocorrera uma mudança sutil nela. Havia nela agora uma energia, uma combatividade que não se encontrava lá há um longo tempo. De repente estava decidida a sobreviver ao câncer.

A caminho de casa, Alex permaneceu em silêncio, pensando em rever Sam, ainda que só por uma noite. Sabia que ele iria para a Europa no dia seguinte e achava que sabia o motivo: ia se encontrar com a sua namorada. Algumas vezes, Brock lhe perguntava se estava bem e Alex respondia que sim, mas continuava pensativa. Durante um tempo, ele segurou a mão dela enquanto dirigia o carro na auto-estrada, para confortá-la. Era seu amigo, seu colega. Eram companheiros.

Chegaram em casa ao entardecer e Brock demonstrava uma tristeza sincera ao deixá-la no apartamento. Alex continuou sentada no carro por um minuto, olhando para ele, sem saber sequer como começar a lhe agradecer.

— Você me devolveu a vida, sabe. Eu me diverti muito.

— Eu também. — Então tocou no rosto dela delicadamente com a ponta dos dedos. — Não permita que a façam sentir-se menos do que é. Você é a mulher mais fantástica que conheço.

Brock tinha lágrimas nos olhos quando disse estas coisas, deixando-a mais uma vez comovida. Ele sempre sabia como tocar seu coração sem muito esforço.

— Amo você, sabe? E você é muito tolo. Quem é fantástico aqui é você. Será um marido maravilhoso para uma moça de sorte.

— Vou esperar por Annabelle — replicou ele com um sorriso que ela adorava. Sorriso que o fazia parecer-se novamente com um adolescente de 14 anos.

— Ela é uma garota afortunada. Obrigada de novo, Brock.

Alex beijou-o na face e o porteiro pegou sua mala.

Quando Sam e Annabelle chegaram em casa à noite, encontraram Alex com muito melhor aparência.

Annabelle tinha um monte de histórias para contar sobre a EuroDisney. Estava bocejando, rindo e quase dormindo, tudo ao mesmo tempo. E mal conseguiu manter-se acordada ao pousar a cabeça no travesseiro quando beijou a mãe.

— Parece que ela se divertiu a valer — comentou Alex, sorrindo para Sam. O marido também conseguiu notar algo de diferente nela. Nada havia mudado, mas era como se tivesse feito as pazes consigo mesma e com o que estava acontecendo.

— Também me diverti demais — contou Sam. — Ela é uma ótima companhia. Odiei trazê-la de volta.

— Realmente, senti saudades dela — admitiu Alex ao marido, mas nenhum dos dois afirmou ter sentido falta um do outro. Agora nem isto existia mais... a simulação de que ainda tinham um casamento. Ambos sabiam que não.

Nesta noite Sam arrumou suas malas e partiu para Londres na manhã seguinte, enquanto Annabelle e Alex tomavam o café da manhã. Prometeu telefonar tão logo chegasse na Suíça e Annabelle lembrou ao pai para estar de volta no dia do seu aniversário. Então olhou para Alex com surpresa depois que ele foi embora, percebendo que Sam esquecera de beijar a mãe. Mas, desta vez, não perguntou o motivo. Ela sabia. Até mesmo Annabelle podia perceber a diferença.

O resto da semana passou voando. Alex conseguiu levá-la ao balé e ter um fim de semana tranqüilo ao lado dela. Entretanto, na segunda-feira seguinte, o pesadelo recomeçou. Estava na época de mais uma aplicação intravenosa. E, desta vez, ficou ainda pior do que de costume. A primeira dose do mês sempre a atingia com violência, especialmente quando era combinada com as pílulas de Cytoxan. Quando retornou ao escritório, era como se estivesse morrendo. Precisou ir para casa mais cedo à tarde. Annabelle chorou ao observar a mãe vomitar violentamente e ficou chocada ao vê-la sem a peruca.

Alex voltou à firma no dia seguinte que, para ela, foi infindável. Às cinco horas, arrastou-se para casa. Desta vez, era Carmen quem estava em prantos, e tudo que Alex conseguiu arrancar dela na porta foi uma enxurrada de espanhol histérico. Porém, no momento em que pôs os olhos em Annabelle, entendeu tudo. A filha cortara os lindos cachos ruivos até o couro cabeludo, tentando se assemelhar à mãe.

— Oh, benzinho, por que fez uma coisa dessas? — Alex indagou, chorando, enjoada e exausta, imaginando que explicação daria ao marido.

— Quero ficar igual a você — respondeu Annabelle, também chorando, sentindo-se culpada pelo que fizera e assustada com a doença da mãe. Nessa altura, o pai estava ausente há uma semana, o que também a deixava nervosa.

Novamente, Alex tentou conversar com ela sobre a doença. Leram *Mamãe está melhorando,* mas nada pareceu ajudar. Alex estava indisposta demais para transmitir convicção ou energia durante as suas explicações, e Annabelle estava perturbada demais para ser razoável. Alex chegou até a receber um telefonema da escola para avisá-la de que a menina estava passando por uma fase ruim, e que conversavam muito com ela sobre a doença e o tratamento da mãe. Embora não comentasse nada, a professora achava que Annabelle estava apavorada com a idéia de que a mãe morresse. E Alex estava enjoada e assustada demais para ajudá-la. Além do mais, nenhuma das duas obtinha qualquer auxílio de Sam nesse sentido.

E, para piorar, cada mês de quimioterapia que passava parecia intensificar o mal-estar de Alex, ao invés de diminuí-lo. No final de semana, não conseguiu sequer ir ao escritório, mas ainda assim teve de organizar a festa de aniversário de Annabelle. Sabia o quanto isso era importante.

A filha precisava de normalidade e da segurança que a vida familiar proporcionava. E fazia um longo tempo que aguardava com ansiedade o seu aniversário.

Mais uma vez, Liz comprou para Alex a maioria dos presentes e os enfeites de papel. No entanto, quando chegou o dia, a confeitaria mandou o bolo errado e Alex tinha se esquecido de ligar para o palhaço. A melhor amiga de Annabelle pegou uma gripe, o mesmo acontecendo com outras três convidadas. Então a festa lentamente desmoronou. O dia inteiro foi um desastre, mesmo com a ajuda de Carmen, e Alex chorou ao ver o desapontamento nos olhos da filha.

Sam chegara tarde da noite na véspera da festa e estava irritado e cansado com a diferença de fuso horário. Era evidente a sua insatisfação por estar de volta. E quando viu o cabelo tosado da filha, ficou absolutamente enlouquecido.

— Como pôde deixá-la fazer uma coisa dessas? Como pôde? Por que permitiu que Annabelle a visse sem a peruca? — vociferou.

— Eu estava passando mal e a peruca estava no chão! Pelo amor de Deus, Sam! Não posso me preocupar com a minha aparência a cada minuto. Estou doente.

Alex ainda não tinha percebido, mas Annabelle ouvia a discussão atentamente, os olhos assustados.

— Então ela não devia estar com você — disparou Sam. Com uma expressão de absoluto terror, Alex avançou para o marido e o esbofeteou, enquanto Annabelle começava a chorar ruidosamente. Mesmo assim os pais continuaram brigando.

— Nunca mais me diga isso! Ela não vai a parte alguma! E não se esqueça das minhas palavras! — berrou Alex para Sam, que retribuiu da mesma forma.

— Você não está em condições de cuidar dela — esbravejou enquanto a filha voava para os braços da mãe.

— Ah, sim, estou — retorquiu Alex com fúria. — E se você encostar um dedo nela, seu filho da puta, eu o arrasarei com o maior processo de discriminação com que já sonhou. Annabelle ficará comigo. Está claro?

Alex agarrava-se à menina, trêmula, enquanto Sam olhava furiosamente para ela.

— Então não tire a peruca.

Ele recuou só um pouco diante das ameaças da esposa e dos soluços da filha. Annabelle não queria que a afastassem da mamãe, mas também odiava as brigas dos dois. Embora soubesse que, provavelmente, a culpa era sua, não entendia muito bem qual era o motivo.

Foi uma noite difícil para todos e Sam saiu assim que Annabelle foi para a cama. No dia seguinte, ele e Alex sentaram-se e tiveram uma conversa muito séria. Aquilo não estava dando certo. Era hora de Sam sair de casa e ambos tinham consciência disso. O bate-boca ocorrido diante de Annabelle no dia anterior havia abalado os dois. Contudo, ele a deixou absolutamente atônita ao dizer que achava que não devia ir antes do fim do tratamento. Segundo ele, o incidente com o cabelo da filha parecia provar o seu argumento. Na sua opinião, precisava estar lá para ajudar a vigiá-la e impedi-la de ficar perturbada enquanto a mãe ainda estivesse fazendo o tratamento e passando mal.

— Não preciso da sua presença aqui como babá, Sam. Pode partir, se quiser.

— Vou me mudar em maio, quando você terminar a quimioterapia — declarou ele com firmeza.

— Não posso acreditar que está me dizendo isso. Vai ficar por causa da quimioterapia?

— Vou ficar pelo bem de Annabelle, caso você esteja doente demais para cuidar dela. Quando tudo acabar, eu me mudo.

— Estou impressionada. E depois, Sam?

Ela o estava pressionando. Queria saber se o marido iria casar-se com a namorada e quem era a garota. Mas ele não estava pronto para revelar-lhe os seus segredos.

— Ainda não sei.

Entretanto, Alex podia adivinhar. Era bastante óbvio. Sam parecia jovem, esbelto e atraente. Era fácil perceber que estava feliz e apaixonado e surpreendia-a que estivesse disposto a aguardar, ainda que fosse por algum tempo, até o tratamento terminar. O fim ainda demoraria quatro meses para chegar e ninguém mais do que a própria Alex queria que aquilo acabasse.

— Então acha que pode agüentar até lá? — indagou, tornando a pressioná-lo.

— Eu posso, se você quiser. Não estarei aqui o tempo inteiro. Mas estarei disponível, caso Annabelle precise de mim.

— Eu lhe agradeço por isto — replicou Alex a contragosto, dividida entre o desejo de que ele partisse e o de que ficasse, e sem saber qual das duas alternativas era a pior. Apenas protelava o inevitável e ela parara de se iludir a esse respeito. Tinha plena consciência de que, agora ou dali a quatro meses, Sam a deixaria. E sob quase todos os aspectos, já o tinha feito.

No dia seguinte, quando contou tudo a Brock este não conseguiu acreditar no acordo estabelecido entre os dois. Fazia sentido, pelo bem de Annabelle, mas era duro para todos, e simplesmente parecia prolongar as coisas eternamente. Ninguém estava mais cônscia deste fato do que a própria Daphne, que ficou com cara de criança desapontada quando Sam lhe contou o que havia combinado com Alex, permanecendo com ela no apartamento até maio.

— Eu tinha tanta esperança de que você viesse morar comigo agora.

Haviam se divertido tanto na Europa. Fizeram amor sem parar e desfrutaram de momentos maravilhosos em Gstaad. Depois Sam levou-a a Paris, onde lhe comprou tudo em que podiam botar as mãos. Foram às mais importantes lojas — Cartier e Van Cleef, Hermès e Dior, Chanel e Givenchy — e a toda pequena butique pela qual ela se apaixonava. Contudo, o que Daphne realmente queria era Sam, muito embora compreendesse os motivos dele para adiar a mudança. De qualquer maneira o apartamento dela era pequeno demais para os dois. E ele andava falando em comprar outro para ambos em maio, depois que Alex terminasse o tratamento.

— Não será por muito tempo — prometeu-lhe Sam. Além do mais, certamente não precisava dormir em casa toda noite. Continuaria fazendo o mesmo que antes e passaria as noites com Daphne. Desejava também apresentá-la a Annabelle, mas ainda receava que isto confundisse demais a filha, que poderia contar à mãe. De qualquer maneira, Daphne não o estava pressionando para que se conhecessem. Conforme admitira desde o princípio, não era excessivamente sentimental em relação a crianças. Na verdade, não era excessivamente sentimental em relação a muitas coisas. Todavia, era sexual a respeito de tudo, em todo o momento, em todas as oportunidades. Fizeram amor em absolutamente toda a parte da Europa, inclusive em uma sala de provas da Dior e em outra da

Givenchy. Era do tipo selvagem e passional, e fazia com que Sam se sentisse jovem de novo e totalmente livre de problemas.

Alex avistou-os outra vez em fevereiro, em uma tarde de sábado. Os dois acabavam de vir de uma exposição de jóias na Christie, onde Sam dera um lance por um anel de esmeralda para Daphne. Ele lhe comprava muitas coisas e se mostrava feliz em mimá-la. E quando Alex parou para observá-los, viu o casal seguir a pé pela Park Avenue, alheio a tudo que não fosse eles mesmos. A tristeza dominou-a ao tornar a vê-los. Hoje em dia, muitas coisas a entristeciam. Por exemplo, o jeito como Annabelle ficava quando o pai saía ou quando perguntava sobre Sam, além das desculpas que Alex tinha de inventar para explicar a razão pela qual Sam quase não dormia mais em casa. Ainda a entristecia ver como se encontrava o seu corpo e o fato de o seu cabelo não ter crescido mais. E nem ficou particularmente alegre quando a Dra. Webber sugeriu uma cirurgia reconstrutiva. Já havia decorrido tempo suficiente desde a operação para que ela começasse a pensar nesta possibilidade, mas Alex descobriu que ela não se importava com isso. Embora não gostasse do que via, acostumara-se à própria aparência. O mais estranho era ter sido Brock o seu confidente quando quis discutir o problema com alguém. Surpreendeu-se quando o rapaz aconselhou-a a fazer a operação. Não havia nada que não conversasse com ele. Não restava mais um único assunto proibido. Brock era a pessoa mais próxima de um irmão que já tivera.

— Que diferença faz se tenho um seio ou dois? Quem se importa? — retrucou ela em tom beligerante, quando almoçavam no Le Relais durante uma das semanas sem quimioterapia.

— Você se importa. Ou ao menos deveria se importar. Não pode viver como uma freira pelo resto da vida.

— Por que não? Fico bem de preto e nem sequer preciso raspar a cabeça.

Apontou para a peruca mais longa e glamourosa que usava e Brock fez uma careta para ela.

— Você é mesmo difícil. Estou falando sério. Fará diferença algum dia.

— Não, não fará. Gosto de bancar a grotesca. E daí? Se alguém me amasse, será que se incomodaria realmente se eu me desse a todo esse trabalho para fazer um implante? Isto é, droga, não estamos falando sobre Sam. Para ele, eu precisaria conseguir dois seios novos para competir com a sua amante britânica.

— Deixa pra lá. —·Brock olhou para ela, pensando a respeito. — Mas continuo achando que devia fazer. Acho que seria ótimo para você. Não vai ficar com tanta raiva de si mesma toda vez que se olhar no espelho.

— Você se importaria? — indagou Alex com brusca franqueza. — Se conhecesse uma moça sem um seio, quero dizer.

— Podia poupar muito tempo — respondeu Brock, brincando com ela. — Evitaria que tomasse todas aquelas decisões difíceis. Não, eu não me incomodaria — acrescentou honestamente. — Mas sou um sujeito incomum e sou mais jovem. Caras da sua idade ligam mais para as aparências e para a perfeição.

— Sim, como Sam. Conhecemos tudo sobre homens deste tipo, muito obrigada. — Ainda se lembrava com demasiada clareza do rosto do marido ao vê-la. — Entendi: o que está me dizendo é que preciso ou de cirurgia reconstrutiva ou de um homem mais novo na minha vida. Estas são as minhas opções.

— É mais ou menos isto — replicou ele, tornando a brincar com ela. Alex estava extremamente bem-humorada. Havia coisas que Brock sempre quisera lhe contar e nunca contou. Nunca parecia encontrar o momento certo.

— Ainda acho que é complicado demais. Até mesmo a médica disse que dói horrores. E o processo é nojento. Tiram um pedacinho de pele aqui, outro ali, fazem túneis, bordas, curvas e protuberâncias, colocam implantes e tatuam os bicos. Cristo, posso simplesmente pintar um, se conhecer alguém que me atraia. Posso escolher qualquer tamanho, qualquer forma, qualquer cor. Sabe, eu podia bolar algo bem interessante aí — continuou Alex e Brock riu, atirando nela um guardanapo para tentar detê-la.

— Você está obcecada.

— Pode me culpar? Perdi um marido junto com o seio. O cara tratou de cair fora e encontrar uma garota com um par de peitos.

Agora me responda: isso não lhe diz nada? No mínimo, ele foi ganancioso.

— Acho que você devia fazer a cirurgia.

— E eu acho que eu vou é fazer uma *lifting* no rosto. Ou talvez uma operação plástica no nariz.

— Vamos voltar ao trabalho antes que você decida operar as orelhas.

Ele adorava estar na companhia de Alex, adorava trabalhar com ela. Também gostava de Annabelle. Havia encontrado a menina várias vezes quando fora ao apartamento de Alex levar alguns papéis. Annabelle o considerava divertido e gostava de brincar com ele. Certo dia, quando Alex passava realmente muito mal, Carmen estava gripada e Sam desaparecera com Daphne, Brock a levara para patinar.

Conversaram sobre os casos mais recentes a caminho da firma. Alex não ia a um tribunal há quatro meses, mas haveria um julgamento muito em breve e ela se perguntava se estava em condições de assumir esta responsabilidade, se pudesse contar com a ajuda de Brock. Embora estivesse tentada a fazê-lo, não queria proporcionar ao cliente menos do que ele merecia. Era muita coisa para pensar enquanto estava no meio da quimioterapia. Por fim, resolveu passar o caso para Matthew Billings.

Em março, em um fim de semana em que Sam se ausentara com Annabelle, Brock tornou a convidá-la para ir a Vermont. Alex decidiu aceitar o convite e tiveram momentos maravilhosos. Estava um pouco melhor agora e chegou até a tentar esquiar. Sentia-se mais forte e faltavam só oito semanas para terminar a quimioterapia. Aguardava com ansiedade o fim do tratamento, embora, para ela, isto também significasse muitas outras coisas. Significava que Sam sairia de casa e prosseguiria com a sua vida. Embora chamasse a namorada do marido de amante, Alex suspeitava que os dois provavelmente se casariam. Era óbvio que estava muito envolvido com a garota e mostrava-se muito protetor sempre que Alex tentava interrogá-lo. Nunca admitira realmente que havia outra mulher, mas tornara-se evidente que Alex sabia. Entretanto, como sempre, Sam tentava negar a realidade e recusava-se a conversar com a esposa sobre Daphne.

Também significava que Alex precisaria seguir em frente. Tinha de enfrentar o fato de que perdera Sam, ainda que este continuasse morando no apartamento temporariamente. Quando a quimioterapia acabasse, poderia retomar os julgamentos, mas não sabia ao certo o que mais queria fazer. De repente era mais do que um pouco assustador ficar sozinha de novo, embora Brock não parasse de repetir que o pior já tinha passado.

Quando retornavam a pé do teleférico em Sugarbusch ele tornou a tocar no assunto. Alex ergueu os olhos para Brock, pensativa, e percebeu que ele tinha razão. Era péssimo ter que submeter-se à quimioterapia, mas tinha o apoio de Brock, que sempre estava presente para ajudá-la.

Chegara até a acompanhá-la ao consultório da oncologista para poder compreender melhor e ver como era. Tinha segurado sua mão durante todo o processo. Nós últimos seis meses, havia muito pouca coisa que ele não tivesse feito para ajudá-la. Brock se tornara uma espécie de irmão para Alex, que não temia lhe contar nem lhe mostrar nada.

Recomeçaram a falar sobre a cirurgia reconstrutiva nesta mesma noite, após o jantar que, desta vez, foi preparado por ela. Brock lhe garantiu que era uma boa cozinheira, embora não tanto quanto ele.

— Não sou uma ova. Você sabe fazer suflê? — Alex se vangloriou. Quando estavam juntos, sempre agiam como duas crianças, empurrando-se, rindo e brincando um com o outro, exceto nas ocasiões em que se enfronhavam em assuntos mais sérios.

— Sim, sei — mentiu Brock. Ela riu para ele.

— Bem, eu não — falou Alex, rindo. Em seguida, voltaram a discutir a cirurgia sugerida pela Dra. Webber. Às vezes brincavam porque os assuntos abordados eram muito tristes. — Não me importo — insistiu ela, séria afinal. Realmente, não queria falar sobre esse assunto, mas Brock o trouxera à baila.

— Pois devia.

A esta altura, a conversa se transformara em uma discussão

familiar. De repente Alex virou-se e o encarou. Não tinha mais nenhuma vergonha dele. Há meses que Brock a via vomitando e sem a peruca. Portanto, não achou nada demais mostrar a cicatriz a ele. Então fitou-o com uma expressão estranha, imaginando o que ele pensaria a respeito. Confiava sinceramente em sua opinião e no seu coração bondoso.

— Quer ver? — indagou naturalmente, como uma menininha se oferecendo para baixar a calça diante de um companheiro de brincadeiras. Por um instante, sentiu-se um pouco estranha e soltou uma risadinha nervosa, mas ele assentiu com a cabeça, olhando-a com um ar de grande seriedade.

— Sim, quero. Sempre imaginei como seria — respondeu honestamente. — De certa forma, jamais consegui imaginar que fosse tão horrível quanto você descreveu.

— É bem horrível — preveniu ela. — Não é nada bonito e tem uma cicatriz.

No entanto, até mesmo a própria Alex sabia que agora aquilo tinha uma aparência melhor do que em outubro. E então, sem mais cerimônia, tirou o suéter e desabotoou a blusa em movimentos lentos e harmoniosos. Despiu-a e, depois de hesitar só por um minuto, fez o mesmo com a camisa de meia que usava sem sutiã. Foi como um *striptease* lento e respeitável. Ficou imóvel diante dele, em toda a sua nudez, sem um dos seios e com o outro à mostra.

Brock primeiro olhou-a nos olhos, antes de desviar os seus, e o jeito como ela o encarou lhe deu permissão. Eles trocaram um olhar simples e direto. E enquanto ele olhava para Alex, sentiu o coração apertado de tristeza por ela. Alex parecia tão meiga, tão jovem e tão vulnerável com um dos seios ainda firme e empinado e o outro dando a impressão de que fora decepado com um sabre. Sem pensar, Brock estendeu os braços e puxou-a devagar para si. Não podia lhe demonstrar nada diferente do que sentia. Amava-a há tempos demais para ocultar seus sentimentos agora, depois desse gesto tão singelo e corajoso.

- Você é tão linda — murmurou suavemente junto a seus cabelos. — É tão perfeita e tão corajosa... e tão decente, Alex. —

Afastou-se um pouco para poder voltar a encará-la. — Eu acho você maravilhosa.

— Com um seio ou dois? — perguntou ela com um sorrisinho tímido, lembrando por que lhe mostrara, embora nunca tivesse esperado por tal reação. Não sabia ao certo o que havia esperado antes, mas a súbita ternura dele surpreendeu-a e comoveu-a até o fundo da alma.

— Eu amo você do jeito que é. Você estava certa. — Estreitou-a de novo contra si, sentindo o calor daquele corpo colado ao seu. — Eu a amo exatamente como está — repetiu, ainda mais apaixonado agora do que antes. A confiança que havia entre ambos era imensurável e muito especial.

— Você não devia dizer uma coisa dessas — ela contrapôs baixinho. — Devia era me dar uma opinião objetiva.

De repente Alex sentia-se atraída por ele, algo com o qual não contava. O relacionamento dos dois era casto há tanto tempo que não estava preparada para aquela súbita onda de sensualidade, amor e emoção.

— Estou lhe dando uma opinião objetiva — murmurou Brock, acariciando-lhe o rosto com os lábios. — Você é muito, muito bonita e não consigo tirar as minhas mãos de você.

Então, muito vagarosamente, com uma ternura que ela nunca experimentara antes, ele a beijou. E, ao fazê-lo, alisou com delicadeza o seio restante com uma das mãos e, com a outra, tocou ternamente a cicatriz, depois a barriga e as costas. Quando a abraçou com força, segurando-a com suas mãos fortes, Alex quase pôde sentir o ar sair em um jato. Em seguida, ele beijou-a com uma volúpia ainda maior.

— Brock... o que estamos fazendo... — indagou, mal conseguindo pensar, e, no minuto seguinte, soube que seria impossível fazê-lo. — O que estamos... o que... ohhh — gemeu suavemente enquanto Brock descia o fecho eclair e introduzia uma das mãos por dentro da calça dela antes de baixá-la devagar. Sem pensar, Alex acabou de tirá-la e as mãos dele começaram a explorar suas pernas, seus quadris, suas coxas e ainda mais além. Enquanto isso, ela o despia. E, poucos minutos depois, ambos se encontravam nus na casa aconchegante para a qual ele a trouxera pela segunda vez. Então, Brock deitou-a no sofá diante do fogo flamejante e tocou com os lábios cada centímetro daquele corpo. Beijou o seio e a cicatriz e depois deixou a língua ir descendo devagar, enquanto Alex se arqueava com este contato, até afinal colar-se nela. — Oh, Brock... oh, Brock...

Não conseguia acreditar no que estava acontecendo. Como podiam estar fazendo isso? Ele era seu amigo. No entanto, repentinamente, era muito mais que amigo. Agora, ao penetrá-la tornava-se parte do seu mundo, da sua vida, do seu corpo. Ambos soltaram um longo e suave gemido de infindável desejo e antecipação e moveram-se juntos por um longo tempo enquanto o fogo crepitava e lançava centelhas no ar. Finalmente Brock proferiu um forte gemido quando atingiram juntos o êxtase. Então permaneceram nos braços um do outro, silenciosos e aturdidos. Ele a desejava há tanto tempo e Alex nunca se dera conta de nenhum dos seus sentimentos. Os dois cresceram juntos lentamente como duas árvores, os ramos entrelaçados, as raízes pouco a pouco se fundindo em uma só, até não mais se separarem.

— Oh, meu Deus, o que aconteceu?

Alex lançou-lhe um sorriso preguiçoso, enquanto ele tornava a beijá-la, e depois puxou-o para si, com Brock mergulhado imóvel dentro dela.

— Gostaria que eu explicasse? — perguntou. — Você não sabe e nunca saberá o quanto ansiei por isto. Nunca saberá o quanto a tenho amado e rezado para que este momento extasiante chegasse.

Brock tinha um sorriso luminoso no rosto.

— Onde eu estava quando tudo isto ocorria? — disse Alex com um ar de deslumbramento e felicidade. Nunca se sentira mais feliz do que neste momento. Brock era sensível, gentil e incrivelmente sensual. Eram amigos há tanto tempo que era fácil amá-lo agora. A transição fora delicada e forte e agora sentia-se ligada a ele para sempre. — Como não percebi o que sentia — tornou a perguntar, sentindo-se muito estúpida.

— Você estava ocupada demais passando mal.

— É o que parece. — Sorriu para o rapaz outra vez. — Que

bom que fiz algo tão sutil quanto tirar a roupa. — Riu do quanto havia sido ingênua. Nem por um momento lhe passara pela cabeça que chegariam a este ponto, mas estava contente com sua atitude. Não conseguia acreditar que tinha feito amor com Brock, apesar da deformidade e da cicatriz, sem sequer tentar escondê-la. E agora ele gentilmente tirou a peruca dela, atirando-a para o lado. Não havia necessidade de nenhum artifício entre eles. — Pelo visto isto quer dizer que escolhi a alternativa do homem mais novo e não da cirurgia reconstrutiva. Não eram essas as opções? — Sorriu e então começou a se preocupar. — Sabe qual é a minha idade, seu guri bobalhão? Tenho *dez* anos a mais que você. Tenho praticamente idade para ser sua mãe.

— Bobagem. Você age como se tivesse 12 anos. Ficaria toda atrapalhada sem mim — retrucou ele com toda a honestidade, sem arrogância ou pretensão.

— Você não deixa de ter razão. Mas ainda assim sou mais velha que você.

— Não estou impressionado.

— Pois devia estar. Terei cem quando você estiver com noventa.

— Fecharei os olhos quando nos amarmos — ele lhe assegurou.

— Eu lhe empresto a minha peruca.

— Ótimo.

Brock pegou a peruca e colocou-a na cabeça, depois beijou-a. Alex riu, sentindo-o enrijecer de novo dentro de si. Havia uma urgência nos beijos dele, uma insistência que apenas o corpo de Alex seria capaz de satisfazer. Tornaram a fazer amor, deitados junto ao fogo. Mais tarde, temendo esgotá-la, Brock tirou um cobertor da cama para cobri-la. Então permaneceram deitados no sofá enquanto ela dormia em seus braços. Ele era um homem feliz. E agora sabia que nunca mais a deixaria sair da sua vida. Havia esperado por muito tempo que Alex viesse para os seus braços e ela viera nua e inocente. Agora faria tudo que fosse preciso para não perdê-la. Finalmente, ela era sua e não mais de Sam. Tinha toda a intenção de mantê-la junto de si para sempre.

Capítulo 17

Na semana seguinte à ida a Vermont, Brock foi com Alex à quimioterapia e ficou sentado em silêncio ao seu lado durante o exame, seguido pela aplicação intravenosa. Todas as radiografias e tomografias computadorizadas não apresentaram nenhum sinal de câncer e agora só restavam sete semanas de tratamento. A Dra. Webber estava muito satisfeita com Alex e incluiu Brock nas conversas sobre o tratamento. Tratava-os como um casal.

— Isso é esquisito.

Alex deu um sorriso tímido ao rapaz enquanto pegavam um táxi de volta ao escritório. Apoiada nele, sentiu as primeiras ondas de náusea começarem a dominá-la, mas estava muito relaxada em sua companhia. Não havia qualquer constrangimento entre eles.

— O quê? — indagou Brock, vigiando-a para certificar-se de que ela estava o melhor possível nas atuais circunstâncias.

— Nós dois. — Alex sorriu, ajeitando a peruca, que se deslocara. — Já notou como as pessoas nos tratam como se fôssemos casados? Ontem, em Sugarbush, o sujeito do armazém julgou que você fosse meu marido. A Dra. Webber age como se vivesse indo lá comigo. Será que ninguém percebe que tenho quase idade para ser sua mãe?

O fato de tudo ser tão simples a surpreendia. Só estavam envolvidos fisicamente há três dias e tudo já parecia inteiramente natural — não apenas para os dois, mas também para todos em volta deles.

— Acho que nem percebem — replicou ele, beijando-a no nariz. — Isto liqüida com os seus receios, não é, mamãe?

— Você devia estar paquerando garotas de 14 anos. Garotas *saudáveis*.

— Meta-se com a sua vida, advogada.

A única coisa que eles sabiam que era preciso ser feito era manter tudo em segredo no escritório. Não era permitido que sócios e associados "confraternizassem", casassem ou se envolvessem. Caso contrário, um deles teria de pedir demissão. Esta era uma regra comum a todas as firmas de advocacia. Além do mais, como ocupava um posto inferior ao dela, Brock perderia o emprego se alguém descobrisse que estavam namorando.

Conversaram durante o trajeto e ficaram presos no trânsito. Demoraram tanto para voltar que os efeitos da quimioterapia a atingiram a três quarteirões do seu destino final. Tiveram de estacionar e Brock apoiou-a gentilmente enquanto ela vomitava na sarjeta da Park Avenue, diante de dezenas de pedestres parados no meio-fio. Até mesmo o motorista do táxi sentiu pena dela. Era óbvio que não estava embriagada e sim doente. Brock lhe pediu para esperar e deixar o relógio correndo. Só meia hora depois puderam prosseguir. Brock quis levá-la para casa, mas Alex insistiu em voltar para o escritório.

— Pare de ser obtusa, pelo amor de Deus. Você precisa ir para casa e descansar.

— Tenho serviço a fazer. — Então sorriu em meio ao seu sofrimento. — Não creio que tenha o direito de ficar me intimidando só porque estou apaixonada por você.

— Isso seria fácil demais.

Pagou a corrida e levou-a para cima. Teve de sustentá-la enquanto ela caminhava, mas qualquer um que a visse acharia tão-somente que ele a estava ajudando. Todos os sócios conhecidos sabiam que Brock era seu associado e que ela se mostrava doente há meses. As pessoas continuavam com pena dela.

Liz foi buscar uma xícara de chá e Alex passou uma hora no chão do banheiro, com Brock alternadamente amparando-a e lhe fazendo companhia. Quando ela melhorou um pouco, conversaram sobre um dos seus casos.

— Que coisa mais mórbida — declarou Alex, afinal. — Trabalhamos mais neste banheiro do que na minha mesa.

— Não por muito mais tempo — lembrou-lhe Brock. E valera a pena: segundo a Dra. Webber, não havia mais qualquer vestígio do câncer. E esperavam que fosse para sempre.

Às cinco horas ele a levou para casa e retornou ao escritório, onde ficou até as nove. À noite, antes de sair da firma, telefonou para Alex. Mais uma vez, Sam estava ausente e Brock lhe perguntou se podia dar um pulinho lá por alguns minutos para vê-la.

— Está em condições de me receber? — indagou delicadamente.

— Lógico. Eu adoraria vê-lo.

Alex ainda estava atônita com o que acontecera entre os dois no fim de semana, mas os brutais efeitos da quimioterapia não lhes permitiram desfrutar ao máximo. Entretanto, ainda recordava as horas deliciosas passadas em Vermont. Eram como um sonho, até que ele apareceu no seu apartamento meia hora depois. Trouxe flores e beijou-a com ternura quando a viu. Alex estava de camisola e roupão, que se abriu quando ele a beijou e acariciou. Antes da chegada dele, ela colocara uma das perucas, e o rapaz mexeu com ela, lembrando-lhe que não era preciso usar aquilo na sua presença.

— Acho que gosto mais de você sem a peruca. É mais *sexy*.

— Você é doido.

— Por você — murmurou ele enquanto a ajudava a acomodar-se na cama e a beijava. Em seguida, foi à cozinha e pôs as flores em um vaso. Alex agora estava com muito melhor aparência do que à tarde. Então Brock sentou-se na beira da cama e conversou com ela por um longo tempo, deslizando um dedo preguiçoso pelo corpo de Alex, alcançando todos os lugares que o intrigavam. — Sou um homem de sorte — comentou, observando-a. Passara tanto tempo desejando-a, querendo lhe dar todo o seu apoio, querendo salvá-la de Sam, e agora a tinha só para si, inteira. Era o destino.

— Você é um menino bobo — replicou ela, risonha. Contudo, era óbvio para Alex que Brock não era um menino, mas um homem. Ele a fazia sentir-se segura e protegida, com a sensação de que estavam cuidando dela.

— Onde está Sam desta vez? — perguntou Brock casualmente enquanto sentava ao lado dela na cama, a seu convite.

— Em Londres de novo. Mal o vemos. Ele diz que só vai ficar até o fim da quimioterapia. Depois vai se mudar. Desconfio que está procurando apartamento. Um corretor de imóveis lhe telefonou na semana passada a respeito de uma cobertura na Quinta Avenida. Acho que está planejando montar casa com a namorada.

Embora Alex tentasse dar a impressão de que o fato não a afetava, a verdade era que estava abalada. Ainda doía pensar na traição do marido.

— Vai pedir o divórcio?

— Ainda não. Não há pressa. Não faz muita diferença. Agora levamos vidas totalmente independentes.

Para Brock, entretanto, aquilo tinha uma grande importância. E sabia que era cedo demais para pressioná-la. Acontece que a queria só para si, queria viver com ela. Queria Sam fora de cena.

Brock ficou com Alex até as onze horas. Depois ajeitou-a na cama, apagou as luzes e saiu do apartamento.

Na noite seguinte, preparou o jantar para ela e Annabelle. Em seguida, trabalhou com Alex e, desta vez, ao pô-la na cama, esforçou-se para não perder o controle. Ela estava tão linda e ele ansiava em fazer amor com ela, mas Alex continuava indisposta e nenhum dos dois queria correr o risco de acordar Annabelle. A menina adorara brincar com ele e ignorava por completo o que estava acontecendo. Aceitava-o como um amigo e não opunha resistência.

No fim de semana, Alex sentia-se bem de novo. Carmen chegou na manhã de sábado para que Alex pudesse passar o dia com Brock no apartamento dele. Não saíram da cama o dia inteiro. E jamais imaginaram que fazer amor com alguém pudesse ser daquele jeito. Ele estava espantado. Sentiam-se completamente à vontade com os corpos um do outro, quando se abraçavam na cama. Não existia nada a esconder, temer ou omitir. Amaram-se durante horas com total abandono.

No domingo, Brock passou o dia com ela e Annabelle. Alex dissera à filha que precisavam trabalhar, mas não o fizeram. Foram ao zoológico e almoçaram, depois levaram a menina ao *playground,* onde a viram brincar com as outras crianças, enquanto os dois sentavam ao lado de todos os outros pais de domingo.

— Você devia estar com alguém da sua idade — comentou ela, mas de modo bem menos convincente do que antes, quando pensou no dia anterior que desfrutaram juntos. Seria duro desistir agora. Tudo nele, sua mente, seu coração, seu corpo e sua delicadeza, era tentador como um vício. — Devia ter filhos.

— Você não pode mais ter? — perguntou ele casualmente. Para Brock, isto não era motivo de preocupação. Gostava de Annabelle e não se importava em adotar uma criança.

— Creio que não. Eu andei tentando engravidar desde o nascimento de Annabelle, sem nenhum sucesso e sem que ninguém conseguisse descobrir o motivo. De acordo com a Dra. Webber, metade das mulheres da minha idade ficam estéreis após a quimioterapia. Não sei onde me encaixo nisto, mas, no meu caso, não devo engravidar durante cinco anos, ainda que eu possa. A esta altura, estarei velha demais. Você merece coisa melhor, Brock.

— É o que vivo repetindo a mim mesmo — retrucou ele, provocando-a. Alex lhe deu um safanão.

— Estou falando sério.

— Esta é uma questão que não me preocupa. Não tenho certeza de que ficaria aborrecido se nunca tivesse filhos do meu sangue. Sou inteiramente favorável à adoção. Ou você faria objeção? — indagou Brock, curioso. Ainda havia coisas que desejava saber sobre ela.

— Nunca pensei no assunto, mas poderia ser ótimo. Ainda assim, não acha que algum dia irá se ressentir com o fato de não poder ter seus próprios filhos? É uma coisa maravilhosa — ponderou Alex, olhando para Annabelle e depois para ele. — Antes de Annabelle nascer, nunca imaginei que seria tão bom. Só então compreendi o que estava perdendo. Agora lamento não ter começado mais cedo.

— Você não tinha tempo. Não com uma carreira igual à sua. Ainda não entendo como consegue.

— É um verdadeiro malabarismo. É necessário manter as prioridades em ordem o tempo todo, e às vezes a gente mete os pés pelas mãos. Mas quase sempre dá certo. Ela é uma boa menina e tento fazer o melhor que posso. Sam é um ótimo pai, quando está em casa.

No entanto, nada do que Brock ouvira sobre Sam o havia impressionado.

Nesta noite, saíram com Brock para jantar em uma *delicatessen* na rua 84. Ele contou à menina histórias engraçadas e fez umas imitações bobas. No final do dia, já eram todos bons amigos. No dia seguinte, foi novamente com Alex ao consultório da Dra. Webber. Agora não a deixava mais ir sozinha. Então tudo recomeçou — o vômito, a fadiga e, por fim, as duas ou três semanas de trégua até a próxima dose. No entanto, o tempo agora parecia voar

Aproveitavam cada momento que pudessem para ficar a sós no apartamento dela, quando Sam não estava — o que ocorria quase sempre — ou no dele, quando Carmen estava disponível para cuidar de Annabelle. A cada dia que passava, aumentava a avidez que ambos sentiam um pelo o outro. Certa vez, chegaram mesmo a se deixarem empolgar no banheiro da sua sala. Brock saíra de lá com a camisa abotoada nas casas erradas e a gravata torta e Alex riu tanto que mal conseguiu se controlar. Eram como duas crianças. Divertiam-se muito juntos e bem que mereciam. Alex pagara um alto preço por tudo aquilo. E Brock tinha esperado por ela durante muito tempo. Nenhum dos dois se sentira tão feliz assim antes e até mesmo Annabelle gostava realmente dele, tal como Carmen. A empregada continuava furiosa com Sam pelo seu comportamento com Alex nos últimos seis meses e achava maravilhoso vê-la feliz agora. Até Liz tinha notado e estava muito contente, embora, pelo bem deles, fingisse não saber de nada.

Agora trabalhavam juntos o tempo inteiro, ainda mais do que antes, e consultavam-se mutuamente a respeito de tudo que estivesse ligado ao serviço da firma. Alex compartilhava todos os seus casos com Brock e ninguém estranhava o fato, já que ela estava doente desde o outono e confiava nele o suficiente para permitir que a ajudasse a dividir a sua carga de trabalho. Todos pareciam muito impressionados com o sistema dos dois e os resultados que obtinham. Era o relacionamento perfeito e estavam sempre juntos. Não havia uma única hora do dia em que não estivessem juntos e nenhum deles parecia se aborrecer com a constante companhia um do outro.

Muito pelo contrário, adoravam.

Até mesmo Sam notou que Alex estava diferente nestas últimas semanas. Ela aparentava estar mais feliz e mais alegre e, nas raras ocasiões em que se encontravam no café da manhã, brincava um pouquinho com ele, sem parecer mais tão zangada.

Em uma manhã de abril ela afinal lhe perguntou quando se mudaria. Carmen saíra para levar Annabelle à escola e os dois estavam tomando o café da manhã e lendo os jornais.

— Está com tanta pressa assim — perguntou Sam, mostrando-se um tanto espantado.

— Não — negou e sorriu com tristeza. — É que o corretor não pára de ligar para lhe oferecer apartamento. Calculei que, a esta altura, você já teria encontrado alguma coisa. Não deve haver tantos assim à venda em Nova York.

Agora os corretores viviam ligando dia e noite. Daphne não parava de pegar no seu pé sobre este assunto. Estava sendo paciente há um bom tempo e o queria só para ela agora. Sam sempre estava conflituado ao ter de ir para casa à noite; não que quisesse, mas sentia-se culpado por causa de Annabelle, como se tivesse a obrigação de estar lá de manhã.

— Ainda não achei nada. Prometo lhe avisar depois — respondeu ele com frieza. — Você ainda não terminou o tratamento — lembrou. Por um minuto, Alex teve a sensação de que o marido estava relutando. Entretanto, sabia que ele não queria deixar a filha.

— Vou acabar dentro de quatro semanas — anunciou Alex com voz de alívio. Aquilo já durava quatro meses, os quatro meses mais longos da sua vida, mas faltava pouco para terminar. Ela e Brock não falavam de outro assunto e de todas as coisas que fariam quando ela finalmente estivesse bem. Já estavam indo a cinemas, e tinham inclusive assistido a uma peça. Alex queria ir à ópera com ele, mas não tinha energia para tanto. Pensavam em comprar uma assinatura da próxima temporada, mas este era um grande compromisso.

— E quanto a você? — perguntou Alex a Sam, tentando usar um tom indiferente. — Quais são seus planos para este verão? Ou ainda não planejou nada?

— Eu... bem... ainda não sei. Talvez passe um ou dois meses na Europa.

Sam foi o mais vago possível, mas sabia que Daphne queria ficar um tempo no sul da França e Simon lhe falara sobre um fabuloso iate que poderia alugar. Isto era um pouco mais ostentoso do que o verão de costume em Long Island e as férias no Maine. Por outro lado, ele certamente podia se dar a este luxo e, além do mais, achava que seria muito divertido. A seu ver, Daphne merecia que lhe destinasse um tempo especial, após toda a sua paciência durante o inverno.

— Europa por um mês ou *dois*? — Alex encarou-o com um olhar de surpresa. — Os negócios devem estar prosperando *muito*.

— Estão mesmo. Graças a Simon.

— E quanto a Annabelle? Vai levá-la com você?

— Só durante uma parte da viagem. Creio que ela vai gostar.

Daphne também ficaria com o filho por umas duas semanas, embora não estivesse nada entusiasmada com esta perspectiva. Entretanto, ao ouvir o marido, Alex ficou imaginando quem seria a namorada dele e se ela saberia cuidar bem de Annabelle. Este era um assunto que teriam de resolver antes do verão.

— Annabelle ainda não sabe que você vai sair de casa — Alex lembrou a Sam. Precisavam encarar o problema de frente, mas ainda era cedo demais e, por enquanto, ele não havia encontrado um apartamento. — Será difícil para ela.

Seria difícil para todos e os dois tinham consciência disso. Não se põe fim a dezessete anos de casamento com facilidade, mesmo depois de toda essa preparação.

— Ela vai ficar furiosa comigo — observou Sam, infeliz, esperando que a filha gostasse de Daphne e facilitasse as coisas para ele. Daphne era tão jovem, tão divertida e tão bonita, recordou a si mesmo. Como alguém podia não gostar dela?

— Ela vai superar.

Tinham enfrentado situações muito dolorosas neste último ano. No entanto, Annabelle parecia um pouco menos preocupada com a mãe ultimamente.

— Você está com ótima aparência — comentou ele enquanto

a observava, captando algo de diferente e mais sensual na esposa. Alex parecia tão morta naqueles primeiros meses e agora dava a impressão de estar lentamente renascendo para a vida. Ao mesmo tempo em que ele se sentia mais aliviado por deixá-la, sentia-se também ainda mais culpado. Para sua surpresa, a certeza de que Alex estava se recuperando deixava-o com saudades dela.

— É, estou bem — lhe assegurou Alex. Entretanto, o mero fato de conversar com o marido a entristecia e, às vezes, a enfurecia. Era difícil não se sentir assim. Mais difícil ainda era não pensar na mulher que o levara a abandoná-la. Alex tornara a vê-los juntos em um restaurante, mas Sam continuava ignorando que ela estava a par de tudo. Mesmo assim, ficou muito abalada ao vê-los.

Nesta manhã, quando saiu para trabalhar, Sam ainda pensava em Alex e no quanto foram felizes, relembrando algumas das coisas engraçadas que fizeram juntos. Quando se conheceram, ela era impetuosa, divertida, bonita e inteligente. Ele sempre adorou o seu temperamento franco, íntegro e sincero, a sua profunda noção de honra. Agora ela estava mudada e bem mais serena. Sam sabia que todas estas coisas ainda estavam lá, mas agora era como se ela fosse uma estranha. E não podia deixar de pensar em até que ponto aquilo era culpa sua.

— Você está muito melancólico hoje — repreendeu-o Daphne quando o viu no escritório um pouco mais tarde.

— Não, estou só resolvendo as coisas em casa. Temos mesmo de arranjar um apartamento.

Sam queria iniciar sua nova vida, para poder começar a esquecer por completo a antiga — exceto Annabelle, é lógico. Sabia que estava na hora de apresentar as duas. Agora não havia muito que Alex pudesse dizer, mesmo que Annabelle lhe contasse. Há muito tempo ele pressentia que Alex sabia da existência de outra mulher, embora nunca tenha confessado nada e ele ignorasse que ela os vira.

— Viu algum do seu agrado nesta semana? — indagou Sam, esperançoso. Aquela procura contínua era exasperante. Tinham olhado vários apartamentos de Nova York e sempre havia algo errado com eles. A maioria necessitava de uma série de consertos e muita decoração.

— É realmente uma estupidez — queixou-se Daphne. — Sempre há quartos demais e vista de menos, ou então fica em um andar muito baixo ou é excessivamente barulhento.

Também queriam lareiras e esperavam ter uma bela vista do parque ou do rio. Preferiam que desse para o Central Park. Portanto, estavam procurando na Quinta Avenida e Sam se dispunha a pagar mais de um milhão. Podia levantar uma hipoteca e, com os lucros das mais recentes transações, não teria problemas para cobri-la.

Alex já lhe avisara que não queria nada dele, exceto uma pensão para a filha. Estava sendo muito justa e, além do mais, tinha os seus rendimentos como advogada. Não queria nada de Sam. O que quis do marido, ele não teve para lhe dar.

— Não fique com essa cara de enterro. — Daphne o adulou enquanto trancava a porta da sala de Sam e vinha sentar-se no seu colo, esfregando-se nele degavar. Ele deu um sorriso acanhado; sabia que era tolice arrepender-se com relação ao passado. Tudo aquilo estava definitivamente acabado. Naquela época tinha sido ótimo, mas agora era melhor. E, como sempre, seus dedos não encontraram barreiras quando ele deslizou a mão por baixo da saia dela. Daphne não usava calcinha nem meia-calça, hábito que Sam adorava. De vez em quando, usava meias de seda e liga e possuía uma fabulosa coleção de sutiãs muito sensuais. Entretanto, calcinha era algo que Daphne há muito tempo tinha dispensado.

— Tenho alguma reunião agendada para hoje, Sra. Belrose? — perguntou, beijando-a, enquanto ela abria a sua braguilha e enfiava a mão ágil e habilidosa dentro da calça dele.

— Creio que não, Sr. Parker — respondeu Daphne em um tom de britânica respeitabilidade. — Ah, espere um minuto... sim... aqui está...

Puxou-o para fora e levou-o à boca, enquanto Sam se reclinava na cadeira com um gemido de prazer. A "reunião" dos dois não demorou muito, mas foi extremamente prazerosa e, quando ela saiu da sala pouco depois, tinha um sorriso no rosto e a saia um tantinho torta.

Capítulo 18

Em uma certa tarde de maio, a agulha penetrou na veia de Alex pela última vez e depois tornou a sair, enquanto Brock permanecia sentado o tempo inteiro ao seu lado. Dominada por fortes emoções, ela chorou quando tudo terminou. Embora ainda tivesse seis tabletes de Cytoxan para tomar, estaria livre depois disso. Fez os últimos exames, uma radiografia do tórax, um leucograma e uma mamografia. Estava livre da doença. Sobrevivera a seis terríveis meses de quimioterapia e ele a ajudara a consegui-lo.

Despediu-se da Dra. Webber e marcou uma consulta de acompanhamento para dali a seis meses. Mesmo enjoada como estava, sentia-se livre ao deixar o consultório da oncologista.

— Como vamos celebrar? — perguntou Brock quando estavam parados na calçada da rua 57, olhando-se mutuamente com aliviada incredulidade.

— Tenho uma idéia — respondeu Alex. Porém, ambos sabiam que, dentro de uma hora, ela estaria vomitando de novo. Mas também pela última vez. Isto nunca mais aconteceria. Tinha certeza que não. Não permitiria.

Retornaram ao escritório, onde tiveram uma tarde tranqüila. Nem mesmo o enjôo que sentia agora parecia tão forte quanto de costume. Até o seu corpo dava a impressão de saber que sofrera a agressão final, o derradeiro ataque ao seu organismo.

Nesta noite, deixou-se ficar relaxada e feliz nos braços de

Brock. A porta estava trancada, caso Annabelle acordasse. Finalmente, haviam abandonado toda a castidade no apartamento de Alex. Sabiam que, se Sam não aparecesse até as nove ou dez horas, não viria mais e hoje não foi diferente.

— O que faremos agora, Alex? — indagou Brock. Tinham voltado a conversar sobre Long Island. Alex queria alugar uma casa com ele durante o verão e um dos sócios lhe oferecera a sua em East Hampton, oferta que parecia muito tentadora. Só não queria que ele descobrisse sobre Brock por causa da regra que proibia a confraternização na firma, mas achava que não perceberia nada. O romance dos dois estava tão bem camuflado que, ao vê-los juntos, ninguém estranhava coisa alguma. — Eu adoraria viajar com você — arrematou ele.

— Para onde?

Alex adorava sonhar junto com ele. Até agora, todos aqueles meses de relacionamento tinham sido um sonho, uma promessa para o futuro.

— Paris... Veneza... Roma... San Francisco — sugeriu Brock, completando a resposta de maneira mais realista.

— Então vamos — decidiu ela de repente. Não tirava férias há um ano e, embora tivesse direito a um longo período de descanso, havia se ausentado tanto que achava que só poderia fazer uma viagem curta. — Não precisaremos ir ao tribunal no próximo mês, disto eu sei com certeza. Por que não viajamos por alguns dias? Seria divertido.

— Combinado — concordou ele, com um sorriso luminoso estampado no rosto. Deitados na cama, começaram a fazer planos. — Você vai ficar com a casa em East Hampton?

— Creio que sim — resolveu Alex. De repente podiam planejar uma vida a dois. Podiam viajar. Ela era outra vez uma pessoa de verdade, com esperanças, sonhos e, se tivesse sorte, um futuro.

As semanas seguintes foram superagitadas para Alex. Ela ainda estava pondo o serviço em dia e voltando a assumir mais responsabilidades nos futuros julgamentos. Retomou toda a sua carga de trabalho e o último dia do Cytoxan chegou e passou sem que ela sequer se desse conta do fato. No dia 1º de junho, já sentia-se mais forte e quase a mesma de antes. Iriam a San Francisco no final do mês, mas antes ela e Sam tinham que contar para Annabelle que o pai não moraria mais lá.

Sam finalmente encontrou uma cobertura que lhe agradou. Ficava perto de onde moravam atualmente e tinha uma sala de estar com uma vista espetacular, uma bela sala de jantar, três quartos, dependências de empregada e uma cozinha que fora fotografada pela revista *Casa e Jardim*. Mesmo custando os olhos da cara, Daphne amou o lugar.

— Podemos comprar? — suplicou ela, feito uma garotinha com uma boneca nova, e Sam não teve coragem de recusar. Apesar do preço, era um magnífico apartamento. Tinha uma suíte principal, um quarto para Annabelle e um de hóspedes, onde, conforme Sam assinalou, o filho de Daphne poderia ficar quando viesse visitar a mãe. Entretanto, ela respondeu que preferia vê-lo na Inglaterra, alegando que aquela era uma viagem longa demais para uma criança de cinco anos fazer sozinha. Afirmou que as babás eram tão aborrecidas que nem sequer pensaria em pedir que o acompanhassem. Daphne sempre tinha bons motivos para não trazer o filho e às vezes Sam ficava imaginando se o garoto era uma autêntica peste ou se ela é que não era lá essas coisas como mãe. Talvez as duas hipóteses estivessem corretas, mas ele não quis se preocupar com isto. Agora precisava se concentrar em Annabelle. Portanto, pouco antes do fim de semana do feriado do Memorial Day, Sam e Alex chegaram mais cedo em casa e conversaram com a menina.

— Papai *vai embora*? — perguntou ela, os olhos marejados de lágrimas, o pânico estampado no rosto.

— Estarei apenas a três quarteirões daqui — explicou ele, abraçando-a, mas Annabelle se debateu, dominada pela angústia.

— Por quê? Por que vai embora?

O que ela tinha feito de errado? O que os dois fizeram? Por que isso estava acontecendo com ela? Não conseguia entender. Seus pais precisaram reprimir as lágrimas ao consolá-la.

— Mamãe e eu achamos que é melhor assim, fofinha — argumentou Sam, tentando acalmá-la e explicar tudo em termos muito simples. — De qualquer forma, quase não paro mais em casa.

Viajo muito. Então mamãe e eu pensamos... — Como podiam explicar uma coisa daquelas a uma criança de quatro anos? Se eles mesmos não sabiam ao certo se compreendiam a situação, como podiam explicar à filha? — Mamãe e eu concluímos que vamos ser mais felizes se ela morar no seu apartamento e eu no meu. Você pode vir me visitar sempre que quiser e durante muitos fins de semana. Podemos nos divertir um bocado juntos. Podemos até ir de novo à EuroDisney, se tiver vontade.

Entretanto, Annabelle era inteligente demais para se deixar engabelar. Era bem filha de Alex. Suborno não funcionava.

— Não quero ir à EuroDisney. Não quero ir a lugar nenhum. — E então, o golpe fatal. — Você não ama mais a gente, papai?

Sam quase engasgou ao ouvir tais palavras e apressou-se a tranqüilizá-la.

— Claro que amo vocês.

— Não ama mais a mamãe? Ainda está zangado com ela por causa da doença?

A resposta certa seria sim, mas ele não era honesto a esse ponto.

— Lógico que não, que não estou zangado com ela. E sim, eu a amo. Mas nós... — precisou sufocar as lágrimas outra vez, enquanto Alex a abraçava — ...nós não queremos mais continuar casados. Não como costumávamos ser. Queremos levar vidas separadas.

— Vão se divorciar?

Annabelle mostrava-se sinceramente chocada. Libby Weinstein, sua colega de colégio, já lhe falara a este respeito. Seus pais eram divorciados e a mãe havia se casado de novo e tido gêmeos. Libby não gostava nem um pouco disso.

— Não, não vamos nos divorciar — assegurou Sam com firmeza, embora nem Alex soubesse ao certo por quê. De que adiantava morrer aos poucos? Mas, por enquanto, nenhum dos dois parecia pronto a dar o passo definitivo. Além do mais, não havia pressa. Portanto, ao menos podiam acalmar a filha neste momento. — Apenas vamos morar em casas separadas.

— Não quero. — Annabelle olhou para o pai de cara feia, depois virou-se nos braços de Alex com um movimento brusco e inesperado e fuzilou a mãe com os olhos. — A culpa é toda sua. Quem mandou ficar doente? Você deixou o papai zangado com a gente e agora ele vai embora. Foi maldade sua! Fez com que ele nos odiasse.

Falou com tamanha violência que pegou os dois de surpresa. Em seguida, soltou-se dos braços de Alex, correu para o quarto e bateu a porta com toda a força. Lá dentro, atirou-se na cama, soluçando desconsoladamente. Ambos tentaram inutilmente conversar com ela, até que afinal Alex decidiu deixá-la um tempo sozinha, voltando em silêncio para a cozinha. Sam já estava lá parado, fitando-a, mudo de pesar e remorso. Nunca se sentira tão mal quanto agora, olhando para a esposa.

— Como sempre, é tudo culpa minha — comentou Alex, infeliz, e Sam negou com a cabeça, não se sentindo melhor do que ela.

— É a mim que ela acabará odiando, não se preocupe. Nenhum de nós tem culpa de nada, é assim que são as coisas. Simplesmente aconteceu.

— Annabelle terminará aceitando — afirmou Alex sem muita convicção. — Verá que você não vai morar longe e, se vocês se encontrarem com bastante freqüência, ficará tudo bem. Mas você terá de se empenhar.

— É óbvio que sim — retrucou ele, aborrecido com a repreensão. — Quero Annabelle comigo sempre que você permitir.

— Pode buscá-la sempre que desejar — respondeu Alex com magnanimidade, mas constrangida com aquela sensação, era como se estivessem dividindo candeeiros e não a filha. Então olhou para o marido, lembrando-se do que haviam planejado. — E quanto ao fim de semana?

Ele combinara levá-la a Hamptons no feriadão do Memorial Day. Alugara uma casa por quatro dias, certo de que a filha se divertiria muito, e Alex tinha concordado.

— Ainda quero levá-la, se ela quiser ir.

— Annabelle está furiosa comigo, não com você, lembra? — Ela e Brock passariam o longo fim de semana em Fire Island. — Ela vai ficar bem — tranqüilizou-o e depois foi dar mais uma olhada na menina. Annabelle tinha parado de chorar e agora estava deitada na cama, com todo o jeito de quem tinha o coração partido.

— Lamento, querida — falou Alex meigamente com a filha. — Sei que é duro. Mas papai continua amando você e virá vê-la o tempo inteiro.

— Você ainda vai me levar ao balé? — indagou a garotinha, confusa sobre quem iria para onde. Era muita coisa para uma criança de quatro anos assimilar. Era muito até para a própria Alex, que tinha 43 anos. E Sam acabava de completar 50.

— Claro que vou levá-la ao balé. Toda sexta-feira. De agora em diante, não ficarei mais doente. Acabei de tomar o remédio.

— Todinho? — perguntou a menina, desconfiada.

— Todinho — confirmou a mãe.

— Seu cabelo vai crescer de novo?

— Acho que sim.

— Quando?

— Logo. Então poderemos ser gêmeas de novo.

— E você não vai morrer?

Este era o xis do problema para todos — e algo difícil de prometer.

— Não. — Era mais importante agora acalmá-la do que usar de absoluta sinceridade. Embora não houvesse garantias, também não se viam sinais de recorrência. — Não vou morrer. Já estou curada.

— Que bom. — Sorriu para a mãe, quase pronta a perdoá-la por ter perdido o pai. — Por que o papai tem de ir agora? — queixou-se. Era tão difícil lhe dar explicações.

— Por que ele será mais feliz assim. E isto é importante para ele.

— Papai não é mais feliz aqui com a gente?

— Não por enquanto. Ele é feliz com você, não comigo.

— Eu bem que avisei que ele estava zangado com você — ela a repreendeu. — Devia ter me escutado.

Então Alex riu. Acabaria tudo bem para os três. Todos tinham sobrevivido. Conseguiram deixar o pior para trás. Embora tenham passado por maus pedaços, conseguiram resistir à tempestade.

Em seguida, Annabelle resolveu sair do quarto para ver Sam antes que ele partisse e encontrou-o arrumando a mala no quarto de hóspedes. A maioria dos seus pertences ainda estava lá, mas ele lhe contara que se mudaria dentro de duas semanas. Durante um mês ficaria hospedado no Carlyle até o apartamento estar pronto. Como não queria ir para a casa de Daphne, o hotel lhe pareceu um excelente meio-termo e um lugar agradável onde a filha poderia visitá-lo.

— Annabelle ficará bem. Está abalada, mas vai se ajustar — observou Alex com tristeza.

— Vou apanhá-la na escola sexta-feira e depois a levarei comigo para Southampton. Voltaremos na segunda à noite.

— Ótimo.

Alex assentiu com a cabeça, percebendo que acabavam de dar início a uma nova fase de suas vidas. A despeito das idas e vindas dos últimos seis meses, agora estava tudo oficializado. Haviam contado a Annabelle. Estavam se separando, não se divorciando. Um novo mundo descortinava-se à sua frente.

— Coitadinha — disse Brock, solidário, quando Alex lhe contou tudo nesta mesma noite. — Deve ser difícil para ela entender. Já é bastante complicado para um adulto.

— Annabelle me culpa pelo que aconteceu. Diz que se eu não tivesse adoecido, Sam não estaria tão furioso conosco agora. Ela tem uma certa razão, mas acho que o problema já estava lá antes, esperando o momento certo de aflorar. Suponho que o nosso casamento não era tão perfeito quanto julguei que fosse. Caso contrário, não teria naufragado tão depressa.

— Acho que tudo o que você sofreu abalaria qualquer casamento — ponderou ele com imparcialidade.

Ela concordou com a cabeça e depois lembrou-se de uma coisa.

— Qualquer dia desses, quero conhecer sua irmã.

— Brock moveu a cabeça em sinal afirmativo, mas não comentou nada. Alex esqueceu o assunto quando começaram a conversar sobre os planos para a viagem a Fire Island. O próximo fim de semana tinha tudo para ser muito agradável. Iriam hospedar-se em um hotelzinho antiquado em The Pines. Ela sabia, por experiência própria, que tão logo a pessoa pisava na barca e sentia o ar salgado batendo no rosto, deixava todos os problemas para trás. Era exatamente disso que precisava.

Sam bem que estava igualmente necessitado de um fim de semana como este. Apanhou Annabelle na escola com a mala e levou-a para fazer uma refeição ligeira, antes de pegar Daphne e partir para Southampton. Ao almoçar sozinho com a filha, sua intenção tinha sido preparar-lhe o espírito, mas agora ela parecia mais confusa do que nunca. A idéia de que havia outra mulher em sua vida parecia inimaginável a Annabelle.

— Ela ficará conosco no fim de semana? — A menina encarou-o com um olhar de perplexidade. — Por quê?

— Oh... — Sam procurou uma resposta conveniente, sentindo-se repentinamente muito estúpido. — Para me ajudar com você. Assim poderemos nos divertir mais.

Era uma resposta imbecil e ele sabia disto.

— Que nem Carmen?

Ela novamente pareceu confusa e o pai deu uma risada nervosa.

— Não, bobinha. Como uma amiga.

— Do jeito que o Brock faz?

Este era, ao menos, um ponto de referência que Annabelle entendia e ele de imediato aproveitou a deixa.

— Isso. Daphne trabalha comigo no escritório, assim como Brock com a mamãe. — Existiam mais semelhanças do que Sam podia imaginar, mas ele não suspeitava de nada. — Ela é minha amiga e passará o fim de semana com a gente.

— Vocês vão trabalhar juntos, que nem Brock e a mamãe?

— Bem, talvez... mas, na verdade... não, só pensamos que seria gostoso ficarmos todos juntos e brincarmos com você durante o fim de semana inteiro.

— Tudo bem.

Aquilo continuava parecendo uma tolice a Annabelle, mas ao menos estava disposta a conhecer Daphne.

Entretanto, os planos de Sam para o fim de semana eram o extremo oposto do que Daphne tinha em mente.

— Por que não trouxe uma babá? — ela o encarou com

absoluta incredulidade quando ele foi buscá-la no apartamento. Annabelle ficara aguardando no carro. As chaves estavam com ele, que ficava da janela vigiando a menina. — Ou no mínimo, uma empregada. Não poderemos ir a parte alguma com uma criança dessa idade. Ficaremos presos em casa o fim de semana inteiro.

Esta era uma faceta da sua personalidade que Sam desconhecia, mas ela não estava realmente achando a menor graça. Enquanto isso, ele pegava as bagagens.

— Sinto muito, querida — Sam se desculpou. — Esta idéia nem me ocorreu. — Ele e Alex sempre tomavam conta da filha durante as viagens, sem que isto representasse nenhum problema para qualquer um dos dois. Acontece que Annabelle era filha deles e os dois eram casados. — Trago Carmen da próxima vez, prometo. — Beijou-a e Daphne amoleceu um pouquinho. Usava um vestido de algodão azul tão fino que Sam podia ver os seios através da fazenda. Por experiência própria, ele já sabia que havia pouca coisa por baixo. — Você vai adorá-la — prometeu, quando desciam de elevador. — Annabelle é um encanto.

Entretanto, a filha acabou não se mostrando particularmente encantadora com Daphne e sim muito desconfiada.

O trajeto até Long Island foi crivado de perguntas e respostas embaraçosas e de pequenas mentiras. Quando chegaram, Sam estava suado e muito nervoso. Colocou as malas de Daphne no quarto ao lado do seu e as da filha no que ficava do lado oposto do corredor. Daphne deu uma risada ao ver o arranjo.

— Não está falando sério, não é, Sam? Ela só tem quatro anos, não pode saber o que está acontecendo.

Daphne podia não ligar a mínima para o que a garota pudesse contar à mãe, mas Sam, sim.

— Achei que ela não perceberia que dormimos juntos se eu deixasse as suas coisas lá.

— Se tiver um pesadelo?

Sam nem sequer pensara nesta possibilidade. Entretanto, Daphne sabia um pouco a respeito de crianças.

— Iremos ao quarto dela.

Ele resolveu o problema e Daphne tornou a rir dele.

— Pois então trate de avisar à sua filha que será condenada à morte se botar os pés fora da cama, certo, querido?

— Tudo bem, tudo bem.

Sam sentiu-se estúpido e constrangido. E viu-se forçado a admitir que Annabelle se comportara como uma verdadeira pestinha durante toda a tarde. Comeu doce demais, ficou mais tempo do que devia no sol sem chapéu e vomitou o jantar inteiro em cima de Daphne.

— Que coisa adorável — ironizou ela com uma cara de profundo desprazer, enquanto Sam procurava limpar a sujeira. — O meu garotinho vive fazendo a mesma coisa. Já tentei explicar que isso é muito feio.

— A minha mãe vomita o tempo inteiro — retorquiu Annabelle na defensiva, lançando-lhe um olhar feroz. Sabia que não eram amigas e que nunca seriam, por mais que o papai dissesse o contrário. Aquela mulher não era como Brock. Era maldosa e irritante. Além do mais, não parava de tocar no papai e beijá-lo. — Ela é muito corajosa — prosseguiu, enquanto Sam lhe tirava o vestido e o jogava na pia. Depois pôs a mão na testa dela para verificar a temperatura, mas não havia sinal de febre. — Depois que ficou muito doente, o papai se zangou com ela e resolveu se mudar para um novo apartamento.

— Eu sei, querida, também vou me mudar — anunciou Daphne antes que Sam pudesse impedi-la. — Estou a par de tudo. Eu e seu pai vamos morar juntos lá.

— *Você?*

Com uma expressão horrorizada, Annabelle correu para o quarto que lhe fora destinado. Tão logo a menina se afastou, Daphne desabotoou as duas alças presas nos ombros e tirou o vestido, ficando totalmente nua diante de Sam.

— Ela vomitou no meu vestido — explicou, mas ele já sabia disto.

— Desculpe. Acho que uma criança dessa idade não tem estômago para agüentar tanta coisa assim de uma só vez — ele ponderou, sem se dar conta do jogo de palavras. Daphne sorriu.

— É o que parece. Não se preocupe com isto — replicou, beijando-o.

Sam não conseguia tirar as mãos de cima dela, mas sabia que era necessário.

— É melhor você se vestir. Vou conversar com Annabelle.

— Por que não deixa que ela se aborreça mais um pouco sozinha? Ela terá de se acostumar com o fato. Realmente, não acho uma boa idéia mimar as crianças.

Então era assim que ela encarava o assunto? Como mimo? Seria por esta razão que deixara o filho com o ex-marido na Inglaterra?

— Desço daqui a um minuto — avisou ele e subiu a escada, imaginando quanto tempo mais aquela guerra duraria. Quando entrou no quarto da menina, ela chorava e continuou chorando até adormecer em seus braços. Sam sentiu-se péssimo com tudo que havia acontecido. Queria que Annabelle e Daphne gostassem uma da outra. Ambas eram importantes para ele, representavam relacionamentos essenciais em sua vida; precisava das duas e queria que ao menos simpatizassem uma com a outra.

Entretanto, quando Annabelle acordou às seis horas do dia seguinte, os dois ainda não tinham se levantado e Daphne estava nua nos braços de Sam. Ele não tinha pensado no que poderia acontecer de manhã e se esquecera de pedir a Daphne que vestisse uma camisola. Annabelle entrou no quarto sem fazer barulho e estacou, olhando para os dois com horror, boquiaberta diante daquela cena. Sam também estava despido e sugeriu que a menina descesse e esperasse pelos dois. Contudo, Daphne não achou nada engraçado ter de acordar assim tão cedo, e isto a deixou de mau humor a manhã inteira.

As duas "meninas" ficaram o tempo todo implicando uma com a outra, até que Sam resolveu levar Annabelle à praia para fugir da tensão. No entanto, quando foi buscar Daphne para almoçar, ela ficou uma fúria quando soube que Annabelle teria de acompanhá-los.

— O que sugere que eu faça com ela, então? Deixá-la sozinha em casa?

— Isso não a mataria, sabe? Ela não é um bebê. Sabe o que eu acho? Que aqui na América vocês dispensam às crianças o mais extraordinário dos tratamentos. Por isto são terrivelmente mimadas, e acham-se o centro das atenções, o que não é nada saudável para elas.

Acredite em mim, Sam: Annabelle precisa ser tratada como uma criança. Ficaria muito mais feliz em casa, com uma babá ou uma criada, do que sendo arrastada para todo o canto com você. Se a mãe dela quer agir assim com a filha porque leva uma vidinha patética, então tudo bem. Quanto a mim, devo avisá-lo desde já que não tenho a menor intenção de fazer o mesmo. Não irei lhe impor o meu filho mais do que cinco dias ao ano, portanto, não espere que eu banque a babá para a sua filha. Não nasci para isso — declarou com petulância e, pela primeira vez em seis meses, Sam ficou ao mesmo tempo magoado e desapontado com Daphne, imaginando se acontecera algo em sua juventude que a tornara assim tão desagradável com crianças. Na sua opinião, era inconcebível que existisse alguém neste mundo capaz de não gostar delas. No entanto, ao refletir melhor sobre o assunto, percebeu que Daphne mais ou menos o prevenira desde o princípio. Só esperava que agora estivesse disposta a mudar.

De qualquer forma, os três saíram para almoçar, mas foi terrível. Annabelle não tirou os olhos do prato e não comeu nada. Tinha escutado tudo o que Daphne dissera ao pai e agora a odiava e queria voltar para a mãe. Depois do almoço, foi justamente isso que contou ao pai que, contrariado, foi obrigado a lhe explicar que a mamãe estava viajando.

Informando-se com os vizinhos, Sam conseguiu encontrar uma *baby-sitter* de 16 anos para cuidar da filha durante a noite e foi jantar e dançar com Daphne no clube campestre em Conscience Point. Quando voltaram para casa, ela estava de melhor humor e Sam lhe pediu que pusesse uma camisola. Daphne riu da sugestão e respondeu que não tinha nenhuma.

O dia seguinte foi igual ao anterior e todos sentiram um enorme alívio ao regressarem à cidade.

Quando chegaram, Alex já os aguardava em casa, sozinha. Daphne ficou esperando no carro enquanto Sam subia para entregar Annabelle à mãe.

— Divertiram-se? — perguntou. Usava calça *jeans* azul e camisa branca engomada com alpargatas vermelhas. E Sam não pôde deixar de notar o quanto estava linda assim bronzeada após todos aqueles meses.

A fisionomia de Annabelle contudo foi bastante reveladora. Ergueu para a mãe os olhos cheios de lágrimas, enquanto Sam tocava gentilmente no ombro da filha.

— Tivemos alguns problemas de ajustamento. Creio que calculei mal as coisas. Levei uma amiga comigo e não foi fácil para Annabelle. — Nem para Daphne. — Sinto muito — desculpou-se com as duas e Alex, consternada, desviou os olhos de um para o outro, imaginando o que havia acontecido.

Entretanto, Annabelle olhou de relance para Sam e depois para Alex e declarou bruscamente.

— Eu a odeio.

— Você não odeia ninguém — corrigiu Alex, lançando uma olhadela ao marido. Aquele deve ter sido um fim de semana e tanto. Imaginou o que a inglesa tinha feito para conquistar Annabelle. Provavelmente nada, a não ser estar lá com Sam, Alex suspeitou corretamente. — Precisa ser amável com os amigos do papai, Annabelle. Ele acha que é indelicadeza fazer grosseria com os seus amigos — explicou com carinho, mas a menina não foi tão facilmente silenciada.

— Ela passeava nua pela casa o tempo inteiro. Foi nojento. E dormiu com o papai.

Amarrou a cara para os pais e, furiosa, foi intempestivamente para o quarto sem se despedir de Sam, enquanto Alex olhava para o marido um pouco surpresa com a falta de discrição daqueles dois.

— Talvez seja bom você conversar com a sua amiga. Se isto for verdade, não acho adequado que ela presencie esse tipo de coisa.

O fato a aborreceu muito. Não era assim que deviam conduzir as visitas. E estava surpresa com o comportamento do marido.

— Eu sei — respondeu Sam, pesaroso. — Lamento muito. Foi tudo um pesadelo do princípio ao fim. E foi também muito embaraçoso. — Então olhou para Alex com um ar de lástima. — Para falar a verdade, as duas estavam impossíveis.

Ela devia sentir pena de Sam, mas não sentia. Teria achado graça da situação, se não estivesse tão preocupada com o fato de Daphne gostar de andar nua.

— Você terá de dar um jeito nisso, se pretende morar com esta moça. — Era a primeira vez que Alex reconhecia a existência de uma outra mulher, mas tinha sido a filha que tomara a iniciativa de abordar o assunto. — Annabelle é criança demais para enfrentar coisas como esta.

— Eu sei. Também estou velho demais para isto. Vou resolver o problema. Ela não viu nada que não devesse — explicou, aparentando estar com os nervos em frangralhos. — A propósito, ela vomitou na sexta-feira.

— Você deve ter se divertido um bocado, hem?

Alex riu dele, por um minuto, fazendo-o lembrar do passado. Achava engraçado o que tinha ocorrido e até mesmo Sam teve de admitir que havia um lado cômico naquilo tudo. Em seguida, Sam foi dar um beijo na menina, mas ela continuava zangada com o pai e recusou-se a despedir-se dele. Ultimamente, andava com raiva do mundo e confusa demais com toda aquela história. Então, após soprar-lhe um beijinho e acenar para a esposa, Sam desceu às pressas ao encontro de Daphne.

— Feliz outra vez, meu amor? — ela lhe perguntou, aconchegando-se a Sam no carro, mas este estava desapontado com o fim de semana desastroso que passara com a filha. Além do mais, ainda ficava perturbado ao ver Alex. Ambos estavam sendo perseguidos pelos fantasmas do passado e procurando esquecê-los.

— Lamento que as coisas não tenham corrido bem — observou Sam resignadamente, admitindo o fiasco.

— Ela vai ficar bem — asseverou Daphne em tom confiante e começou a conversar sobre o apartamento.

Contudo, assim que ele se mudou para o Carlyle em junho, as coisas pioraram ainda mais. Daphne não saía de perto de Sam e Annabelle de repente compreendeu que era sempre uma intrusa ali.

— *Odeio* aquela mulher! — afirmava em tom categórico toda vez que voltava para casa.

— Não, não odeia — objetou a mãe com firmeza.

— Odeio, sim.

Os dois a levaram ao novo apartamento e ela também detestou o lugar. A única coisa que lhe agradou foi a limonada com biscoitos de chocolate no Carlyle. Sam também tentava organizar o verão dos dois. Alugara um iate e uma casa em Cap d'Antibes e Alex lhe dera permissão para levá-la.

Entretanto, foi Daphne que se opôs veementemente à inclusão de Annabelle nos planos. A menina não os acompanharia à Europa, decretou, nem mesmo com uma babá.

— Pelo amor de Deus, ela é minha filha.

Estava horrorizado com a atitude dela e também muito magoado. Este não era o comportamento que havia esperado da mulher com quem vivia. Iriam se ausentar durante seis semanas, tempo demais para não ver a filha.

— Ótimo. Então leve-a quando estiver com 18 anos. O lugar de uma criança dessa idade não é em um iate ou em uma casa no sul da França. E se cair no mar? Não pretendo passar o verão inteiro preocupada com ela. Também não levarei o meu filho.

De fato, Daphne só o visitava em Londres por uma semana. Falava como se isto fosse o máximo do sacrifício, mas Sam começava a discordar.

Este assunto foi motivo de constante discussão e Sam já estava até disposto a ceder, mas foi a própria Annabelle que tomou a decisão. Não queria ir com os dois à Europa e deixar a mãe. Ficariam uma semana em Londres, duas em Cap d'Antibes e três em um cruzeiro pela França, Itália e Grécia. Para Alex, aquela parecia uma viagem de sonho, mas não para a menina.

— Talvez ela seja pequena demais — argumentou Alex gentilmente com o marido. — Quem sabe no ano que vem?

Presumia que, a esta altura, ele já estaria casado com aquela moça e Annabelle estaria forçosamente se dando bem com ela. Era estranho, pois ele ainda não lhe pedira o divórcio. No entanto, sabia que isto ia acabar acontecendo, provavelmente no fim do verão. Talvez Sam não quisesse dar a impressão de estar pressionando. Alex por sua vez já se resignara com o fato. O casamento dos dois era coisa do passado. De qualquer maneira, nunca fora tão glamouroso quanto a sua vida com Daphne. Ele jamais pensara em ir para o sul da França ou alugar um iate quando era casado com Alex.

— O que vai fazer com ela? — perguntou Sam, preocupado

com Annabelle e chateado por não poder ficar com a filha durante o verão.

— Aluguei uma casa em East Hampton. Eu adoraria levá-la comigo. Pedirei a Carmen que fique lá durante a semana para que eu possa trabalhar até quinta-feira e estar com ela nos outros dias.

Sam achou ótima a solução e Annabelle ficou empolgada quando os pais lhe contaram.

— Não preciso mais ir com papai e Daphne? — indagou a garotinha, incrédula. — Oba!

Contudo, sua reação realmente magoou Sam. Quando voltou para o Carlyle à noite, estava aborrecido com Daphne.

— Oh, pelo amor de Deus, não fique emburrado — Daphne o provocou, servindo-lhe um copo de Cristal. — Ela é apenas uma criança, teria odiado aquilo. E seria uma grande chateação para nós ter de vigiá-la o tempo todo, sempre preocupados com o que poderia acontecer. Não seriam férias. — Sorriu para Sam, imensamente aliviada por haver se descartado do problema. — O que quer fazer hoje à noite? Sair ou ficar em casa?

A vida era uma constante festa para ela. E se não fosse uma festa, seria uma orgia.

— Talvez deva trabalhar um pouco para variar — retrucou ele sombriamente. Andara deixando os sócios se encarregarem de tudo. Ele e Simon estavam fechando todas as novas transações e Simon cuidava de uma incrível quantidade de negócios. Sam esteve tão ocupado viajando e mudando de vida que sentia-se um pouco culpado por não estar prestando mais atenção aos negócios.

— Oh, não trabalhe — reclamou Daphne. — Vamos nos divertir.

Mas antes que Sam pudesse sugerir qualquer coisa, ela estava sentada no seu colo com as pernas abertas e a saia levantada. Neste momento, havia só uma coisa que o interessava. Deitou-a no sofá do hotel e a possuiu com mais ímpeto do que de costume. Estava meio zangado e meio apaixonado por ela, desiludido, magoado e tão subjugado pela paixão que às vezes isso quase o enlouquecia.

Capítulo 19

Alex e Brock mudaram-se para a casa de veraneio no final de junho e ambos adoraram o lugar. Era simples e confortável, com cortinas axadrezadas em azul e branco e tapete de sisal. Havia uma cozinha ampla e aconchegante com azulejos portugueses e um pequeno e simpático jardim onde Annabelle poderia brincar. Ela também achou a casa encantadora quando a levaram até lá pela primeira vez no fim de semana de 4 de julho.

Não demonstrou surpresa com a presença de Brock ali, pois Alex era bem mais cuidadosa do que Sam. Brock dormia "oficialmente" no quarto de hóspede do andar térreo e procurava descer antes que Annabelle acordasse. Certa manhã, quando perderam a hora e quase foram pegos em flagrante, Brock vestiu a calça *jeans* e fingiu estar consertando algo no banheiro de Alex.

Annabelle sentia-se completamente feliz e à vontade com ele, e os três iam juntos a toda parte. Alex recuperava as forças bem depressa, estava cheia de energia e com um humor excelente. Em meados de julho, surpreendeu a todos ao descer sem a peruca. Seu cabelo estava curto, macio e cacheado.

— Você está linda, mamãe! Igualzinha a mim!

Annabelle deu uma risadinha e saiu para brincar no jardim enquanto Brock sorria para Alex. Quase a derrubou da cadeira com a sua pergunta.

— E então, Sra. Parker, quando vamos nos casar?

Alex lançou-lhe um sorriso hesitante. Embora estivesse muito apaixonada por ele, nunca se permitira pensar no futuro, por uma série de motivos.

— Sam ainda nem me pediu o divórcio.

— Para que esperar que ele peça? Por que não conversam sobre o assunto quando ele regressar da Europa?

Era tudo que Brock mais queria.

Alex, no entanto, olhou para ele com uma expressão muito séria, hesitante e bastante cautelosa.

— Não seria justo com você, Brock. Estou bem agora, mas e se acontecer tudo de novo mais tarde? — Ele já provara a sua capacidade de lidar com situações desse tipo, mas esta não era a questão. — É por você que não quero me casar. Você merece um futuro mais estável.

— É pura besteira — rebateu Brock, olhando para Alex com raiva. — Você não pode passar os próximos cinco anos esperando para ver o que acontece. Tem de prosseguir com a sua vida e enfrentar o que vier, seja lá o que for. Quero você e Annabelle comigo — afirmou, segurando a mão de Alex e debruçando-se na mesa para beijá-la. — Não quero esperar. Quero a nossa vida agora, nós três juntos. Quero cuidar de você. E não quero que o nosso relacionamento termine depois do verão.

— Nem eu — admitiu ela com toda a sinceridade, mas era dez anos mais velha do que ele e acabava de se recuperar de um câncer. — O que a sua irmã diria de tudo isso? — As duas ainda não haviam se conhecido nem conversado uma com a outra, mas Alex sabia o quanto ela significava para Brock. Por algumas das coisas que tinha dito, era possível perceber como gostava da irmã, embora geralmente a mencionasse muito pouco. — Não acha que seria contra? Você devia se casar com uma jovem simpática que lhe dê muitos filhos e nenhum problema.

— Minha irmã me diria para fazer o que eu achasse melhor. E o melhor para mim é você. Alex... estou falando sério. Quando Sam retornar da Europa, quero que peça o divórcio a ele. Assim nós nos casaremos após a homologação.

— Eu te amo.

Sorriu com meiguice para o rapaz, enquanto observavam Annabelle pela janela panorâmica. Estava profundamente comovida com a disposição dele em aceitá-la sob quaisquer condições.

— Quero me casar com você. E vou encher a sua paciência até concordar — avisou ele, obstinado. Alex riu.

— Não é que eu não queira. E quanto ao seu emprego? — perguntou, muito séria. Os dois não podiam se casar e manter o fato em segredo.

— Recebi mais duas ofertas neste ano. Todas excelentes. É bem provável que eu me saísse muito melhor se fosse para uma outra firma. Gostaria de conversar com os sócios principais. Estive imaginando se não poderiam abrir uma exceção no nosso caso e nos deixar trabalhando juntos, já que você andou muito doente.

— É, talvez. Formamos uma boa dupla. — Ela lhe deu um sorriso de gratidão. — No próximo ano, você poderá ser promovido a sócio.

— Vamos conversar com eles — decidiu calmamente. — Mas, primeiro, Sam.

— Ainda não aceitei — assinalou Alex, com um jeitinho malicioso porém adorável.

— Mas vai aceitar — sentenciou Brock em tom confiante. E tinha toda a razão. No final da semana, ela já havia concordado. Iria pedir o divórcio a Sam e casar-se com Brock tão logo fosse homologado.

— Devo estar louca — comentou, espantada. — Tenho o dobro da sua idade.

— Pode ser dez anos mais velha, sim, mas isto não conta. Parece até mais jovem do que eu.

E era verdade. Alex tinha rejuvenescido desde a mudança para Long Island. Os efeitos da quimioterapia se dissipavam aos poucos, o cabelo estava mais abundante do que nunca e a inchação resultante do tratamento não existia mais. Estava com a mesma aparência que tinha antes do câncer — talvez até melhor. Ao brincarem na praia nos finais de semana, pareciam duas crianças. Sempre que voltava com Brock para a cidade nas manhãs de segunda-feira, sentia-se muito relaxada. Carmen chegava nos domingos à noite, para que os dois pudessem ir trabalhar até quinta, quando então saíam o mais cedo possível da firma e regressavam a Long Island. Durante o verão, a maioria dos advogados folgava na sexta e a firma fechava ao meio-dia, tal como muitas empresas em Nova York.

Quando chegavam, Annabelle estava sempre à espera deles, feliz e excitada. Durante a semana, Alex e Brock ficavam no apartamento de um dos dois, optando pelo que fosse mais conveniente. Aquele foi o verão perfeito.

Annabelle tinha conversado várias vezes com o pai, que agora se encontrava em Cap d'Antibes. Além dos telefonemas, enviou-lhe uma dúzia de cartões-postais. Alex, entretanto, não falou com o marido, pois ele nunca ligava quando ela estava lá. De qualquer maneira, não discutiria a questão do divórcio pelo telefone. Agora não existiam mais dúvidas em sua mente. Brock a convencera; fizera mais do que estava ao alcance de qualquer homem para conquistar a sua confiança e o seu amor. Desde que ele soubesse o que estava fazendo e o que queria, não tinha nenhum motivo para continuar a questioná-lo. Sabia que o amava. Sentia-se muito afortunada por estarem juntos.

Em meados de julho, quando estavam deitados na praia, Brock surpreendeu-a ao olhar com admiração para o seu traje de banho, inclinar-se e beijá-la.

— Você é linda — elogiou apaixonadamente, e ela sorriu para o rapaz. Annabelle estava por perto, mas a perspectiva de tirar uma "sonequinha" após o almoço era tentadora.

— E você é cego — respondeu Alex, apertando os olhos por causa do sol. Quando Brock tocou em seu seio com toda a delicadeza, sentiu o corpo inteiro arrepiar.

— Acho que, qualquer hora dessas, devíamos procurar um cirurgião plástico.

— Por quê?

Embora tentasse demonstrar indiferença, Alex não gostou de falar no assunto. Apesar da gentileza com que ele a tratava, sua aparência ainda a constrangia. Usava uma prótese na maior parte do tempo.

— Só acho que devia — respondeu ele afavelmente.

— Quer que eu faça uma *lifting* ou uma plástica no nariz?

— Não seja boba. É jovem demais para passar o resto da vida se escondendo. Devia andar nua o tempo inteiro.

Na verdade, Brock era bastante circunspecto, mas Alex sabia que ele estava tentando fazê-la sentir-se melhor com relação ao seio perdido.

— Quer que eu ande nua pela casa como a namorada inglesa de Sam? Acho que não daria certo.

A mera lembrança de Daphne a aborrecia.

— Deixa pra lá. Você sabe ao que me refiro. Pelo menos converse com o médico, descubra o que está envolvido. Podia fazer a cirurgia neste verão e resolver o problema de uma vez por todas. Aí teria dois seios para sempre.

— Além de doer um bocado, parece uma coisa horrorosa.

— Como sabe disso?

— Falei com uma mulher do grupo de apoio, e a Dra. Webber me disse. É horrível.

— Não seja molenga.

Ambos sabiam que de molenga ela não tinha nada. No entanto, Brock também queria que Alex adquirisse autoconfiança e se sentisse inteira de novo. Vivia insistindo no assunto e chegou até a lhe dar o nome de um famoso especialista em cirurgia reconstrutiva que havia obtido por intermédio de um cirurgião amigo seu. Brock era sempre muito cheio de recursos.

— Marquei uma consulta para você — anunciou bruscamente uma certa tarde, quando estavam trabalhando na firma. Alex encarou-o com espanto.

— É muito atrevimento de sua parte, sabe? — Alex não queria ir e discutiu com ele durante quase meia hora. — Não vou.

— Sim, vai, eu vou levá-la até lá. Ao menos converse com o sujeito. Não vai lhe fazer mal.

Quando chegou o dia da consulta, ela continuava fuzilando de raiva. Contudo, acabou indo e surpreendeu-se ao verificar como este médico era diferente do outro. Enquanto o Dr. Herman era frio e metódico e lidava com fatos rigorosos e perigos incontestáveis, o interesse do cirurgião plástico era aperfeiçoar as coisas e fazer as pessoas se sentirem melhor a respeito de si mesmas. Era baixote, rechonchudo e gentil e possuía um grande senso de humor. Só precisou de alguns minutos para deixá-la à vontade e fazê-la dar boas gargalhadas. Com extrema diplomacia, conduziu a conversa para o assunto que os motivara a procurá-lo. Examinou o seio de Alex — ou o lugar onde ele se encontrava antes —, depois deu uma olhada no outro e declarou que, na sua opinião, podiam realizar um ótimo trabalho. Era possível colocar um implante ou fazer uma expansão tissular, o que exigiria dois meses de injeções semanais de soro fisiológico para obter a forma desejada. Alex preferia o imediatismo do implante. Em todo caso, ainda não estava convencida. Segundo o médico, embora a cirurgia fosse evidentemente cara e dolorosa, podiam eliminar quase toda a dor e que, na idade dela, achava que valia a pena.

— Não vai querer ficar assim pelo resto da vida, Sra. Parker. Podemos lhe dar um lindo seio.

O médico sugerira usar a metade do outro bico e completar com uma tatuagem. E a despeito de tudo que disse para encorajá-la, Alex ainda considerava horripilante todo o processo.

À noite, após fazerem amor ela perguntou a Brock se ele se incomodaria caso ela não se submetesse à cirurgia.

— Lógico que não — respondeu ele com toda a sinceridade. — Só achei que devia. Por você. Mas a decisão é sua. Eu a amo de qualquer modo, mesmo sem os dois seios. E que Deus nos livre disso.

Uma vez bastava para uma vida inteira.

Todavia, sem comentar mais nada com Brock, Alex refletiu bem durante duas semanas e, em uma certa manhã no final de julho, quando estavam sentados à mesa após tomarem o café, anunciou sua decisão a Brock, que se encontrava absorto na leitura do jornal dominical.

— Eu vou fazer — disse Alex.

— Fazer o quê? — indagou ele, olhando para Alex com uma expressão confusa, mas sempre interessado no que ela tinha a lher dizer. — Temos algo programado para hoje?

— Hoje não. Vou ligar na segunda.

— Ligar para quem?

Ele sentia como se já houvesse perdido uma parte importante da conversa.

— Greenspan.

— Quem é esse?

Ele estava distraído e um tanto sonolento. Talvez um novo cliente.

— O cirurgião plástico a quem você me levou.

Alex aparentava determinação e um certo nervosismo.

— É mesmo? — Um sorriso luminoso surgiu em seu rosto. Estava contente por Alex. Achava que ela ficaria satisfeita mais tarde. — Que bom para você!

Beijou-a e, na segunda-feira, cumprindo a palavra dada, ela telefonou para o médico, comunicando-lhe a sua decisão de optar pelo implante. Embora apreensiva com a cirurgia e com a idéia de sentir mais dor, agora que tomara uma resolução, iria em frente de qualquer maneira. Greenspan avisou-lhe que ocorrera um cancelamento no próximo final de semana e que deveria ficar quatro dias hospitalizada, mas depois poderia voltar a trabalhar. Durante algum tempo ela sentiria dor, muito mais do que na operação anterior, ele confessou, mas sem o desconforto provocado pela quimioterapia.

Nesta mesma semana, tirou folga na quinta-feira e pediu a Carmen que permanecesse em East Hampton com Annabelle. Contou à filha que teria de viajar a trabalho. Não quis lhe falar sobre o hospital para não preocupá-la. A única pessoa a par de tudo era Carmen que, apesar da preocupação inicial, acabou sentindo um grande alívio quando soube do motivo da viagem. Assim como Liz, ela também achara a operação uma boa idéia. Todos estavam entusiasmados — menos Alex, que sentia-se apavorada; tanto que, na última hora, chegou até a pensar em desistir.

Na quarta-feira, deitada ao lado de Brock, ficou acordada a noite inteira, desejando não haver concordado com aquilo.

Às sete horas da manhã seguinte, Brock levou-a ao Lenox Hill, onde uma enfermeira e um anestesista lhe explicaram todo o processo. Entregaram a Alex um avental e, tão logo a enfermeira iniciou a infusão intravenosa, ela começou a chorar incontrolavelmente. Tudo em que conseguia pensar era na quimioterapia e na última cirurgia, e sentia-se absolutamente estúpida.

Quando o Dr. Greenspan chegou, mandou que lhe dessem um injeção de Valium.

— A nossa regra aqui é manter todos felizes — declarou, risonho. Em seguida, olhou para Brock com um ar brincalhão. — Quer uma também?

— Eu adoraria.

Alex estava quase dormindo quando foi conduzida de maca para a sala de operação. Brock, muito nervoso, permaneceu aguardando na recepção, andando de um lado para o outro até que, cinco horas depois, o Dr. Greenspan apareceu e lhe informou que Alex passava bem. Estava muito satisfeito. Embora aquele fosse um processo delicado, correra tudo bem.

— Acho que ela ficará muito feliz com o resultado. — Tinha colocado um implante e, como o seio original era pequeno, não houve necessidade de uma extensa expansão tissular, mas apenas o suficiente para que a forma desejada fosse obtida. Existiam outras opções; Alex porém preferira o imediatismo do implante, mesmo sabendo que era preciso estar sempre vigilante: havia a possibilidade de vazamento e teria de integrar-se a um grupo de controle que lhe forneceria dados sobre implantes de silicone. — Terá de retornar dentro de um ou dois meses para alguns ajustes definitivos. — Ela tinha sido comunicada de que a reconstituição final do mamilo e as tatuagens podiam ser realizadas com anestesia local. — Mas creio que vai se sair bem — assegurou-lhe Greenspan.

Outras duas horas se passaram até que ela deixasse a sala de recuperação. Quando a levaram para o quarto, ainda estava bastante grogue.

— Oi — murmurou Alex para Brock. — Como foi?

— Está ótimo — assegurou-lhe ele, embora ainda não tivesse visto, claro.

Os quatro dias de internação foram desconfortáveis, mais do que ela tinha esperado. Continuava sentindo muita dor ao regressar ao escritório na segunda. Contudo, não havia nenhuma das implicações ou riscos da cirurgia anterior.

A atadura era incômoda, mas mesmo assim fez todo o serviço necessário. E como muitos dos sócios estavam de férias, ninguém pareceu perceber a sua situação. Além do mais, evitava sair da sala e usava uma das camisas de Brock por cima da atadura. Ele lhe trouxe o almoço e, no final do dia, foram para o apartamento dele. Na quinta-feira, uma semana depois da operação, foram mais uma vez ao hospital para fazer o curativo e tirar os pontos antes de regressaram a East Hampton. Annabelle ficou excitadíssima ao vê-los e Alex abraçou-a com movimentos um tanto cautelosos.

— Você se machucou, mamãe? — perguntou a menina, de novo preocupada e receosa. Annabelle também tinha lembranças desagradáveis e Alex não queria assustá-la.

— Não, estou bem — asseverou-lhe.

— Está doente de novo?

A garotinha fitava a mãe com olhos imensos e Alex estreitou-a contra si, sentindo-a tremer.

— Estou bem — repetiu carinhosamente, com a filha nos braços. Então Alex compreendeu que precisava lhe dar uma explicação. Contou-lhe com muita simplicidade que, quando ferira o peito dez meses antes, os médicos tiveram de cortar um pedaço e agora tinham-no colocado de volta, notícia que a menina considerou excelente e que alarmou o pai. Sam presumiu que Annabelle vira a prótese. Não lhe ocorreu que Alex se submetera a uma outra operação e não pediu para falar com ela, já que Daphne estava parada bem ao seu lado.

A esta altura, os dois estavam no iate e alguns dos elegantes amigos ingleses de Daphne juntaram-se a eles. Era um grupo muito mundano com passatempos muito sofisticados e passavam a maior parte do tempo visitando gente em outros iates e em vilas situadas ao longo da Riviera. Dentro de alguns dias, iriam à Sardenha.

Diariamente, Brock lembrava a Alex que ela precisava conversar com Sam, assim que ele chegasse da Europa. Estava muito ansioso para se casar.

— Eu sei, eu sei. — Alex sorriu para ele, beijando-o com carinho, tentando acalmá-lo. — Relaxe. Telefono assim que ele voltar.

Se entrassem com o pedido de divórcio no outono, poderiam casar-se na primavera. Era o que Brock mais queria. Às vezes o entusiasmo juvenil de Brock dava a Alex uma sensação de velhice, mas, sob muitos aspectos, ela adorava isso. Embora na maior parte do tempo não sentisse a diferença de idade, havia ocasiões inegáveis em que faltava a ele um pouquinho de maturidade. Contudo, tentava ignorar este aspecto da situação. As experiências e pontos de vista de vez em quando divergiam.

O verão passou voando para todos. Daphne odiou voltar da Europa e só a paixão por Sam fez com que ela retornasse a Nova York. Admitiu-lhe que estava ficando com saudades de Londres. Para ela, a vida nos Estados Unidos não era a mesma coisa, mas Sam esperava que o novo apartamento a distraísse. Prometeu que viajariam mais e que começariam a passar mais tempo no exterior. Não era fácil para ele cumprir esta promessa, com todos os seus compromissos de trabalho em Nova York. No entanto, tinha muitos clientes no exterior e faria qualquer coisa para torná-la feliz. Há meses vinha lhe dedicando uma parte tão grande do seu tempo que negligenciara seriamente os negócios. Ela estava se mostrando uma mulher muito exigente e obviamente acostumada a ter o que queria.

Quando Sam chegou em casa, Alex e Brock pensavam com pesar no fim do verão, pois ficariam em East Hampton só até o Dia do Trabalho. Então, no fim de semana seguinte ao seu regresso, Sam levou Annabelle para Bridgehampton. Iria hospedar-se na casa de uns amigos e, após seis semanas e meia de separação entre pai e filha, Daphne deixou que ele levasse Annabelle.

— Acha que desta vez as duas vão se dar melhor? — perguntou Alex a Brock, muito séria. Annabelle havia se mostrado muito infeliz na última vez em que vira Daphne. No entanto, quando Sam devolveu-a à mãe em East Hampton no início da tarde de domingo, era óbvio que algo tinha acontecido. Ele estava muito tenso — e sozinho. Embora Alex soubesse que Brock estava ansioso para que ela esclarecesse as coisas com o marido, não houve mesmo nenhuma oportunidade de discutir o assunto antes que Sam entrasse no carro e partisse. Mal trocara duas palavras com Alex.

Assim que ele foi embora, olhou para a filha e a interrogou.

— O que aconteceu?

— Não sei. Papai fez um monte de ligações. Não largou o telefone o tempo inteiro e berrou com as pessoas com quem falou. Hoje disse que tinha de vir para Nova York. Arrumou a minha mala e me trouxe de volta. Daphne também gritou um bocado. Falou que se ele não a tratasse com delicadeza, voltaria à Inglaterra. Até que seria bom. Acho que ela é realmente má e grosseira.

Era evidente que algo saíra errado, mas era impossível decifrar qualquer coisa pelo relato de Annabelle.

Foi só na manhã seguinte, quando ela e Brock iam de trem para a cidade, que Alex levou um tremendo susto ao ler a manchete do jornal. Havia fotografias de Sam, Larry e Tom. O grande júri os estava pronunciando por investimentos fraudulentos, além de diversas outras acusações muito impressionantes, inclusive apropriação indébita.

— Puta merda! — exclamou, entregando o jornal a Brock. Era incrível. Sam sempre fora de uma meticulosa honestidade.

— Nossa! — Assobiou ao ler a notícia. As acusações eram muito graves e Simon também estava sendo implicado, embora ainda não o tivessem pronunciado. Os três sócios principais estavam enquadrados no mínimo em umas doze acusações de fraude e apropriação indébita. — Ele está metido em uma grande encrenca. Não é de espantar que estivesse tão aborrecido ontem.

Brock olhou para Alex, que estava completamente atordoada. O que Sam fizera com a sua vida nos últimos meses? Que burrada havia cometido? As acusações contra ele o mandariam para a prisão durante vinte ou trinta anos. O que aconteceu, afinal de contas?

— Vou telefonar para Sam quando chegarmos no escritório — decidiu, pensativa. Ainda custava a acreditar no que havia lido.

Entretanto, ao chegar na firma, já havia duas ligações de Sam. Depois de entrar na sala e fechar a porta, discou para o escritório dele. Sam atendeu em um segundo.

— Obrigado por responder ao meu recado.

Pelo tom da voz, parecia extremamente nervoso.

— O que está acontecendo? — perguntou ela, ainda aturdida. Sempre julgara conhecê-lo bem.

— Por enquanto, não sei ao certo. Só conheço uma parte dos fatos, e nem tenho certeza se algum dia vou conhecer tudo. Mas o que sei já é suficiente. Estou em uma tremenda enrascada, Alex. Preciso de ajuda. Preciso de um advogado.

Sam tinha um excelente, mas não era um criminalista.

— A minha especialidade não é direito penal, Sam — respondeu Alex suavemente, com pena dele, por ter permitido que sua vida fugisse do seu controle de maneira tão completa; e ter perdido o rumo a ponto de não enxergar o que fazia. Imaginou se a garota tinha alguma participação naquilo. Tinha certeza de que Simon estava envolvido na confusão, muito embora não o tivessem pronunciado até o presente momento.

— Você é perita em contencioso. Pode ao menos me orientar quanto ao que devo fazer. Posso conversar com você? Posso ir aí para discutirmos o assunto, Alex? Por favor?

Sam estava implorando e, após dezessete anos, ela achava que lhe devia ao menos a chance de ouvi-lo. Além do mais, ainda o amava, apesar de tudo que tinha acontecido entre eles.

— Verei o que posso fazer. Mas provavelmente, terei de mandá-lo para um criminalista, Sam. Não sou tão imbecil a ponto de tentar ajudá-lo e acabar prejudicando-o em conseqüência da minha ignorância. Mesmo assim, farei o melhor possível se quiser me contar o que houve. Quando quer vir?

— Que tal agora?

Ele não conseguia agüentar a tensão nem mais um momento.

Eram dez horas e Alex tinha um compromisso às 13:30. Até então, estava livre.

— Está certo. Pode vir.

Todo o serviço burocrático que estava executando agora podia esperar. Então foi até Brock contar-lhe tudo.

— Não seria melhor mandá-lo logo para um dos criminalistas?

— Quero falar com ele primeiro. Pode assistir à reunião comigo?

Este era um pedido estranho, mas o encontro com o marido teria um caráter puramente profissional e ela respeitava a opinião de Brock.

— Se você quiser. Posso esmurrar o nariz dele quando terminar? — perguntou ele com um sorriso. Não podia imaginar um fim mais apropriado para um canalha como Sam Parker do que vinte anos de prisão. O único motivo pelo qual estava disposto a ouvi-lo era Alex, mas não tinha a menor vontade de ajudá-lo.

— Só depois de pagar a conta — replicou ela, sorrindo também. Sua vida agora era com Brock, não com Sam, independentemente dos seus problemas.

— Bem, não se esqueça de discutir com ele aquele assunto fundamental.

Brock estava se referindo ao divórcio. Contudo, agora não era o momento de pensar no caso.

— Relaxe. Isso aqui é só negócio.

Quando Sam chegou, vinte minutos depois, estava pálido, apesar de bronzeado. Havia círculos escuros sob seus olhos e, ao sentar-se à mesa diante de Alex e Brock, suas mãos tremiam visivelmente. Ele estava em estado de choque. Sua reputação se arruinara e sua vida inteira tinha desmoronado — tudo aparentemente em seis semanas, quando se encontrava na Europa com Daphne.

Alex lhe perguntara se ele se incomodaria que Brock participasse da reunião e, embora não se mostrasse entusiasmado com a idéia, Sam concordou, já que ela achava que seria útil. Queria todo o auxílio que pudesse obter e estava muito grato a Alex. Afirmou-lhe que era a melhor advogada que conhecia e que valorizava muito a sua opinião. Não disse mais do que isto, mas o olhar que trocaram era antigo e familiar. Eles se conheciam e se amavam há muito tempo; não era fácil esquecer.

A história que Sam relatou não era nada bonita e, ao apresentar a sua versão dos fatos, ainda não tinha todas as respostas. Pelo que sabia, o que parecia ter acontecido era que Simon andara lenta e constantemente introduzindo clientes inescrupulosos na firma e falsificando os históricos de vários bancos da Europa acerca destas pessoas. Em seguida, começou a escamotear dinheiro de uma forma que Sam ainda não conhecia por completo. Desviou os fundos da firma e roubou dinheiro dos clientes legítimos, passando a lavar enormes quantias provenientes de fontes de origem duvidosa na Europa. Aparentemente, isso vinha ocorrendo há meses e Sam admitiu, sem acusá-la, que na época da doença, quando era enorme a tensão entre ambos, parara de prestar a atenção que os negócios exigiam. Não queria revelar — a não ser que não houvesse outro jeito — que o seu romance com Daphne também colaborara para distraí-lo.

Afirmou que não sabia se Simon introduzira a prima na firma como isca. No entanto, sua chegada fora muito conveniente, paralela a toda a distração que proporcionou.

Então confessou que, desde a primavera, vinha suspeitando que havia algo errado nas transações de Simon com um dos seus clientes e que certos fundos pareciam ter sido malbaratados. Entretanto, ao interpelar os sócios a respeito desta questão, eles o tranqüilizaram e insistiram que a situação não era o que parecia, o que o levou a concluir que sua preocupação era infundada. Agora percebia que, na verdade, ele quis acreditar na história deles. O mais estranho era que, precisamente nesta ocasião, Alex o lembrara de suas suspeitas sobre Simon, recebendo como resposta uma veemente negativa.

— Fui um rematado imbecil — reconhecia ele agora. — Simon é um sujeito tremendamente corrupto. Você estava com toda a razão. E agora descubro que Larry e Tom eram cúmplices dele. Não desde o princípio, mas a partir de fevereiro, quando encontraram alguma sujeira nas suas transações e foram subornados. Ele pagou pelo silêncio dos dois e convenceu-os de que ninguém jamais saberia de nada. Deu um milhão de dólares a cada um, depositado em uma conta numerada na Suíça. Portanto, nos últimos seis meses, tornaram-se sócios de Simon, desfalcando, roubando, realizando transações fraudulentas. Não consigo acreditar no quanto fui cego e estúpido, ou o quanto quis ser. Simon tratou até de me tirar do caminho, enviando-me para a Europa durante os dois últimos meses, quando concluíram alguns dos negócios mais sujos. Foi ele que me arranjou o iate e caí na armadilha como um patinho. — Com a ajuda de Daphne. — Durante a minha ausência, alguém no banco desconfiou e nos denunciou à Comissão de Valores Mobiliários e ao FBI, que acionaram o Ministério da Justiça. Aí a coisa toda despencou como um castelo de cartas. E eu, que nem um idiota, deixei-me arrastar para o buraco junto com os três. Quando viajei para Londres, percebi que havia algo errado ao conversar com um dos ex-sócios de Simon. Creio que ele pressupôs que eu estava por dentro de tudo, o que não era verdade. Acontece que, quando telefonei a Larry e Tom para perguntar o que estava se passando, os dois o acobertaram, assustados demais para abrir o bico. Enquanto eu me encontrava fora do país, usaram o meu nome para fazer transações ilegais no valor de 20 milhões de dólares. Estou enterrado até o pescoço nesta sujeira toda.

Parecia arrasado e em pânico. Tudo que construíra fora destruído, inclusive a sua reputação. Sua vida agora estava na corda bamba.

— Mas você nem sequer se encontrava aqui quando fecharam aqueles negócios — ponderou Alex. — Será que isto não vai ajudar?

— Aquilo é apenas a ponta do *iceberg*. A coisa é muito pior. Eu ligava quase diariamente e me enviavam pelo controle toda a papelada para assinar. Fizeram com que os memorandos parecessem perfeitamente respeitáveis. Agora a minha responsabilidade é tão grande quanto a deles. Eu queria que estivesse tudo certo. Queria que as minhas suspeitas não estivessem corretas. Simplesmente não queria enfrentar o que estavam fazendo. Mas quando voltei para casa na semana passada e comecei a fazer perguntas, aí me apavorei e passei a investigar mais a fundo. Você não imagina o que andou acontecendo no ano passado. Não só com a minha reputação, mas também com a minha firma. Está tudo acabado, Alex. — Ergueu para a esposa os olhos cheios de lágrimas. Não tinha chorado por Alex, porém agora chorava por si mesmo. — Tudo que construí está em ruínas. Aqueles dois imbecis me venderam por um milhão de dólares cada um e agora vão parar na cadeia graças a Simon. — Fechou os olhos e tentou recuperar a compostura. Ela lamentava pelo marido, mas não tanto quanto devia. De certo modo, Sam merecia o que estava sofrendo. Confiara em Simon quando não devia, quando os seus próprios instintos o tinham prevenido desde o início. E permanecera de olhos fechados enquanto Simon destruía não só o seu negócio, mas também a sua vida e o seu futuro. Então Sam abriu os olhos e a encarou, morto de medo e sem nenhuma vergonha de demonstrar isto. — Qual é a gravidade da situação?

Olhou diretamente para Alex, que chegou a hesitar, mas só por um instante.

— É muito grande, Sam. Fiz algumas anotações e quero ligar para um dos nossos sócios, mas não acredito que você vá se safar dessa com simples lábia. O seu comportamento implicou uma grande responsabilidade. Será muito difícil convencer o grande júri ou mesmo qualquer pessoa que ignorava o que estava acontecendo, ainda que não soubesse de nada.

— Você acredita em mim?

— Até certo ponto, sim — respondeu ela com honestidade. — Acho que você não queria saber o que estava ocorrendo e deixou o barco correr sem procurar interferir.

Em silêncio, Brock concordou inteiramente com Alex.

— Como devo agir agora?

— Conte a verdade. Toda a verdade. Principalmente aos seus advogados. Diga tudo o que sabe, Sam. Esta será a sua única salvação. E quanto a Simon?

— Irão pronunciá-lo hoje à tarde.

— E a moça? Sua prima? Que papel teve nessa história toda?

Fora destruir o seu casamento. Ele fora realmente ludibriado por profissionais. Agira como um autêntico idiota e tinha consciência disso.

— Por enquanto, ainda não tenho certeza. — Desviou os olhos de Alex. — Ela afirma não ser responsável, diz que ignorava tudo. Continuo achando que sabia de tudo quando veio para cá e preferiu tirar o corpo fora quando chegou aqui. Ou talvez não. Talvez estivesse a par do plano inteiro — acrescentou, passando as mãos no cabelo enquanto ela o observava. Tinha pago um preço alto por aquele romance; com a sua firma, sua reputação, seu dinheiro, possivelmente até sua vida, se acabasse na prisão. Entretanto, apesar de tudo, Alex queria ajudá-lo. Sam ainda era seu marido.

Então foi ao telefone e ligou para Phillip Smith, um dos sócios principais. Ele era especialista em fraude fiscal e violações ligadas à Comissão de Valores Mobiliários. Era mais ou menos a mesma coisa. O caso em questão estava mais dentro da sua área e ele prometeu descer em cinco minutos.

— E quanto a você? Também vai colaborar na defesa? — perguntou Sam pateticamente e Brock teve vontade de socá-lo. Ela não pertencia mais a Sam. Ele já lhe causara sofrimento suficiente para uma vida inteira. No entanto, apesar dos pesares, Alex mantinha em relação ao marido um sentimento de lealdade, principalmente por causa da filha.

— Eu não lhe seria útil em nada — respondeu Alex com franqueza. — Esta não é a minha especialidade.

Ainda que lamentasse muito por Sam, não queria ter nenhum envolvimento direto com ele.

— Vai acompanhar o caso? Atuar como associada? Alex... por favor...

Brock virou-se de costas. Não queria presenciar aquilo. Sam estava se aproveitando de Alex, que se sentia na obrigação de ajudá-lo.

— Verei o que posso fazer. Mas você não precisa de mim, Sam. Quero saber o que o Phillip vai dizer depois da conversa de vocês.

Alex foi muito cortês ao falar com o marido. Brock por sua vez ficou aborrecido ao perceber que, apesar de tudo que ela disse e do que Sam lhe fizera, ainda restavam laços entre ambos.

— Realmente, preciso de você — insistiu Sam aos cochichos quando o outro sócio entrou na sala e Brock saiu por alguns minutos para atender um chamado.

Ela fez as apresentações e mostrou suas anotações a Phillip Smith, que assentiu com a cabeça e franziu o cenho. Depois sentou-se ao lado de Alex, diante de Sam.

— Agora vou deixar vocês conversarem a sós — avisou Alex e levantou-se, olhando para o marido. Ele parecia uma figura patética. Dava a impressão de estar devastado com o que tinha acontecido.

— Não vá.

Sam a encarava como uma criança assustada e ela de repente

se lembrou de como se sentira quando lhe revelaram que tinha câncer, da solidão e do medo que a dominaram e de como ele se recusara a apoiá-la. Andava muito ocupado correndo atrás de Daphne e permitindo que criminosos destruíssem o seu negócio enquanto Alex vomitava até a alma sem que ele movesse um dedo para ajudá-la.

— Volto mais tarde — prometeu tranqüilamente. Não queria encorajá-lo a depender dela. Seria um caso complicado e estava convencida de que acabaria em julgamento. Demoraria meses, senão anos, e queria tomar cuidado para não se comprometer demais.

Quando retornou à sua sala, encontrou Brock andando de um lado para o outro com cara de fúria.

— Aquele filho da puta chorão — reclamou, fuzilando-a com os olhos como se tudo fosse culpa dela. — Não fez merda nenhuma por você durante um ano, se é que fez algum dia, o que não duvido nada, e agora aparece aqui choramingando porque vai em cana. Sabe, você devia realmente deixar o sujeito se virar sozinho. Seria muito bem feito. É perfeito, você entende? A amante do cara e o primo armam tudo para que se estrepe com uma acusação de fraude e apropriação indébita, e aí ele vem chorar no seu ombro para que o livre dessa.

Estava tão irado que não conseguia parar de andar. Era como se ele é que tivesse sofrido uma traição e não Alex.

— Relaxe, Brock — ela tentou acalmá-lo. — Sam ainda é meu marido.

— Não por muito tempo, espero. Que crápula. Senta aqui com o seu terno caro e um relógio de 10 mil dólares, recém-chegado de um cruzeiro no sul da França, e se surpreende ao descobrir que os sócios são uns vigaristas e que foi pronunciado pelo grande júri. Bem, para mim não é surpresa nenhuma. Provavelmente está metido nisso desde o início.

— Eu não acho — objetou Alex com toda a tranqüilidade, sentando-se à mesa enquanto Brock ia de um lado para o outro, odiando o seu marido. — Na minha opinião, é bem provável que tudo tenha se passado do jeito que ele contou. Estava galinhando por aí, sem prestar atenção em nada, e então o sacanearam. Lógico que isso não serve de desculpa; ele devia ter ficado de olho no que estava acontecendo. Tinha responsabilidade, mas preferiu se divertir e fugir da realidade. E enquanto ele dormia, os outros trataram de agir.

— Continuo achando que ele merece tudo que está enfrentando agora.

— Talvez.

Alex ainda não sabia ao certo o que pensar. Entretanto, após o cliente marcado para as 13:30 ir embora 45 minutos mais tarde, Sam continuava conversando com Phillip Smith. Pouco depois, pediram a Alex que se juntasse aos dois. Desta vez, ela foi sem Brock, o que lhe pareceu mais simples. Percebeu que tinha sido um erro convidá-lo para participar da reunião. Era injusto lhe pedir para ser imparcial.

— E então? — falou enquanto se sentava junto deles. Mesmo a contragosto, Sam notou que o seu corpo agora parecia de novo mais natural. Então se obrigou a pensar nos próprios problemas. — Como estamos? — indagou, concentrando-se por completo no propósito da reunião. Seu comportamento era como o de uma médica em relação a um paciente: desapaixonado e profissional.

— Receio que não muito bem — respondeu Phillip Smith. Não dourou a pílula. Achava que Sam tinha uma grande parcela de responsabilidade e que, muito provavelmente, a pronúncia do grande júri seria aceita. De fato, havia um risco de surgirem acusações adicionais. Tinha a certeza de que o caso iria a julgamento e o que aconteceria no tribunal era imprevisível. Era grande a possibilidade de que Sam perdesse a questão, principalmente se o júri não acreditasse na sua história. O ponto mais forte que tinha a seu favor era o fato de só ter descoberto tarde demais o que vinha acontecendo. Ao seu ver, os outros dois sócios seriam condenados junto com Simon, mas havia uma pequena chance de salvar Sam, se conseguissem separar seu caso dos demais em termos filosóficos, conquistando a simpatia do júri. Sua esposa tinha câncer, ele estava quase louco de preocupação com a sua saúde, com a necessidade de cuidar dela e, por esta razão, negligenciara os negócios. A confiança que depositava em Simon e nos demais sócios transformou-o em um joguete nas mãos deles, levando-o a cometer crimes sem que se apercebesse do fato.

Embora todos estes argumentos lhe parecessem corretos do ponto de vista legal, Alex achava injusto que o marido a usasse como defesa, quando tão pouco fizera para ajudá-la. Compreendia que tudo não passava de um estratagema legal, mas ainda assim a incomodava.

— Na sua opinião, vai colar? — perguntou Phillip francamente a Alex. Sabia que os dois estavam separados e queria ver sua reação.

— Talvez — respondeu ela, cautelosa. — Se ninguém investigar muito a fundo. Creio que a maioria das pessoas sabia que o nosso casamento estava naufragando e que Sam não se mostrou nada solidário.

Tamanha sinceridade fez Sam estremecer, mas não podia negar a realidade. Não comentara nada com os dois advogados.

— As pessoas tinham conhecimento de que ele não estava sendo "nada solidário" com você?

— Só algumas. Não alardeei o fato. Mas creio que a vida de Sam estava bastante "comprometida" na época. — Olhou diretamente para o marido. E ele não contava com o que veio a seguir. — Anda muito envolvido com outra mulher desde o outono passado, ou pelo menos desde antes do Natal.

Sam ficou atônito ao ouvi-la dizer isto, mas manteve-se surpreendentemente calmo. Nunca imaginara que ela soubesse a respeito de Daphne há tanto tempo assim.

Phillip o encarou com extrema frieza.

— É verdade?

Sam odiava admitir o fato e estava chocado por saber que Alex descobrira tudo já naquela ocasião. Todavia, tinha plena consciência de que precisava ser honesto, por mais constrangedor que fosse discutir o assunto diante dela.

— Sim, é. É a mulher sobre quem lhe falei. A prima de Simon, Daphne Belrose.

— Também está implicada?

— Até agora não, mas temo que a incluam no processo. Anda dizendo que voltará à Inglaterra no minuto em que algo de ruim acontecer.

— Esta seria uma atitude muito tola — observou Phillip em um tom de voz muito sério. — Instantaneamente se transformará em fugitiva e poderão muito bem extraditá-la da Inglaterra. Qual é a sua situação com esta moça agora?

— Estamos vivendo juntos — respondeu Sam, sentindo-se um perfeito imbecil. — Ao menos estávamos, até hoje de manhã.

— Entendo. — O advogado assentiu com a cabeça, compreendendo tudo. — Bem, Sr. Parker, preciso de um tempo para analisar todas essas informações. Depois veremos o que pensa o grande júri. Quando vai depor?

— Daqui a dois dias.

— Isso nos dá um tempo para decidirmos qual estratégia devemos seguir.

Não parecia nada satisfeito em pegar o caso e muito menos demonstrava gostar de Sam, mas estava disposto a defendê-lo por Alex. Em sua mente não havia nenhuma dúvida de que aquele seria um caso interessante e de grandes proporções. Em seguida, Phillip Smith deixou-os sozinhos na sala de conferências. Antes de sair, comunicou a Sam que lhe telefonaria de manhã, e disse o mesmo a Alex. Então os dois ficaram a sós, um de frente para o outro. Era a primeira vez que se encontravam sozinhos desde antes do verão.

— Sinto muito. Eu ignorava o quanto você sabia — ele desculpou-se, com um ar de sincero constrangimento e humildade incomum.

— Sabia o suficiente — respondeu Alex com tristeza, sem querer tocar mais no assunto com Sam. Apesar dos elos que ainda os uniam ou da filha que tinham, aquele casamento estava acabado. — Acho que você está em sérios apuros, Sam. Em sérios apuros. Lamento por tudo que aconteceu. Espero que Phillip possa ajudá-lo.

— Eu também. — E então, com uma expressão de real infelicidade, olhou para a esposa do lado oposto da mesa. — Desculpe-me por envolvê-la nessa história, por constrangê-la desta maneira. Você não merece enfrentar esse tipo de situação.

— Nem você. Merecia um belo chute no traseiro. — Deu um sorriso triste. — Mas não com tanta violência.

— Talvez eu merecesse — retrucou Sam, desconsolado, consumindo-se de culpa por todo o mal que lhe causara. — Quando descobriu sobre Daphne?

Ele agora queria saber.

— Vi vocês saindo da Ralph Lauren pouco antes do Natal. O jeito como agiam um com o outro dizia tudo. Não foi difícil adivinhar o resto. Tal como você em relação a Simon, suponho que eu não queria enxergar a verdade. Era dolorosa demais e eu tinha muitas outras coisas com que me preocupar.

Aquilo fora devastador, mas ela não disse nada. Sam só precisou fitá-la para saber como havia se sentido. Então desejou poder fazer o tempo voltar atrás e mudar o passado

— Acho que perdi o juízo por um tempo. Tudo em que conseguia pensar era na morte da minha mãe e no quanto aquilo fora doloroso para nós. De algum modo, meti na cabeça que você era ela, que iria morrer e me levar junto, tal como ocorreu com o meu pai. Entrei em pânico. Era como um louco *déjà vu*. Parei de raciocinar com clareza e despejei em você toda a ira que experimentei contra minha mãe na infância. Estava realmente maluco. Suponho que o meu romance com Daphne também foi pura doidice. Era o meu modo de fugir da realidade. Mas acabei magoando todo mundo. Agora nem sei o que pensar. Não sei se ela me preparou uma armadilha ou se foi sincera. É uma sensação terrível. Nem tenho mais certeza se a conheço direito.

No entanto, conhecia bem Alex e sabia o quanto a magoara. E se odiava pelo que fez. Agora tinha plena consciência de que pagaria pelo seu erro durante o resto da vida.

— Talvez as coisas aconteçam do jeito que estão destinadas a acontecer, Sam — argumentou ela filosoficamente. Embora fosse tarde demais para os dois, ao menos ele finalmente caíra em si e agora também compreendia por que havia lhe causado tanta mágoa. O pavor de perdê-la era a origem de tudo, o mesmo medo motivado pela morte da mãe.

— Imagino que agora você queira dar um ponto final no nosso

casamento — atestou ele, interpretando-a perfeitamente. Contudo, ao olhar para o marido, tão vulnerável, tão ferido, tão assustado, com um futuro tão incerto pela frente, Alex não teve coragem de pressioná-lo.

— Podemos conversar sobre este assunto depois que você resolver os seus problemas.

Também não parecia justo abandoná-lo agora. A despeito da ansiedade de Brock pelo divórcio, realmente não havia grande pressa. Um mês ou dois não faria assim tanta diferença.

— Você merece uma vida muito melhor do que a que eu lhe dei — afirmou Sam, infeliz. Por um momento, teve vontade de lhe dizer mais coisas, mas, prudentemente, não tentou nenhuma aproximação. Estava grato pela generosidade dela e não queria abusar.

Quanto a Alex, não podia discordar do que ele lhe dizia. Contudo, agora entendia a situação um pouco melhor. Felizmente, havia contado com Brock para ajudá-la a superar o problema.

— Talvez você não tivesse escolha — replicou ela, procurando ser justa. — Talvez não pudesse evitar.

— Deviam ter me dado um chute. Fui um tremendo idiota.

— Vai se safar dessa, Sam — assegurou-lhe Alex gentilmente. — Você é um homem de bons princípios e Phillip é um excelente advogado.

— Você também é. E uma boa amiga — completou ele, reprimindo as lágrimas, enquanto permaneciam de pé em lados opostos da mesa de conferência.

— Obrigada, Sam — agradeceu Alex com um sorriso. — Vou me manter informada sobre o que está ocorrendo. Se precisar de mim, telefone.

— Beije Annabelle por mim. Tentarei vê-la neste fim de semana, se não estiver na cadeia — comunicou Sam pesaroso. Ela sorriu para o marido.

— Não estará. A gente se vê depois.

Alex retornou à sua sala, onde Brock a aguardava. Mais uma vez, caminhava de um lado ao outro muito ansioso. Sabia que ela voltara a conversar com Sam. Liz lhe contara. E ele vira Phillip saindo de lá.

— Contou a Sam?

— Mais ou menos. Ele disse que imaginava que eu quisesse me divorciar. Eu disse que falaríamos nisso quando essa confusão acabasse.

— *O quê*? Por que não lhe contou que queria *agora*?

Brock estava furioso e Alex parecia exausta e exasperada. Foi extenuante ficar lá sentada, discutindo o motivo pelo qual o casamento dos dois fracassara, além de muito perturbador, especialmente sabendo em que enrascada ele se encontrava. Seria muito traumático para Annabelle se o pai fosse para a prisão.

— Não disse que queria o divórcio agora porque não vai fazer qualquer diferença entrarmos com a papelada neste mês ou no próximo. Não iremos a parte alguma. Vamos ter um pouco de respeito por ele ou, no mínimo, compaixão. O grande júri o está pronunciando por fraude e apropriação indébita. Mal chega da Europa e descobre que está metido na maior encrenca. Creio que não custa nada ser um pouco indulgente e lhe conceder algumas semanas de prazo para solucionar seus outros problemas.

— Até que ponto ele foi indulgente com você no ano passado? Até que ponto foi "compassivo"? Está lembrada? — Brock quase gritou, uma atitude bastante incomum. Na opinião dela, Brock estava se comportando como uma criança, mas preferiu não dizer nada.

— Lembro perfeitamente. Mas nem assim acho que deva me vingar pelo que fez comigo. Está acabado, Brock. Não importa quando vamos obter a certidão de óbito. O meu casamento está morto. Nós dois sabemos disto.

— Com aquele filho da puta, não tenha tanta certeza assim. Se a amante lhe der o fora, voltará a bater na sua porta em um segundo. Notei o jeito como olhou para você hoje.

— Oh, pelo amor de Deus, pare com essa bobagem! É absolutamente ridículo.

Alex se recusava a continuar discutindo o assunto com ele. Brock retornou à sua sala e ela não o viu mais até saírem juntos da firma às sete da noite. Entretanto, mesmo então Brock estava de mau humor e permaneceu emburrado durante o jantar. Ela nunca o vira agir assim e foi preciso uma infindável adulação para fazê-lo parar com aquilo.

Por sua vez, em sua cobertura na Quinta Avenida, Daphne não estava se comportando melhor com Sam. De fato, batia portas, quebrava copos e atirava coisas e, desta vez, Sam não estava achando nada divertido.

— Como ousa me fazer uma acusação dessas, seu cretino? — berrou. — Como ousa me acusar de ter lhe armado uma "arapuca", como você mesmo definiu? Eu não me prestaria a um papel desses. Que truque barato é esse seu de tentar me culpar pelos seus crimes? Bem, não pense que vai se safar dessa. Simon já prometeu me arranjar um advogado, se eu precisar. Mas também não ficarei sentada esperando que a coisa vá pelos ares. Se essas acusações ridículas forem aceitas, vou me mandar para Londres. Não pretendo ficar de braços cruzados, vendo você ir para a prisão e tentando me levar junto.

— Na verdade, querida, do jeito que estão as coisas, creio que você seria uma péssima companhia. — Sam olhou para os cacos dos objetos quebrados ao seu redor e não teve mais energia para enfrentá-la. — O que você pensaria se estivesse no meu lugar? Procurou me distrair na sua cama por um ano, de maneira muito prazerosa, por sinal. E durante todos esses meses, Simon vem destruindo o meu negócio. É difícil acreditar que ignorava o que estava acontecendo, embora eu preferisse pensar que não tinha conhecimento de nada. A propósito, hoje descobri que minha esposa sabia tudo sobre nós o tempo inteiro. Uma coisa tenho de reconhecer: ela é uma mulher de muito valor. Enquanto a pobre coitada quase morre de tanto vomitar por causa da quimioterapia, eu a faço comer o pão que o diabo amassou. E mesmo assim tem a elegância de não admitir que sabe que estamos tendo um caso. Tenho mesmo de tirar o chapéu para ela. É uma verdadeira dama.

Ao contrário da Srta. Daphne Belrose, pensou Sam, mas não fez nenhum comentário.

— Por que não volta para a sua esposa, então? — perguntou Daphne, sentando-se em uma poltrona de couro preto e balançando uma perna por cima da outra apenas o suficiente para lhe mostrar o que existia por lá. No entanto, ele já vira aquilo antes e não estava mais enfeitiçado. O encanto se rompera.

— Alex é inteligente demais para me aceitar de volta — retrucou Sam calmamente, em resposta à sugestão de Daphne. — Não a culpo nem um pouco. Creio que o mínimo que lhe devo é manter distância.

— Talvez vocês dois se mereçam. O Sr. e a Sra. Perfeição. O Sr. Honestidade. O Sr. Pureza, que não sabia como Simon multiplicava os lucros da firma em muitos milhões. Até onde vai realmente a sua ingenuidade, Sam? Ou, falando com toda a franqueza, a sua estupidez? Não me diga que não percebeu nada. Pelo amor de Deus, Sam, até eu saquei o que estava acontecendo, ainda que não o tenha ajudado a ferrar você. Agora não me venha com essa de que não sabia.

— A incrível burrice de tudo isso é que eu não estava prestando atenção. Andava tão ocupado me enfiando debaixo da sua saia que nem me dei conta do que se passava ao redor. Você me cegou, minha querida. Fui um rematado idiota, e suponho que mereço o que está ocorrendo.

— Nada está ocorrendo, Sam. Está tudo acabado. Você está liquidado — ela sentenciou com desdém, como se este fato a divertisse.

— Sei que estou. Graças a Simon.

— Não arranjará emprego nem como bancário quando essa história toda terminar.

— E você, Daphne? O que acha disso tudo? Estará aqui para preparar o meu jantar quando eu chegar em casa depois de passar o dia inteiro vendendo tachinhas em um empreguinho miserável?

Sam olhava para Daphne com absoluto desprezo e falava com uma voz carregada de sarcasmo. Agora sabia quem ela era de verdade.

— Creio que não — replicou ela e tornou a descruzar as pernas, expondo-lhe tudo que antes Sam tanto desejava. Ele havia jogado fora sua vida inteira pelo que Daphne tinha entre as pernas e agora nem parecia mais valer a pena. — A festa acabou, Sam. Está na hora de eu seguir em frente. Foi divertido, não foi?

— Muito — concordou Sam, enquanto Daphne se aproximava dele bem devagar e enfiava a mão por dentro da sua camisa.

Deslizou os dedos pelos mamilos, pelo peito e pelo estômago rijo e Sam nem se mexeu. Então tentou introduzir a mão lentamente dentro da calça, mas ele a agarrou antes que fosse mais longe. Esta era a única coisa que realmente os unira: sexo puro, muito sexo. Entretanto, havia um preço alto demais a pagar pelo prazer.

— Vai sentir minha falta? — indagou Daphne, sem se afastar dele. Muito pelo contrário, aliás; acercava-se ainda mais. Era como se quisesse enfeitiçá-lo de novo para provar alguma coisa. Contudo, Sam não permitiria.

— Vou, sim — confirmou ele em tom de arrependimento. — Sentirei falta da ilusão.

Tinha trocado a vida real por uma fantasia e agora estava bem consciente disto. Era um amargo reconhecimento da verdade. E acabara também perdendo Alex.

Daphne comprimiu os lábios nos dele e segurou-o com as duas mãos até senti-lo pulsar e Sam retribuiu o beijo com os derradeiros vestígios da paixão que sentiu por ela. Em seguida, afastou-se e encarou-a com um olhar de infelicidade, percebendo que nunca saberia se ela havia colaborado para a sua destruição, ou se tudo aquilo fora apenas obra do primo. Era terrível não saber.

— Uma última vez? — sugeriu Daphne com voz rouca e sensual. Aprendera a gostar dele mais do que pretendia. Ela não era do tipo que se envolvia e ficava assim para sempre. E com Sam fora diferente. No entanto, até mesmo Daphne sabia que estava tudo acabado.

Sam respondeu à pergunta com um balançar de cabeça. Então saiu para dar uma longa e tranqüila caminhada. Tinha muito em que pensar. Ao voltar, duas horas e meia depois, reinava um silêncio absoluto no apartamento. Olhou ao redor e viu que ela partira. O lugar estava tão vazio quanto o seu coração. Daphne tinha levado tudo o que lhe dera e só lhe deixara em troca dúvidas e recordações. Nesta mesma noite, no noticiário das onze horas, anunciaram que o grande júri enquadrara Simon em dezesseis acusações de fraude e apropriação indébita. Não houve menção à sua prima e possível cúmplice, Daphne Belrose, que, neste exato momento, estava em um vôo sem escalas para Londres.

Capítulo 20

O depoimento prestado por Sam em juízo foi terrível e assustador. Demorou o dia inteiro. Quando acabou, todas as acusações foram mantidas. Cada um dos sócios fora enquadrado em treze artigos e Simon Barymore em dezesseis.

Alex não fora ao tribunal com Sam. Mas telefonou para ele depois que viu Phillip retornar ao escritório.

— Lamento, Sam — falou calmamente. Sempre soube que o grande júri aceitaria as acusações. Mas agora ele teria de negá-las ou fazer algum tipo de acordo, na esperança de reduzir a pena. O julgamento estava marcado para 19 de novembro e teriam três meses para preparar a defesa.

Phillip Smith já convocara três dos melhores advogados da firma para ajudá-lo. Outra firma representava Larry e Tom e alguém que Alex não conhecia atuava como advogado de Simon.

— E quanto à garota? — indagou Alex objetivamente. — Não a pegaram. Como conseguiu?

— Sorte, suponho.

— Deve estar contente — comentou Alex com firmeza.

— Não sei. Ela partiu para Londres. Calculou que os bons tempos acabaram.

E não estava enganada. Sam sabia o que lhe estava reservado. O sucesso no mundo financeiro era muito volúvel. Quando o dinheiro e as grandes transações saíam pela porta, principalmente após um escândalo público desta envergadura, o respeito e o reconhecimento saíam pela janela. Ainda não havia experimentado e não sentia nenhum desejo imediato de fazê-lo, mas tinha a certeza de que se ligasse para o Le Grenouille, o Le Cirque ou o Four Seasons, todas as reservas que lhe estariam disponíveis seriam às 17:30 e 23:30 e a mesa seria na cozinha. O champanhe só fluía enquanto o dinheiro rolava solto.

E em um instante, mesmo após duas décadas, o nome de Sam Parker seria esquecido.

O mais estranho é que ele sempre afirmara a si próprio que não se importava com este tipo de coisa, mas agora percebia que tinha muita importância, sim. O simples fato de saber que o seu nome estava jogado na lama, que o seu negócio havia entrado pelo cano, carregando consigo a sua reputação, o fazia sentir-se destruído. De repente compreendia o que Alex sentira ao perder o seio e, junto com isto, o seu senso de feminilidade e *sex-appeal* e a capacidade de ter filhos. Tinha se sentido diminuída como mulher. E ele não colaborara em nada ao arranjar um romance com outra mulher. Grande sujeito, lembrou a si próprio. Tudo que lhe restava agora era um imenso arrependimento. Entretanto, com a perda da sua posição destacada e da respeitabilidade na qual se baseava, sentia-se também despojado de sua masculinidade.

— Phillip está formando uma excelente equipe para cuidar do seu caso — assegurou Alex no telefone para encorajá-lo. Para Sam, o pior de tudo era que Alex parecia não guardar nenhum rancor. Quase seria mais fácil se ela o odiasse; aparentemente, porém, não odiava. Dava a impressão de não se incomodar nem um pouco com todo o sofrimento que ele havia lhe infligido. Fizera as pazes com os acontecimentos daquele último ano, embora Sam não soubesse como ela tinha conseguido. Evidentemente, ainda não estava a par do seu envolvimento com Brock. Alex não revelara nada e até mesmo as vezes em que Annabelle o mencionava não pareciam indicar nada além de amizade.

— Você fará parte da equipe? — Sam indagou constrangido até mesmo em perguntar. Sentia-se tão inseguro e tão assustado que o seu comportamento era quase infantil. Não sabia sequer o que fazer antes do julgamento. Estavam fechando o escritório e liquidando os assuntos pendentes. E todo o ativo da empresa já fora seqüestrado. Embora estivesse tirando dinheiro do próprio bolso para tentar ressarcir ao máximo o maior número possível de clientes, muitos sofreriam prejuízos estarrecedores. Simon era responsável por quase todos, mas uma parte dos estragos cabia a Tom e Larry, e a Sam que, mesmo sem nenhuma premeditação, os ajudara ao assinar algumas das transações. Simplesmente não prestara a devida atenção. Sentia-se terrivelmente culpado, mas era tarde demais para mudar a situação. Agora só lhe restava pagar o preço, fosse qual fosse. Às vezes achava que merecia ir para a prisão por pura estupidez, e foi o que disse a Alex antes que ela tivesse chance de responder à pergunta.

— Que eu saiba, isso ainda não é crime. E não, não farei parte, mas vou acompanhar o caso.

Sam sabia que era mais do que merecia dela e não argumentou.

— Obrigado. Fecharemos o escritório daqui a uma ou duas semanas. Agora a maioria dos funcionários já foi embora. — Demoraram exatamente três dias para esvaziarem todas as salas; ninguém queria se associar a eles por mais tempo do que fosse necessário. Eram párias. — Suponho que, depois disso, estará tudo preparado para o julgamento. — Então, sem mais nem menos, acrescentou: — Vou vender a cobertura. Terei de fazê-lo agora. — Na verdade, adquirira o apartamento para Daphne. — E, falando francamente, preciso do dinheiro. Além do mais, se eu for condenado, você não terá a chateação de resolver este assunto por mim. Vou me hospedar no Carlyle.

— Annabelle vai gostar.

Estava tentando encorajá-lo, mas, tal como a sua doença no ano anterior, o prognóstico não era animador. Sam ainda passaria por maus pedaços. Iriam praticamente desnudá-lo aos olhos do mundo, expor todos os seus pecados, as suas tolices e as suas fraquezas e depois deixá-lo à mercê de doze homens ou mulheres bons e respeitáveis, um júri formado por cidadãos iguais a ele, que determinariam o seu futuro. Era um bocado assustador.

Então Alex lembrou que estava quase chegando o fim de semana do feriado do Dia do Trabalho.

— Ainda quer ficar com Annabelle?

— Eu gostaria.

Sam estaria sozinho com a filha e seria um alívio não ter de brigar com Daphne. Achava que não iriam a parte alguma. Só queria estar com Annabelle e desfrutar de sua companhia.

Carmen a trouxe para a cidade e, quando ele veio buscá-la, Alex não estava em casa. Ela não tornou a vê-lo nesta semana, embora soubesse que Sam viera conversar com Phillip. Estava tentando se manter fora do caso oficialmente, mas ainda assim continuava de olho nas coisas, embora à distância. E havia prometido a Sam que não só estaria presente no maior número possível de reuniões, como também assistiria ao julgamento com ele. No entanto, não queria que Phillip sentisse que o estava azucrinando ou interferindo.

Na sexta-feira, quando viajou com Brock para East Hampton, estavam ambos exaustos. Ele ainda estava aborrecido com Alex, que não enfrentara a situação com o marido, pressionando-o a conceder-lhe o divórcio imediatamente. Alex, por sua vez, considerava o comportamento de Brock infantil e irracional. Na noite de sexta-feira, o assunto provocou uma briga feia entre os dois e, pela primeira vez em cinco meses de relacionamento, ambos foram para a cama zangados um com o outro.

Todavia, quando acordaram de manhã, ele a abraçou, puxando-a para si, e lhe pediu desculpas.

— Sinto muito por ter sido tão idiota a respeito dessa história do divórcio. Acontece que ele me assusta — explicou. Alex virou-se para fitá-lo, surpresa.

— Sam? Ora, por quê? O coitado está praticamente na cadeia. Está cheio de problemas. Que motivo tem para temê-lo?

— História. Tempo. Annabelle. Por mais canalha que tenha sido com você no ano passado, ainda é seu marido e viveu ao seu lado durante dezessete anos. Isso pesa um bocado. É difícil lutar contra esse tipo de coisa.

O olhar de Brock foi firme e experiente e Alex não pôde negar a verdade daquelas palavras. Contudo, também o amava e queria que ele soubesse disto.

— Não precisa se preocupar, Brock — afirmou, estreitando-o contra si e alisando seu cabelo como se ele fosse uma criança. Às vezes sentia-se séculos mais velha. Apesar de tudo, estava comovida com o que ele sentia e, sob alguns aspectos, Brock tinha toda a razão. As coisas que acabara de mencionar uniram-na a Sam durante quase duas décadas. Acontece que Brock também tinha uma história com ela, uma história de incrível bondade, e este era um fato que ela não podia ignorar. Além do mais, amava-o muito. — Não se preocupe com Sam. Tudo vai se resolver depois do julgamento. Simplesmente não me parece correto pedir o divórcio antes que dêem a sentença. É como na época em que ele decidiu não sair de casa antes do fim da quimioterapia. Tenho certeza que queria, mas por pior que fosse o seu comportamento naquela ocasião, ficou até o tratamento terminar. Às vezes é uma questão de decência básica e boas maneiras.

Sorriu para Brock, que respondeu do mesmo jeito. Pela primeira vez em dias ele relaxou, estreitando-a nos braços.

— Então não permitia que as boas maneiras a mantenham casada com ele, senão as minhas é que irão sumir rapidinho. Talvez eu liqüide com o sujeito.

Brock era a pessoa mais gentil que Alex conhecia e sabia que não estava falando a sério. Ele só queria que ela caísse fora daquele casamento. E Alex não podia culpá-lo — também desejava a mesma coisa. Só que de maneira diferente, na hora certa, sem causar ainda mais sofrimento.

Passaram um fim de semana tranqüilo na praia e, com pesar, fizeram as malas na segunda-feira. Brock alugara uma perua para levar tudo e, quando estavam arrumando as coisas no apartamento, Sam chegou com Annabelle. A menina parecia muito mais feliz agora do que nos fins de semana passados com Daphne. Sam, entretanto, ficou um tanto espantado, vendo Brock ajudar Alex a tirar as malas do carro. Percebeu que aquele não era apenas um relacionamento de trabalho.

— Querem que eu dê uma mãozinha? — indagou Sam polidamente, carregando uma caixa para o saguão. De repente sentia-se um estranho onde antes fora a sua casa, e percebeu que seu lugar não era mais ali. Brock tratou-o com extrema cortesia e Alex foi muito amigável. No entanto, ao ver Annabelle com os dois, entendeu que ali estava uma família na qual não podia mais interferir. Uma família formada pelos três, e não por ele.

Logo em seguida, Sam foi embora, sentindo-se deprimido, enquanto Brock exibia uma cara de satisfação. Não havia mais nenhuma dúvida. A mensagem fora muito clara — "ela agora me pertence" — e Sam a entendeu muito bem.

Capítulo 21

Annabelle retornou à escola maternal após o Dia do Trabalho e os demais retomaram a rotina de sempre. Alex reassumira a sua carga de trabalho integral e participava de julgamentos quase todo dia. Brock continuava a auxiliá-la, mas também tinha seus próprios casos. Os dois não trabalhavam juntos com a mesma constância da época em que ela se submetia à quimioterapia, e ambos admitiam sentir falta daquilo.

Diversos sócios a elogiaram pela fibra demonstrada ao continuar trabalhando durante a doença e ela agora era uma espécie de lenda na firma. Apesar de ainda passarem um bom tempo juntos quase diariamente, até agora ninguém descobrira que ela e Brock estavam seriamente envolvidos um com o outro. Este continuava sendo um segredo muito bem guardado.

Brock passava as noites com elas após o serviço, mas ainda tinha o seu próprio apartamento e, na maior parte do tempo, dormia lá. Nenhum dos dois achava conveniente que Annabelle os visse morando juntos, então ele se forçava a levantar da cama no meio da noite e ir para casa, o que ambos detestavam. Ele só dormia lá durante os fins de semana, no quarto de hóspede. E tanto Brock quanto Alex estavam ansiosos para falar com Sam sobre o divórcio e colocarem a vida em ordem bem depressa — quanto mais não fosse para ter uma boa noite de sono, como definiu o próprio Brock.

Contudo, Annabelle o adorava e, provavelmente, não teria se importado se ele se mudasse para lá de vez.

Em setembro, ainda faltavam mais de dois meses para o julgamento de Sam. E em outubro, suas reuniões na firma com a equipe formada por Phillip Smith para preparar a defesa de Sam recrudesceram radicalmente. Esta seria uma questão difícil de ganhar e todos sabiam disso. Até mesmo Sam alimentava poucas ilusões. A esta altura, a firma de investimentos já estava fechada e todos os funcionários despedidos. No conjunto total, os clientes foram lesados em 29 milhões de dólares. Podia ter sido pior, mas Sam fez o possível para minimizar suas perdas e estava tentando ativar todas as apólices de seguro que pudesse para reembolsar a diferença. Entretanto, a situação estava preta, sob todos os aspectos. Seus esforços para ajudar as pessoas a recuperarem o máximo possível de suas perdas não visavam melhorar sua defesa — era simplesmente parte do homem que ele sempre fora. Ao menos, parecia estar voltando ao seu estado normal. Mostrava-se mais feliz e em paz, embora estivesse tenso e freqüentemente nervoso quando Alex o via nas reuniões com Phillip. A perspectiva de ir para a prisão o aterrorizava, mas também compreendia que esta era uma forte possibilidade. Phillip repetira mais de uma vez que a probabilidade de mantê-lo fora da prisão era muito remota.

No final de outubro, os promotores tentavam fazer acordo com os réus, sem que até então tivessem conseguido convencê-los. Caso se declarassem culpados, receberiam em troca sentenças mais curtas. Entretanto, nem mesmo esta proposta os atraía. Particularmente Sam, cuja defesa continuava se baseando no fato de que fora muito estúpido, mas não intencionalmente desonesto.

— Acha que vai colar? — perguntou Brock sinceramente a Alex em um fim de semana, enquanto viam Annabelle brincar no *playground.* Ela pensou por um minuto antes de responder.

— Não tenho certeza — replicou honestamente. — Espero que sim, pelo bem dele. Mas se eu fosse um dos jurados e Sam alegasse que, por pura imbecilidade, não percebeu que os sócios estavam lhe passando a perna, enquanto estava ocupado trepando, creio que morreria de tanto rir e o mandaria direto para a prisão.

— Sou da mesma opinião — endossou Brock, sem sentir muita pena de Sam. Continuava achando que ele merecia aquilo, embora Alex sempre discordasse dele.

— Não se manda um cara para a prisão só porque ele foi um sacana com a esposa enquanto ela fazia quimioterapia, Brock. Isso é besteira. Não o transforma em criminoso e sim em um babaca. A questão aqui não sou eu; é saber se Sam enganou aquela gente conscientemente.

A despeito de qualquer outra coisa, eram acima de tudo advogados e a conversa quase sempre girava em torno dos casos que defendiam.

— Ele sabia, não me venha dizer que não. Não queria saber. Mas tinha pleno conhecimento de que Simon não era um sujeito limpo. Até você percebeu.

— Achei que o camarada era um vigarista — concordou ela, pensativa. — Aconteceu que Sam sempre o defendia. Era tudo tão fácil, o dinheiro simplesmente entrava aos montes, pelo que ele me dizia. Suponho que preferia acreditar que era tudo honesto. Foi ingenuidade dele acreditar, mas, como já disse, este não é um crime doloso.

— Devia ter investigado mais a fundo.

— Sim, devia. É aí que eu acho que a sua vida amorosa interferiu.

— Será um julgamento escandaloso — previu Brock.

E foi mesmo. A partir do momento em que se iniciaram os depoimentos, os jornais diariamente estampavam grandes manchetes sobre o assunto. Em 15 de novembro, os membros da comunidade financeira já estavam até fazendo apostas sobre quem iria ou não para a prisão. Todos achavam que Simon arranjaria um jeito de se safar, pois era escorregadio demais para que o apanhassem. Enquanto aguardava o julgamento, continuava fechando negócios na Europa e estava metido em uma meia dúzia de transações escusas por lá, mas nada parecia detê-lo. E foi previsto que Larry e Tom seriam condenados. Contudo, Sam era o azarão sobre o qual não se podia fazer qualquer previsão. Embora a maioria das pessoas acreditasse que seria condenado, havia uns poucos que pensavam o contrário. Afinal de contas, havia mantido uma excelente reputação durante um longo tempo. Alguns dos veteranos engoliram a sua história, embora o mesmo não ocorresse com a geração mais jovem de Wall Street. Na opinião destes últimos, Sam devia ter sabido, ou realmente sabia, e preferiu ignorar, ponto de vista compartilhado por Brock.

Quando o julgamento começou, Alex estava presente. Acompanhou a escolha dos jurados e conferenciou com Sam nos corredores, só para distraí-lo. Ele tinha quatro advogados e existiam outros cinco atuando na defesa dos outros três réus. Este era um acontecimento de grandes proporções e o tribunal estava lotado de repórteres. Alex perguntara a Brock se gostaria de ir também, mas ele não quis. Ambos sabiam que aquilo seria um circo.

Brock ainda estava muito tenso e inseguro com relação a Sam, e ansioso pelo divórcio dos dois. Disse que só acreditaria que a coisa era definitiva quando ela contasse a Sam e entrasse com o divórcio. Entretanto, Alex vivia prometendo que o faria logo após o julgamento e estava falando a sério. Ela e Brock mantinham um relacionamento amoroso há cinco meses e eram amigos íntimos por muito mais tempo. Alex o amava. Contudo, ela e Sam tinham convivido um com o outro durante dezoito anos, amando-se pelo mesmo período de tempo. Alex também lhe devia algo e, ainda que este fato não agradasse a Brock, sabia que ele entendia. Todavia, mesmo a contragosto, apesar de toda a argumentação dos dois, Brock sentia um enorme ciúme. Se bem que isto a espantasse, achava também muito comovente.

O julgamento propriamente dito começou na tarde do terceiro dia e reinava uma flagrante atmosfera de tensão no tribunal. O júri foi selecionado com todo o cuidado e alertado de que os assuntos prestes a ser ali abordados eram de caráter financeiro e bastante complexos. Havia quatro réus sendo acusados de vários delitos, e cada caso foi exposto em detalhes escabrosos. Primeiro veio o de Sam, e Alex achou que o juiz definiu tudo com muita clareza. Ele era um juiz bom e justo com quem Alex sempre tivera boas experiências, mas agora isto não significava nada. Os fatos estavam todos contra Sam, a não ser que o júri acreditasse na sua história.

Ele era um homem honesto ou, ao menos, sempre fora, neste caso, porém, a verdade era difícil de aceitar.

Os testemunhos demoraram três semanas e o feriado de Ação de Graças passou sem grande alarde. Ela e Brock prepararam um peru no apartamento dele e Annabelle comeu no Carlyle com o pai, mas Sam não estava com espírito de festa. E Alex não pôde deixar de lembrar que a sua violenta reação ao tratamento fora a gota d'água que fizera transbordar o copo, e que Sam ficara furioso porque ela estava enjoada demais para permanecr sentada à mesa. Sam também recordou-se de que os traumáticos acontecimentos daquele dia o lançaram nos braços — e na cama — de Daphne pela primeira vez. Agora tudo que desejava, acima de qualquer coisa, era poder fazer o relógio voltar atrás.

Sam parecia muito alto e distinto ao se apresentar no tribunal com um terno escuro no dia seguinte ao feriado. Ao vê-lo, Alex lhe perguntou como se sentia. Sabia como aquilo era difícil para o marido, como estava preocupado e o quanto tinha em jogo — todo o seu futuro, ou pelo menos uma ou duas décadas dele. A compreensão deste fato fez com que ele tremesse ao olhar para Alex.

— Obrigado por ter vindo — murmurou e ela assentiu com a cabeça. Podia ver a preocupação em seus olhos, mas Sam parecia preparado para enfrentar tudo que surgisse em seu caminho. Já sabia que, se perdesse, teria trinta dias para resolver seus assuntos pessoais até receber a sentença, o que aconteceria após o Natal. Era este o pensamento desalentador que lhe ocorria enquanto o juiz batia o martelo para pedir ordem no tribunal.

Os últimos dias do julgamento chegaram na segunda semana de dezembro. Sam ocupou o banco das testemunhas e seu depoimento foi cheio de emoção e muito tocante. Precisou interromper uma ou duas vezes, quando ficou por demais emocionado, enquanto os repórteres faziam rápidas anotações. No entanto, Alex acreditou em sua história. Sabia o pesadelo que aquilo fora para os dois. Ambos ficaram fora de si, cada um a seu modo, e o caso com Daphne ofuscara ainda mais a sua capacidade de julgamento. Surpreendeu-se com a calma e a frieza que manteve ao ouvi-lo. Aquele era um caso fascinante, mas ela não podia se permitir pensar que Sam poderia ir para a prisão. Não podia sequer pensar que o amara tanto no passado. Teria sido doloroso demais.

Em seguida, quatro dos advogados apresentaram as alegações finais ao júri, em alguns casos de maneira comovente, e Alex achou que o discurso de Phillip foi muito claro, estabelecendo os fatos com muita lucidez. Enfatizou o que o próprio Sam declarara no banco das testemunhas: devido à doença da esposa e à sua própria estupidez, ele se deixara convencer de que todas as coisas que estavam acontecendo eram éticas, quando não eram. Mas o ponto principal é que ignorava o que os outros andavam fazendo. Nunca havia *conscientemente* fraudado ninguém ou participado daqueles acontecimentos. Nunca se envolvera de forma premeditada no conluio dos três.

O júri levou cinco dias para deliberar e pediu para rever as provas e os testemunhos. Reexaminou tudo que podia e então, finalmente, chegou a uma decisão. Sentado no banco dos réus, Sam e os demais estavam muito pálidos quando o juiz lhes pediu para se levantarem, tão logo o júri retornou ao tribunal. Alex notou que Simon tentava ostentar um ar de desdém, mas estava pálido demais para que alguém acreditasse. Tal como os outros, estava morto de medo e a única pessoa por quem Alex lamentava era Sam. E pela pobre Annabelle. E se o seu pai fosse condenado? Alguém na escola já lhe falara a respeito do julgamento e eles tentaram lhe explicar tudo em termos muito simples. Entretanto, a situação era confusa demais. E não, não sabiam se ele iria embora ou não, mas esperavam que não. Esta fora uma resolução desagradável.

O primeiro jurado era uma mulher e deu o veredicto em alto e bom som. Começaram com Tom e citaram cada uma das treze acusações contra ele, e a todas ela respondeu com uma única palavra. Culpado. Culpado. Culpado. Era como uma ladainha que continuou se repetindo infindavelmente no caso de Larry. Houve um grande rebuliço no tribunal e a imprensa ficou em alvoroço, enquanto o juiz batia o martelo furiosamente e exigia silêncio.

Então chegou a vez de Sam e desta vez o veredicto foi "inocente" em todas as acusações de apropriação indébita, exceto naquelas relacionadas com fraude e conspiração para cometer fraude. Alex ficou olhando para o marido, petrificada. Ele permaneceu muito quieto, ouvindo o juiz, que dizia que deveriam voltar dentro de trinta dias a partir desta data para receberem a sentença. Comunicou também que, até então, estudaria com toda a atenção os quatro casos e os relatórios do *sursis*. Cada um permaneceria em liberdade provisória através do pagamento de uma fiança de 500 mil dólares, o que significava uma caução de 30 mil, quantia que Sam levantara assim que foi preso. Em seguida, o juiz lembrou a cada um que não deveriam deixar o estado nem o país. Por fim, bateu o martelo e encerrou a sessão. Foi então que um instantâneo tumulto eclodiu no tribunal. Fotógrafos disparavam suas máquinas diante dos réus e Alex teve de lutar para chegar onde Sam se encontrava de pé ao lado de Phillip.

Quando ela o alcançou, Sam dava a impressão de estar em estado de choque. Havia lágrimas nos olhos dele, o que era bem compreensível. As esposas de Larry e Tom soluçavam abertamente, mas ela não disse nada às duas. Quanto a Simon, saiu do tribunal junto com o advogado quase que de imediato.

— Sinto muito, Sam — falou Alex ao marido, bastante alto para que a escutasse, enquanto alguém tirava uma foto dos dois.

— Vamos sair daqui — sugeriu Sam, infeliz. Então ela se inclinou para Phillip e perguntou se precisava conversar com o seu cliente, mas o advogado negou com a cabeça. Estava muito desapontado com o veredicto. A partir deste momento, todos os seus esforços se dirigiriam para a redução da sentença, agora havia pouca chance de conseguir. Sam iria para a prisão.

Alex seguiu-o até a rua, enquanto câmeras e microfones eram empurrados na cara dos dois, até que afinal correram através da multidão e entraram em um táxi antes que alguém pudesse detê-los.

— Você está bem? — perguntou ela. Sam estava com péssima aparência e Alex de repente ficou preocupada que ele pudesse sofrer um enfarte ou um derrame. Aos 50 anos, isto não era totalmente impossível, embora improvável.

— Não sei. Creio que estou entorpecido. Não parei de repetir a mim mesmo que já esperava pela condenação, mas suponho que não era bem assim... Vamos para o Carlyle.

Entretanto, encontraram os repórteres à espera no hotel. Contornaram o prédio e entraram às pressas pelo lado da Madison Avenue. Então Sam lhe perguntou se poderia subir por alguns minutos. Assim que chegaram lá, ligou para o serviço de quarto e pediu que mandassem drinques para os dois. Uísque para ele e café para ela. Alex não tomava bebida alcoólica.

— Não sei o que dizer — observou ela com toda a sinceridade. Estava sem palavras. Tudo que lhe restava eram sentimentos. Um profundo pesar pelo marido e por Annabelle, que estava prestes a perder o pai durante trinta anos ou mais. Era algo impossível de pensar.

Seria difícil para todos até que a sentença saísse, mas agora simplesmente tinham de agüentar firme.

— Há alguma coisa que eu possa fazer? — indagou ela em tom de desamparo. Sentia quase a mesma sensação de impotência que Sam experimentara ao descobrir que ela tinha câncer. Não existia nada que pudesse fazer para mudar a situação.

— Cuide bem de Annabelle — respondeu ele, depois prorrompeu em lágrimas. Ficou sentado com o rosto enterrado nas mãos por um longo tempo, soluçando, e Alex não disse nada. Apenas aproximou-se dele e getilmente pôs as mãos em seus ombros. Quando os drinques chegaram, assinou o recibo e trouxe a bandeja pessoalmente, entregando-lhe o uísque. Agradecido, ele pegou o copo e pediu desculpa pelo descontrole emocional.

— Não seja tolo, Sam. Está tudo bem — replicou ela com a maior delicadeza possível, tocando-lhe no ombro. Todavia, não havia nada que pudesse fazer. Ele fora condenado e teria de ir para a prisão. Sabiam disso.

Sam tomou um gole do drinque e olhou para Alex.

— Você deve ter se sentido do mesmo jeito quando lhe contaram que estava com câncer.

— Tem razão — confirmou ela e depois sorriu com tristeza. — Mas eu preferiria fazer quimioterapia a ter que ir para a prisão.

Sam riu cinicamente do comentário dela e tomou outro gole do uísque.

— Obrigado. Creio que não estão me oferecendo opção.

— Acredite em mim. Você não ia gostar.

— Eu me lembro — retorquiu ele, pesaroso, sentindo-se arrasado por tê-la desapontado daquele jeito. — Meu Deus, você estava doente. Eu vivia bloqueando a coisa toda porque não agüentava enfrentar a realidade. Deixei inclusive que Daphne me ajudasse nisto. Ela estava sempre lamentando por *mim*, não por você, e eu concordava completamente com ela. Nós dois éramos realmente ótimas pessoas. O Casal Fantástico.

Olhou bem nos olhos de Alex, sentindo uma indescritível gratidão por ela ter sobrevivido.

— Teve alguma notícia de Daphne? — indagou Alex por mera curiosidade e Sam negou com a cabeça.

— Nem uma palavra da queridinha. Tenho certeza que se mudou para pastos mais verdes. Onde quer que esteja, sempre vai se safar de qualquer enrascada. No que se refere a si própria, Daphne é uma garota esperta. — Então fitou a esposa com uma expressão de tristeza imensurável. — Por que está aqui? A essa altura dos acontecimentos, não devia.

Era verdade, mas ela era do tipo fiel e ambos sabiam disso. Além do mais, Brock estava certo. Aqueles dezoito anos criaram um elo poderoso entre os dois.

— Amei você por muito tempo. Isto é algo difícil de esquecer — explicou ela honestamente, agora sem medo de que o marido a magoasse. Sabia que ele não podia. Estava distanciada demais.

— É melhor você esquecer logo essa história toda — aconselhou Sam. — Trinta dias. A propósito, entrarei com o divórcio antes de me apresentar ao juiz. Tenho certeza que o seu amigo advogado ficará aliviado. O pobre sujeito só falta me matar com os olhos sempre que me vê. Diga-lhe que agora pode relaxar, estou de partida. — A ironia destas palavras a fez sorrir. Os dois se conheciam muito bem. Ele afinal entendera quem era Brock, muito embora tenha demorado mais tempo do que Alex levara para perceber o relacionamento do marido com Daphne. Contudo, agora não existiam mais segredos entre ambos. — Ele não é um pouco jovem para você?

Havia uma ponta de ciúme em sua voz ao formular essa

pergunta, o que a fez lembrar de Brock e sorrir. Os dois estavam sendo tolos.

— É o que lhe digo todo dia, mas ele é muito teimoso. — Alex sorriu, pensando em Brock. — Ele foi maravilhoso comigo quando adoeci. Passou os primeiros cinco meses sentado ao meu lado, no chão do banheiro, enquanto eu vomitava, antes de sequer me convidar para ir a algum lugar.

— É um bom sujeito — reconheceu Sam imparcialmente. — Eu gostaria de ter sido bastante decente para agir do mesmo modo. — Então pensou de novo no resultado do julgamento e encolheu os ombros, desgostoso. — Talvez tenha sido até bom que não ficasse do seu lado. Não quero que este escândalo destrua a sua vida do jeito que aconteceu com a minha. Você precisa da sua liberdade.

— Você também — assinalou ela gentilmente.

— Diga isto ao juiz — retorquiu Sam e levantou-se. Sabia que não tinha o direito de retê-la mais ali. Sentia-se ainda pior com a proximidade dela. Era tão óbvio que tudo estava acabado para Alex que ficava difícil tê-la por perto. — Avise a Annabelle que irei buscá-la amanhã. Quero fazer muitas coisas com ela neste mês.

Provavelmente, só lhe restava um mês de liberdade, tempo que ele passaria todo ao lado da filha. Gostaria também que Alex estivesse junto, mas jamais pediria tal coisa. Sabia que não podia.

Ao voltar para casa à noite, Alex estava triste e Brock telefonou para contar que vira o resultado do julgamento no noticiário da televisão e lamentava muito. Iria trabalhar até tarde e depois daria um pulinho lá. Entretanto, quando chegou, Alex acabou se irritando com a sua atitude em relação a Sam. Ele se mostrava desdenhoso e abertamente satisfeito com a condenação. Na sua opinião, Sam tinha arrebentado com a própria vida de todas as maneiras possíveis e, basicamente, merecia o que aconteceu.

— Creio que vinte anos de prisão talvez seja um preço bastante alto a pagar pela burrada que fez, não acha? Por Deus, quem é que não comete erros? Ele foi estúpido e egoísta e ingenuamente confiou nos sócios, mas não merece perder tudo. E muito menos Annabelle, que não tem que pagar por causa dos erros de Sam. Ela precisa do pai.

— Ele devia ter pensado nisso antes de se associar com Simon. Droga, Alex, o cara era óbvio. Você mesma o avisou.

Alex não podia discordar. Nunca confiara em Simon. Mas Sam sim, para sua grande mortificação agora.

No dia seguinte, quando Sam veio buscar Annabelle, parecendo esgotado, Alex achou que Brock o tratou com desnecessária descortesia. E foi o que lhe disse, depois que Sam saiu com Annabelle.

— Não fui rude; fui frio, há uma nítida diferença.

— Você não foi frio — rebateu ela, sentindo-se como sua mãe ao repreendê-lo. — Foi maldoso, aí está a diferença. Podia ter acontecido com qualquer um de nós. Ele se deixou empolgar por um bando de gente glamourosa, que estava a fim de usá-lo. Tem certeza que você é assim tão invulnerável a esse tipo de coisa? — perguntou incisivamente e Brock afirmou que isso nunca poderia lhe acontecer, mas Alex não acreditava. Entretanto, era a atitude dela que o preocupava. Não lhe agradava as coisas que Alex dizia ou o modo como as dizia.

— Por que o está defendendo? — perguntou com um ar de preocupação. — Ainda está apaixonada por Sam?

Ele a encarava com um olhar firme e penetrante. Era o promotor e ela a ré.

— Creio que não — respondeu Alex sinceramente, querendo ser justa com os dois. — Eu me importo com ele. Lamento o que aconteceu.

— Não acha que ele mereceu? — Brock a pressionou. Estavam sozinhos no apartamento, agora que Annabelle saíra com Sam, e Brock não queria esquecer o assunto. Queria saber o que ela sentia.

— Não, não acho — afirmou Alex com tristeza. — Sam merece perder a firma e o emprego... o respeito da comunidade financeira... até mesmo a reputação. Foi tolo, magoou muita gente ao se recusar a enxergar o que os outros faziam. Mas não devia ir para a prisão por causa disto. Não mais do que deve ir por ter falhado comigo... não é justo. Não acho que mereça.

— Você é condescendente demais — criticou Brock, observando-a com atenção. Então, lentamente, aproximou-se dela e passou os braços ao seu redor. — Suponho que é por esta razão que a amo tanto. — Então fechou os olhos e estreitou-a tanto contra si que Alex mal conseguiu respirar. — Não quero perdê-la, é só isso. Esta é a questão principal para mim... Fico prestando atenção ao que você está dizendo e vendo algo em seus olhos que ainda sofre por ele. Ainda não acabou, não importa o que diga. Sam ainda mora em algum cantinho do seu coração... talvez seja até normal após dezoito anos e uma filha... não sei... Só não quero perdê-la — repetiu e, ternamente, tocou-lhe nos lábios com um dedo.

— Não vai me perder, Brock. Amo você.

E estava sendo sincera.

— Mas também o ama — arrematou ele e, desta vez, Alex não negou.

— É, talvez, não sei. Eu não o amo em um sentido romântico. Mas amo o homem que foi e o que compartilhamos. Estivemos juntos por um longo tempo. Pensei que tínhamos tudo... aí a nossa vida desmoronou. Foi difícil entender. — A esta altura, os dois estavam unidos por um elo de sangue, como membros da mesma família. Um elo que era difícil romper. — Sinto a dor dele. Acho que compreendo o que fez. Sei o que está sentindo. É difícil explicar isto a outra pessoa ou parar de sentir porque as coisas mudaram entre nós.

— Tem certeza que mudaram mesmo? — perguntou ele suavemente.

— Absoluta — assegurou Alex com firmeza. — Não sou mais sua esposa agora. Sou alguém diferente do que era antes. Não sei... Não tenho certeza se as pessoas podem voltar atrás, depois de tudo que nos aconteceu. Só podem ir em frente.

E era justamente o que tinha feito, ido direto para os braços de Brock, mas também não era esposa dele. Não era esposa de ninguém. Pertencia apenas a si mesma pela primeira vez em anos e, por mais solitário que tenha sido durante um tempo, às vezes até que gostava. Tinha o melhor dos dois mundos. Uma consciência das próprias potencialidades que nunca experimentara antes. E tinha Brock, a quem amava profundamente.

— Apenas me avise se alguma coisa mudar — replicou ele

simplesmente, atento ao olhar de Alex e só um pouco mais calmo pelo que viu nele. Sabia que ela se encontrava conflituada com tudo que vinha sentindo. Alex estava dividida entre a pena que tinha de Sam e o sentimento de lealdade que dedicava a Brock. A seu modo, amava os dois e também a Annabelle e queria o que era correto para todos. Às vezes isso não era fácil.

— Não fale assim — Alex o censurou. — Nada mudará. Ele vai passar por maus momentos e eu gostaria de lhe dar ao menos um pouco de apoio.

— Por quê? Sam não lhe ofereceu nenhum apoio no ano passado. Por que agora tem de ser diferente?

— Talvez pelos velhos tempos.

Contudo, Brock queria a mesma coisa com Alex. Queria o mesmo antigo elo que a unia a Sam ainda agora, mesmo à distância.

— Não se aflija tanto por ele — avisou Brock, tornando a beijá-la com ternura. — Preciso de você — murmurou.

— E eu de você — respondeu Alex no mesmo tom sussurrante.

Nesta manhã, fizeram amor na mesma cama que ela compartilhara com Sam durante anos e que sabia que nunca mais compartilharia. O que disse a Brock era verdade e realmente acreditava naquilo. O passado não existia mais e agora era hora de seguir vivendo. Além do mais, amava-o muito.

Mas Sam estava pensativo quando ela pegou Annabelle no Carlyle no final da tarde, depois de passarem o dia juntos. Era como se, nas últimas 24 horas, tivesse se conscientizado realmente do significado daquele veredicto e estivesse entrando em pânico. Estava prestes a perder tudo — a liberdade, a filhinha, sua vida, até mesmo os últimos vestígios de tudo que compartilhara com Alex. De repente, mostrava-se muito menos filosófico e menos loquaz do que na noite anterior, quando tomava um uísque após o veredicto. O simples fato de estar com Annabelle o fazia lembrar-se de tudo que perderia, e sua angústia tornava-se ainda mais pungente sempre que via Alex.

Nesta tarde, contou a Annabelle que as coisas não correram bem para ele. A menina continuou não entendendo o que aquilo significava e o pai não explicou tudo inteiramente, com todas as implicações. Não mencionou que a deixaria nem que iria para a prisão. Teria de enfrentar este problema mais tarde. Tinha ainda outros trinta dias para fazê-lo.

— Vocês se divertiram? — perguntou Alex, sorrindo para os dois. Viera buscar Annabelle enquanto Brock fazia compras para o jantar no Gristede's.

— Muito — respondeu Sam, parecendo melhor, mas ainda tenso. — Fomos patinar. — Então mandou Annabelle buscar a boneca e o suéter no quarto e virou-se para Alex com um olhar angustiado. — Sinto muito sobre o seu amigo hoje de manhã. Ele parecia chateado. Acho que o aborreci — completou. Alex assentiu com a cabeça, hesitando sobre o quanto deveria lhe dizer, mas, como sempre, foi honesta.

— Brock teme a nossa história, Sam. Na verdade, não posso culpá-lo. Dezoito anos são muito tempo, e isto é algo difícil de explicar a outras pessoas. Ele receia que a lealdade seja mais poderosa do que o amor, o que é uma tolice.

— Será que é? — perguntou ele suavemente, ousando erguer os olhos para os dela. No mesmo instante, ficou desolado com o que viu lá. Viu uma mulher a quem causara uma mágoa profunda e cada momento que passava com ela reavivava a lembrança. — Será só lealdade? — perguntou, pensativo. — Lamento ouvi-la falar assim. Suponho que tenho sorte por ainda restar este sentimento, depois do modo como agi com você.

Passara a noite anterior e até mesmo a tarde inteira pensando nela e na dor que lhe infligira.

— Sam, não... — protestou Alex gentilmente. Era tarde demais para recriminações. Havia arrependimento demais e más recordações demais, junto com as boas.

— Por que não? Creio que eu não devia dizer nada, mas tenho esta louca sensação de que, de repente, o tempo está se esgotando, o que nós dois sabemos que não é tão louco assim, depois do veredicto. Talvez seja importante dizer as coisas agora, no caso de não surgir outra oportunidade depois. — Embora entendesse o que Sam sentia, Alex não podia ajudá-lo. Podia lhe dar apoio até certo ponto, podia auxiliá-lo com Annabelle e solidarizar-se com o que estava enfrentando, mas não podia lhe oferecer mais do que isto. Esta parte de sua vida era com Brock agora. — Ainda amo você — declarou suavemente, o que cortou o coração de Alex, no instante em que Annabelle voltava saltitando com a boneca e o suéter. — Estou falando sério — acrescentou em tom incisivo e ela lhe deu as costas, ignorando-o, desejando que não tivesse dito nada. Ele não tinha esse direito.

Alex ajudou a filha a pôr o suéter, depois o chapéu e o casaco, com mãos trêmulas e não disse um palavra a Sam até Annabelle sair para chamar o elevador e os dois a seguirem.

— Não torne as coisas mais difíceis do que já são. Sei que este é um momento penoso para você e lamento muito, mas Sam... agora não magoe todos nós de novo. — Se o marido brincasse com ela, só iria magoá-la. E faria o mesmo com Brock, Annabelle e, inclusive, consigo mesmo. — Por favor, não.

— Não é minha intenção magoar você — retrucou ele, pensativo. De repente havia tanta coisa que precisava lhe dizer. — Acho que eu devia ter a coragem de deixá-la sozinha, a despeito do que sinto, especialmente se for para a prisão. Foi o que prometi a mim mesmo. Mas talvez seja um erro ainda maior deixá-la sair da minha vida sem ao menos lhe contar que ainda a amo. Sei que não tenho direito algum sobre você. Droga, nem me sinto mais um homem. Tudo a que sempre liguei a minha identidade se evaporou: dinheiro, sucesso, posição social... Presumo que você se sentiu do mesmo jeito quando perdeu o seio, mas foi pura tolice nossa. A sua feminilidade não estava no seio... a minha masculinidade não estava na firma de investimento... está em nossos corações, em nossas almas, em quem somos, no que acreditamos. Não sei por que nunca entendi isto antes. Compreendo a situação muito melhor agora e o pior de tudo é que só percebi tarde demais. Tarde demais para nós dois, de qualquer modo... o que eu mais queria era voltar no tempo até um ano atrás e recomeçar.

Ela estava chocada com o que Sam dizia.

— Não posso, Sam — murmurou Alex, fechando os olhos por um momento para não ver a dor naqueles olhos nem o amor que de repente enxergava ali. Por que ele não disse aquilo tudo há um ano?

Agora era tarde demais. — Não me fale essas coisas... não posso voltar atrás e muito menos fazer uma coisa dessas com Brock.

Ela tinha lhe prometido isto nesta mesma manhã.

— O que fará com ele? — perguntou Sam, demonstrando aborrecimento. — Brock é um garotão. Um garotão bondoso, gentil e simpático, pelo que posso perceber. E a tem ajudado muito, mas onde você estará daqui a dez anos? Será que ele pode lhe dar o que quer?

— Não é o que pode me dar — retorquiu Alex com firmeza. — Brock já me deu muito. Agora é a minha vez de retribuir.

— Não pode lhe oferecer sua vida como compensação pelo que fez por você, não mais do que posso compensá-la pelo que fiz. Mas a amo mesmo assim, Alex... você ainda é minha esposa. Talvez eu não tenha mais nenhum direito sobre você. Estou certo de que não tenho mesmo. Contudo, quero que saiba que sempre a amarei. Mesmo nos meus piores momentos, eu a amei. Não queria deixá-la, mas também não podia ficar. Estava fugindo de tudo: de você, do fantasma da minha mãe, da realidade. E precisava tirar aquela garota do meu sangue. Sei o quanto errei, mas ela estava me levando à loucura. E você também. Eu mesmo estava me deixando pirado, mais do que qualquer outra coisa. Acontece que nunca tive intenção de magoá-la.

Queria que ela o ouvisse dizer tudo aquilo antes de ir para a prisão. Entretanto, não era justo. Sam havia puxado um fio que ainda não se rompera e tocara em uma parte dela que ainda lhe pertencia, o que doía demais. Alex não queria amá-lo.

Sua voz soou triste e profunda ao responder ao marido. Então relanceou os olhos para Annabelle, que os aguardava à distância, no corredor.

— Seria tão mais fácil, Sam, se nos separássemos sem revolver o passado. Não olhe para trás, não chore pelo que passou. De que adianta agora?

— Talvez não adiante mesmo. Mas não existe essa história de não revolver o passado após dezoito anos. Não sei onde você pára e eu começo — replicou ele, com lágrimas nos olhos. — Pode realmente cair fora desse jeito? Pode mesmo dizer que não sente nada, só lealdade? Não acredito.

Nem ela. Contudo, Alex subitamente ficou furiosa com o que o marido estava fazendo. Sem mais nem menos, ele queria confessar todos os seus pecados e desnudar sua alma. No último minuto, a despeito de tudo que fizera, não queria perdê-la.

— O que quer de mim, Sam? — perguntou, irada. — Fazer eu admitir que o amo para que você sinta-se bem a esse respeito quando for embora?... Deixe-me ir... Vamos nos separar do jeito que você disse ontem, depois do veredicto. Nós dois precisamos ser livres. Não leve este problema com você para a prisão.

— Não posso desistir — retorquiu Sam com uma visível agonia. Ficara acordado a noite inteira, pensando nela e no veredicto. Aí, de repente, tudo mudou. Não estava mais disposto a deixá-la sair da sua vida em silêncio. — Não sei como renunciar a você — justificou, tocando no braço de Alex e desejando beijá-la. — Ainda a amo.

— Eu também — respondeu ela, desolada. O próprio Brock sabia disso, já lhe dissera a mesma coisa. — Mas agora é tarde demais. — Ambos sabiam que era. No entanto, ele ainda não estava pronto para desistir. Enquanto Alex olhava para o marido. Annabelle acenou e a porta do elevador abriu. — Não faça isto, Sam... por favor... pelo nosso próprio bem.

Fora muito mais fácil quando Sam a trocou por Daphne. Ele se mostrava tão seguro naquela ocasião e agora parecia tão alquebrado. Alex não sabia mais ao certo o que lhe devia.

— Sinto muito, Alex — Sam se desculpou, com um ar de desesperada infelicidade. — Posso ver você de vez em quando?

Ele dava a impressão de estar em pânico. O elevador estava à espera.

— Não. — Ela balançou a cabeça e correu para Annabelle, lamentando ter vindo. — Não posso, Sam... — Não podia fazer aquilo com Brock nem consigo mesma. Simplesmente não podia. — Lamento.

Em seguida, entrou no elevador e parou ao lado de Annabelle. E os olhos ardentes de Sam continuaram cravados nos seus enquanto as portas se fechavam. Durante o trajeto até o apartamento, tentou tirá-lo da cabeça, e tudo o que ele lhe dissera, e pensar só em Brock enquanto se mantinha abraçada à filha.

— Papai estava zangado com você?

Com o vento frio atingindo-as em cheio, Annabelle ergueu os olhos para a mãe, perplexa, enquanto os transeuntes passavam apressados com suas compras de Natal.

— Não, doçura. Ele estava bem — mentiu Alex, imaginando por que as crianças sempre viam todas as coisas que não deviam.

— Parecia tão triste quando a gente saiu.

— Provavelmente, só estava infeliz por ver você ir embora, mas não estava zangado. Sério.

Só triste. E agindo de modo muito tolo.

Foi um alívio voltar para Brock e ser recebida pelos deliciosos aromas que escapavam da cozinha. Ele estava preparando molho de espaguete e pão de alho e Alex tinha prometido fazer sopa, macarrão, salada e *sundae* com calda de chocolate quente.

— Tudo bem? — perguntou ele, olhando para Alex enquanto ela tirava o casaco e esquentava as mãos. Parecia estar com muito frio e um tanto abalada.

— Tudo.

Alex sorriu, passando os braços ao redor de Brock, que estava parado junto ao fogão, e obrigando-se a esquecer tudo que Sam lhe dissera. Contudo, por mais que fizesse, ou por mais estreitamente abraçada que ficasse com Brock na cama nesta noite, as palavras de Sam continuaram a assombrá-la como fantasmas.

Capítulo 22

Annabelle passou uma semana com Sam, começando no dia de Natal, e Alex fez questão de não vê-lo quando foi deixar a filha. Mandou a menina subir sozinha pelo elevador do Carlyle. Alex não falava com o marido desde a última vez em que o vira e só podia pressupor que ele caíra em si. Mas independente de Sam estar ou não pensando de novo com clareza, Alex sabia que *ela* estava.

A véspera de Natal fora maravilhosa ao lado de Brock e Annabelle. Alugaram a mesma casa em Vermont por uma semana entre o Natal e o Ano-Novo. Desta vez, ela esquiou e se divertiu a valer. Durante todo aquele ano nunca se sentira assim tão bem. Agora o cabelo estava mais comprido e ela o usava em um elegante penteado de mechas que Brock afirmou adorar e que considerou muito *sexy*. Após alguns dias com Alex em Vermont, ele relaxou a respeito de Sam. Brock sabia o quanto Alex o amava e de repente sentiu-se tolo por ter se preocupado.

Durante a estada em Vermont, souberam que Sam havia entrado com o pedido de divórcio pouco antes do Natal. Alex ficou particularmente aliviada ao receber esta notícia. Era óbvio que ele tinha recuperado o juízo. Por mais difícil que fosse para ambos romper com o passado, não existia nenhuma dúvida em sua mente de que precisavam fazê-lo.

Ela e Brock falavam em se casarem discretamente em junho e Alex tornou a lembrar-lhe que ainda tinham de resolver a situação na firma de advocacia. Deitados junto ao fogo na véspera do Ano-Novo, estavam até planejando a lua-de-mel e Alex comentou, sonhadora, que adoraria ir à Europa.

— Acho que pode ser providenciado — replicou ele com uma voz morna, relaxada e muito sensual. Acabavam de fazer amor e, deitado ao lado dela, Brock estava quase dormindo enquanto Alex sorria para ele e alisava seu cabelo. Abraçada a Brock, refletiu que às vezes ele se assemelhava a um menino, uma criança grande, tão inocente e confiante. Isso fazia com que ela o amasse ainda mais.

No dia do Ano-Novo, voltaram para Nova York. Foi uma grande viagem de carro e primeiro foram ao apartamento para deixarem as malas e os esquis. Depois Alex foi a pé até o Carlyle, ainda com roupa de esquiar, para apanhar Annabelle. Ligou para Sam da recepção, que lhe pediu para subir por um minuto. Após uma breve hesitação, decidiu que não havia mal nenhum em ir até lá. Ele entrara com o divórcio durante a sua viagem a Vermont. Tinha entendido o que ela queria.

Entretanto, quando subiu e Sam lhe abriu a porta, ficou chocada ao vê-lo. Ele parecia atormentado.

Bastou vê-lo para que tudo aflorasse de novo em seu íntimo, inclusive a agonia do que ele estava enfrentando. De repente sofreu com Sam e odiou a idéia de ele ter que ir para a prisão. De alguma forma, todas as emoções que vinha evitando ressurgiram ao ficar frente a frente com o marido.

Annabelle ainda não demonstrava estar a par da tensão pela qual Sam estava passando e disse que se divertira muito com o papai.

— Fico feliz, fofinha.

Alex a beijou e a abraçou com força enquanto Sam olhava para a esposa com ânsia e desejo. Ela quis lhe pedir para parar no minuto em que o viu. Às vezes ainda se agoniava com a conversa do último encontro entre os dois, e hoje parecia que não ia ser diferente.

— Senti sua falta — observou ele suavemente enquanto a filha arrumava suas coisas no outro quarto. Não queria que Annabelle o ouvisse.

— Não devia — retrucou Alex calmamente e depois lhe agradeceu por entrar com o divórcio. Sabia que o marido fizera aquilo pelo seu bem e estava grata.

— É o mínimo que lhe devo — respondeu Sam, sentindo-se infeliz, procurando nos olhos de Alex algo que parecia não estar lá e, ainda que estivesse, ela se recusaria a lhe mostrar. — Eu devo a você muitas coisas. Coisas pelas quais, em sua maioria, jamais poderei recompensá-la.

— Você fez o suficiente — ponderou Alex, sem nenhuma intenção de magoá-lo. Afinal de contas, compartilharam muitos momentos felizes e, especialmente agora, estava mais do que grata pela filha. — Não me deve nada.

— Ainda que eu ficasse com você durante uma vida inteira, não poderia recompensá-la pelo que fiz.

Era este o pensamento que não lhe saía da cabeça, que ficava revivendo vezes e mais vezes; todo o horror do modo como falhara com Alex. Agora lhe sobrava muito tempo para pensar.

— Não seja tolo, Sam — objetou ela, tentando amenizar a tristeza. — Pare de remoer o que aconteceu. Acabou, está terminado. Você tem de seguir em frente. Nós dois temos.

— Nós dois? — perguntou Sam, aproximando-se dela devagar enquanto Annabelle continuava a fazer a mala no quarto. Então Alex desejou que a filha se apressasse. Teria ido ajudá-la, mas não queria entrar no quarto de Sam. Ao olhar para o marido, notou que ele estava perturbadoramente perto e viu naqueles olhos tudo que amara no passado, toda a ternura, o amor e a bondade que, logo de início, a atraíram nele. Sam era o mesmo homem e precisava tanto de seu apoio, mas Alex havia mudado. Agora tudo nela parecia diferente. Ou não? — Alex...

Pronunciou seu nome com enorme ânsia e ela ergueu os olhos para Sam no exato instante em que ele a tomou nos braços e a beijou ternamente nos lábios antes que Alex pudesse detê-lo. Ela tentou se desvencilhar, mas, ao fazê-lo, só conseguiu que ele a estreitasse ainda mais contra si. Então de repente não conseguiu mais recordar por que ele devia parar e por que não queria que fizesse aquilo. Era como se nada houvesse mudado, como se tivessem voltado no tempo e ele lhe pertencesse de novo. Então lembrou-se de Brock.

Lembrou também que não pertencia mais a Sam e que não podia deixar aquilo acontecer. De repente perguntou-se por que subira de novo ao quarto, se, no fundo, queria que aquilo acontecesse. E este pensamento fez com que ela se sentisse culpada.

— Não! — foi a única palavra que proferiu quando o beijo chegou ao fim, deixando-a ofegante. Sentia-se atordoada e subitamente muito assustada. Não queria que ele a prendesse ao passado, não queria fazer isto. — Sam, não posso.

Seus olhos encheram-se de lágrimas e Sam sentiu-se um completo sacana. Estava se aproveitando dela e sabia que não tinha direito de agir assim. Só estaria em liberdade por alguns dias e depois sairia de circulação durante anos. Era por esta razão que havia concordado com o divórcio. Esta e mil outras que lhe fugiram da memória no momento em que a beijou.

— Sinto muito, Alex... Não consigo ficar longe de você.

Mostrava-se quase tão culpado quanto ela. Entretanto, ali parado, estava também incrivelmente atraente. Parecia vulnerável e assustado, apaixonado e dolorosamente familiar.

— Tente se comportar direito — pediu Alex, a voz soando um pouco rouca e muito sensual. — Sei que é difícil para você fazê-lo — lançou-lhe um sorriso pesaroso. Queria ficar furiosa, mas ele se mostrava tão atrevido e tão desesperadamente carente que, de qualquer modo, não conseguia. — Mas, pelo menos, tente, sim?

Sam assentiu com a cabeça com ar de humildade e retribuiu o sorriso, enquanto Annabelle aparecia com a mala minúscula e a sacola dos presentes de Natal dados pelo pai. Os dois trocaram um olhar por cima da cabeça da filha e Alex quis zangar-se com ele, mas não conseguiu.

Sam acompanhou-as até a rua e ficou acenando para as duas enquanto se afastavam. Annabelle virou-se uma meia dúzia de vezes para dar adeus ao pai e lhe dizer que o amava e Alex fez questão de não olhar para trás. Estava com medo do que veria, se o fizesse. E não queria ver. Vulnerável ou não, Sam tocara em uma parte sua que ela julgava não existir mais. No entanto, agora sabia que ainda estava lá. Tinha acreditado que esta parte estava morta e agora estava apavorada ao perceber bem o inverso. Não podia se deixar dominar por aquilo. Não podia se dar o luxo de ter Sam agora. Tinha um futuro com Brock. Ao voltar para casa a única coisa que sabia era que precisava se libertar de Sam para sempre.

Quando chegou ao apartamento, encontrou Brock à sua espera. Lançou os braços ao redor do seu pescoço e puxou-o para si enquanto o beijava.

— O que significa tudo isso? — perguntou ele, demonstrando satisfação com o fervor dos beijos. A ida a Vermont fora benéfica a ambos. Era justamente o que precisavam.

Nesta noite ela e Brock prepararam juntos o jantar e, em seguida, Alex ajudou Annabelle a desfazer a mala enquanto ele punha uma música no aparelho de som e arrumava a cozinha. Pareceram transcorrer horas até Annabelle ir para a cama e, quando Sam ligou, Brock estava no chuveiro.

Alex estava sentada no estúdio, pensando nele, e ao ouvir sua voz, teve um sobressalto. Era como se Sam houvesse captado seus pensamentos.

— Só quero que saiba que não me arrependo daquele beijo — disse ele e Alex teve vontade de bater o telefone na cara dele. Não sabia se devia rir ou chorar. Contudo, também o amara. Era este o problema. — Mas quero saber uma coisa.

— O quê? — indagou ela, sentindo-se culpada por falar com Sam. Era difícil acreditar que ele era seu marido. Assemelhava-se mais a um amante.

— Quero saber se você está arrependida, Alex. Se estiver, se não me amar mais, eu a deixarei em paz, apesar do que sinto por você.

De repente ele parecia mais confiante e mais forte, como se tivesse recuperado uma parte importante de si mesmo quando a beijou.

— Não, nao amo — afirmou ela sem muita convicção e Sam riu, lembrando o rapaz de anos atrás. Então Alex sentiu uma excitação familiar.

— Está mentindo.

Sam dava a impressão de estar sorrindo ao dizer tal coisa.

— Não, não estou — garantiui Alex, seu sentimento de culpa

com relação a Brock aumentando mais do que nunca, mas Sam nem se abalou.

— Você não se arrepende nem um pouco. Retribuiu o beijo.

Sam falava outra vez como um garoto e estava rindo. Ao responder, ela não pôde deixar de sorrir.

— Você é mesmo um cretino. — Então a voz ficou séria de novo. — Não preciso de mais problemas em minha vida, Sam. Quero simplificar as coisas.

— As coisas irão simplificar muito para você daqui a algumas semanas, quando eu estiver na prisão — retorquiu ele, pressionando-a. — Quero vê-la.

— Acabou de ver — rebateu Alex com firmeza. Mais firmeza do que sentia. De alguma forma, o simples fato de falar com Sam novamente amolecia um cantinho do seu coração que continuava a amá-lo, mas receava demais permitir que isto acontecesse.

— Sabe a que me refiro — insistiu Sam. — Vamos jantar juntos.

— Não quero.

— Por favor...

Ele se mostrava tão suplicante que Alex quis chorar.

— Pare!

— Alex, por favor.

Ele implorava e a deixava louca. Ela recusou-se obstinadamente a vê-lo e, minutos depois, bateu o telefone na cara dele. Neste instante, Brock saiu do chuveiro e não percebeu que alguém havia telefonado.

No dia seguinte, quando Sam tornou a ligar para o escritório, ela continuava constrangida com o que acontecera. Não queria mais conversar com o marido. Contudo, após dezoito anos, achava que lhe devia algo.

— O que quer de mim? — afinal indagou, exasperada.

— Um encontro hoje à noite, nada mais. Depois não a incomodarei mais — barganhou ele e Alex respirou.

— Por quê? Que diferença faz agora?

— Significaria muito para mim — respondeu ele calmamente e ela acabou concordando em vê-lo. Só mais uma vez.

Não comentou nada com Brock e sentiu-se muito mal por ter lhe mentido. Entretanto encontrou-se com Sam na noite em que Brock estava ocupado com clientes, deixando Annabelle com Carmen.

— Precisou sair às escondidas? — brincou Sam quando se encontraram.

— Não seja presunçoso — retrucou Alex com um olhar de desaprovação. Achava errado o que estava fazendo e Sam podia perceber isso.

— Desculpe.

Foram a um pequeno restaurante na altura da rua 80 e pediram macarronada e vinho. Por alguns momentos, foi como voltar ao passado, o que a fez recordar-se da época em que namoravam e se amavam pela primeira vez na vida, mas agora tudo estava mudado para os dois. Isto aqui era o fim, não o começo. E tinham consciência deste fato. Ele estava mais calmo agora do que nas últimas vezes em que Alex o vira e dolorosamente cônscio de que iria para a prisão.

Mais tarde, retornaram lentamente a pé para o norte da cidade, lembrando coisas, conversando sobre pessoas e lugares que conheceram. Evocaram recordações esquecidas há anos. Era como olhar um velho álbum de retratos. Então, quando pararam em uma esquina, à espera do sinal verde, Sam puxou-a para si e a beijou. Estava frio e, com os braços do marido a enlaçá-la, Alex se odiou por corresponder ao beijo.

Ela não disse nada e os dois caminharam mais um pouco. Então ele a puxou delicadamente para a entrada de um prédio, a fim de se aquecerem, e beijou-a de novo.

— Um ano atrás, as coisas se passaram de forma tão diferente — foi o comentário franco e melancólico dela e atingiu em cheio o alvo. Sam sentiu-se péssimo após esta observação.

— Fui tão estúpido, Alex — admitiu ele, beijando-a outra vez e apenas a abraçando, e Alex consentiu. Relembrava agora o quanto tinha se sentido só e abandonada pelo marido, o quanto havia necessitado dele, o quanto o amava. E o quanto Sam a desapontara. Naquela ocasião, não acreditava que algum dia fosse se recuperar.

Contudo, as coisas agora haviam mudado muito. Tudo parecia tão distante. Era como se fosse muito mais real e muito mais importante estar perto dele. Imaginava se o perdão era realmente mais uma questão de esquecimento.

— Aprendi muitas lições no ano passado — disse Alex, pensativa, aninhada em seus braços.

— Quais, por exemplo?

— Como não depender de ninguém, não viver ou sobreviver por ninguém além de mim mesma. Afinal apenas sobrevivi por pura obstinação, porque me recusei a morrer... esta foi uma lição importante... talvez você precise lembrar-se dela na prisão.

— Não consigo sequer imaginar — replicou Sam baixinho e depois olhou para Alex e deu um sorriso caloroso. — Obrigado por isso, por me deixar abraçá-la... beijá-la... você podia ter me dado um chute na cabeça ou chamado os tiras. Estou contente que não tenha feito nenhuma dessas coisas.

— Eu também — endossou ela tristemente. Então parou de opor-lhe resistência. — Sentirei sua falta.

— Não devia. Terá Annabelle e o garoto maravilha — contrapôs Sam, sarcástico, e Alex riu, enquanto recomeçavam a andar.

— Ele é fantástico com Annabelle — Alex elogiou Brock gentilmente.

— Que ótimo. É bom com você?

— Muito.

— Fico feliz por você.

Mas não estava nem um pouco feliz e ambos sabiam que não. Mais do que qualquer coisa, queria que ela soubesse o quanto ainda a amava, muito embora tivesse plena consciência de que não adiantaria nada contar isto a ela.

— Cuide-se bem — falou Alex quando dobravam a esquina da rua 76, a caminho do Carlyle. Morava a menos de um quarteirão dali e estava decidida a ir sozinha para casa, mas Sam não permitiu.

— Vou tentar. Não tenho a menor idéia para onde vão me mandar. Provavelmente Leavenworth. — Já que as acusações eram a nível tanto estadual quanto federal. — Espero que ao menos seja civilizado.

— Talvez Phillip faça algo miraculoso. Por exemplo, arranjar um acordo no último minuto.

Entretanto, ele não dera nenhuma esperança a Sam neste sentido. Ele teria de ir para a prisão, embora esperasse que a pena não fosse longa demais. Após os primeiros meses — ou anos — talvez conseguisse uma transferência para uma das prisões rurais.

Quando passaram pelo Carlyle, ele tentou convencê-la a subir, mas Alex não aceitou. Não confiava em Sam ou em si mesma. Ao chegarem ao edifício de Alex, ela beijou-o no rosto e lhe agradeceu pela noite agradável. Quando subiu, estava silenciosa e pensativa. Havia muita coisa que pensar, muitos sentimentos a analisar.

Brock não indagou para onde ela fora na noite anterior, mas no escritório, durante a manhã inteira, uma estranha atmosfera perdurou entre ambos. Era como se ele soubesse, mas não quisesse perguntar. Até que finalmente, na hora do almoço, não conseguiu mais agüentar.

— Saiu com Sam ontem à noite, não foi?

— Com quem? — perguntou ela estupidamente, sentindo o coração martelar no peito e se odiando por mentir, enquanto comia o sanduíche.

— Seu marido — respondeu Brock com frieza. Ele sabia. Possuía bons instintos.

— Sam? — Fez uma pausa, pronta para mentir, afinal. Então decidiu dizer a verdade. Brock não merecia ser enganado e Alex sabia disso. No entanto, o ciúme dele a assustava. Acontece que seus próprios sentimentos também a assustavam. O pior de tudo era saber que amava os dois. Tinha uma dívida com Sam por tudo que compartilharam durante tantos anos e outra com Brock pelo que enfrentaram juntos ao longo de todos aqueles meses. Mas o que devia a si mesma? Era esta a pergunta que não podia responder. — Ele me convidou para jantar porque queria conversar sobre Annabelle... achei que você não se importaria — explicou, pregando outra mentira, mas Brock sabia que não era verdade. Sentia-se tão confusa e tão embaraçada. Queria odiar Sam por colocá-la nesta situação, mas não conseguia.

— Por que não me contou? — indagou Brock, com a preocupação e a infelicidade refletidas no rosto.

— Porque estava com medo de que você se zangasse — respondeu Alex com toda a honestidade. — E eu queria vê-lo.

— E por que queria vê-lo?

— Porque Sam vai se ausentar por um longo tempo e tenho muita pena dele. Além do mais, como você mesmo colocou, ainda é meu marido.

Ela parecia triste, confusa e infeliz. E seu olhos revelavam cada um dos seus sentimentos.

— Ele a beijou?

Ele não era tolo. E seu ciúme estava à flor da pele.

— Brock, pare com isso.

Alex tentava se esquivar, mas o rapaz não permitiu.

— Não respondeu a minha pergunta.

Brock a pressionava, desafiando-a a responder, até que finalmente ela retrucou, movida principalmente pela culpa, mas também pela raiva.

— Que diferença faz?

— Faz diferença para mim.

Alex quase imaginou se ele os seguira, mas não acreditava que fosse capaz de fazer uma coisa dessas.

— Tudo bem, eu o beijei. E daí? Não aconteceu mais nada.

— Aquele cara é um filho da puta — esbravejou Brock enquanto andava de um lado para o outro da sala. — Vai para a cadeia e quer deixá-la amarrada a este casamento. Afinal de contas, ele pretende o quê? Que o espere durante vinte anos? Que ótimo para você. E que grande sujeito é esse seu marido. Ou será que você não percebe? É um rematado egoísta.

— Está certo, você venceu, Sam é egoísta. Mas é também um ser humano, está assustado e, à sua maneira, ele me ama.

— E você o ama?

— Fui casada com Sam durante dezoito anos. Isto vale alguma coisa. No mínimo, amizade. Acho que ele só quer se reconciliar antes de ir, curar velhas feridas e resolver seus assuntos pessoais.

Sabe que vai para a prisão. Não está tentando me prender. Entrou com o divórcio, não foi?

— E se não for preso?

Brock fez esta pergunta tão de supetão que Alex se sobressaltou.

— Ele não vai se safar, Brock. Não há a menor chance. Você sabe que é impossível.

— E se conseguisse se livrar, você continuaria casada com Sam? Voltaria a viver com ele?

Esta era uma pergunta difícil e Alex não queria respondê-la. Tanto por sua própria causa quanto por Brock. Não existia a menor possibilidade de Sam não ser preso. Ela sabia disto e Sam também. Phillip Smith não lhe dera quaisquer ilusões. Todavia, a questão não era se Sam iria ou não para a prisão. A situação não era assim tão simples.

— Isso não tem nada a ver com o caso. Se eu realmente o amasse, não o largaria, quer ele fosse para a prisão ou não. Mas é com você que estou, Brock. Este fato deve significar alguma coisa.

— Significa, sim, mas quando ele for embora, vai lhe escrever, pedir que vá visitá-lo. Você continua apaixonada por Sam, Alex. Por que não encara a realidade?

Brock estava sendo duro com Alex, que estava zangada com ele por agir deste modo. Ele queria tudo ao mesmo tempo e nada na vida funcionava assim. Ela sabia disto melhor do que Brock.

— Velhas feridas demoram a cicatrizar, Brock. Não acontece em um instante. Seja paciente.

— Por que não admite o que está sentindo? Acho que vai voltar para Sam.

— Por que não cresce, Brock, e pára de me pressionar? — revidou Alex.

— Porque a amo.

Ao dar-lhe esta resposta, seus olhos se encheram de lágrimas. Ele a amava e a desejava, mas era inegável que Alex ainda sentia amor pelo marido. Realmente o amava e Brock estava bem a par deste fato. Só ignorava que atitude ela tomaria a respeito, apesar de todas as suas negativas.

Então Alex abraçou-o com força e ambos choraram. Nada jamais era simples. Entretanto, queria explicar a Brock que precisava de tempo para lamentar por Sam. Tentando mudar de assunto, começou a falar sobre sua irmã. E tão logo a mencionou, Brock pareceu ficar arrasado. Quando Alex perguntou o motivo, ele não respondeu nada a princípio, até final compreender que tinha de fazê-lo. Tinha intenção de contar a verdade há muito tempo, mas achara melhor não dizer nada pelo bem dela. Fora particularmente difícil quando ele e Alex estavam falando em se casar e ela comentou que gostaria de convidar sua irmã.

— Minha irmã está morta, Alex — revelou Brock, deprimido. — Morreu há dez anos. Teve o mesmo que você. Fez mastectomia e quimioterapia e não conseguiu agüentar. O tratamento foi duro demais para ela, que preferiu interromper a quimioterapia e morrer. Na verdade, o câncer já tinha se espalhado antes de tirarem o seio dela. Mas ela desistiu. — Começou a chorar enquanto lembrava de tudo e Alex olhava para ele com silencioso espanto. Brock nunca lhe contara nada. Chegara até a estimulá-la a acreditar que sua irmã conseguira se recuperar por completo para que concluísse o tratamento. — Simplesmente parou de lutar contra a doença. Não terminou a quimioterapia. Levou um ano para morrer. Eu estava com 21 anos e cuidei dela durante todo o tempo. Queria fazê-la viver, mas ela estava doente demais. E seu marido foi um verdadeiro canalha, igual a Sam. — Lançou-lhe um olhar significativo. — Não moveu um dedo para ajudá-la até que morresse e casou-se de novo seis meses depois. Ela tinha 32 anos e era tão linda...

Permaneceu sentado em silêncio por um longo tempo enquanto Alex o abraçava e chorava pelos dois.

— Oh, Deus, lamento muito. Por que não me contou?

Alex sentiu-se péssima. Brock lhe dera tanta esperança e agora ela percebia tudo que devia ter sofrido com a irmã.

— Eu não queria que ela desistisse — explicou Brock enquanto enxugava as lágrimas, lembrando-se da irmã e amando Alex mais do que nunca. De certa forma, seu amor por Alex fora uma segunda chance de salvá-la e, sob alguns aspectos, as duas tinham muito em comum. — Foi este o motivo. Eu vivia insistindo que você fizesse a quimioterapia porque não queria que lhe acontecesse a mesma coisa... Então não lhe contei que ela estava morta, achando que desistiria, do jeito que ela fez.

— Devia ter me contado. — Ele não respondeu nada. Limitou-se a ficar sentado em silêncio, revivendo o passado, enquanto Alex o observava. — Eu devia ter imaginado — Alex repreendeu a si mesma enquanto Brock assoava o nariz em um lenço de papel que ela lhe entregou. Alex imaginava o que mais ele ocultara, mas sua decisão de não lhe falar sobre a irmã fora um gesto de bondade.

— Estou tão assustado — admitiu Brock, ambos ainda sentados na sala dela. — Estou com tanto medo de que você volte para Sam... Ele ainda a ama. Vi isso estampado no rosto dele. Não suporto ver vocês dois juntos.

Alex sabia que tudo aquilo que Brock disse a respeito de Sam ainda amá-la era verdade. E não podia mudar esta situação. Sabia também que correspondia ao sentimento do marido. Entretanto, era tarde demais. Estava tudo acabado. Ele logo partiria e então ela não precisaria mais vê-lo nem se perguntar o que sentia. Restariam apenas recordações, arrependimentos e desilusões. E as lembranças mais felizes dos anos anteriores à doença. Contudo, aquelas eram as lembranças que Brock temia.

Voltaram a trabalhar depois desta conversa e, no dia seguinte, Alex teve de iniciar os preparativos para a festa de aniversário de Annabelle. Sabia que o marido também compareceria e esperava que Brock não ficasse louco de raiva. Por fim, Brock acabou decidindo que seria mais fácil para todos se não estivesse presente. E Alex não fez objeção, embora Annabelle se mostrasse desapontada.

— Imagino com que idade estarei quando sair da prisão — comentou Sam objetivamente, enquanto comia um pedaço de bolo. Ela gemeu diante de tamanha falta de sutileza. Às vezes ele não conseguia resistir a um pouquinho de humor negro, mas parecia estar um pouco mais animado desde que jantaram juntos.

— Uns cem, espero, e velho demais para lembrar que me conheceu algum dia — respondeu Alex.

— Não conte com isso. — Então acrescentou, enquanto pousava o bolo: — Eu gostaria de jantar com você novamente na próxima semana, antes de sair a sentença, se lhe for conveniente. Existem muitos detalhes sobre Annabelle que quero discutir com você. Ainda tenho algum dinheiro guardado para o sustento e a educação dela.

Tinha vendido o apartamento há um mês. Sua intenção era destinar uma parte da quantia ao pagamento dos advogados e entregar o restante a Alex para Annabelle.

— Posso confiar em você? — perguntou ela e Sam riu. O problema era que não confiava em si mesma e sabia disso. Ele ainda a atraía muito, mas havia prometido a si mesma nunca mais se entregar ao marido. Agora pertencia a Brock.

— Pode levar um guarda-costas, se quiser. Só não leve o garoto maravilha.

— Pare de chamá-lo assim. Seu nome é Brock.

Sam podia ao menos respeitá-lo. Ele era incrível com a filha dos dois.

— Desculpe. Não percebi que você era tão sensível em relação ao rapaz. — Com um olhar tristonho, pôs a mão no braço dela, finalmente sério, tanto quanto Alex. — Ele será o padrasto de Annabelle?

— Creio que sim — respondeu Alex suavemente. O amor que dedicavam um ao outro era profundo, muito embora o clima andasse tenso entre eles nestes últimos tempos por causa de Sam. Apesar de tudo, pressupunha que, logo após a partida de Sam, as coisas voltariam ao normal. Partida. Detestava o som desta palavra agora. Sam *partiria* para sempre.

— Vai jantar comigo? — pressionou ele e Alex confirmou com a cabeça.

— Vou tentar.

— Não tenho muito tempo, Alex. Não me iluda. Que tal segunda-feira à noite no Carlyle?

— Tudo bem. Estarei lá.

— Obrigado.

Todavia, quando contou a Brock desta vez, ele subiu pelas paredes.

— Puxa vida... eu podia ter mentido, mas não menti.

— Por que precisa vê-lo?

— Porque Sam quer me dar dinheiro para Annabelle. Esta é uma explicação perfeitamente razoável.

E Alex acreditava nele.

— Então diga-lhe para mandar um cheque.

— Não — objetou ela, furiosa. Estava cansada daqueles acessos de ciúme. Brock havia se comportado muito melhor na época em que ela vomitava no banheiro do escritório. — Pare de agir como um menininho de quatro anos e resolva este problema sozinho. Vou jantar com o meu ex-marido.

Então bateu a porta do quarto e, quando saiu, Brock não estava mais lá. Fora para o próprio apartamento e, pela primeira vez, Alex nem sequer lamentou. Ele a estava pressionando demais.

Na noite de segunda-feira, chegou pontualmente à suíte de Sam no hotel Carlyle. Vestido com um terno escuro, camisa branca e gravata Hermès azul-marinho, parecia muito sóbrio. Passara a tarde inteira com seus advogados, mas não vira Alex na firma.

— Como foi hoje? — perguntou ela em tom casual, sentando-se no sofá e notando que ele tinha um ar de cansaço. Ultimamente, parecia ter envelhecido, o que era compreensível. Estava incrivelmente tenso com o que ia lhe acontecer.

— Não muito bem — respondeu Sam simplesmente. — Phillip Smith acha que o juiz vai me encanar por um bom tempo, o que me traz ao motivo do nosso encontro. — Tirou dois cheques do bolso e colocou-os em cima da mesa. — Consegui 1 milhão e 800 mil dólares pelo apartamento no mês passado. Depois de pagar algumas dívidas que a Srta. Daphne Belrose me deixou e a comissão dos corretores, restam 1 milhão e 500 mil. Vou lhe dar 500 agora para Annabelle e tudo que venha a precisar. Quero que deposite em um fundo para ela. Ficarei com 500, caso saia da prisão algum dia. E os 500 restantes são para você, como um acerto de contas, se preferir chamar assim. Sei que merece muito mais, mas é tudo que sobrou, garota. A firma não deixou nada além de dívidas e responsabilidade pelo dinheiro desviado.

— Santo Deus! — exclamou Alex, aturdida. — Não quero o seu dinheiro, Sam.

Estava sinceramente espantada.

— Você merece.

— Pelo quê? Por ser sua esposa? Droga, 500 mil é uma ninharia — ela o provocou e Sam riu. — Deixe para lá. Não posso aceitar o cheque. Guarde o dinheiro ou então entregue-o a Annabelle.

No entanto, ele não aceitou nenhuma das opções. Queria que o dinheiro ficasse com Alex, que já sabia que o depositaria em uma conta bancária no nome dele. Sam precisaria daquela quantia muito mais do que ela. Tinha seu emprego e suas necessidades nunca foram muito dispendiosas.

Em seguida, Sam pediu o jantar. Bife para ele e peixe para Alex. Ela tomava muito cuidado com a dieta. Conversaram despreocupadamente sobre diversas coisas, como, por exemplo, velhos amigos, evitando assuntos relacionados com tribunais e prisões. Ela estava feliz por ter vindo. A noite foi muito civilizada. Ele se acalmara bastante nas últimas duas semanas e desta vez não a pressionou. Na verdade, não encostou um dedo nela até que pusesse o casaco. Então, com extrema delicadeza, curvou-se para beijá-la.

— Boa noite... obrigado por vir... — agradeceu ele e tornou a beijá-la. Alex não se mexeu. Sua própria incapacidade de resistir a Sam sempre a assombrava. Havia algo na familiaridade dele que era mesmerizante. Era como se, mesmo após todo aquele tempo, sentisse necessidade de estar com ele.

— Vamos parar com isso agora — protestou Alex suavemente e então, espantada consigo mesma, passou os braços ao redor do seu pescoço e beijou-o. Só pelos velhos tempos, justificou a si própria. Aquilo não significava nada, a não ser para os dois. E para Brock Stevens.

— Por que parar agora? — murmurou Sam e Alex riu antes que ele a beijasse outra vez.

— Estou tentando lembrar — replicou Alex, sentindo-se culpado, mas gostando assim mesmo. Havia algo muito estranho no fato de sentir-se culpada por estarem juntos ali. Afinal de contas,

Sam ainda era seu marido. Contudo, Brock tinha feito um escarcéu tão grande por causa dele. E não era certo que os dois se beijassem. Estava comprometida com Brock e prestes a divorciar-se de Sam.

— Eu a amo — sussurrou ele e Alex de repente afastou-se, como se compreendesse que não podia ir mais longe. Não queria que ninguém saísse machucado, nem pretendia deixar que Sam a magoasse de novo. No entanto, ao ver a expressão daqueles olhos, ele puxou-a ainda mais para si e sentiu o coração dela bater contra o seu. Desta vez, o beijo não foi nada terno. Foi urgente. Dentro de dois dias, partiria por décadas e nunca mais a abraçaria. E ambos estavam bem conscientes disso. Gentilmente, Sam desabotoou o casaco de Alex e colocou-o sobre uma poltrona atrás dela, enquanto ela lembrava a si mesma que devia resistir. Em seguida, com extremo cuidado, deslizou a mão pelo lado direito do corpo, sentindo o seio familiar que amamentara sua filha. Estava procurando não tocar no esquerdo, mas ao fazê-lo, sobressaltou-se e Alex sorriu, achando graça da surpresa que ele demonstrou com o implante.

— Tornou a crescer — explicou, maliciosa, e Sam ficou embaraçado. Aquilo parecia incrivelmente autêntico e ele imaginou quando Alex fizera a operação.

— Por que não me contou? — reprovou Sam, carinhoso, e depois beijou-a mais uma vez.

— Não era da sua conta — retrucou ela suavemente, excitada, e não querendo estar. Ele a desejava com desespero. Não só pelo passado, mas também pelo presente.

Em gestos lentos e deliberados, foram desabotoando as roupas um do outro e Alex estava assustada ao fazê-lo. A atração mútua que sentiam era irresistível e implacável e não havia como deter o que sentiam.

— Você é tão bonita.

Sam afastou-se um pouco e olhou para ela. Depois, bem devagar, desabotoou a blusa e a saia dela e Alex deixou suas roupas caírem no chão ao seu redor. Sabia que era loucura fazer uma coisa dessas. Todavia, ele iria se ausentar por um bom tempo e ela o amava. Era um modo de dizer adeus, de se libertar do passado, de lhe mostrar o quanto o amava, mesmo sabendo que nunca teriam um futuro juntos. Isto era tudo que tinham agora.

— Eu o amo, Sam — falou ela simplesmente.

— Também amo você... tanto, tanto...

Ele mal conseguia falar de tão excitado. Desejava possuí-la pela última vez e, depois, prometera a si próprio, ele a deixaria em paz para sempre. Não tinha o direito de destruir sua vida. Já lhe causara bastante mal. Queria apenas receber dela esta última dádiva. Além do mais, ao se beijarem, tornou-se óbvio que, a despeito de todos os avisos dados a si mesma, Alex queria aquilo tanto quanto ele. Agarrada a Sam, tudo em que conseguia pensar era no quanto sempre o amara.

Fizeram amor tranqüilamente, e cada gesto, do princípio ao fim, foi permeado de uma certa paz e beleza. Aquilo era algo que ambos desejavam por um longo tempo e não ousaram admitir. Havia paixão, consolo e perdão. Sentiam como se o seu verdadeiro lugar fosse nos braços um do outro e foi assim que permaneceram no final, deitados na cama do hotel, sabendo que nunca mais aconteceria, mas que esta era uma lembrança que guardariam para sempre.

— Eu amei tanto você — observou Alex, olhando para o marido.

— Também te amei demais — reconheceu ele sorrindo, mas com lágrimas nos olhos. — E ainda amo. Agora e sempre. Não porque vou para a prisão, mas porque sou um tolo e aprendi minhas lições tarde demais. Seja mais esperta do que fui, Allie... só fiz estragar sua vida.

— Não estragou — contrapôs ela com meiguice.

— Como pode dizer uma coisa dessas agora? — perguntou Sam suavemente. — Veja só para onde vou depois de amanhã. Que imbecil eu fui.

Deitado de costas, ele pensava em tudo que tinha acontecido naquele último ano, desejando poder desfazer tudo. Então Alex curvou-se e beijou-o. Sam olhou-a bem dentro dos olhos e viu toda a ternura que havia ali. Brock Stevens era um homem de sorte. Sam sabia que não a merecia. Esperava que as coisas dessem certo para ela. O rapaz era jovem demais. Talvez tivesse aprendido bem as lições da vida. Talvez fosse mais esperto do que ele tinha sido.

Embora quisesse passar a noite com Sam, Alex não ousava. Se Annabelle acordasse, ficaria assustada e, se Brock telefonasse, iria se enfurecer. Ele sabia do encontro com Sam e estava louco de raiva.

— Eu devia ir para casa — disse ela com tristeza, odiando deixá-lo.

— Veja só que estupidez. Somos casados e não podemos passar uma noite juntos. — Era tudo tão irônico. Então ele olhou para ela, muito sério. Havia mais uma coisa que queria lhe dizer. — Quero que você saiba que eu gostaria de ter agido de maneira muito diferente. Eu me refiro à época em que você adoeceu. Estava apavorado demais. Não conseguia sequer ouvir. Agora é tarde para mudar as coisas, mas se eu pudesse fazer tudo de novo, Alex, ficaria sempre do seu lado. Não creio que seria bom nisso, não tão bom quanto foi o seu amigo. Mas nunca me perdoarei por não ter lhe dado todo o meu apoio. Aprendi uma terrível lição.

Havia perdido a esposa ao agir daquela forma e perseguido uma estrela cadente chamada Daphne; tudo porque sentia muito medo e estava fugindo da mãe.

— Sei o quanto estava em pânico — ponderou Alex, perdoando-o pela dor que lhe causara. Ele realmente dava a impressão de ter aprendido algo com aquilo.

— Não pode sequer imaginar o tamanho do meu pânico. Estava louco. Nem mesmo conseguia ver você. Tudo que via era a minha mãe. Banquei o idiota — admitiu, abraçando-a, enquanto ela tentava não lembrar.

— Eu sei — replicou Alex com doçura. — Às vezes as coisas se desenrolam de forma muito estranha — arrematou filosoficamente, disposta a aceitar o que era, não o que fora. Sabia que Sam estava arrependido. De nada adiantava atormentá-lo pelo que acontecera, ainda que soubesse que Brock teria se exasperado ao saber que ela o perdoara. Teria se exasperado por causa de muitas coisas. Entretanto esta noite não era dele, era sua e de Sam... e era muito preciosa.

Mais tarde, ele levou-a para casa a pé, sem nenhuma pressa. Ao chegarem ao antigo lar de Sam, permaneceram por um tempo infindável na entrada do prédio, os braços dele circundando os ombros de Alex. Então Sam tornou a beijá-la. Ficaram séculos assim. Alex teve vontade de convidá-lo para subir, mas sabia que não podia. Não podiam continuar se agarrando ao passado. Cada um precisava seguir seu caminho agora. Ao menos estavam ofertando um ao outro uma cálida recordação.

— Obrigada — murmurou, beijando-o pela última vez. — A gente se vê amanhã.

Ele viria dar adeus a Annabelle, o que seria horrível. Alex trazia consigo o cheque para a filha, mas não o seu, que deixara em cima da mesa sem que o marido visse.

— Amo você — repetiu Sam pela última vez, arrebatado pela beleza da esposa e pelo imenso amor que sentia por ela. Viu-a entrar no edifício e, ao voltar para o Carlyle, lágrimas escorriam pelas suas faces, enquanto imaginava como podia ter sido tão estúpido. Havia destruído sua vida inteira e agora não lhe restava nada. Nem futuro nem Alex. Não valia mais a pena viver.

Sozinha na cama, Alex se lembrava do modo como fizera amor com ele. Fora como antigamente, refletiu com um sorriso, só que melhor. Ambos aprenderam muito no ano passado sobre amor e perdão. Só rezava para que, onde quer que ele fosse, estivesse em segurança e encontrasse um estímulo para continuar vivendo. Agora não podia mais ajudá-lo. Tinha uma enorme dívida com Brock. E, por mais que ainda amasse Sam, sabia que precisava deixá-lo. Contudo, meu Deus, quanta saudade sentiria.

Capítulo 23

Quando Sam veio ver Annabelle, a despedida foi uma terrível agonia para todos. Sam soluçava ao partir e Annabelle, Alex e Carmen estavam em prantos. Tudo que conseguira explicar à menina foi que havia trabalhado com uns homens que fizeram umas coisas muito ruins e que ele não prestara atenção ao que andavam fazendo. Tiraram dinheiro das pessoas, o que era errado, e agora ele e os homens maus tinham de ir para a prisão como punição pelo desvio do dinheiro.

Podia ter lhe contado que faria uma longa viagem. Entretanto, optou pela verdade. Disse que algum dia ela iria vê-lo, mas lá não era um lugar agradável e gostaria que ficasse um pouco mais velha antes de ir visitá-lo. Pediu que fosse uma boa menina, que tomasse conta da mamãe e sempre, sempre lembrasse do quanto a amava. Abraçou-a com força enquanto todos choravam, mas ninguém mais do que Sam ou Alex. Annabelle estava confusa com tudo aquilo e muito perturbada com a partida de Sam, com o fato de homens maus terem roubado o dinheiro. Mas não tinha a menor idéia do que representavam vinte ou trinta anos. Nenhum deles tinha. Aquilo era algo muito além de sua compreensão. Parecia uma eternidade.

Alex o acompanhou até o elevador e, lá chegando, estreitou-o contra si. Pedira a Brock que só aparecesse lá à noite, logo depois que ele saiu ligou para Sam no Carlyle.

— Você está bem?

Estava preocupada com Sam. Este era um problema grave demais para qualquer pessoa, especialmente levando-se em conta o quanto estava implicado. Seu pecado foi deixar acontecer.

— Estou. Pensei que jamais conseguiria deixar Annabelle. E muito menos você.

Entretanto, foi exatamente o que fez e agora sabia como era morrer. Tinha a sensação de que já estava morto. Agora não tinha mais nada a perder.

— Estarei lá amanhã — prometeu Alex, desejando poder estar com ele nesta noite. No entanto, não parecia prudente fazê-lo de novo. Após uma noite juntos, ambos se sentiam como se ainda fossem casados e pertencessem um ao outro. E isto só complicaria as coisas para os dois. Ela tinha Brock e Sam precisaria ir embora. Não adiantava nada prolongar a situação agora.

Contudo, a sensação de que continuava a pertencer a Sam persistia sempre que conversavam ou estavam juntos. Todos os antigos vínculos foram retomados em um instante, o que não era justo para nenhum dos dois. Seria ainda mais difícil quando ele partisse no dia seguinte. O próprio Sam sabia disso. Não lhe pediu que viesse. Se fizessem amor outra vez, tornaria a lembrar-se do quanto a amava, e queria protegê-la. E agora seria ainda mais doloroso deixá-la.

— Vejo você no tribunal — despediu-se Sam alegremente, elegante até o fim, refletiu Alex ao desligar o telefone, tornando a pensar nele. Quando Brock chegou à noite, estavam todas ainda muito perturbadas, inclusive Carmen. Annabelle havia chorado até pegar no sono, apesar de todos os esforços da mãe para consolá-la. A própria Alex não estava com a menor vontade de comer ou conversar.

— Cristo, ficarei feliz quando essa história toda acabar — comentou Brock com sarcasmo, e seu tom de voz a aborreceu. Era como aguardar uma execução e isto parecia horripilante a Alex.

— Eu também. Acho que nenhum de nós está se divertindo com essa situação, nem mesmo Sam — rebateu Alex, ríspida. Por que ele não podia ser mais compreensivo? Não tinha nada a temer de Sam agora.

— Foi ele que criou essa confusão — assinalou Brock sucintamente. — Não devemos esquecer este pequeno detalhe.

Creio que não é bem assim. Você não estaria omitindo alguns fatos?

— Oh, desista, Alex. O sujeito é um vigarista, quer seja seu marido ou não.

Alex teve vontade de gritar ao ouvir esta observação. Ele estava tão preocupado com a possibilidade de perdê-la que tudo que queria era ver Sam na cadeia o mais depressa possível. Para Brock, esta era a melhor notícia do ano e havia ocasiões em que o odiava por isto.

A briga dos dois prosseguiu por tanto tempo que ele decidiu não passar a noite com Alex. Antes de ir embora, porém, começaram outro bate-boca porque ela decidira ir ao tribunal na manhã seguinte.

— Quero estar lá quando derem a sentença — explicou ela, como se ele fosse retardado.

— É como ir para a guilhotina com alguém? — indagou Brock, maldoso, tornando a tirá-la do sério. Mas o verdadeiro xis do problema veio à tona alguns minutos depois. — E se ele não for, Alex? O que acontecerá? Ainda estará de novo no páreo?

— Por que vive me atazanando por causa disso? Está obcecado com Sam. Como vou saber o que aconteceria?

— Você continua apaixonada por ele — acusou Brock.

— É por você que estou apaixonada — tentou argumentar Alex, mas Brock não queria ouvir. — Brock, pare! — gritou ela, sem mais se incomodar com o fato de poder acordar Annabelle ou Carmen. — Eu te amo. Você me apoiou e ficou do meu lado quando ninguém mais o fez. Será que isto não lhe basta? Tenho de apagar todo o meu passado só para provar que o amo? Sam é o pai da minha filha. É o homem com quem me casei. Ele me magoou demais. Está tudo acabado. Além do mais, está prestes a ser preso. Isto é o melhor que posso fazer. Não posso saber o que aconteceria se ficasse em liberdade. Seja lá como for, não tem mais importância, ele não vai se livrar.

— Pois posso lhe dizer o que iria acontecer se Sam não fosse para a prisão — retrucou ele, pessimista, e Alex balançou a cabeça em desespero. Aquilo era horrível.

— Você está nos destruindo ao tentar destruí-lo. Pare, antes de matar todos nós, Brock. Por favor... não faça uma coisa dessas.

Estava chorando por ele, por si mesma, por Sam, por Annabelle, por todos aqueles que sofreram, inclusive a irmã de Brock.

— Se Sam ficar livre, voltarei a Illinois.

Esta era a primeira vez que Alex o ouvia dizer tal coisa. Então, de repente se deu conta do quanto ele devia estar agoniado para fazer planos como esse sem ela.

— Por quê?

— Porque o meu lugar não é aqui. Você pertence a Sam. Eu sei disto. Por mais safado que ele tenha sido, ou por mais que a tenha magoado, vocês dois ainda estão irremediavelmente ligados. Tenho certeza absoluta que estão. — Brock chorava ao lhe falar todas essas coisas, porém Alex não podia negar a verdade das suas palavras. — Se ele for preso, então você ficará sozinha. Estará livre. Caso contrário, voltarei para casa, Alex. Acho que agora estou pronto para voltar. Parti por causa da minha irmã, mas você me ajudou a curar aquelas feridas. Sempre me senti responsável porque ela desistiu de terminar a quimioterapia. Sempre achei que devia tê-la obrigado. Sei agora que não conseguiria mudar nada. Ela fez o que queria.

Brock falava com uma paz e uma maturidade que ela jamais notara nele antes. Era difícil crescer. Era sempre muito doloroso.

— Você salvou a minha vida, Brock.

Alex declarou isto sem reserva.

— Você faria a mesma coisa, porque é este tipo de mulher. Nunca se dá por vencida. É por este motivo que continua a amá-lo. Simplesmente não vai desistir, não é?

Estas palavras continham mais verdade do que Alex havia percebido até então. Entretanto, Brock fizera diferença na sua quimioterapia e na sua sobrevivência. Ele a obrigara a persistir.

— Acho que você fez toda a diferença — atestou ela, dando-lhe o crédito que ele merecia.

— É bom ouvir isso. Mas nunca se sabe. — Então fitou-a com um sorriso triste. — Sempre a amarei.

— Fala como se você é que estivesse de partida e não Sam — replicou Alex com lágrimas nos olhos e ele encolheu os ombros.

— Talvez eu deva ir, de qualquer modo — confirmou Brock com tristeza. Os últimos três meses deixaram uma terrível marca em ambos. O mais estranho era que o relacionamento dos dois era muito melhor quando ele a estava ajudando a concluir a quimioterapia.

— Não vá, Brock. Ele não tem chance de escapar agora.

Alex tentava tranqüilizá-lo, mas isto só a entristecia ainda mais.

— Mesmo neste caso, você sempre o amará.

— É verdade — admitiu ela. — Amarei, sim. Acontece que Sam representa o passado e você, o futuro. Precisa decidir se é capaz de enfrentar este fato. Se consegue conviver com a certeza de que o amo.

Brock assentiu com a cabeça, mas não respondeu e, quando saiu do apartamento, ela teve o estranho pressentimento de que ele nunca mais voltaria, que nunca seria capaz de aceitar o seu relacionamento com Sam e o fato de que realmente o amara. Por mais que ela desejasse odiar o marido, não conseguia. Brock não queria que tivesse um passado com outro homem nem quaisquer laços com alguém de quem ainda gostava tão profundamente. Entretanto, a vida não era assim tão simples. No jogo da vida, os trunfos nunca eram distribuídos igualmente entre todos os adversários. Vence o mais rápido. Sempre existiam as combinações complexas, as opções difíceis com que lidar. Contudo, não havia escolhas para ela agora. Sam estava indo embora. E Brock cresceria ou não. Conviveria com o seu passado ou a deixaria. No entanto, Alex tinha a impressão de que, a longo prazo, os dez anos de diferença entre ambos seriam um abismo intransponível e isto era algo que Brock também sabia. Parecia pronto para partir agora. De certa forma, haviam curado um ao outro e talvez o tempo de estarem juntos tivesse terminado. Este mero pensamento a entristecia, mas aprendera muito sobre resignação naquele último ano. E sabia que, se fosse preciso, podia ficar sozinha agora. Todavia, era estranha a sensação de que estava prestes a perder os dois homens da sua vida. Talvez houvesse chegado a hora de viver por sua própria conta.

Nesta noite, deitada na cama, pensou em Brock e em tudo que ele fizera por ela, mas foi Sam que não lhe saiu da cabeça até de manhã. Sam, que agora precisava de sua força e dos seus pensamentos. Sam, que parecia estar entrelaçado na sua alma, que parecia ser uma parte dela para sempre. E, ao se dar conta disso, sentiu uma estranha paz invadi-la. Não havia mais como lutar contra esta realidade. Ele tinha se tornado uma parte inalterável da sua alma, da sua vida há um longo tempo, e ela nem sequer notara.

Na manhã seguinte, acordou às seis horas e, às sete, já estava vestida com um costume preto. Não disse a Annabelle para onde ia, mas Carmen sabia. Ao tomar o café da manhã, estava muito séria e saiu cedo para estar no tribunal quando Sam chegasse. Queria estar lá para apoiá-lo.

O tribunal já estava lotado quando ela chegou. Alex não quis aproximar-se da mesa do advogado, embora pudesse fazê-lo. A confusão era enorme. Simon Barrymore fugira do país na noite anterior, quando ainda se encontrava em liberdade provisória, e o juiz estava uma fúria. Contudo, assim que este assunto foi resolvido e expedido um mandado de prisão para Simon, o juiz se preparou para tratar dos demais.

Mais uma vez, Larry e Tom vieram primeiro e cada um foi sentenciado a dez anos de prisão, com uma multa de 1 milhão de dólares. Uma exclamação abafada soou no recinto e, como sempre, os repórteres ficaram agitados e precisaram ser repreendidos.

O juiz bateu o martelo freneticamente e depois pediu para Sam se levantar. Sam se mostrava muito sério e muito calmo. Quando ficou de pé, houve um rebuliço no tribunal. Todos reconheciam que o caso de Sam diferia dos demais. Ele sustentara até o fim que desconhecia o que os outros estavam fazendo e que, devido a circunstâncias atenuantes como a doença da esposa e sua própria estupidez, sem mencionar o caso com Daphne, não prestara atenção às atividades dos sócios. O júri também havia reconhecido o mérito disto, o que explicava o fato de o terem inocentado das acusações de apropriação indébita, embora tenha sido considerado culpado de fraude.

O juiz encarou-o com um olhar longo e duro. Então, com uma voz lenta e deliberada, proferiu a sentença.

— Samuel Livingston Parker, eu o condeno a uma multa de 500 mil dólares, paga com seus próprios fundos, e a dez anos de prisão. — Ouviu-se o bramido da multidão ali reunida, enquanto o juiz gritava e continuava a bater o martelo. Sam fechou os olhos, embora só por uma fração de segundo, e Alex sentiu-se quase tão nauseada quanto na época em que fazia quimioterapia. — Dez anos de prisão — repetiu, olhando com fúria para a multidão, exigindo silêncio, e depois para Sam — com uma redução da sentença para dez anos de *sursis*. A corte recomenda que encontre algum outro tipo de atividade profissional, Parker. Qualquer trabalho, até mesmo recolher cães vadios nas ruas, desde que mantenha distância do setor de investimentos e de Wall Street.

Sam olhava com assombro para o juiz, tal como todas as pessoas ali presentes. Por um instante, reinou um silêncio absoluto. Dez anos de *sursis*. Estava livre. Ou quase isto. Alex não conseguia acreditar.

Então um pandemônio irrompeu no recinto.

Os advogados apertavam as mãos, enquanto Larry e Tom eram conduzidos para fora do tribunal. Sam tinha um ar aturdido, enquanto o juiz encerrava a sessão e os fotógrafos de todos os jornais do país tiravam seu retrato. Durante 20 minutos, Alex não conseguiu sequer chegar perto do marido. Limitou-se a ficar parada, olhando-o com espanto. Phillip Smith fizera um excelente trabalho, mas o juiz também. Ele e o próprio agente da condicional, que o havia recomendado para o *sursis*. Concluíram que Sam era um tolo, mas não um criminoso, e que ninguém ganharia nada mandando-o para a prisão. Enquanto pensava a respeito, ela lembrou-se do cheque de 500 mil dólares que se recusara a receber dele dois dias antes. Sam o acharia muito útil agora.

Esperou para conversar com Sam quando ele saísse no corredor. Cumprimentou Phillip e o resto da equipe, e de repente se descobriu olhando para o marido. Ele sorria para Alex, quase com timidez.

— Foi uma surpresa e tanto, não acha? — declarou ele, ainda parecendo aturdido.

— Quase caí de costas quando o juiz deu a sentença — admitiu Alex. — Calculei que você não escaparia dessa.

Ela sorriu e Sam também, sentindo-se outra vez renovado, tal como Alex havia se sentido ao terminar a quimioterapia.

— Pobre Annabelle... nós a fizemos sofrer tanto a troco de nada... Vamos buscá-la na escola — decidiu Sam. Então olhou para Alex com uma expressão estranha e disse suavemente na súbita calmaria da multidão. — Vamos conversar em algum outro lugar.

— Que tal o seu hotel? — murmurou ela no seu ouvido, e Sam assentiu com a cabeça.

— Encontro você lá daqui a meia hora — disse ele, saindo logo depois com Phillip Smith do Palácio da Justiça.

Alex pensou em ligar para Brock, mas não sabia o que lhe dizer. Ele tinha previsto isso e todas as complicações resultantes. Não podia mais acalmar os seus receios. Entretanto, pior ainda era não estar certa do que sentia agora. Chegara a um acordo com relação a muitas coisas na noite anterior e suspeitava que o mesmo ocorrera com Brock ao deixá-la. Ele não tinha lhe telefonado.

De repente Sam reingressava em sua vida, sem nenhum aviso. Isto a fez pensar na última vez em que se amaram há dois dias e em todas as lembranças que aquelas horas de paixão despertaram. Não sabia mais de nada. Só sabia que ainda amava Sam. Mas será que confiava nele? Será que ele a apoiaria se acontecesse de novo ou iria desapontá-la como antes? Seriam reais as suas promessas ou o pesadelo é que era real? E onde Brock se encaixava nisso tudo? O que ela lhe devia ou o que queria dele? Contudo, a questão agora não era Brock. Era Sam, com todos os seus defeitos e qualidades. A questão era ele e ela e o que fariam agora. Ambos sabiam que a vida não oferecia garantias, só promessas, só desejos e sonhos. E uma terrível angústia quando os sonhos se desfaziam.

Ao pegar um táxi para o Carlyle, Alex estava atordoada. Quando chegou lá, já o encontrou à sua espera, andando de um lado para o outro diante do hotel, como se não agüentasse esperar nem mais um minuto. O táxi parou lentamente e o porteiro abriu a porta para ela. Quando saiu do carro, Sam olhou bem dentro dos seus olhos e ela soube que Brock estava com a razão. Os dois se amavam. Era simples assim.

Sam esquecera as regras por um tempo, mas Alex jamais. Na alegria e na tristeza... ainda estava tudo lá, a despeito de toda a dor, de todo o sofrimento que ele lhe causara. Queria dizer a Brock que estava enganado. Queria ser mais e melhor do que isso, ser diferente, moderna ou muito forte. Mas não era. Era apenas um ser humano. E ainda amava o marido.

— Oi, Sam — Alex o cumprimentou mansamente, enquanto ele pegava a mão dela e entrelaçava-a em seu braço para conduzi-la ao hotel. Continuava abalado e aturdido com o que acabava de acontecer no tribunal. Sentia-se muito humilde e incrivelmente afortunado.

— Está tudo bem se a gente subir? — perguntou ele polidamente. Alex então sorriu e assentiu com a cabeça, antes que eles atravessassem as portas giratórias e descessem a escada que levava ao saguão.

— Sim, está — confirmou ela com uma voz muito meiga. Estavam começando de novo. Ainda eram amigos, muito embora Sam a tivesse magoado tão profundamente. No entanto, Alex não tinha certeza se eram mais do que isto agora. Não havia como prever o futuro.

Parada ao lado dele no elevador, imaginava o que aconteceria agora, como juntariam todos os pedaços e tentariam esquecer o que havia ocorrido, o que diriam a Annabelle e que explicação daria a Brock. Seria difícil lhe contar, mas ele já sabia. Fizera as suas malas de manhã. Os dois tinham se despedido na noite anterior, embora nenhum deles tivesse consciência disso quando aconteceu.

Todas as preocupações de Alex e Sam pareceram desvanecer-se assim que eles alcançaram o 8º andar e ele se virou para olhar a esposa. Tirou a chave do bolso e segurou-a por um longo momento, olhando para Alex, enquanto ela sorria. Havia tristeza neste sorriso, além de verdade, vivência e sabedoria. Ambos ensinaram muito um ao outro. Muitas lições difíceis. E Brock estava certo. Apesar de tudo, Sam ainda era seu marido.

Ele enfiou a chave na fechadura e girou-a. Depois, delicadamente, empurrou a porta e deixou-a aberta. Em seguida, pegou-a no colo e cruzou a soleira da porta. Com Alex em seus braços, interrogou-a com os olhos, querendo estar seguro de que ela também queria aquilo. Alex olhou para Sam e concordou com a cabeça. Tinham obtido uma segunda chance. Era hora de agarrá-la e recomeçar. E quando ele a pousou no chão ela sorriu e, suavemente, fechou a porta atrás deles.

Impresso no Brasil pelo
Sistema Cameron da Divisão Gráfica da
DISTRIBUIDORA RECORD DE SERVIÇOS DE IMPRENSA S.A.
Rua Argentina 171 – Rio de Janeiro, RJ – 20921-380 – Tel.: 2585-2000